9787545715484

钟道新文集

第二卷

长篇小说

权力的界面

二〇一七年
作家出版社
三晋出版社

钟道新出生及少年时所居住生活的清华园新林院二号

一九五三年，钟士模抱着两岁的钟道新在新林院六十一号乙

二十世纪五十年代钟道新父亲钟士模为清华大学自动控制系学生上课

权力的界面

第一章

即使在如同汽车万国博览会的北京城,奔驰500型在汹涌的车流中,依旧显得卓尔不群。海威股份有限公司的总经理浦耳神态安详,端坐在后排。

海威股份有限公司之组成,在非常严格的意义上符合它的名称:以浦耳为代表的葆力公司所占的股份为百分之二十五;以董事长荣永霖为代表的能源部所占的股份为百分之三十;其他方面占百分之四十;剩余的就是公司的个人股份了。

可浦耳所代表的葆力公司的所有制,却有许多歧义:应该说,它是一家民营公司。但从理论上说,它又属于Q大学的。十多年前葆力公司成立时,像WPS挂在MS-DOS下一样,挂靠在Q大学名下,使用Q大学的名义。因为彼时对纯属民间性质的公司,在经营方面有很多的限制不说,还外加许多歧视性的政策。

精明过人的浦耳,在和Q大学签订的合同上,有一条关键的条款:每年上缴给Q大学百分之十的利润。而Q大学的刘副校长却坚持要营业额的百分之一。

从纯数学的角度说,由于利润通常是营业额的百分之十,因此利润的百分之十和营业额的百分之一应该没有区别。不同的是营业额很容易从往来的账目、发票上统计出来。换言之,它基本上是个常数。而利润则是个变数,经营者可巧立名目,在其中摊销诸多费用,把它变得很小。

但他懂得的道理,沿着校办工厂的厂长、后勤处长,一步一个台阶、踏踏实实爬上去的刘副校长当然不会不懂。他一句话,就把此"花活儿"点了出来。

结果浦耳还是设法让他闭了嘴：刘副校长没考上大学的儿子，强烈要求去美国自费留学。而他一无资金，二无渠道。在他一筹莫展之际，浦耳及时地把这两件事都解决了。这几乎用去了葆力公司当时全部资产的百分之五十。

一年之后，刘副校长把担保的钱连同利息，全部还给了浦耳。浦耳不要，但他坚持给。最后浦耳收下了本钱，没要利息。

于是刘副校长只好用另外一种方式把利息还给了浦耳：在他临退休前，把葆力公司的上缴数额定成一个死数——两万元人民币。

可公司如果想发展，单凭积累，速度太慢，浦耳因此走上了寻求股份合作的道路。与能源部方面达成协议，海威成立后，他出让了一部分"看得见"的实际利益，换取了经营权。他是真正白手起家一派，熟知企业运行的每一脉动。于是乎，公司迅速壮大起来。目前，它以电子工程为主，同时涉足广告、建筑、大宗贸易等多种领域，年营业额过亿。所以，当初的两万块钱，已经成了一项微不足道的例行开支，在他的头脑里，不占地位了。

浦耳透过微闭的眼帘，看着窗外的车流想道：交易其实是人际交流的基本方式之一，虽然有好多人羞羞答答地不愿意承认。

目前，他就在寻求一笔交易。

早在两年前，国人还不很知道 INTERNET，也就是著名的国际交互网络——又名"信息高速公路"——时，他就相中了这个项目：以前的计算机，都是单机，顶多是局部的网络，而 INTERNET 则把它们联系在一起，真正做到了资源共享。

这绝对是一个世纪性的工程项目。而世纪性的项目，必定需要世纪性的资金。而政府一直在实行"紧缩银根"的政策。所谓的"银根"，就是流通的货币。流通的货币一少，就如同把自来水的主管道的口径缩小一样，能供应的用户就会跟着少。

为了寻求足够的资金，浦耳已经整整奔波了两个月。一个企业家，其主要的作用，就是选好项目，找到足够的资金，然后把它们交给合适的经理人员。总的来看,这两个月好像是徒劳无功:不是找不到钱,就是只能找到很少的钱。但经验告诉他,要找的东西,只有在最后才会被寻找到。

因为交通事故,车停了下来。

北京的车实在是太多了! 浦耳想:当初设计三环时,曾经认为能一举解决交通问题。可没想到只是稍微缓解了一下,就又紧张起来。推原始论,并非设计者计算有误,而是供给自动制造出需求来:路好了,人们就纷纷买车,千百人的欲望凝结成车后,道路没道理能承担。

过了四十岁,浦耳就不再自己驾车了。虽然早在插队时,他就先马车,后拖拉机,随之又成了公社唯一的卡车的副驾驶。办公司后,曾在"汽车摩托车俱乐部"的一场越野比赛中,驾驶一辆北京212吉普,获得过名次。即使目前的路况再复杂,也算不了什么。关键问题是:如果你自己开车,那么就要自己排队加油。自己寻找车位。更重要的是,绝对不能喝酒。可偏偏他的应酬又特别多——应酬是人际交易的序言和结论——故此,他只好使用专职司机。

他原来的司机是老毕。车开得好不说,嘴巴也严。可就在一个月前,浦耳和副总秦德夫准备去石家庄参加商务谈判时,老毕声称自己喝醉了。

浦耳很惊讶:老毕一向滴酒不沾,何醉之有?

秦德夫拉开副总的架子训老毕:"醉了也要去!"他是葆力公司的创建者之一,现任海威公司的董事、副总经理。他和浦耳自小同学,后为Q大学计算机系的讲师,在专业上也小有建树。后来"冲天一怒为职称",因为没评上副教授,愤然下海。

老毕来海威前,给铁道部分管煤炭运输的副部长开了十年的车,素知权力运作的途径之一是司机,向以"宰相门人七品官"自居,根本没把秦德夫放在眼里,声称看路都是两条,让秦德夫定走哪条。

"去时候走右边的,回来的时候还是走右边的。"以反应敏捷著称的秦德夫立刻顶了回去。

老毕对不上话来,气哼哼地把车从库里开出来,在十米的距离内把车速提高到八十公里,然后猛地停在两人面前,在水泥地上留下一道足有四米长的黑色刹车印。

浦耳没让老毕去,换了个司机。他知道老毕没醉,但更知道有气比醉还要厉害。犯不着拿命和他去赌气。

"我看这个家伙是不想干了。"秦德夫上车后余怒未消。

"这次你算是说对了。"秦德夫属开拓、突击性人才,在了解人、用人方面相当普通。浦耳对他在"人"方面的意见一直持"不敢恭维"的态度。

秦德夫推论老毕想另择高枝。

浦耳说不无这个可能。

秦德夫却认为在北京的任何一个地方,找一个月薪两千的车夫位置,不是件容易事。

"如同讲师不永远是讲师一样,司机也不永远是司机。"

老毕果然在他们从石家庄回来的当天,递交了辞职书,自己开歌厅去了。

浦耳坐了老毕几年的车,多少有些感情,所以建议他开个饭店、洗衣店之类的,那样海威公司便可入些股,起码也会扶植一下。在他的心目中,总认为歌厅——尤其是在僻静处的小歌厅——当属"准色情业"。

老毕一副"人各有志"的样子,二话没说就走了。

浦耳还是叫人给老毕一些钱,另外他马上让小王接了老毕的位置。

秦德夫却认为浦耳的决定太草率:"咱们难免在车上说个什么。如果他不像老毕那嘴巴严的话,会误大事的。"当一个人不在你的眼前晃悠的时候,他的好处,就会从潜意识层中冒出来。

浦耳说:"对一个重要的岗位,我就像你们计算机工程师对重要的文件一样,起码有两个备份。"

奔驰车上了四环之后,优良的性能就部分地表现出来了。小王一踏油门,速度表立刻就变成一百二十公里。然后他很放松地问:"我来咱们公司已经好几年了,可一直弄不懂咱们公司为什么叫海威?"

浦耳没有回答,而是把司机和乘客之间的隔音板升了起来。

这些自然不是什么机密,如果小王在开别的车时问这个问题,也许就能得到回答。浦耳想,可他今天提出这个问题,是他意识到自己的地位变了,有资格问了。必须维护等级,没有森严的等级,公司将无法运转。

因为没有得到回答,小王心里不舒服,所以在下四环进城后,他仍然把速度维持在八十公里之上。当他看见前面的绿灯快要转换成红灯时,仍然超过一辆车,准备往前闯。

"不要闯!"浦耳已经观察到一切,通过送话器,传达了严厉的命令。

小王一脚把车刹住。

浦耳并不是见灯就等的老派人,如果有急事,开得再快也干。但开车这事,就和做买卖一样:当越过积累的初级阶段后,对一些利润虽然大,但风险同样大的买卖,最好就不要去做。另外,对小王这样的毛头小伙子,必须加以锤炼,不能让他由着脾气来。

中国电子投资公司的总经理李寒,从降生之日起,就住在这所大院子里。

李寒的父亲,建国时就是个相当高级的干部。大军一进城,就分配到这所前清军机大臣的府第。这院子一共三进。院子里假山、鱼缸、藤萝架等,一一具备不说,更有古木婆娑。

李寒在屋子里研究了一阵文件资料后,端着新换的茶来到院子里。喝了一口,觉得味道不大对劲,再喝就更觉不对,于是他狠狠地把茶泼到地上。喜欢喝"毛尖"的爱好,是他父亲培养起来的,老人家在把他抱在膝盖上时,就一小口、一小口喂他"毛尖"喝。以后的"毛尖"也一直由父亲供应。

父亲四年前"走"后,留下一些茶。老爷子的茶,从来都是由产地的领导贡献的。今年入夏时,这些茶终于喝完了。他估计不会再有人送,就派人上街去买了些新茶来;谁都知道茶这东西"当年是宝,隔年是草",应该喝新的才对。他完全出于情感因素,才喝陈茶的。可谁料想,买来的茶连点"毛尖"的味儿也没有。今天沏的,是他再托人从产地买来的,可仍不是味儿。

这是不是一种不祥之兆?他转动着手里的空茶杯,思索着。

他们家有同父异母的兄弟四个,他是最小的一个。他的三哥在中国驻美国的外交机构工作,二哥在军队,也已经做到了副军级的位置。而他的大哥则是国家经委的一个相当重要的局的局长。父亲虽说一九八八年就退了下来,但老头退而不休,运用自己的影响力,很安排了一些干部。其中最重要的就是把他原来的办公室唐主任,推举到电子委员会副主任的岗位上。而他所在的电子投资公司,就属于电子委员会。

这原本是一局佳构:上有唐副主任的支持,外有大哥可以凭借,另外还有老头儿垫底。

可一向身体很好的父亲,因心脏病突发去世了。生老病死,原本是规律,对此他也早有准备。可父亲的死,仍然带走了很多东西:首先是家庭的联系不那么紧密了,本来就是同父异母,"同"一去,"异"的作用就显现出来了,许多父亲在世时,他一说大哥就给办的事,现在也要拖了又拖,办复率不足百分之五十。更何况,大哥去年又从这里搬了出去,物理距离的扩大,加速了心理的扩大。其次,唐副主任在接待他时,态度也有了微妙的变化。

所有这些,致使政企分开,脱离电子委员会时,给他定的级别是"副局级"。

这一击的力度是很大的。他是一个有政治抱负的人,从来不甘心作生意。换句话说,他也从来没有把生意真正当成生意来做。他的目标是"做大官,兼做大事","不做大官,焉能做大事!"可一个人如果过了四十多岁,仍然是副局级,那么依照干部管理原则,要过若干年,才考虑提到正局级。然后再过若干年,才能考虑副部级的问题。这也就是说,一切都顺利的话,副部级也是五十岁以后的事了。而五十岁是局级干部的"大限":有一个不成文的说法,原则上不提拔五十岁以上的副部级干部。

客观世界是不能改变的,所以只好改变主观世界。他是个务实的人,既然前景已经很清晰,就应该有另外一种准备。

李寒所谓的另外一种准备,就是做"钱"的文章。在危机感产生之前,虽不能说他是一个完全的廉洁奉公的干部,但他律己还是比较严的,从来不主动弄钱不说,就是接受礼物也很有分寸——做到这一点并不很容易。某次在香港,他在"卡地亚"手表专卖店里多停留了一下,那个心领神会的客户就替他买下,送到他下榻的五星级酒店里。他抚摸了一阵"卡地亚"的蓝宝石表面,再掂掂它的分量后,问客户凭什么给他买?"我看您盯着它看,肯定喜欢,就做主替您买了。"客户是送礼的行家,自以为李寒是在和他"走程序"。"喜欢我确实喜欢,但就和我喜欢天安门一样,并没有把它搬回家的意思。"他把表放回盒子后递还客户。"谢谢你的好意,这种十多万元的东西,不是我这身份的人戴的。"他知道商人总是在商言商,投入后没有不索取回报的道理。再说,商人,尤其是香港商人的嘴巴之严密度,远逊于政治家。何况圈子并不大,传出去就是大损失,更甭说引起调查了。

他喜欢看赌马,经常在下榻的旅馆内"模拟下注"——也就是在他看中的马的名单上写下个数字,最后再结算总收入。几乎所有首次见到这个现象的客户,都以为他这是种暗示,要由他们出资,玩一把真的。但他总是笑着解释:"赌性人人都有,我赌个高兴就行了。钱对于我和对于你们的意义不一样。"

他这话从某种意义上说也是实话:钱对于商人、企业家和一般老百姓,意味着行动的能力、充裕的生活。而对于他来说,行动的能力是由职务带来的:只要是公司账目上的钱,在允许的范围之内,他可以调往任何地方。至于个人生活所需要的,更是方便。明言之,只要不买首饰之类很私人的物品,都可以用公司的信用卡付账。至于差旅费、电话费就更没有上限了。

他当然明白,所有这一切,都是位置的附属品。位置没了,这一切就荡然无存。现在就有了向负半波变化的趋向。有趋向就要做准备,要未雨绸缪。

李寒知道像自己这样的消费水准,一年没有二十万人民币是无法维持的。他想起"文革"前,父亲的一个在广州军区当副政委的老朋友来北京,因为疏忽,给他预订的房间没有电视不说,还没有热水。他一看就发了火。接待的单位赶紧给他换。当时还是孩子的他，觉得这个副政委实在有些过分。但父亲却表示理解："孩子，你将来会懂得这样一个道理：生活水平上去了，就下不来。除非有强大的外力。"现在他是真的懂了。

钱好弄，几乎可以说伸手就来。可弄了之后没有后遗症，也就是把钱"洗"干净，却需要一些技巧和渠道。

技巧可以学习，关键是渠道的建立需要做些前期工作。他深深地吸了一口饱含植物气息的空气，从走廊的长藤椅上站起来。要弄就弄它一大笔钱，来个一劳永逸。

李寒回到宽阔的屋子里，把空调的温度调到二十度。他不再喝茶，而是给自己倒了杯法国白兰地：凡是他要干重要事的时候，总是这样做的。

方针一定，周密计划就是首要问题。

以无权者的想象，你如果是领导，搞些发票一签一报，就能把钱从自己公司的账上弄出来。其实没有那么简单。现在假设你是某公司的总经理，以买计算机为名，从某个熟悉的计算机商店搞一张假发票，然后你在报销单据上签个字，交给了会计。会计又在上面签，然后出纳把钱汇到开具发票的计算机公司。但与此同时，会计会向你要这批计算机的入库手续。当然，你是总经理，手中有权，完全可以命令库工给你开一张假手续。但对将要来到的审计人员来说，你花了钱，就得有东西在。到库房里一看，没有计算机，仍然是个"露馅儿"。所以你还得再找一个人，把计算机领出来，说是用在某个地方了。这样，这笔钱才算勉强被你给"消化"掉了。当然，这指的是例行的审计，如果一定要查，跑到你所谓"用"的地方去对证，你仍然跑不了。所以，老练的"弄钱人"，从来不会以计算机、汽车、房屋这些固定资产作弄钱的载体，而是用水泥、电缆等消耗品作载体。这样，查账的人如果问的话，你可以坦然地告诉他们：它们已经埋到厂房底下了，不信你们挖出来看看。自然，没人会挖。建筑业之所以容易藏污纳垢，原因也就在于它没法子查对的东西太多了。除非有像墨西哥大地震那样的自然灾害出现，方能使劣质建筑现原形。

这时,钱算是从你的公司里弄出来了。可它仍然不是能消费的现金,而是转到了计算机公司账上的一组数字。当然,此刻你欲把"数字"换成现金,也是可以办到的。但这要留下严重的痕迹。为保险起见,最佳的途径是让计算机公司把这笔钱以购买打印机、显示器的名义,打到另外公司的账上。你从那里再提现金。

这样做的理由是,查账的人——这里指的不是例行的检查,而是有目的的特别审查——如果不相信账上的记载,会到计算机公司去查。而那里确实有进有出,像是笔买卖,通常就会告一段落。当然,他们如果再到计算机公司所谓的"进货"公司去查,马脚还是会露出来的。可限于人力、物力,一般在"主干"以外,只会株连到一两个环节。

钱是"弄"出来了,可一大笔钱放在什么地方呢?一般人都是放在家里。但李寒认为这绝对不可取。他的党校同学马非一案便是明证。

马非是前经委国外技术引进局的副局长。他平素出手千金,生活极其豪华奢侈,和局里的同事们、上下级的关系也不好。日前,他被牵涉到湖南的一家化工厂的受贿案中。但因其深厚的家庭背景、雄壮的经济实力、巨大的活动能量,几乎要被掩盖过去了。可就在这时,经委纪律检查组的一位副组长对检察院的人说了一句:"你们是不是到他的家里看一看?"这个副组长乃马非的前任,生被他给顶到这个有虚名无实利的位置上。检察官们就去了马宅。他们没费什么力,就从马宅中搜出两万美元的现金和三十万人民币的存折。案子到此,其实已经基本结束:就算查不出钱的出处,"巨额财产来历不明",已构成大罪。据说马非的兄弟探监时曾问:哥,你怎么那么傻,把钱放在家里?马非知道自己的今生难见天日,就无保留地说:"那我放在什么地方?放在你那儿,我还怕将来要不回来呢!"马弟说:"那你也可以放在你的朋友那啊!"马非仰天长叹:"这年头,谁个有真朋友?!"

前车之覆,后车为鉴。在国内弄钱本来就不可取,而把钱藏在家里,则更是愚蠢了。李寒继续往下设想:把钱放在境外一个保险系数高的账户上,变成所谓的"离岸资产",我只要掌握一个账号就行。而香港、瑞士的不少银行都很欢迎这样的匿名账户,因为这种账户的存钱利息很低不说,还要预付百分之三十的利息预交税。但对他来说,这些都不算什么。

现在的关键问题是要有一只"钱罐",能把钱放进去,并携带到境外。

他用3B铅笔,在纸上把可能充当"钱罐"的公司名称都写下来。

他开列的这些几乎都是民营性质或带有民营性质的公司:国营公司是不可取的。因为它们是政府的一个部门,遵守的是政治游戏规则。而这些公司,是遵守市场规则,也就是说,它们被利益所驱动。

我不直接去找他们,而是释放出一些信息,说我这里有游资在寻找出路。这样一来,他们就会自动找上门来。一上门,事情就好办了。李寒站起身,在屋子里来回踱着步。最后停在父亲搜集的动物标本柜的一版蛾标本前。父亲晚年极喜欢动物,用他的话说:"人的事,我都知道,已没有吸引力了。"

据说一只雌蛾如果释放出它全部的蚕蛾醇,从理论上说,能吸引来一万只雄蛾。他得意地笑了笑,然后出了屋。

在走步器的监控下,他围绕着院子,整整走了五千步。

有谁能知道在这院子里决定了多少人的荣辱浮沉,又酝酿了多少惊天动地的事?他停在后院的一棵古槐下,倾听着它在风中发出的"沙沙"声。

四点整,浦耳和周鼎立同时到达田野网球俱乐部的门口。两人相对一笑,就往里走。他们是中学同学,后来又在一起插队,所以默契甚深。

看见他们,门口戴着和沙皇将军式样相似的金底肩章的门卫立刻迎了上来。

浦耳马上从口袋里拿出了会员证。三年前,这个俱乐部刚开张时,他就在五千块钱的价位上,买下了它的会员证。以他的评估,"田野"无论是设备还是服务,都属一流。后来经过多人的炒作,价格空翻了十多下并左转。

"一遇机会,你就要立刻掏出你的鸟证件,借以昭示你那见便宜就上的商人本能。"仪表堂堂的周鼎立说。他是电子委员会计算机司项目计划处的处长。他只有"副"证:因为网球是双人项目,故有一正一副两个证。不同的是,正的可以独立使用,而副的只能随同。

"不是这个意思。不是这个意思。"操山东口音的门卫满脸堆笑地解释,"刘老要来打球,想请您换到室内的球场。"

田野俱乐部一共有四个室外和二十个室内的网球场,他们今天订的是室外。天天在室内坐着,浦耳想利用一下这个机会接近一下大自然。

浦耳问是哪个刘老。

不等门卫回答,周鼎立就抢着说:"就是刘姥姥我们也不让!"

门卫没接周鼎立的话茬,还是把"刘老"离休之前的职务报了出来。

周鼎立从浦耳手里把会员证拿了过来:"这个证件就是我们和你们俱乐部的合同。你们必须履行这个合同。倘若毁约,你们就得赔偿损失。"

门卫仍然笑着说:"我们经理刚才交代过了,明年的管理费免百分之二十。"

"这不是钱的问题。"浦耳也有些不高兴了。

"当然不是钱的问题。当然不是钱的问题。"门卫年纪虽然不大,但岗位已将其锻炼出来,知道自己刚才的话刺激了眼前这个海威公司的总经理,浦耳有多少钱他不知道,就算知道,若干千万、亿万这些数字,也过于抽象。但他从浦耳坐的车、穿的衣服、拿的拍子等一系列表象分析,"内涵"就小不了。

"那是什么问题?"作为中央政府机关的工作人员,周鼎立在办公室里最常使用的就是这种质问语式。

年轻的门卫一改刚才的"欧派",双手作揖道:"请二位老总帮帮小人的忙。"

"好了。好了。"浦耳摆摆手,"我们姑且让你们一回。"他一见这些半大小子,就想起自己即将去日本读书、打工的儿子。

"如果是让给少体校的孩子们,我当陪练都行。但给他妈的什么刘老!"在更衣室里,周鼎立鼻子重重地一哼,"看你慈眉善目的德行,如何能发那么大的财?真是'时无英雄,遂使竖子成名'!"

"你没做过买卖,所以绝对不会懂得这样一个真理:买卖越大人就越厚道。"

浦耳已经换上了运动衣。

"我光知道'为富不仁',"周鼎立说,"如果你有钱,你就是坏人,起码也是坏人的儿子。否则你的钱从何而来?!"

"人绝对是有阶级的,但光用'财产'这一项特征值就给人定性,无疑是极不科学的。人不光是经济人,还是文化人、社会人。"浦耳把拍子和球收拾好,"更令我奇怪的是你在官场上摸爬滚打了这么长时间,仍然没被驯服,依旧不遵守等级。如此下去,何时能爬到金字塔的上一层?干来干去,也不过是一个风尘俗吏。"

"上中学的时候,你是班长不说,还是学校的团支部副书记。插队之后,你是集体户当之无愧的'一把手'。而我则不光白丁,更是坏白丁。所以历史地看,你应该是个成功的官员,我是小商人才对。可偏偏反了过来。你说这是什么道理?"

浦耳摇头。

"就是这个世界上根本没那么多的道理!"周鼎立说完又摇头晃脑地念了几句诗,"维摩病,说尽道理。山增病,咳嗽不已。说尽道理,咳嗽不已。咳嗽不已,说尽道理。"

浦耳一下子没听懂周鼎立话的意思:"诗这东西,听和读有很大的区别。"所以追问了一句。

"用毛主席的语式说,你就是:钱越多越愚蠢。"

"假设你早生二十年,就算能躲过反右,也绝对躲不过'文化大革命'。快点穿!"浦耳用拍子拍拍周鼎立撅起的屁股。

两个小时很快就过去了,比赛已经打到决胜局,也就是最后一局。

浦耳在奋力救起一个球的同时,还打出一个刁钻的角度。

周鼎立知道自己接不着,就做了一个无可奈何的手势。

巡边员却判定这个球出界。于是浦耳以"六比七"两分之差输了这一盘。

"你今天的运气格外的不好。"周鼎立的身材笔挺、头发黝黑,根本就不像四十岁出头的人。"球这东西运气有时比技术还要重要。以足球为例,有时'梆梆'

地踢门柱,可就是不进。干急也没辙。"他用拍子点点界外,"你刚才这球,别说我,就是网坛最善于奔跑的张德培也接不着,可偏偏出界了。""体育比赛是人世间最公平的事。"浦耳的体质不如周鼎立,已是大汗淋漓,"如果你要我找件运气比技术重要的事,那非当官莫属。"

周鼎立小心地把网球拍子收进标有"WILSON"的袋子里说:"你们这些搞技术的,总是认为只有编个把程序、修台电脑才是学问。殊不知搞人的工作才是最大的学问,全世界任何一个经纬度的两个电阻串联起来都等于分电阻之和。而人就不一样了:今天你和我是一个派别、一个圈子里的人,可晚上因为一句话,甚至一个眼神,就会被赶出圈子,置放到另外的派中去。官场的变化率之大,无以复加。所以,我可以很负责任地说,人的学问是世间最高级的学问。因为它是模糊的、混沌的。"

"模糊方式的洗衣机就比全自动的要值钱就是这个道理。"浦耳故意把议题庸俗化,"搭不搭我的车?"

"我对两个轮子以上的交通工具都持怀疑态度。"周鼎立从空荡荡的车棚里把自己那辆孤零零的自行车推出来,"我肯定本人是这个俱乐部唯一使用以自身为动力的交通工具来健身的。你干啥不开'大卡'?"

浦耳前许多年,就买了一辆"卡迪拉克"。当时北京城里除去美国大使馆和一些外国大公司的驻京办事处外,没有什么人有这种车。所以当车过海关、经保险公司时,引起不少人围观。

"'卡迪拉克'是公司的公务用车,不是随便开的。"浦耳说的是实情:没有重大的活动,他从不允许那车开出去招摇。

"整个海威公司还不是你的?分的哪门子公私?"周鼎立说。

"我说咱们好歹也朋友了不少年,可号称是玩人专家的你,却仍不知道海威公司是股份制公司,而我不过是个总经理而已!"

"总经理就是老板!国营企业就是一个绝好的例子。你骗得了别人还骗得了我?"

"一把手是滋生领袖至上、主观主义最好的温床。"浦耳发动着车,"只有你们才既是代表国家管理计算机的部门的同时,还是计算机买卖的经营者。我告诉你:这是体制上的乱伦。"

周鼎立脸上带着不屑的神情,把会员证的正本扔了过来:"还给你十万块钱,要不然别人还以为你是在贿赂我呢。按刑法规定,两千块钱一年徒刑。你自己算去吧。"

"我没人贿赂了,非得贿赂你不行?"浦耳把证放进口袋里,"再说它值十万,不等于你有十万。"

"此话怎讲?"上了自行车的周鼎立把手扶在浦耳的车门上。

"用房地产商的眼光看你们家的房子,最少也值三十万。你卖不卖?"浦耳今天是自己开车来的,他希望把纯私人的活动和商务活动分开。

"卖了我住哪去啊?"周鼎立的房子是第一批商品房出售时买下的。当时他因为钱不够,很是犹豫。最后浦耳除帮他下决心外,还借给他一些钱。

"只要你不卖,它值多少钱,对你都是镜花水月。如果你卖了,那么你就得在这个价位以上,才能买一套相仿佛的。所以对你来说,它不过是一套住宅而已。"

"留着你这套鸟学问给你的下属讲去吧!因为这个世界上只有他们才不得不听。开车!"周鼎立并没有松开手。

浦耳猛地一加油,发动机发出很大的轰鸣声,然后突然就起动了。

可周鼎立并没有被甩脱。看样子这套把戏,他们已经玩得很熟练了。

"我这才叫真正的'傍大款'呢!"周鼎立得意地说。

出大门后,浦耳把车速放慢,给周鼎立以缓冲的机会。

在临松手前,周鼎立随便地说:"你们已经取得在天津、石家庄两地建INTENET网的资格。"

"什么时候定的?"浦耳刹了下车。

"今天上午。"周鼎立松手后加速前行。

浦耳踏了下油门,追上去说:"看来谁沉得住气,谁就能当大官。"

"幸亏你今天输给了我,如果你赢了,那你下个礼拜能不能知道还是个 X 呢!"周鼎立说着拐进了小胡同。

自从丈夫六年前去了美国,再加上儿子去年出去了之后,郁敏最怕的就是过周末。她甚至认为"大礼拜"是不人道的。但不人道也得过,她照例去看望在 Q 大学工作、已年过古稀的父母。

父母到学校附近的"废园"散步去了。她仅用了半个小时,就把房间给收拾干净了。

她的父亲是 Q 大学的教授,可房子却仅有六十平方,在 Q 大学这样的著名学府,如果你不是"文革"前的"老一级""老二级"教授,那你就必须是中科院院士或校长、党委书记之流,方可有大房子。

论及父亲的学问,应该很好。她当然知道自己没资格评论父亲那充满公式和图表的电子学的,但在父亲任教的自动控制系的学生中流传着这样三句话:听郁教授的课,读冯教授的书,当孙教授的学生。分析这话就是,父亲的课讲得好,但无书。冯教授的书写得好,但他是广西人,说得一口浓重的方言,高年级的学生们曾多次要求他上课讲英语。而孙教授则非常会照顾自己的学生,给他们提供各种机会,安排各类学术和行政方面的职务,这样他便可军阀般的拥兵自重。自动控制系后来被分解成电子和计算机两个系,父亲离休,冯教授故去,孙教授去了计算机系,目前属其元老,据说快当上院士了。

但父亲一来没去美国留学——Q 大学在解放前有一句口头禅:爬也要爬到美国去;美国的月亮也比中国圆。二来没有著作。二者都是硬件,在评级的时候,你总不能往表上填:我的课讲得实在好吧? 表格需要的是资历、著作、主持过的大型项目。因此他就不可能在"文革"前就当上教授,只是讲师,级别是七级。若将高等教育的级别换算成行政级别,就要加个七。二七十四,而十四级干部,正好算不上高干。

对此父亲有自己的说法:"以当时的水平论,我的学问不说比那些留过学的人好,起码也不比他们差。我不写书,不是因为不会,而是没有足够装备一本书的新见解。更主要的是,我把精力都注入学生身上了。"

父亲说的头一点,她无从鉴定,也无法鉴定。自从用美庚子款建起Q大学后,光是从麻省理工学院和哈佛大学学成回来的博士、硕士,就不好统计,更不要说放在一起比较了。再说,也没有可比性。至于第二点,她绝对有资格:别的不说,父亲的《电子学基础》这门课虽然已经教了几十年,但仍夜以继日地备课。以前她认为此乃"温故而知新"。父亲解释说:"'温故而知新'仅原因之一。更重要的是,自然科学和人文科学不一样,一日千里。"他像所有的优秀教师一样,总能随时随地地举出恰当的例子来说明理论:"今天的人和一千年前的人,在本性上没什么差别,所以研究统治学的人,都要读《史记》和《资治通鉴》。而今天的电学,不要说和牛顿时代,就是和麦克斯韦尔时代相比,都差远了。如果自己胸中只有半桶水,学生只能取一瓢饮了。"这话当时她似懂非懂,但父亲的若干张"先进工作者"的奖状,却是明证:那会儿的奖状,珍贵稀少,绝无时下的"通胀"局面。

她佩服父亲的主见和傲气,可没学位和著作,就等于商品没包装,就等于没有大房子。

在她没搬回家住以前,房子的矛盾并不突出。结婚后,她就和丈夫一起住在公公家里。公公一九五五年授衔时就是少将,在装甲兵大院中,有个庄严幽静的院子,房子倒是有的是,住着也舒服。但丈夫走后,公婆也相约去了另外一个世界。家里只剩下一个已经三度离婚、目前仍在寻找下一个离婚对象的小叔子。这个小叔子不学有术,很早就在物资领域倒腾——凡是在这一地盘上干的,没有大资本就得有大关系——最后是在山西倒煤炭发了大财。

丈夫在时,她和小叔子只是表面上的来往,但自从丈夫走后,小叔子有事没事都要到她的房间里坐坐。一次她一半出于没话找话,一半出于好奇问小叔子有多少钱?小叔子嬉皮笑脸地回答:"如果一个人知道自己有多少钱,就不能算是有钱。我的一个朋友曾问我,养活一个情妇要多少钱?我立刻回答:凡是这么问的人,没一个能养得活情妇。"她一听就把常驻的笑容收敛起来,不再接他的话茬。对于一个丈夫远在天涯的女人,妇道显得尤为必要,必须时时防微杜渐。小叔子似乎没有察觉:"嫂子你别见怪,人都说'男人一有钱就不老实,女人一不老实就有钱。'像嫂子这样的漂亮女人,"他带着无限意味的咂咂嘴。她听到这儿,就知道自己已经不能再待下去了。

刚回来时,还有些"走亲戚"的味道,但日子一长,清静惯了的母亲就开始埋怨房子小。母亲是真正的当家人,家中万事均以她的意志为转移。她自然不会直接对女儿说,而是数落父亲。父亲就拿前面说的两条来搪塞。她当然明白"原因的原因不是原因"这样一个道理,但也只有忍着。可在一次两个老人极其冗长的辩论后,她终于忍不住了:"您说的第一条,第二条都是正确的,现在我给您加一个第三条。"等父母把注意力都聚好焦时她说,"第三条就是:不要再讨论第一条和第二条了。"

母亲也是有文化的人,"听懂"了女儿话的内涵,从此不再提房子的面积。

但人的空间一小,就容易孕育矛盾,就像在人口拥挤的江南,为了土地问题,同室操戈的事屡见不鲜。而在地域辽阔的东北,就没这事:分不到就另找荒地,花力气开垦就是了。一次母亲为一件微不足道的小事把已经四十多岁的她,当个孩子数落了一顿后,她下决心搬出去。

很快她就租到了一套一居室的单元房,月租为五百块。这虽不是小数目,但凭丈夫以前从美国寄回的钱和自己的工资,还是能对付过去的。

吃完晚饭后,郁敏就告辞了。在沙发上看报的父亲,照例只是欠欠身:就是在她插队回村时,父亲表现也是如此节制。母亲却一反常例,说是顺便要买菜,送她到了楼下的自由市场。而她明明知道家里有足够两个老人吃到明天的菜。

她出了Q大学古老的白色校门,没有搭乘公共汽车,而是徒步穿越废园。

她走路时,挺直身体,从不旁视。这样做的目的,一是为了锻炼,二是废园的景色她实在是太熟悉了。废园原来是一个集中外美景于一体的世界级公园,但后来被外国侵略者给烧毁了。当然,侵略者是毁园的始作俑者,罪不可逃,但不少中国人,在破坏方面也起了大作用。别的不说,在她小的时候,废园还是很有规模的。因为火再大,也只能烧毁公园的木结构,烧不掉汉白玉石雕、花岗岩基础。那时候,一到放暑假,她和伙伴们就来这个郁郁葱葱、荷花满塘的所在玩。这里有的是蜻蜓、蟋蟀、野兔,据说还有狐狸。运气好了,还能捡到长满绿锈的大铜钱。可一年又一年,她眼见着这里的石料被运走、树木被砍伐,直到成了一个真正的废园。穿过了园子,就到了"自然美容厅"。这个美容厅是中医研究院的一个唐姓高级医师开的。

"郁女士来了。"唐医生正在给一个顾客做美容。她是一个让人分辨不出年龄来的女人,动作优雅而麻利,脸上的皮肤是"杰西亚"级的,柔韧,光洁度也相当高——如果美容师脸上长着若干赘物,就算是店铺的门脸再辉煌,也不会有人来——她招呼郁敏坐下后又说:"郁女士真是天生丽质,越来越年轻。"

郁敏虽知此乃商业套话,但还是很高兴,不无得意地看着镜子中的自己:里面是一个轮廓清晰、局部细腻的女人。虽然多少有些被无情岁月所磨损,但内在气质及时涌现,填补了不足。

无论如何,我在我这个年龄段的女人中还是年轻的。郁敏想起她的一个男性朋友在五年前去英国读博士、博士后时,和她见了最后一面。可前些日子,他从英国回来,一见她就脱口惊叹道:"我走的时候,你很漂亮,但我断定那是夕阳最后一抹余晖。但万万没想到直到现在,这余晖依旧。看来你真是'日不落'的大英帝国了。"

但维持这"日不落"的"费用"也不算小:吃很少的蔬菜和谷物,永远不吃任何油腻的东西。长时间的徒步行走、不懈的自然美容法……

唐医生把她让到那把仿佛情人怀抱般舒适的法国美容椅上后,郁敏就闭上了眼睛。在唐医生专业手法的笼罩下,她很快就进入了准睡眠状态。

一个小时后,所有的程序完毕。

郁敏起身,服务员就把她的包递了过来。她取出笔,边在账单上签字边问:

"账上还有多少钱？"

"不太清楚。"唐医生笑了一下。

"二百五十元。"服务员替她回答。

"下次我带钱来。"郁敏说。唐医生做生意有她的独特之处：要求客户先付账不说，对客户还挑挑拣拣，什么形迹可疑的不要，文化修养不高的不要。郁敏一开始，还以为她不过是说说而已，但后来发现她确实也是这么做的。

这也算是高的经营之道，就像结婚初期，热衷于研究厨艺时，就听说过的"谭家菜"一样，每天只做一桌，而且主人还要同吃，表示自己不是生意人。郁敏向刚进门的一个熟头熟脸可又叫不上名字的女人点点头。这人的底子也不错。只有底子好的人才能造就，Q大学为什么出名？这其中除去老师好以外，生源好是很重要的一个原因：来的都是各省市县的状元，就算教师们联合压制，也不一定能压制住。而名医Y先生的手术成功率之所以那么高，就是因为他能识别出什么情况可以医治，什么情况已经无治。

她出了门后继续想：如果这尽来些路数不明的妓女之流，有身份的人也就不来了。那么她就挣不到"大钱"。你想想，那些风尘女郎，血肉钱能不攥得紧紧的吗？

她正想得出神，突然听到有人叫"嫂子"。扭头一看，原来是自己的小叔子。

"你怎么知道我在这？"她不大礼貌地质问。

"我到这边办事，顺便给你们家老爷子打了个电话。"小叔子晃晃最新一代、配备有高能电池的移动电话。

郁敏知道这信息肯定是多嘴的母亲透露给他的。

小叔子把车门给她打开。

她明知自己不应该上车，但不由自主地还是上去了。在一个熟悉的地方，有一辆自己叫不上名字的高级轿车来接，毕竟是件很有面子的事。

小叔子问也不问她去什么地方，一加速就走了。

"你不给他打个电话？"小叔子单独对她时，是从不叫哥哥的。

"美国这会儿正是清晨。"郁敏没有接电话。

"他音讯全无,大概很久了吧?"小叔子从反射镜里看着她说,"你也没必要回答。这样你就用不着骗人了。"

郁敏被他猜中,也就缄口不言了。

小叔子径直把车开到她的住地。这回她认为不用问他是怎么知道的了。她只是说:"谢谢你了。"

"不邀请我上去坐坐?"小叔子抬起混浊的眼睛。

虽说"一龙生九种,个个不同",但也不该差别这么大啊!自己的丈夫高大、英俊,而他却如此地矮小、瘦弱。郁敏打量着深陷在座位里的小叔子,另外还附加一个虽然经过若干"高手"整容,但依旧掩盖不住的"兔唇"。

"让不让上,你倒是说句话啊!"小叔子是个肝火极旺的人。"我今天还约了个人。"她多少有些怕小叔子,所以装模作样地看了一下腕上的手表。可同时她又想:如果他再坚持要上,还是让他上去。

"你不是一个职业的撒谎者。"小叔子哈哈大笑起来。"但我总有一天要让你请我进你的门。"说完他猛地加速起动,挟着自己扬起的尘土走了。

第二章

秦德夫在海威公司虽有常务之称,但主要负责科技开发,另外兼管一些广告事宜。按说像海威这样规模的公司,说"科技开发"的确有些大,起码在科学方面不会有建树。浦耳当时提议叫工业部或技术部就行了。但他不同意:"取法于中,仅得其下。不就是一个名字吗?咱们何妨叫得大一些。"浦耳说:"我是怕别人听了笑话。""微软、英特尔原来都是小公司。"他坚持自己的意见,浦耳也就依了他。

在海威的前身葆力公司初期,他确实作了一些计算机技术方面的工作。当初他们之所以能把公司本部从Q大学外的旗人聚集地搬到友谊宾馆这个亚洲占地最大的花园式宾馆内,就是在能源部的一个计算机机房工程上赚到了二十万块钱。可随着计算机行业竞争者数量的增加,从其中取得的利润越来越少——这个"少"是专指秦德夫本人,而非海威公司。海威因为有能源方面的背景,工程很是不少,而且回钱的速度也很快。浦耳他们所以相中能源,挟葆力公司的数百万资产与之合并,主要是因为能源方面有偿付能力,凡是你不给钱就立刻能不给你货的企业,比方电力、电信、自来水、煤气,其经济状况都相当好。而凡是你能先拿走产品,然后再付款的单位,如煤炭、机械制造、纺织,都不行。经营的好与坏另说,光是欠款就能把你给拖垮——今年以来,他本人几乎没拿到一个正经的技术工程。没有工程,就养不住人,原来他手下的那些技术人员纷纷改换门庭——这些人虽然不是海威公司的正式工,而是有活时招之即来的游击部队。但你若长期不召,联系就会中断。别的不说,光电话号码升位改制,就能把人改没,在北京城,人已经被简化成一个简单的号码——而没有自己的收入、自己的人,在公司就没有地位。这个浅显的道理秦德夫不会不懂。

如果我再有半年捞不到活干,浦耳出于多年的友谊,不会降我的职,但肯定会削减我部门的经费。公司不是国家机关,职位的作用不大,关键是你所能控制、调度的钱。再说,如果我一年之中找不到活干的话,浦耳就一定会裁撤我手下的"科技开发部",或将其合并到"工程部"去。部门一没,实力顿减,我的生活将如何维持?

秦德夫是家中的独子,从小就花钱花惯了,在海威成立后,更花得如火如荼——葆力公司时期,因为人少,他认为节约还有意义。而现在,省了还不知道给谁省呢——花钱给他以极大的满足感,为了维持这满足感,他必须努力工作。

他把车在计算机系楼前停好,就上了楼。在楼道中,劈面就遇到孙教授。他非常恭敬地叫了声:"孙先生好。"

"你好。"孙教授伸出手来。

秦德夫双手握住。

"近来的生意如何?"虽然秦德夫离开Q大学已经多年了,但和孙教授来往仍不算浅。

秦德夫夸大其词地把情况说完后,接着发出一个莫须有的邀请:"过些天,我们公司准备开一个有国内外许多大公司参加的计算机发展方面的研讨会,届时您千万要光临。"

孙教授也含糊地答应到时候再说。

秦德夫像主人一样,把孙教授送出大门。

从严格的意义上说,孙教授并不能真的算是秦德夫的老师,上学时,他学的是计算机的硬件,也就是机器本身,而孙教授是教计算机语言的。他之所以对孙执弟子礼,并如此恭敬,其原因除孙教授有用外,还因为据可靠消息说,他有可能当上院士。

"如果你当不上院士,那么你起码要当院士的学生。"这是秦德夫的父亲经常对他讲的。他父亲在一九五一年,以Q大学讲师的身份,被选派到苏联莫斯科动力学院留学。当时同去的一共有二百多人,但只有一个人考上了博士。究其原因,据他父亲解释,就是因为此人的老师是苏联科学院的院士费力包伍姆。院士的学生,当博士似乎顺理成章。而博士一当,无形资产大增,最后做到Q大学校长。中科院学部委员——这也相当于院士。这一来,使得自己只获得相当于硕士的副博士学位、在院系调整时被调到电力学院、最终在所名不见经传的学院以教授身份退休的父亲望洋兴叹。

秦德夫怀着强烈的"院士情结"走上三楼,忽听一声"秦老板",他扭头一看,顿了顿,才不很热情地应道:"原来是刘书记。"

刘书记原是秦德夫的同学,毕业后一起留校。因为他是党员,所以就在系里当组织干事,同时兼任团委书记。因为他没出洋镀过金,所以他一干就是十多年,成了名副其实的"老书记"。

刘书记恭敬地说有事相求。

秦德夫没问是什么事,等他自己往下说,他人主动提出的通常不会是好事情。

"我们团委想搞一次游艺活动,但苦于无经费。"刘书记递给秦德夫一支烟。

秦德夫向来不抽"555"之外的烟——浦耳某次酒后开玩笑说,你身上有"两不倒":一是金枪不倒,二是烟牌子不倒——但还是接了过来。"大约要多少钱?"

刘书记说,想在区体育馆组织场羽毛球赛,顶多要一千五百块钱。

秦德夫答应考虑。给予也是种快乐,他希望把这快乐的过程尽量延长。

刘书记巴结地给秦德夫点上烟。"我知道您从来不抽'喜梅'这种档次的烟,可您接了就让我高兴。当年周总理到咱们学校来,和学生一起吃窝头,他吃得很干净不说,还吃得很香。可江青就不同了,一口也吃不下去。虽然他们两个谁也不是常吃窝头、也不喜欢吃窝头的。"

秦德夫虽然从来不喜欢这个从河南农村中挣扎出来的人,但这有品位的奉承还是让他高兴。

当他进入他以前的办公室时,不出他之所料,林竞芳仍然在计算机前工作。

林竞芳过了好一会儿,才发现秦德夫在屋子里:"秦老师,您好。"她今二十八岁,跟着孙教授读博士已经一年了。

"我一看这东西,就想起工农兵学员和中国的工业来。"秦德夫指指桌子上的康柏586微机和低压配电盘:"世界上最先进的计算机系统,外面可以直达信息高速公路。可往里说就不行了,插销插进咱们国家温州产的低压配电盘上,来不来就会自动往出跳,所以必须压上一个板凳。"

"多亏秦老师您出的好主意。"有一次林竞芳正在算一道题时,突然停了电。于是备用电源就开始工作。她嫌备用电源工作时发出的"哺、哺"声太吵,把警报给关了。来电后就忘了重新打开。之后的一次,她一篇文章正写到一半,突然就没电了,结果前功尽弃。原因是插销早就"跳槽"了,一直是备用电源在提供动力,而它顶多能工作两个小时。"工农兵学员和这有什么关系呢?"

秦德夫就对这个在六十年代末出生的姑娘解释道:"我们这一代人,在中学时,就被剥夺了受教育的权利,赶到农村去插队。几年后毛泽东看到科技方面的人才有青黄不接的趋势,就重新发出号召'大学还是要办的,我这里主要指的是理工科大学。'于是工农兵中所谓的优秀分子,被选拔来读大学。这些人在各自的行业中,或许是好样的,读起书来就不行了,更何况他们的层次参差不齐,从初小到高中都有,老师教也没法子教。可后来他们个个都毕了业。到了工作岗位后,说微积分,他们知道;说泛函分析、数论,他们也都知道。可就是基础不行。我这里说的基础就是初等代数、三角、解析几何等。"

林竞芳听得很认真,所有这一切对她都是新鲜的。

"中国的工业也是如此。导弹咱们会做,超导研究也是世界级的。另外还有遗传工程之类的高科技也都不弱,可就是做不好一个插销板。别小看一个插销板,它和材料、加工工艺都有关。可你如果埋怨加工厂加工的不好,他就会告诉你是车床不行,你再去埋怨车床厂,他们就会告诉你是材料和母车床都不行。反正埋怨来、埋怨去,最后是谁也不行。"

林竞芳笑了。

秦德夫品味着林竞芳如花的笑靥和扑面而来的清新娇柔。林竞芳是典型的江南女子,细皮嫩肉,眼睛也小小的,长长的,脸蛋也是离心率不大的椭圆,眼睛黑,嘴唇红,一切都纯粹天然。给人的总体印象不是那种怒放的美,或者是像嘉宝、费雯丽那种非真人的美,而是温柔、和谐,一种苏州园林式的淡淡的美。

"您上次的资料,我已经翻译好了,请您指正。"林竞芳把用牛皮纸装订好的一叠打字稿递了过来。

"你翻译的还能有错?"秦德夫看了一下页码,就放进了真皮包内,然后开始给她点钱。"千字三十,七万字就是两千一。"他把钱递过去。今年海威公司给能源部的礼堂安装一套美国音响设备,浦耳把翻译资料的工作交给了他。他的英文不错,又有电子学背景,翻译起来应该不会有困难。但自当上了副总经理后,经常过手大量的钱财,已看不起这几个小钱了,所以就转包给林竞芳。

林竞芳表示不用着急。

"美国一家公司的打谷机特别好销,因为它每打完一捆谷物,就会发出'咚'一声,迎合了农民的求实心理。所以我在该给人钱的时候,从来就本着'从重从快'的原则。"

"听上去好像打击刑事犯罪似的。"林竞芳把钱装进信封后锁入抽屉。"法律上对某种犯罪都有具体的条款,为何还有'从重从快'一说?"

秦德夫知道林竞芳属"校门"对接"校门",然后就待在里面没出来过的人,学问之外,所知的极有限。便解释道:"所谓的'从重'就是指法律规定某种罪行是三到五年,如果罪犯赶上运动,就按五年的来。而所谓的'从快'就是指简化程序。"

林竞芳神态专注地听完后感叹道:"我对社会上的事之理解力,就如同弱智儿童。"

"我给你讲个真实的故事:我嫂子也是你们江苏人,不过她不是扬州人,而是南通人。所谓'船过潮头状元多',你们江苏人是很会念书的。她一九五八年南洋女子模范中学毕业,以全省第二名的成绩考入清华大学。然后在那里读完研究生后就留校教书至今。因为清华在郊外,所以她每当要去王府井百货大楼、西单等地购物时,总说'进城'。弄得我侄女批评她好几次:'您到哪就说到哪,干吗老是进城、进城的,好像是个乡下人。'但她就是改不了。"他讲了嫂子几个充满"书卷气"的小笑话。"所以难怪当年冰心女士当着清华校长梅贻琦的面,笑其书呆子的夫君吴文藻曰:教育原来在清华!"

林竞芳听完也笑了。她很喜欢眼前这个博学风趣的男人,觉得她与他之间的界面非常友好。

秦德夫接着就系里的研究项目展开研讨,从计划、预算一直问到技术细节。他如此做并非没话找话。毛泽东军事思想的核心部分,就是必须有自己的武装、自己的根据地。Q大学就是他的根据地,计算机技术就是他的武装。不知有多少次,他就是从这里寻找到灵感、素材和支持的。多年来,他和这里都保持着紧密的联系,此地是他在海威的凭借之一。当年海威挂靠Q大学,就是他牵的线。在那之后,凡和Q大学有关的事,他从来就不许别人染指。

分析权力的组成,职务仅仅是一部分,关系也占有很大的比例。社会就像一个无穷大的电脑网络,假如一个重要的文件,只有你能知道通达它的路径和名字,那么它就只属于你。

谈完后,他邀请林竞芳去吃晚饭。

林竞芳垂下眼帘说:"今天不行。明天吧?"

"明天就明天。"秦德夫用随和而愉快的目光笼罩住她,"想去哪?"

"随便哪里都行,只要不在学校里。"

秦德夫懂得她的意思:她去年刚刚结了婚,丈夫是她大学的同学,目前在扬州的一家纺织研究所工作。故此她在法律上有所归属。另外,Q大学中人,并不会因为文化层次高,就不喜欢管闲事,没有男女事的支持,任何闲聊都会变得空洞。

车进院时,浦耳用敌视的目光瞟着写有庞大黑体字的"中国电子投资公司"之招牌。

这牌子就意味着不平等。按照规定,凡属于区域性的团体办的公司,不允许冠以"中国"的字样。以此类推,集体、个体就更不行了。换句话说,只要有"中国"字样的公司,无形资产也值几千万。

停车场,浦耳看到在标有"总经理"字样的车位上,孤零零停着李寒的卡迪拉克。隔过很远才依次是"副总经理"等人的车位。

一个公司如果夸张成这样,那么它也就快垮台了。但浦耳立刻就否定了自己的看法,李寒的公司,其实不是真正的公司。用一个他熟悉的香港商人的说法:如果你得罪了李总,那么他会不惜血本和你竞争,而且他的本钱无穷无尽。

确实是无穷无尽,因为那是十二亿人的血本。进门时,浦耳想道。

李寒的公司原来和电子委员会在同一座楼里办公,后来国家要求政企分开,才搬到这里来。这幢新的办公大楼,是李寒主持建造的。设计上,也充分体现出他的思想:外表全部由钢材和玻璃幕墙组成,共十层,瘦高瘦高的,一副横空出世的傲慢形态。以功能分,它属智能化大楼,在建的时候,浦耳曾经想揽其电子部分,可未能成功。

家虽然搬了,但仍带过来许多职能和切不断的人际关系。许多国家投资的大型电子项目,都首先经他们的手,俨然是"第二委员会"。

管它是什么呢,反正"有奶就是娘"。浦耳前天在城市银行寻求贷款失败后,鲁行长作为补偿,提供给他一个信息:电子投资公司的一部分游资,正在寻求出路。他们不受贷款规模限制不说,还和你同行。所以今天他来"试一试"。

李寒公司搬家后,浦耳还是头一次造访。

李寒正在用英语打电话,他示意浦坐。

浦耳借机打量这间面积足有四十平方米的办公室。

办公室里面东西并不多,但件件货真价实:办公桌是硬木的,沙发是真牛皮的意大利货,而且绝对不是仿造的,电话、传真机、电视,统统被一台康柏586微机管理着,微机旁有一个黑色的匣子,浦耳知道这是通向"信息高速公路"的必要设备。

"我现在基本上成了一个电话主义者。"李寒吩咐秘书给浦耳倒茶。"而电话主义者就是官僚主义者。"

"'官'大了,'僚'也就应该足够地多。"浦耳用手敲桌,对蜂腰长腿的倒茶小姐表示谢意后说,"如果房间的面积超过二十平方,主人再亲自给人倒茶,客人就起码要等好几分钟,那对谁都不合适。参观山西著名的乔家大院,也就是拍《大红灯笼高高挂》的地方,我发现如果真的妻妾成群的话,那硬件也必须和那里差不多。否则的话,肯定家无宁日。"他和李寒是中学的同学,一般的话还是能随便说的。

"假设真有成群妻妾的话,那么管理好她们的办法,就是让她们每个人都相信你最爱的是她。我对待我的客户就用这个办法。"李寒脸上露出几丝拒人千里的伪笑容。

浦耳根本不相信李寒的最后一句话,他的视线移到雪白的墙壁上,"你的墙上怎么连一幅画也没有?"他望着雪白的墙说。

"假画挂着就掉价。"

"那你不会挂真的?"浦耳知道李寒的父亲对书画颇有研究。小学时在他家里搞小组学习,就见他家挂有翁同龢的字,还有扬州八怪的画,且常换常新。而对画的鉴赏能力,不是一朝一夕能培养出来的,必须经过长时间的熏陶。用一个他熟悉的古董鉴定专家的话来说:"如果在一大堆瓶瓶罐罐中,有一件真品,只要我往前一站,它立刻就会自动蹦出来。道理就是它认识我,我也认识它。"

"每当我见到有人把钱挂在墙上,而不是让它们去周转,我就生气。"李寒一本正经地说。

浦耳认为这又是胡说。"文革"中,借抄家李寒弄了不少的字画。当然具体是什么他现在已经不复记忆,只依稀记得其中有一幅康有为写给梁启超的字。当他们一群人见到这条幅上的印章上写着"变法百日游历十四国康南海"等字样时,并不知其人是谁,只是说:"看样子这老小子还去过不少地方。"但李寒绝对知道,他看了很久、很久,并且这条幅在当天晚上就不翼而飞。

稍沉寂片刻后,李寒问浦耳来此有何贵干。

浦耳自然不会轻易把自己的目的说出来,做生意和写文章一样,贵在含蓄。只是轻描淡写地说:"没有太具体的事,只想请你吃顿饭。"

"虽然我绝对不相信你的说法,但饭我还是要吃的。"李寒很认真地翻了一下记事簿,"今晚有应酬,明天有会,下星期一如何?"

浦耳说行。

"去什么地方?你定还是我定?"

"经贸部、海关我不如你熟悉,但饭店你肯定不如我熟。在蒙德俱乐部吃吧,那里的法国菜肴极其精致。"

敲定之后,李寒和浦耳一起下楼。随之,各自坐上自己的车。

浦耳虽和李寒同学数年,却非真正意义上的朋友。这自有其历史的根源:李寒的父亲是部长级的干部,而浦耳的父亲却是银行的高级职员。所以"文革"一开始,李寒就是"老子英雄儿好汉,老子反动儿混蛋"这副著名对联的积极拥护者不说,还创造出一套理论:工农子女缺乏文化,资产阶级子女虽然有文化,但政治上极端不可靠,因此将来接班的只有干部子女。在一次全校的大会上,李寒慷慨激昂地说:"国民党反动派对我们革干子女竭尽屠杀、搜捕之能事。可我们宽宏大量,在夺取政权后,让他们的子女过着正常的生活不说,还让他们上学。但我们仍然要清醒地看到:权力,哪怕是很基层、很微小的权力,也不能落到他们手里。他们不和我们同根生,所以必定不会同心。"

浦耳本能地反对他的论断,私下里对人说:"这话延安保育院那些人说说还差不多,他和我一样,一九五一年生人,反动派搜捕谁,也搜捕不着他啊!再说革命时期,他妈还在辅仁当校花呢!"

这话传到李寒处后,他便在浦耳加入红卫兵外围组织时百般阻挠。虽然很快李寒就被作为"联动"分子被公安部给抓了起来,等出来后,狂热多少清醒了一些，但矛盾还是种下了。插队前，他向李寒借德热拉斯的《新阶级》和《中央情报局内幕》等几本专门供高级干部参考的"灰皮书"时，李寒居高临下地说："你看这些书有什么用？"他因为实在是想看，所以委屈地又求了一下。李寒的回答是："有些事情你们这些人还是不知道的好。"气得他当时恨不得立刻给他来上一拳。

浦耳的父亲解放前是天津交通银行的襄理，解放后作为留用人员，一直在人民银行总行做一些"虚"极了的研究工作。这样的背景，注定浦耳入不了党团，也上不了大学。拼到底才回了北京，当了个普通职员。而当他醒悟过来，想干点什么时，李寒已经是一家中型国营公司的老总了。当时他去找他，希望看在同学的面子上，扶他一把：生意和写作差不多，起步时是最困难的。可李寒口头上答应，实际上却一点点帮助都不给。

浦耳当时没回过味儿来，只以为仍是当年那句话作祟。直到五年前，他在一本李寒公司编的内部刊物上，看到了题为《共和国未来》的社论后，方才明了。社论明确指出干部子女要乘改革之风，掌握国家权力。其战略是在政治、经济两个方面着眼，充分利用自己在各个方面的优势。其方法是从"智囊""秘书""大型骨干企业"几条主要途径入手，广泛开展横向联系，以成气候，使"我们的资源生生不息，用之不竭"。

这篇文章虽然没有署名，但从文字、结构和贯穿始终的"霸气"上，浦耳一眼看出是李寒的手笔。

后来据说此文受到掌管意识形态的负责官员的严厉批评，认为它激化了矛盾，并责令李寒检讨。于是李寒又在他们公司的刊物上写了篇题为《马拉松》的文章。说在办公司、参政、做学问这些事情上，确实有起点不一样的问题。但只要参加的人多、距离够长，就像马拉松一样，起点的不平等自动会被抹杀掉。

所有这些，使得浦耳了解到李寒的心态。有了解，事情就好办。再说浦耳从来认为在商场上没有永恒的朋友和敌人，所以他在公司不断拓展后，仍然寻求和李寒合作。李寒也在对他有很大利益的情况下，合作了几次。

让李寒把电子公司的游资投放到 INTERNET 项目上来,大概也会成功。回到友谊宾馆时,浦耳想道:因为我现在有了实力。有实力就有外交,没有实力就没有外交。这道理他孩提时代就懂:发生冲突时,如果你弱小,那就算再有理,对方一句"我打你丫挺的",就让你无话可说。可如果你的拳头和对方差不多硬,那多数冲突都会化为和谈。前些年,英国政府在香港主权问题上制造麻烦,但邓小平只用了一段话,就把问题解决了:"主权问题不容谈判。否则我们要重新考虑收回香港的方式和时间。"

外交、外交,也就是你必须有可交换的东西。

海威公司的本部,在友谊宾馆四号楼占了整整两层。早过了下班的时间,三楼的灯还亮着。

公司财务部主任梅小青熟练地把一些数据敲进 486 电脑。

她今年三十出一点头,头发乌黑整齐,一身合体的套装,妆稍浓。她的具体的经历除去她自己,没人真正地了解。她是在六年前,由外贸部出口配额许可证司的孔处长介绍到海威来的。当时浦耳正在做纺织品出口买卖,孔处是必经之途。刚来时,她被安排在业务部干些杂务。但没多久,经秦德夫建议被调到财务部。在财务部,她边干活边学习,不到一年,就拿到会计证,然后从出纳到会计,到副部长,拢共用了三年时间。

在她被提拔部长时,遇到了一些障碍:秦德夫说什么也不同意。对此浦耳感到很奇怪:"你不是从来就很赏识她的吗?"秦德夫说不出具体的道理,只是说:"此一时,彼一时也。"最后还是浦耳拍板定了案:"咱们是一个以经济利益为第一目标的股份制公司,不是视人才如草芥的官僚机关。该在什么位置上,就必须让她到位。"

梅小青看一行行、一列列数字和一般人不同,半点枯燥感也没有。她把这些没有生命、抽象的东西给物化了。在把这些数据录入电脑时,她仿佛看到了别墅、汽车、在美国加利福尼亚绿色的嫩草地上奔跑的孩子。

大约在九点钟时,她注意到秦德夫上个月过手的一笔账中有瑕疵。追根寻源,她很快就发现秦德夫"吃掉"了公司的六千块钱。

看你往哪里跑!她把账记在秦德夫的名下时,明显地感觉到从中枢传向四肢的一阵兴奋潮。在她刚到公司的时候,秦德夫就开始向她进攻。她当然知道女人能拿什么东西去和别人交换,所以投入了一小部分资本,从而调到了财务部。但问题接着就来了:秦德夫谋略从肉体到精神全面地控制她。而后者,她是绝对不能接受的。所以两个人反目成仇。

将近十点钟时,她把数据全部录完。然后用自己设计的密码系统,给文件加了密,再藏到一个叫做《山村》的子目录下。

我藏的东西,谁也找不到。在关机的时候,她不无得意地想。她十五岁的时候,在村庄附近电厂当临时工的父亲,于一次抢修煤粉仓时,被劈头灌下的煤粉埋了起来,当他被挖出来时,不单气管,就是肺里也都是经过高温干燥后的煤粉,还没有送到医院,就咽了气。讨论赔偿时,电厂的劳资科长根据"伤亡自负"合同和"修理煤粉仓时必须戴防毒面具"的安全规程,只给她家两千元的安葬费用。她母亲经不住磨,一度打算接受。但她坚持要两万,厂方自然不会同意。于是在她的组织策划下,把父亲的棺材停放在电厂的广场上。那时正是三伏天,第二天棺材就渗出水来。母亲哭着央求她:"让你爹爹入土吧!"但她一意孤行。结果在第四天头上,厂方破天荒地同意了她的要求。她当然不是盲目地坚持,而是她得知在父亲死后的第七天,有一个全国电力基本建设的会议要在电厂召开,厂方绝对不会让一口棺材停放在广场上的。更何况,两万块钱对于一个容量一百万千瓦的电厂来说,根本就不算什么。

钱是她去电厂取的。厂方原来打算给她一个存折,可她坚持要现金。回到家里,母亲就把钱要了过去。老太太从来没见过如此之多的钱,用单指单张点钞法点了一个多小时,也没有点清楚,又不肯假手于人,最后只好作罢。

母亲用这钱给大哥盖了房子,娶了媳妇。又让二哥上了地区的自费技校。母亲是个识字不多的妇女,但对钱还是认真的,每花一笔,都有详细的记载。最后说什么也有三千块钱不知去向。母亲一下子就明白是她做了手脚,可任怎么盘问也没有结果,任怎么搜也搜不出来。老太太最后只好把她锁在屋子里,不给她饭吃。可她当天晚上,就破窗出走,从父亲坟茔的一个地洞中,挖出了用塑料布认真包裹的三千块钱。

就靠这三千块钱,她在北京落下了脚,并找到了一份保姆的工作。后来她改了名字,再也没和家里联系过。

她小心地关好门,没坐电梯,徒步下了楼。

郁敏进家的第一件事,就是把她的组合音响打开——这不是一般的组合,两只音箱是英国猛牌的,功率二百瓦;功率放大器是罗特尔920,CD是天龙1290。这套音响的高音极好,明亮而不尖锐,中音诚实而丰满。这是她最喜欢的东西。

她是一个音乐家——大凡插过队的人,能成名成家的,多在艺术、体育领域。比如姜昆,比如聂卫平,比如张路,比如庞大的知青作家群。因为这条路似乎不用通过正规的学院教育,便能成就——但她知道,起码在潜意识里知道,自己不是一个一流的音乐家。虽然从上小学起,她的功课一直名列前茅。但音乐不像物理、化学、外语,光凭用功是学不好的。她认为自己是三流,或者是二流的音乐家。

管它是几流呢!她为了能听清音乐,就把浴室的门开着。很快,她就洗完了。然后她迈着舞步到衣柜前,从中选出一件"克丽丝汀"牌的睡衣,披在身上,转到镜子前。

可没等她仔细观赏,情绪就立刻低了下来:"女为悦己者容",可我穿给谁看呢?她把衣服一裹,颓然倒在床上。

丈夫已经有十个月没寄钱来了。偶然来个电话,也是有一句没一句的,听去就觉得他心不在焉。他的理由是儿子去了之后,负担重起来。但她却很清楚是怎么一回事:他一定有了情人。

这个念头不是她近来产生的,在丈夫决定去美国的那一天,她就知道他必然会有情人——如果不是情人群的话。她对丈夫的性能力之了解实在太充分,一言以蔽之:夜夜不虚度。这种惊人的蕴藏是天赋。很少有人能抵抗住天赋给他的能力和权力。

儿子和丈夫在一个城市里,他当然会知道"情人"的事。可他来电时只字未提。真是苹果落地不会离树太远,谁的儿子像谁。

她把被子蒙在脸上,潜意识中想闻闻丈夫的气息。但有的只是自己传染上去的淡淡香气。

第三章

从友谊宾馆到西郊上帝花园别墅区一个小时的汽车路上，浦耳一言未发。下了雪弗莱面包车后，也只对迎上来的科原房地产公司的支老板淡淡一点头，便径直进了位于小区中心的十八号别墅。

随员也鱼贯而入。

因为职业关系，支老板开始喋喋不休地介绍这所房子的优点。可浦耳却似听非听，把大部分精力投在观察上，虽然不算今天这次，他已经是三次来这里了。当然，前几次他都是轻车简从，微服私访。无论对于做官的，还是经商的，仪仗威武都将使你看不到真实情况。

支老板看吸引不住买方的注意力，就趁浦耳停步之际，拿出了"撒手锏"："我们上帝花园小学，是北京东方学校产业集团的一部分。东方学校您一定知道吧？"

和著名的东方学校联合办学，乃支老板的得意之笔。当初他并没有这个想法，后来负责给他提供策划的R公司一位资深顾问在分析报告中指出：凡成功人士，最操心的就是"君子之泽，一世而斩"。但此类人因种种原因，精力与时间之投入总嫌不足。故在所有的配套设施中，最重要的就是学校。可凭空建一所好学校是不可能的，最佳方案就是和一个著名的学校联合办学。报告同时指出，首选对象就是东方。

支老板采纳了顾问的建议，并为报告本身和打通联营渠道支付了一大笔钱。

这笔钱确实花得不冤,如同被小区"借"来了西山美景一样,大大地提高了它的无形资产。市场调查表明,许多人就是冲着"东方"两个字的无穷魅力买下了房子的。而有关的费用,就像微软公司的视窗95软件的研制、推销费一样,早就进了首批货的成本。不同的是支老板并没有在这之后把价格降下来。

浦耳扫了支老板一眼,仍然不开口。从商多年,他养成了一个极好的习惯:能不说话,就绝不说话。再者说,支老板想要你购买他的房子,你就对他拥有权力。

情报指出,浦耳和第二任妻子生的孩子,正上小学二年级。所以支老板胸有成竹地继续宣讲:"您知道都有谁的孩子在这里上学吗?"他得意扬扬地报出一系列大人物的姓名。

秦德夫知道他该出场了,就截断支老板的话头:"你肯定不知道我们浦总就是东方毕业的吧?"

这一下果然击中了支老板的要害。但作为商场中上等级的选手,他马上又发动另一波攻势。"我们这里还有一个高尔夫球场。"

浦耳进屋后第一次发言:"你知道中国有多少职业球手,有多少高尔夫人口和有多少高尔夫球赛吗?"

支老板哑了。他是因为看见浦耳穿着条高尔夫裤,便联想起上帝花园的远景规划中,曾有过建高尔夫球场的设想,才随机说出这话的。可即使是国民经济五年计划,若想全部完成尚须苍天保佑才行。像他这样无资本金,全靠玩贷款的公司,别说"远景",一年计划也是扯淡。

"中国有一万高尔夫人口,三大公开赛,十来个职业选手。打一场球,连上交通、饮食,要一千块钱。"秦德夫说道:"作为一个好的商人,即使是吹牛,也要做足可行性研究。"

支老板只剩下点头的份了。

浦耳见他的气焰已经被压了下去,就说:"开个价吧。"

"二百万。"如果在"高尔夫"之前,浦耳要问的话,支老板一定会开二百五十万。

浦耳嘴唇微微一动,把脸转向窗外。

"联合办校之类的玩意,你骗骗土老帽儿还差不多。学校又不是公司,一联合资金就可以融通。别的不说,就清华大学大礼堂门上的铜锈,图书馆台阶上的青苔,没三十年就别想往出养!"秦德夫继续对支老板实行"无情打击"。"说个跳楼价吧。"

支老板不知道今天自己怎么一下子就降下二十万来。以往我最多以五万的价往下降的。他自己对自己说。

"一百万。"秦德夫说。

"这钱在城里也就买套房。"支老板喃喃地说。

"在香港还就买间房呢!"秦德夫反唇相讥。

"曹雪芹就在这住过。这地方物华天宝、人文荟萃。"支老板觉得必须反击一下。

"你是咒我们浦总?曹雪芹他爹、他爷爷住过还差不多。"秦德夫把脸转向浦耳。"前些日子我到山西忻州去视察咱们的硅铁场,路上在一个小店吃饭。此店的大师傅号称给贺龙元帅做过饭。可一吃就别提多难吃了。您知道他是什么时候给贺老总做过饭的吗?"

浦耳知道秦德夫有的是随机应变的杜撰才能,便含笑看着他。

"是贺龙在兴县的时候。那时候老总战事正忙,物资又贫乏,有莜面、荞面吃就算不错了,过年也就是一壶高粱酒,半锅山药蛋。"

浦耳把秦德夫故事的力量移到本题上,让支老板给个实价。

支老板又降了十万。

秦德夫再压二十万。

支老板这次是一万、一万地往下降,最后在一百六十万上停住。

资料告诉浦耳,这个价位已经接近极限了,于是他说:"一个星期后咱们再联系。"

归途中,坐在前排的梅小青笑着问:"看你们谈生意就和看一对已配合多年的搭档演戏一般。"她很不愿意奉承秦德夫,但他作为配角又不可缺。

秦德夫不屑地反驳:"你这个比喻也太差劲一些,应该像温布尔登的双打冠军。戏是面对观众的,只有交流,没有对抗。而我们这是刀刀见血,就算他退让不止,我们也要追杀不停。"

梅小青的文化不足与秦德夫交流和对抗,只好不说话。"我想问您一个问题。"坐在梅小青旁边的雷迅扭过头来。

浦耳点头。雷迅是绍兴人,十四岁就上了大学"神童班"。前年他辞去中科院江苏分院物理所一份颇有前程的工作,来北京寻求发展。但北京并不像他想象的那样容纳一切,吸收一切。最后万般无奈,由熟人介绍到海威公司。初到公司,他只获得一个类似文件派送员的工作,虽然这份工作在公司里有个好听的名字:内部秘书。

一次他实在忍无可忍了,就趁给浦耳送文件的机会,给他讲了个故事:"一个以色列的数学家为一道题,百思不得其解,为了不干扰睡眠,就把资料放在办公室里,谁知次日竟让一个给他打扫办公室的清洁工给做出来了。一问才知道这个清洁工原来是前苏联的数学家。"

浦耳听了并没生气,只是反问了雷迅几个问题:"以色列的数学家做的是什么题?怎么那么巧就让一个前苏联的数学家给碰到了?以如今数学分支之多、之精细,任何一支都足以耗费一个人的一生,由此造成了'隔行如隔山'的局面。所以我以为,两个同行的人遇到一起的概率,不会大过千万分之一。再说,任何人只要稍加注意,就不难从人群中把数学家给分出来:拉格朗日、柯西、莱布尼茨、牛顿……他们个个都与众不同。"他接着又稍微讲了几句这几位数学家的历史。雷迅在惊讶于浦总对数学历史的熟悉程度外,也反击了一下:"你们是一家集体股份制的公司,应该重视人才。"

"集体、民办和国营并没有什么不同。普天之下,权力永远是权力。"浦耳缓缓地说,"就算我赏识,你要上来,也要经过必要的程序:上级推荐、群众拥护。要记住,和人搞好关系,是远比原子物理要复杂得多的学问。"

雷迅显然是个能举一反三的好学生,深刻领会了浦耳的意思。在一年之中,连爬三个台阶。在前一个月,刚刚接替退休的老刘,当上了计划部部长。

把雷迅和梅小青等人放在这些个关键位置上,除去他们的才能外——说句实话,浦耳并不是非常看中才能的:人谁没有一点才能呢?就是走卒贩夫之流也有。他们没能成材的关键是没有舞台——更主要是因为他们是外乡人,和北京的上上下下都没有实质性的关系。这样机密就会保持得相对长久一些,基点也会中正一些。

"您真的上过东方?"

浦耳不回答雷迅的提问。虽然在信息时代,人们提倡信息共享。道理是你把一条信息传达给别人,别人获了利,你也没损失。但他对这条定理,另有理解:对于医学、艺术、纯科学等,也许确实如此。但在商场上,它肯定不对,你把能赚钱的信息告诉了别人,那别人就会去赚钱。而"蛋糕"却并不会因此而变大。在官场上更是如此,他有个亲戚,是运输部的干部处长。此公最大的优点就是什么也不说。给你办成了事,他不说自己在其中起了什么作用,只说是组织的信任。给你办不成,他也不解释原因。所以,他一升再升,现如今已是部级干部,在眼下这个提倡干部知识化的时代,以他的中专学历,升到这个位置,是极罕见的。在他到了部级后,一次偶然的机会,他曾和他有过一次长时间的对话。结果他发现他对许多问题的看法、知识面和反应速度,都极其一般,由此他更觉沉默的力量。

冬天黑得早,秦德夫一进屋就把所有的灯都打开了。

浦耳斜靠在大沙发上,喝着服务员新沏的茶。

海威公司中的能源部部分的底子是能源部的一个"三产"公司,原名宇东公司。能源部的一个老副部长荣永霖,在休息之前,为后路计,把"宇东"让跟随自己多年,因他离任一时又找不到出路的秘书孙晓义给承包了。自己则担任董事长。没想到,不到一年的时间,孙晓义就把公司的家底踢得干干净净。据外界传闻,起码有一半的钱,落进孙晓义的口袋。浦耳也认为这并非空穴来风,因为孙在辞职一年后,就全家移民到加拿大,后来又到香港发展。

但这些仅仅是传言和观察家的分析,从法律角度上说,孙晓义的毛病却不好找:他大部分的买卖都是和开放地区的合资企业做的,而且单单都有荣永霖的签字——荣这个人,多年身居高位,习惯考虑一定数目以上的钱,对三十万、四十万,看都不看就签。再说就是看,也看不出毛病来,他本身就是计划的产物——最后只好不了了之。

垮台个把公司,原本不算什么,荣副部长手中几千万花出连声响也听不见的事多了。但一则他面子下不来,二来是他把几个老朋友的钱都赔了进去:孙晓义接手公司时,信誓旦旦地承诺年分红百分之二十五。厚利自然吸引了大量的资金。

荣部长正在没办法之际,他的老同事、能源部刚刚退下来的副部长马一青声称能带一笔资金加盟进来。

此刻公司已经奄奄一息,不注入资金就会完蛋。荣永霖虽然对马一青的权力欲有所了解,也只好接纳他,让他出任了副董事长。

公司稍稍恢复了生气之后,马一青又提出了和浦耳的葆力公司合并,重构公司的方案。

此刻的葆力公司,为了扩大业务范围,增加资金,也在寻求合作对象,一拍即合。

一开始,荣永霖对浦耳还是有所防范的,后来见他和马一青并没有深的私人关系,之所以加盟进来,纯属出于发展的考虑,也就放心了。

公司重组后,焕发出勃勃生机。三年时间,就把范围扩展到工程、大宗贸易、实业等若干方面,目前已有二百多人,固定资产加流动资金,已达一亿一千万。

外人都以为浦耳的经营管理在其中起决定作用,但他本人在这个问题上还是清醒的,马一青起的作用起码和他相仿佛。

马一青在任能源部的副部长之前,曾做过干部司长。计划经济时代,这是个相当显赫的职位。加之马非常善于笼络人,积累了很多的人力资源。这些资源,虽然随着他去职损失了一部分,但毕竟还保留下一些。而这一些,对一个像海威公司这样规模的单位,还是很起作用的。

马也是个守口如瓶的人,但某次偶然说起自己的"官经":"当领导用毛主席的话说,是'出主意,用干部'。周恩来说的就更明确了:'用人、行政'。主席所谓的'出主意'就是定政策、方针。在政策、方针定了之后,干部就是最重要的。现在的人,都非常看重经济,也就是看重钱。其实钱谁管不一样?!关键是谁来确定这个管钱的人。有了干部,就有了一切。列宁说:给我一个革命家的组织,我就能把整个俄国翻过来。组织有的是有形的,有的是无形的。"

这些话都给浦耳以极深的启示,所以他在掌管海威公司时,非常注重干部的调配、安排。单位无论大小,管理起来都是一个道理:一个人顶多能管六七个人。然后你再让这六七个人去管他们下面的六七个人。由此类推,以至无穷。换言之,作为单位的"一把手",只要选好这"六七个人"就行了。

"一百六十万,确实是'跳楼价'了。"秦德夫坐在对面沙发上,点燃一支烟。"能定就定吧。"

"我内人看重了这个地方,我基本上也同意支老板的价钱。关键是,"说到这,浦耳顿住。

"是不是你手头有点紧?"

浦耳点头。"我的经济状况,你是知道的。所以我想先买下房子,再拿它到银行去抵押。"

秦德夫对浦耳的思维方式和说话方式再熟悉不过,用他私下里的话形容,就是"他一撅屁股,我就知道他要放什么屁"。他确实知道浦耳的经济状况,不能说他没钱,在成立海威公司之前葆力公司时期赚的钱,完全可以由他来支配。但这些钱一旦作为股份,入进海威公司之后,便不能视为个人的钱了。至于在海威经营期间,浦耳不会有"大钱"到手,他把海威公司当作事业而不是一只"钱罐",

这是人所共知的。更何况浦耳是个真正的管理者,总是高高在上,紧紧抓住关系和利润两项,从不插手具体的买卖。而不插手具体的买卖,就不会有"大钱"到手。道理是这样的:一项买卖,由部门的人去谈,等谈出了眉目后,上经理会定。如果通过了,则由部门的人去签合同、验收、付款。在这个过程中,浦耳对外来说,几乎等于不存在。换句现在时髦的话说,他的权力并没有去"寻租"。而权力不寻租,就和地谁想种,谁就种一样,不会有人自动给你交租金。

"差多少?"秦德夫问。

"把我原来的房子给卖了,再把工资积蓄、股票收入都加在一起、可能有一百万的样子。"浦耳在一九九三年股票市场极度繁荣时,曾经赚过一票。另外他在海外还有一些证券投资。但这就像战争中的总预备队一样,轻易不能动用。其具体数目,只有他和经手人知道。

秦德夫表示此乃信手拈来的区区小数,由他承办。

"不要在公司的业务范围内进行。"浦耳很原则地说。

"如果一个人对一个电气工程师说:高压线是不能摸的。你说这人够多没劲?"秦德夫很想把浦耳拉进一些"不清楚"的事情当中。海威公司成立之后,钱和葆力公司时期比较,以几何级数增加。而他的个人收入,却仅仅以算术级数增加。这中间除去参与分配的人数增加以外,主要和浦耳"积累资本,可持续发展"的思想有关。他无数次地动员浦耳提高分红比例,或者以配股的方式,把法人股转换成现钱,但都被拒绝了。于是他只好自己动手搞钱,但慑于浦耳的威严和精明,总也不能放手。如果能在他身上找到一个突破口,那一切问题就迎刃而解了。

浦耳笑了。他与秦德夫的合作一直是相当愉快的。他认为秦没有野心、甘当副手。更重要的是,秦对他的指示从来都是心领神会。借用计算机传输术语来说,即使他发送经过压缩的信号,秦也立刻能解读。所以他虽然知道他有不少小毛病,总的来说,还是相信他的。

"河南京鹏公司的辛老总来了,你见不见?"秦德夫问。

浦耳想也没想便说不见也罢。

秦德夫有些吃惊。京鹏是做进出口大宗贸易的大公司,是海威公司的重要合作伙伴。而辛总是公司的"大老板",并且非常讲究接待的排场和规格。如果浦耳不出席,势必会影响双方的关系。"是否说你不在?"

浦耳表示没这个必要。

在一般情况下,重要的客户,浦耳总要亲自接待。根据他自己的计划,要慢慢把关系从荣、马手中接过来。这样将来才不会受制于人。可这个辛总是例外,从可靠渠道获取的信息表明,辛总的后台,也就是河南省主管外贸的副省长,已经调到江西。而像京鹏这样的重要地方,总是"一朝天子一朝臣"的。不在效益低的地方投资,是他始终遵循的定理。当然,这些信息没必要扩散。

秦德夫也没有把自己的高兴表露到脸上。能和辛总接触,是浦耳对自己信任的表现。他相信自己有能力抓住这个机会,把辛总纳入自己的网络中。

浦耳没有回家。从某种意义上说,他也没有一个真正的家,十年前,葆力公司初具规模时,在一个偶然的机会里,结识了他现在的太太。当时她是一家比葆力公司小得多的民办公司的公关部长——说穿了,也就是公关小姐。她施放手段,和他越粘越紧。他也睁一只眼,闭一只眼,让关系在有限的范围内发展。他心里有底,她不过是想把她们公司拍摄的一部三十集的电视剧推销给他。而他则不愁把这部电视剧卖给各个电视台。当然,并不是真的卖——没有一个电视台会出像样的价钱来买电视剧,他们顶多给你一两分钟的广告时间。而他手头正好有广告客户。换言之,他把广告客户的广告加在电视片前播了,再把广告费减去自己公司的利润,给了拍片的公司,就完事大吉。

买卖做成后,她仍然和他保持着良好的关系。他也觉得和她在一起挺愉快,她漂亮、温顺,充满青春活力。这后一点,他最觉可贵。年过三十五岁的他,日暮的感觉时时浮现,需要身边有一个年轻的女性来调剂、弥补、纠正。当然,警惕他是时刻保持的,并订立了条规矩:不越雷池一步——如此做来,他也感觉到乐趣,事情的乐趣,往往更在过程,而不在结果。

45

这一切持续了一年多。他的警惕渐渐松懈了。终于有一天,两人的关系越过了临界值。

一过临界值,著名的链式反应就发生了。她一下子从小家碧玉,变成了悍妇。各种手段无所不用其极,最终的结果就是她取原来的浦太太而代之。

多年后,他与秦德夫讨论此问题时曾说:"现在看来,这一切都和诺曼底登陆一样,是经过周密计划的。"

秦德夫同意他的看法,并说:"我以为精明如你,是不会不知道登陆地点是在诺曼底。'当局者迷'真是千古真理。"接着他又阐述道:"如果你说她一上来就打算和你结婚,那也高看她了。关键是你让她摸清了兵力部署、作战决心。也就是说,你被她看了个彻底,完全违背了逢场作戏这条最高准则。"

浦耳不同意他的说法。

秦德夫于是继续:"你知道女人最怕的是什么样的人吗?"

浦耳摇头。

"我有一个朋友,情人走马灯似地换个不停不说,而且每换一个之前,他都要以各种方式把她们的钱花光。最后一次,他因赌博被送去劳教。在营救他'出狱'的过程中,他的现任太太出了大钱和大力,并在他'假释'的过程中,怀了孕。这下用他的话说:只好连性资本一股脑儿地投放进去。但结婚之后,他旧习不改,吃喝玩乐不说,还要赌博和做生意。他做生意甚至比赌博的胜率还小,为此我曾建议他重操赌业,那样赔的还会少些。一次他请我一家吃饭时,为两句话把他太太气得够呛。我太太未免兔死狐悲,说了几句离婚之类的话。他太太有了外援,气也壮起来,说'你再这样,我真的和你离婚了!'他笑着讲了个故事:有人抓住了一只王八,说要把它放在火上烤。王八说,我不怕火。人问它怕什么?王八说怕水。人就把它扔进水里,于是乎它得意扬扬地游走了。我太太气不过又说:'她的模样比你要强多了,配你富富裕裕。'他笑着说'凡是能分出公母来的动物,公的都比母的好看。比方鸡、比方孔雀、比方热带鱼。可为什么大家都认为女的比男的好看呢?关键是人看人。如果换个视角,用动物的眼光看人,那一定和人看动物一样,是另一个结论了。'我太太理论素养不如他深厚,只好强词夺理地说'反正像她这样的人,你绝对不好找',他又笑了'不好找不等于好,六个手指头的人不好找,你并不能因此说六个指头就好。'这场辩论以他全胜告终。过后一个月,我遇到他太太。在马路上,她扶着我的车把哭诉,最后我的同情心也被煽动起来,质问道:'你为什么不和他斗?'她说斗不过。我问为什么斗不过?她说了句至理名言。"

浦耳竖起耳朵,听是什么。

"他根本就不负责任,你说你回娘家,他就打电话叫出租;你说要吃药自杀,他就给你倒水;你说要上吊,他就给你找悬挂处。如果他不高兴了,拍屁股一走就是半年,甭说钱,连个信也没有。"

浦耳还有些不得要领。

秦德夫强调说:"女人最怕的就是不负责任的人,而你太负责任了。"

浦耳想想也对。"可我原来的太太和我一起插队不说,也给我生了孩子啊!我最后不还是给她来了个不负责任?"

秦德夫给他答疑。"她和你生活的时间太长了,用经济话语说,她投放在你这里的固定资产,折旧已折了个差不多了。而你现在的太太,以她的年轻、漂亮、活力,一股脑儿地投放进来,股份就大。大就能控制住,控股公司就是这个意思。"

家庭也罢,控股公司也罢,反正两个家庭只有我一个人有责任。百无聊赖的浦耳打开INTERNET,信手点出"家庭"网址。前妻以大儿子的名义,无休止地明着要钱。现任太太时而暗示,时而私自转移。反正一切都是钱、一切围绕着钱,弄得我有家回不得,有家不想回。

在"家庭"的标题下,分别有"经济基础""性生活""子女""亲戚""夫妻关系"等若干项,他点了"夫妻关系"。

荧光屏上又出现"经济关系""性关系"等。

"妈的!又回到了根目录上。"他在关闭机器的同时,想起了一个律师传授给他的法庭技巧:如果法律对你不利,你就讲证据;如果证据对你不利,你就讲法律;如果法律和证据都对你不利,你就骂人。

在走廊里,他发现财务室内的灯还亮着,就推门进去。

"浦总,您好。"和他打招呼的是梅小青。

他点点头。

"您请坐。"梅小青殷勤地说。

"不啦。"他走上前去看看计算机荧光屏上的账目,"这么晚还工作?"

"到了年底总要把应收、应付对一对。"

浦耳赞赏地点点头。

"浦总有应酬?"梅小青看看腕子上的小金表。

浦耳回答说没有。

"那我陪您一起吃饭?"

浦耳表示不用。和下属的关系就像产权关系一样,必须明晰,一丝暧昧的色彩都不能有。

浦耳刚下楼,雷迅就进门了。"看来你对咱们浦总还有那么点意思啊!"

"一个堂堂的大学生,说话的水平怎么这么低?"梅小青给雷迅倒了杯好茶。她和他是上个月好上的。她自己也不知道为什么。首先,她要比雷迅大五岁,以一个农村人的眼光,这是个要命的差距。其次,他出身于一个良好的家庭,又是个名牌大学的毕业生。这一切都给她以深刻的自卑感。可也许就因为这自卑感,使她一上来就接受了他的暗示——有关于此,雷迅有不同的说法。

自卑感她有,负罪感却绝对没有,对丈夫一家人,她有的只是恨。她认为怎么报复都是应该的。

"不是大学生,而是硕士。"雷迅边纠正,边往沙发上拉她。

她半推半就地被拉了过去。

事情进行得相当草率。

对于雷迅的性能力,她实在不敢恭维。她认为是城市使人退化。可老毕也不是这样的啊!在老毕离开海威之前,她和他相好了很长一段时间。她之所以能到达这个位置与此也不无关系。

她温存地抚摸着雷迅光滑的脸。他人好看,有使人敬畏的学位、学问——她分不清这两项指标的差别——可性能力却不行;丈夫有性能力,可仅仅有性能力。人为什么不能两全呢?

第四章

蒙德俱乐部位于长安街的南侧,与北京饭店相对。它是一个典型全封闭的贵族俱乐部,没会员邀请,任何身份的人也不得入内。而维持这会员资格的年资为一万美元。

"现在世界真成了你们这些有钱人的了。"虽然李寒已建立了"权力资本转化为经济资本"的战略,但和迎过来的浦耳握手时,仍居高临下一番。

浦耳深通与人交往之道,微微一笑后,做了个请的手势。然后跟在李寒后面进了门。他自奉甚简,可做生意和唱戏一样,名角就要有名贵的行头,梅兰芳穿着有补丁的凤袍上台是不能想象的。

李寒径自走到西餐厅。

看你这轻车熟路的劲,肯定来得比我还多,浦耳想。在这个世界上的任何一个角落,权也要比钱好使。

浦耳和李寒面对面地坐在长方形的西餐桌的两头,而李寒的司机则被小王领到远处的另一张小桌上。

浦耳知道这是李寒喜欢的格局,故意安排的。李寒在心高气傲的同时,还心胸狭小。如果在一个宴会上,你没把他的位置摆正,这就注定是一场失败的宴会——他打击比他新的,嘲笑比他旧的。他能使酒变劣、菜变淡、灯变暗、汤变咸。

"外国人讲究公开性,办公室只有象征性的隔断,餐厅也很少单间。"浦耳说。

　　李寒要食谱时曾说，"给我来原文的。现在的翻译水平肯定不行，翻出来的东西让人不知所云"。此刻他正很认真地看菜谱，只点点头，算是听到浦耳的话。

　　"好像你真的认识法文似的？"浦耳看他拿的是法文菜谱，有些不以为然样。"别装王八蛋了！"他想用粗话把气氛搞活跃。

　　李寒没有反击，招招手把侍者叫过来，开始用法文点菜。这个年轻侍者的脸立刻就红了，跑着叫了一个女士来。

　　李寒很顺畅地点完菜。"看咱们两个谁装王八蛋？"他笑着说。

　　"你也会说这些话？"浦耳知道在"布局"阶段落了后手。

　　"假设语言是根数轴，谁要只会使用正半轴的话，词汇量必定比别人少一半。我仿佛记得在中学时，你是数学课代表，大概能听懂我的话吧？"

　　"我总是忘记你上过大学。"浦耳象征性地拍拍脑袋。"不过我记得你好像学的是英文？"李寒是在毛泽东指示"知识青年到农村去"的前一年，就到内蒙去插队的。可以说他是除去邢燕子、董加耕后，插队运动的先导。他在插队的地方，不光劳动，还组织起一些人学习哲学——真正的哲学，从黑格尔到费尔巴哈——后来作为工农兵学员被推荐上学。当时他父亲已经在一个相当负责的位置上工作了一年。再后来掌管国务院教育口的迟群、谢静宜在"反击右倾翻案风"时，以"手续不全"为名，想把他从第二外国语学院开除。但因为李父的老上级马老的干涉，使他们没能如愿。二外归外交部管，迟、谢未免鞭长莫及。"四人帮"一粉碎，他就作为联合国一项培养翻译计划中的一员，被选送到英国。但他只在英国呆了一年半，就中断学业回国从政、办公司。

　　"英国和法国一衣带水不说，英文就是从法文变来的。"李寒很自然地说。

　　浦耳想道：一个人如受到良好的教育，那么在任何一次淘汰和选择中，都有更多的机会。这样就会给人一个错觉，受过好的教育的人，要比其他人更有能力。这个推理很像统计学上的一个例子：将地震和救援人员的数量相比，就会得出"某次地震出动的救援人员数量越多，造成的损失就越大"这样一个结论。其实二者之间根本就没有关系，它们全是地震烈度的因变量。但这如果从没有上过大学的他的嘴里说出，就会有"酸溜溜"的味道，还是不说的好。

浦耳摩挲着酒杯说："我虽然不认识法文，但我的买卖刚开张时，一个广东的生意伙伴请我吃饭时，让随便点酒水，我还是立刻从一大堆法国酒中，把瓶XO请了出来。他惊奇我如何知道。我就讲了个浅显的道理给他听：照相时，领导总是在中间的。所以照着中间的点没错，因为谁也不会把茅台摆在边上，而把二锅头摆在中间。"

"殊途同归。殊途同归。"李寒现在把浦耳看作是他计划中的一个环节，也想把他安排好。"越是好的消息，宣布它的官员的级别就越高。坏事总是由底下的人来干的。"

浦耳给李寒倒酒。

"北京这地方见过的东西实在是太多了，别的不说，光菜系就变了多少回！明代的时候，因皇朝兴于江淮之间，于是清淡甜糯的淮扬菜系就兴盛于一时。接着满族人入关了，鲁菜就吃香了，满族原来都是从关内山东、河北一带移民去的。前几年，又流行川菜、湘菜和粤菜。反正菜系这东西，就像时装一样，没有一种能永远受到欢迎。"

浦耳隐约觉得李寒不像往昔那样神采飞扬，似乎遇到了一些不顺利的事，故此用这些寓言式的议论来发泄。但他没有问，李寒的嘴巴就像秦城监狱，门不从里面开，谁也出不来。"西餐看着不如国菜，吃起来还是有特点的。"

"我认为任何菜肴如果在外表上就表现出它的复杂性和精致性，那它就是一道失败的菜。成功的菜主要是它的俭朴性。"

浦耳真不知道李寒之所云了。

"好多人认为在菜上浇很浓的沙司就是法国菜。他们根本不知道法国菜之所以好吃，是因为他们的沙司就有上千种，香肠也有好几千种。"

"看来我今天约你来谈事绝对是个错误。"浦耳笑着说，"我有个朋友，被和他有过联系而且长得挺漂亮的女士约去到她新开张的饭店吃饭，同去的还有他的一些邻居。到了晚上十点钟,他还没有回家。太太顿生疑云,抄起电话问邻居。

邻居暧昧地笑了声后说,九点就散了。他太太放下刚一岁的孩子,就去了离他家不远的饭店。饭店已经上了门板。但她凭借女人的敏感,断定男人就在里面。于是她坚持等,最后终于把两个人同时等了出来。她骑车先赶回家,方才坐定,她先生就回来了。她问他干什么去了。丈夫的谎话刚编了一半,她就扑上去撕打。在问我朋友脸上深刻伤痕之来历时,他都给我讲了。于是我给他总结道:你这事和美国人评价朝鲜战争一样,在错误的时间、错误的地点、干了件错误的事。换句话说,第一,如果是在中午,那么你太太通常就不会起疑心,夜幕下正好干坏事;第二,如果饭店离你家很远,那你太太想找也找不到;第三,如果你根本没那事,那么在什么地方、什么时间都没有问题。"他举起酒杯,"谁叫我的运气不好,赶上你不高兴。"

浦耳这个"随便"的故事,使李寒自觉"露"得有些太多,于是他举杯一碰后说:"我仿照你的格式,也发通议论:第一,找人谈问题也好,办事也好,请客永远是最好的办法。因为人从本质上说,就是为食物而争斗的,不管有多大的仇,往桌子前一坐,气氛就缓和多了。第二,你又在这么昂贵的地方请客。要知道,优质烹调的最大敌人就是节约。如果你要享受一顿美餐,根本就不能考虑钱的问题。因为烹调是艺术,而钱和艺术是格格不入的。第三,我的心情根本就没有不好的时候,所以你有事就赶紧说,否则你就是用很正确的方法,犯了一个大错误。"

浦耳和他碰了一下杯。

接着两人英国人谈天气般,说了些离双方实质都很远的话。

"就是在中国的法式菜厨师们开年会时,也吃不到这样好的晚餐。"李寒用餐巾擦擦嘴,"每一道菜都有它特有的口味。"

浦耳知道李寒在等他亮底,但他觉得火候还没到。"法国菜、中国菜都不是某些厨师单独发明的,它是一些好客的人和虔诚的美食家一起讨论的结晶。一次我在香港的一个饭店吃饭,想要些调味品,结果他们的戴最高帽子的总厨师告诉我:这里从来就没有这些东西,该放的我都已经放好了。他的意思显然是我如果想要菜甜一些或咸一些,那是我错了。此乃明显的机械唯物论不说,而且他还忘记了烹调的最高原则就是满足顾客。"

李寒没有接他的话茬,而是晃着酒瓶提议把酒喝干。

浦耳是个饮酒不过量的人,常在公司内部宣讲他的喝酒三定律:喝好酒、和好朋友喝、次数不要太多。后两项往往很难做到,但他还是竭力遵循。"这已经是第二瓶了。"他提醒道。

李寒根本不听,并违背喝法国酒"品"的原则,把多半瓶酒分到两个大饮料杯子里。

浦耳比了一下酒平面,认为自己的多了。

"你什么时候变得斤斤计较起来?"

"喝酒的斤斤计较还得了!滴滴计较还差不多。"浦耳察觉到李寒身上的变化:以前在应酬场合相遇时,李总是拒人千里的一副大首长样,举杯微笑,浅尝辄止,分寸掌握的极好,从未见他如此"贪杯"。

李寒把酒倒到自己杯子里一些。"人这东西,一有钱就会变得高尚起来。"

浦耳问此话怎讲?

"我在上大学的时候,一个来自贵州军区的学生有一瓶茅台酒。我们总是想喝,而他就是不让。我们想出各种办法动员、威胁、利诱,可他就是不被驱动。后来我说和他下围棋打赌,如果我输了,就给他买一台英文打字机。他棋力强我一截,看绝对有利可图,便同意了。"李寒自己喝了一大口。

浦耳曾和李寒对过局,认为他的棋根本不入流,故而认为此乃吹牛。

"我找到了一个棋力相当了得的同学观战,然后我拿着棋子往盘上放。如果我放错了,他就踢我的脚。这盘棋下了整整三个小时,终盘后我的脚都肿了。"

浦耳问结局。

"结局就是他满头大汗、痛苦不堪地把茅台酒给我们拿了出来。我们拿着杯子,像化学家一样,把酒公平地分成了五份,谁也不比谁多一点。然后我们一仰脖,一口就喝干了。可现如今,像你们这样的人,一心就想让别人多喝一些。"李寒又喝了一大口,"酒象征着什么?它象征着欢乐。酒越好,就越欢乐。"

因为一会儿还有事情要通融,浦耳也陪着喝了一大口,并附和道:"如果面前放着仅有的卡路里,你不吃就死的话,谁也要争一争。"

"你现在是一个有钱人。"李寒很主观地摆摆手,"请不要否认这一点。你知道为什么吗?"

浦耳说大概是运气。

"绝对不是运气问题,而是体制问题。"李寒大声说。

浦耳觉得依照此语气的趋势,后续必然是一些很尖锐的话。

李寒顿了顿,又放缓和了。"最近我看了一本有关伊朗在巴列维领导下进行'白色革命'的书。巴列维的'白色革命'无疑是成功的,仅用了十五年工夫,就使得伊朗迅速成为一个财富意义上的现代化国家。可因为在大规模的建设中项目计划规模宏大、投资百万,稍有延迟,就会造成严重的损失,所以行贿的金额十分惊人。结果贪污成风,涉及政府高层和王室成员。这种骇人听闻的贪污之风,造成了整个社会的腐败,并逐渐对巴列维政权产生了离心力。"

浦耳不知道李寒为什么跟自己说这些。

"毛拉们在霍梅尼的领导下反对巴列维是没得说的,因为他侵犯了宗教的利益。意外的是白色革命造就的一批'现代'知识分子和技术专家因为经济发展没有带来相应的政治自由,和政府产生了对立。更令人不解的是一小撮富于冒险精神的、在白色革命中发了大财的富翁们,也因为国家在经济危机时,为降低通货膨胀而提高税收、制止投机而加入了反对巴列维的行列。"

话说到这,浦耳听出些味道来。

可李寒却戛然而止,问他有什么事情要说。

浦耳迅速调整情绪,开始讲解自己关于信息高速公路的构思:"全国所有的 INTERNET 都走两个国际出口:北京和上海,出去之后,再接亚太网络信息中心。"

李寒居高临下地插入:"我知道,就是 APNIT。说问题的核心。"他所说的

55

APNIT 是 INTETERNET 的前身,是当时美国国防部为了抗击局部核打击而建立的,目前已经很少有人提及这个词。他之所以故意使用它,就如一人问你:"您认识宋部长吗?"而你这样回答:"哪个宋部长?是不是电力部的小宋?"所形成的效应一样。

浦耳对李寒一贯鹤立鸡群的风度是了解的:他未必真的就是鹤,但他总是想办法把别人变成鸡。所以他不为所动,继续讲:"国内有八个大区,我打算在北京区内的天津、石家庄两个地方开两个小网。因为这些地方通讯地下主干线已经全部光纤化,信道宽阔,电话升位的时间也不长,号码地址资源丰富。另外,它们的电脑普及率也不低。再者我还想组织开发一些国产的软件,不要让信息高速公路上,跑的尽是'外国车'。这些都是有利条件。"

李寒觉得自己这会儿应该"破题"了,就问浦耳是不是缺资金?

浦耳说是。

他又问资金缺口多大?

"整个计划大约需要一亿左右。缺口是四千万。这是一个朝阳项目,我估计投资的回报率不会低于百分之五十。"

"这首先要有个前提:一切顺利。"李寒截断他的话。"你刚才说的是人民币?"

浦耳点头。

"可以考虑。但你最迟后天,要把项目的可行性研究报告送到我那里。我要开会研究。我们是正规的国家单位,要集体决定。"李寒说完就站了起来。

梅小青今天没在公司"加班",而是到时装店和珠宝店闲逛。她很少买这些东西,但她喜欢看时装变幻莫测的美和欣赏珠宝那永恒的魅力。她没有邀请雷迅陪同,凡是和钱有关系的事,她任何人也不相信。

这一逛就是三个小时,回到家里时,已经是十点多了。丈夫一家仍然在等她吃饭。可她只是简单地招呼一下,就进入自己房间,换上浴衣冲淋浴去了。

这是原经委给司局级干部盖的仿苏式的宿舍楼。这种房子没有厅，可房间都很大，尤其是卫生间，更是大得出奇，足足有十五个平方。她头一次在这位于房间中心的马桶上解大手，一向很顺畅的她，居然便秘了。当然她很快就习惯了。

她来到餐厅的时候，热腾腾的饭菜已经在恭候了。

她当仁不让地坐在首席上。和谁也不说话，故意用这家人最讨厌的"吧吧"声吃起饭来，在十分钟内把饭吃完。她刚到这当保姆时，为了这"吧吧"声不知道挨了多少回训斥：她改起来实在是太困难了，因为她就是在这种声音中长大的。当然，她承认自己如果保留这有响声的话，肯定做不到今天这个位置，因为任何一个老板都不会带着一个如此粗俗的女财务部长去出席宴会。

可今天没有任何人提出异议。十分钟后她把饭吃完，随后吩咐保姆把孩子抱到自己的房间，便径自走了。

她相信世界上只有她自己知道，攀登"首席"的道路是多么的艰辛。从家乡到北京后，先是在一家饭馆作勤杂工，然后又到了远郊的一家工厂的流水线上干了半年。最后她发现像这样的工作永远是没有前程的，就托一个在北京认识的"姐姐"给她想路子。这个姐姐告诉她："像咱们这等人，要想弄到真正的钱，路只有两条：一是去卖身，二是给人当保姆。"

什么是"卖身"，又是如何卖，她都知道。在观念上她也能接受，关键她认为这是没办法的办法。所以她咨询的重点是在保姆一行上。

这个姐姐是保姆出身，门槛精得很。"说到底，保姆想弄到钱，也是卖身。和那些酒吧女、发廊女不同的是，她们只需卖给一个人，顶多是一家人。"

她又问到什么地方去找这样的人家？

姐姐说："这也没有一定，要看情况，反正不是男主人的岁数不大，还在喜欢女人的岁数里，就是主人的儿子已大到喜欢女人的年龄。地方也没一定，要入了这一行，才能慢慢地悟到。"

她遵循教导，入了保姆行。再以后，她连续跳槽三次，后来她自己对自己形容道,"就像林立果选妃一样",选中了目前这个家。

到这家的那天,正好是她二十一岁生日。二十一岁正是一个女人青翠欲滴的年龄。她那当时只有五十九岁的公公立刻就看中了她。

这家的活并不重,只是些日常的杂务而已,另外就是照顾那个比她大两岁、外表看上去人模人样,但头脑不太健全的公子。可在应付那个精力旺盛的公公时,她还是很费了些脑筋。这个比她父亲岁数还要大的老头子,从她进门的第二天起,就把他的想法付诸行动。可她的婆婆,是个农村青妇会主任出身的干部,男女之间的事情,懂得不能再懂。看管老公实在是太紧:有一次半夜醒来,发现自己的丈夫不在床上,立刻直奔保姆房。但看到的仅仅是假装酣睡的梅小青。后来又发现了几次类似的情况,所以她很快就变得神经衰弱,经常彻夜不眠,在屋子里游魂般地转悠。

梅小青对此当然不是浑然不觉:公公经常在半夜里,轻轻地用手指搔她的门。另外在只有她和他以及他的傻儿子在家的时候,对她动手动脚。可她表面上半推半就,实际上却一次也没让他真正得手。

当然,这并不是因为婆婆管得紧。用村里人的话说"十分钟站着就能办的事"没人能管得住的。也不是她对此有什么顾忌:从她十二三岁起,就没少受过骚扰,从给她免除学费的老师,到拉她进城的拖拉机司机、给她赊账的供销社售货员。一句话:她已经司空见惯,习以为常了。关键是她怕损害自己的计划。

如果她只想弄到几个"小钱"的话,只要顺从了公公,然后可威胁让婆婆知道,就完事大吉。可那样顶多弄到一两万块钱——她对老两口爱财如命的性格是有了解的——更重要的是就算她多弄到些钱,然后再去嫁人,其盲目性、危险性也是不小的:好的不要她,坏的她不要。就算有好的,也想要她,也得联系得上才行啊!所以她的目标就在这个家里。她相中这个家的原因,除去这一大套房子外,更重要的是公公是经委财务司的司长。她从来家送东西人的态度和礼物上就能看出这是一个肥缺。所以她就留心记了个小账。一个月下来,仅她发现的就累计价值一千多元。她相信自己发现的仅仅是一部分,所以就给这钱乘了个

"三"的系数,以此为据,她"评估"出这家的价值。

她选中的目标自然不是老头:从老头的身体、老太太的身体上估计,十年二十年之内不会完全从这个地球上消灭。再说,在高级干部和保姆联姻方面,鲜有成功的范例。所以,她选中了傻儿子。

古话说得好:食色性也。再说傻儿子并不特别傻,不过是常人所说的"文化"少一些,本性还是健全的。很快就接受了她的暗示,进了套。

当她指着肚子对公公、婆婆公开一切时。两个人都惊呆了。婆婆先清醒过来,表示不相信。"那你晚上十二点到我的房间外面听听就明白了。当然,如果你想进去看看也行。"

婆婆也是个"硬茬",在儿子睡觉之前,一直把她看得紧紧的。

可到了第二天,婆婆就立刻软了下来,让她"开价"。

精明的她让婆婆先开。

就这样谈来谈去,最后使她获得了这些东西:出一万块钱,给她老家的母亲单独盖个院子。供她上大学。继续住在这里。把孩子流产掉。而她做出的"让步"是:在毕业之后,嫁给那个"傻儿子"。

这最后一条让婆婆非常的高兴,从此真的把她当成自己的儿媳妇看待。而这不过是她的计划之二。

她用了四年的时间,读完了预备学校和一个管理类的专科学校。在这方面她表现出过人的天赋,弄得她的老师都说:"不知道有多少天才都被恶劣的生活所埋没。"但完全说是天赋也不对,主要是她的目的明确:每学一分,她的资本就增加一分,完全没有一点被动的因素。

刚把她学籍问题解决,她公公就从岗位上退了下来。之后不到一年,他就中风瘫在轮椅上。

大学毕业后,她如约结了婚。然后就有了儿子。从这之后,她就牢牢地把这个家控制在自己的手里。

她和三岁的儿子玩了一会儿,觉得累了,便让保姆把孩子抱走。

可她刚刚入睡,丈夫就来"骚扰"。她反复告诉丈夫:"我已经很累了。"但丈夫则千篇一律地回答:"我已经洗了"——在结婚后,她非常强调卫生。每次房事之前,都要求丈夫洗澡。

她没有办法,只好听之任之。

秦德夫看林竞芳在进"京广大厦"的自动门前犹豫一下时,就知道她是头一次来这类地方。

等在十七层坐定后,他问四面张望的林竞芳,是否不常来这种地方。

林竞芳的回答很干脆:"从未来过。"

这也正是她招人喜欢的地方,秦德夫边点菜边想。

菜都是秦德夫司空见惯的东西:螃蟹、基围虾、优质牛肉和一些时令蔬菜。

"'九月脐团十月尖',眼下正是螃蟹横行霸道时。吃,别辜负了口福。"他认为林竞芳虽是江南人,但对螃蟹未必熟悉,更甭提这些精致的小木槌、小木墩、小钳子之类的工具,就边讲解边示范。"蟹含四味:大腿肉如鲜贝,小腿肉如银鱼,蟹身肉如鳗鱼,至鲜至美的就是这了。"他把蟹黄分出递给林竞芳。

林竞芳学得很快,不一会儿就利索起来。

秦德夫小口吸进法国红葡萄酒,然后在嘴巴里漱了漱才咽下。

林竞芳看了看酒瓶上的法文后问:"这是不是法国酒独特的喝法?"

"非烈性的酒大都是这种喝法,正所谓:余香满颊也。"像林竞芳这样的博士级女人,智能享受过剩,而官能享受则严重不足。他认为自己有责任教导她。

"我试试。"林竞芳喝了一口,立刻连声说,"不好喝!不好喝!"

"上餐桌如同你们上计算机,应该使用规范化的专门语言。你不见怪的话,我想告诉你一些。"

林竞芳把挡住耳朵的头发拢开。

"每当一道菜、一道汤你吃着不好吃,千万不可直接说'不好吃',而应该说'这菜的味道很有趣'、'它的味道很独特'。"

林竞芳转动着眼睛看着秦德夫。

"我个人认为,人类文化的最高结晶,不是什么四大发明,更不是什么计算机系统,而是饮食。人活着为什么?还不是饮食男女?!"他给她倒上刚刚榨取出来的新鲜橘子汁。

"人生的内容如果不能超过你这样的概括,也太悲哀了吧。"林竞芳表示异议。

透过窗户,可以看到天空的群星和初放的华灯,一点一点地从愈来愈浓的雾霭中钻出,白天和黑夜的转换与交接,毫无断裂感。

秦德夫收回目光,注视着林竞芳。看来她是没什么酒量,秀丽的脸庞已经酡红,星眸闪烁。一阵心旌摇荡弥散开来,他旋即抑制住血液的加速流淌。

"其实人的想法都差不多,不同的只是在说法上有高级、低级之分。"秦德夫也稍微退了退。

林竞芳可能是怕自己的价值观完全被秦德夫给颠覆了,就说:"虽然你的说法很独特,也很有趣。但我还是愿意就菜论菜。"她指指菜。

"真是教会徒弟,饿死师傅。不过论就论,这正是我的专业。"秦德夫又喝了一口酒。"选用优质原料是所有烹调的基础,就像Q大学一样:它之所以出那么多的人才,教育功劳只占一小部分。主要是原材料好,来的几乎都是各省的理工科状元,稍加调整就能上桌。当然,人和这东西一样。"他用筷子指着基围虾。"它的味道好,是因为它接近天然。但接近天然,并不是真正的天然,而是加工后的天然。这和艺术一样:被加工后的生活,要比原来的生活更生活。"

林竞芳很专注地在听。

"我之所以喜欢这家饭店,就是因为它的菜肴经常的变化。烹调中不易的黄金律就是食物必须是季节的函数,不能一年到头都供应相同的食物。当然,现在的养殖技术、交通技术,已经泯灭了时令和地域的差别。但它们毕竟还有着细致的差别的。老练的食客就像小泽征尔能从一百把提琴中听出一把错了半个音节的提琴一样,能品出它们的浓度和味道的细致差别。"

林竞芳的脸上渐现一年级大学生见到名教授之神情。

"品尝食物是艺术,而不是科学。艺术是不能分析的,只能去感觉。一分析就什么也没了。你们的计算机号称什么智力活动都能干,可它谱出来的曲子、画出来的画,像是像,就是没人味儿。"

林竞芳问感觉的前提和条件。

"前提和条件就是足够的钱和一条敏锐的舌头。没钱就支撑不起感觉场,舌头不行就无法去感觉。你看符合此定律的本总经理,不但知道是哪个厨师炒的,甚至能知道这个厨师今天的脾气好不好。"

这回林竞芳有些不相信了。

秦德夫叫过服务员来:"我相信这菜是广东来的三号厨师炒的。你去问一下。"

精明的服务员到柜台虚打了个电话后回答:"您说的对,是三号厨师炒的。"

秦德夫高兴地问:"这下子你信了吧?我告诉你,我家的一个长辈,喝茶喝出道来,不光能知道是什么茶、什么时候采摘的、什么水沏的,还知道是谁沏的。"

林竞芳认为这也太邪乎了。

"这世界上的邪乎事多了:一个程序设计师,设计出来的三十二位的密码,还不是让人给破了?"秦德夫在账单上签字后,把信用卡给了服务员。

林竞芳伸头看数目。

"别问女士的年龄,也别问先生的饭资。"秦德夫用手腕挡住。

"如果知道了价值,我会更高兴的。"林竞芳坚持想知道。

"九折过后一千一。"

"比我两个月的工资还要多。"林竞芳感叹。

"这不说明这儿的饭贵,只说明博士挣得少了。"

"你一年要吃多少?"

秦德夫说大约有二十万的样子。

林竞芳惊讶了:"这么多!"

"如果你想到我是海威的副总,那么它也不算多。"二十万是实数,公司负担则是虚的了:浦耳的基本思想就是钱用在明处,作为红利分给大家,作为公积金、公益金留到以后,不要充当费用隐藏在成本里。因此他规定了每个副总经理,年随机费用是三万。而三万对于秦德夫这样手面的人来说,实在是九牛一毛,由此形成的赤字要他自筹资金来弥补。

"等于我们课题组两年的研究经费。"

"这个类比很好:饭费对于公司来说,是成本的一部分。假设你是我的一个重要客户,我请你蹲在路边,吃一碗馄饨,你敢把预付款打到我的账户上吗?"

"你这是概念的偷换:我并不是你的客户,但你还是用公司的卡开支。"

"我再次强调,我是海威公司的副总:控制权就意味着厚赏。再说,你也许是我们潜在的客户。"秦德夫看了一下表。"咱们走吧?"

在他们穿越人声嘈杂的餐厅时,林竞芳感慨地说:"这里就像是联合国,各种语言都有。"

秦德夫正要答话,一人招呼道:"林博士。"

林竞芳叫了声曹总,就过去和这个中年男人握手。

出于礼貌,秦德夫说了声"我在车上等你。"就避开了。

秦德夫的"桑塔纳"轿车一上三环,指针就上了一百公里。

林竞芳显然不习惯这种高速度,系上安全带不说,双手还紧紧地抓在带子上。

"紧张情绪就像,"秦德夫本来想说"像性病一样,"但想想不合适,就改说:"感冒一样,会传染给另一个人的。"

听到这话,林竞芳只好松开自己的手。不久便习惯了这种速度。

秦德夫问她是否不常坐车。

"汽车倒也常坐,不过不常坐这么快的。"

秦德夫调整了一下反光镜,试图看见坐在侧座上林竞芳的脸。没有成功。

"您的车开得不错。"林竞芳已经完全平静下来。"您还开过比这快的吗?"

"就在前天,我到保定去取一份有关 INTERNRT 的报告,上午九点整从友谊宾馆出发,十二点回到友谊吃的午饭。上了高速公路,我一直一百五十公里地跑着。你知道达到那个速度有什么感觉吗?"

林竞芳当然不会知道,只好想当然地说:"是不是有点漂?"

"我开的不是这车,而是公司的奔驰。那车的性能非常好,根本没有漂的感觉,只觉得像万吨船在平静的海上行驶。我越开越快,一度上了二百。而一过一百五,路面明显地变窄了,稍加操作,车就会到了路边。当时我自觉完全体会到一级方程式赛车手的感觉。"

林竞芳表示理解:"假设一个动作,从命令下达到执行完毕,需要一秒钟。如果是平常速度,一秒钟内车能行三十米,到二百公里时,车起码能行五十米。把距离换算成时间,相对驾驶者来说,路就变窄了。"

"没有点数学、物理背景的人,真还不懂这话。"秦德夫不失时机地说了句恭维话。

林竞芳闻到了秦德夫的酒味,有些担心,就提议慢一些。

"确实是。"秦德夫把车速放慢了一些。"喝了酒的人,感觉特别的好,可反应特别的差。最早我开摩托车时,一次喝了不少酒,可还是八十公里的速度往家开。要知道,摩托车的八十公里,最少顶汽车的一百二。"

林竞芳表示不懂了。

秦德夫解释摩托车到了八十公里,起码需要四五十米的刹车距离。

林竞芳问为什么不把摩托车的制动力加大?

"摩托车的驾驶员,是骑在座位上的,没有任何依托。假设摩托车的刹车制动力像汽车那么大,那么根据牛顿的惯性定律,驾驶员一刹车,必然得飞出去。换句话说,骑摩托车的人,如果预见不到事故,前面就是你爸爸,你也得撞。"

秦德夫有意停顿下来。

林竞芳急不可耐地催促。

"快开到家门口时,我突然意识到早晨出来的时候,看见门口挖开了一道电缆沟,这时要停也已经来不及了。所以我索性一加油,把速度提到大约九十公里的样子,飞了过去。等我停下车来,再扭头看那道宽两米、深三米的电缆沟时,不禁自言自语道:这会儿就是有人给一千美金,我也不敢重新过一回了。"

林竞芳不禁笑出声来。

秦德夫虽然看不见她的笑容,但依然觉得它很动人。

"假设你喝了酒时,被警察发现了怎么办?"林竞芳看着超过去的一辆警车问道。

"如果你没有违章,警察只是例行的检查,那只要一下车站在下风处就行了。"

林竞芳不明白其中原委。

"为的是不让警察闻出你嘴里的酒味儿。"

她又问倘若违章了,又当如何?

"那只有先说好话。"秦德夫减速开下三环。"在我刚拿到白本时,一次违章被警察逮住,我一个劲地给警察点头哈腰。弄得我太太都嫉妒地说:什么时候,你对我要是这个态度就好了!"

林竞芳又笑了一声。

秦德夫觉得这笑声不那么舒展:他从来没有在她的面前提到过自己的太太。"假设你严重违章,而这个警察又是一个铁面无私的人,那我只好拿出最后一招:呼人。"

林竞芳问呼谁?

"交警队从队长到事故科长和事故科的成员,没个我不认识的。"

"要维持这样一个大系统运转,得花多少时间和精力?"林竞芳正在试图把丈夫的户口迁到北京来,对"公安中人"还是领教了一二的。

"任何事情都是配套的:我们公司有十多辆车,结交一下他们还是值得的。"秦德夫猛打一把方向,汽车灵巧地掉了一下头,停在林竞芳住的"研究生宿舍"门口。

65

林竞芳礼节性地问上不上去坐坐？

秦德夫说不用了。他知道林竞芳和同专业的一个顾姓博士生住在一起，这个时间去不太方便。另外，性急的射门是很难成功的。

林竞芳伸出手来和秦德夫握了一下。

分开后，秦德夫觉出她的手和平常不同。

出校门时，他想起在张家界看瀑布时观察到的现象：从瀑布落点逆流上溯数十米，那晶莹、透明、平静的溪流，好像知道自己将跌落，于是，它开始加速和颤抖，就像受到刺激的一根根、一束束颤抖的神经。

第五章

浦耳一进办公室就把计算机、传真机都打开,以确保信息渠道的通畅。接着他开始打电话。他的主要工作就是打电话。许多年前,儿子还小的时候,来他的办公室玩后对他母亲说:"爸爸工作一点也不努力,他光是在打电话。"

他在翻阅那个带索引的《地址录》时,偶然看见里面夹着的一张已经发黄、印刷草率的名片:吉达计算机公司高速经理部。

他把名片取了出来,推过去,又拉回来,最后不由地笑了起来。很少有人,包括他第一任、第二任夫人,知道他是如何起家的。

早在一九八〇年,他看见自己的同学中,非出国深造镀金,就是在某些单位里获得了官职、教职。而自己仍然是一个小得不能再小的职员。突然有一天,他顿悟不能再这样下去了。

他做的第一件事,就是辞去了工作。然后从银行贷了两万块钱。当时决定金融决策的认为银行贷款是一项福利,并定下一个发放的规模,如果贷不出去,银行的领导还要被批评。两万块钱,在彼时是天文数字,拿回来是需要相当的胆量的。

他用一万块钱,在初具规模的中关村电子一条街上租了三间房子,并用剩下的一万块钱中的一半,装潢了房子。随后,他添置了一些必要的办公用品。这时他已经囊空如洗了。

当首任太太问他这般情形,如何开展业务时,他说:"共产党从江西出来,根本就没有一个准确的方向,走一步算一步。遵义会议上毛泽东获得领导地位后,仍不知道到底要往哪里去。后来还是从一张国民党的报纸上看到陕北还有红军存在,这才定下来去延安。""那你也得找张国民党的报纸看看啊!""我这不是正在找吗?你最好也帮助找找。"

后来还确实是他的太太帮助他找到的:她有一个表兄,在吉达计算机公司当副总经理。他同意让浦耳借用一下"吉达"的名义。

应该说这是不小的支持。不信你看一个长城饭店,带出多少小饭店来:住在里面的阔佬们吃腻了里面的大菜,想出来尝尝鲜。每人一尝就不得了。

但光有名义不行,还要有业务。这时,他撇开太太,独自去找他的表兄。"你能不能分一些业务给我们?"表兄一副为难的样子:"吉达"是美国 ACC 计算机公司在中国的分公司,业务规模虽大,但规矩也很严。表兄在他那用玻璃隔出来不大的办公室里转了一圈后说:"前些时候,我们公司的一个部门经理,把一笔业务通过一个中介公司,介绍了出去,结果被开除了。这样做是非常危险的。""如果再加上这个,你看还危险不危险?"浦耳把一个信封递了过去。这正是不带太太来的原因:贿赂之第一要素,就是除去当事人外,没有第三者。"你应该知道,吉达的待遇是很丰厚的。"表兄根本就不看信封。"我在来之前,做了一些调查。"浦耳降低声调说:"所以我另外准备了一些东西。"他用自己简陋的圆珠笔在表兄的台历上写下了"百分之五十"这样一个数据。表兄瞟了一眼后,就走过去把门打开:"我试试看能不能寻找到一个合适的机会。"

很快,就有两笔买卖上了他的门。对方当然没说是谁介绍他们来的。他也没问。

他接到买卖的当天下午,又有人把货物送上门来。

就这样,浦耳在没有一分资金的情况下,赚了一万多块钱。

他只留下了三千块钱的费用,剩下的都给表兄。他的计划是"放长线钓大鱼"。

表兄接连"吞"下了"肥饵"后,也接连不断地"送货上门"。他依然按照第一次的比例分配。他相信像表兄这样的计算机买卖行当中人,是不会不知道利润率的。此外,他是"高投入就会高产出"定律的忠实信徒。

但这次他错了,表兄在拿到最后一笔三万块钱的"回扣",就去了日本。给他来了个"哑巴吃黄连"。

但也不能说完全没有收获,起码他在计算机行当中认识了一些人。

但认识人归认识人,没有有形资产的支持,无形资产是发挥不了作用的。表兄走后的三个月,他几乎一笔买卖也没作。买卖没有,房租得付,雇员工资得开。很快他的账上就"红"了起来。

这天他的运气来了:火车站来了一个取货通知。他很纳闷:自己从来没有订货,更没有从美国的 IBM 订什么"大型数据流磁带机"。但有货来总是好事情。他雇了一辆三轮摩托车就去了北京车站。

等把货提出来一看,三轮摩托绝对拉不了。于是只好用身上仅余的钱改雇一辆客货两用。

把货拉了回去之后,他开箱一看,根本不认识是什么东西。

管它是什么呢!有货总比没货好。他仔细看了运单的底票,确认是寄给他的后,知道就算有人诬陷是他偷的,也不能成立,便把货入了库。

一个月后,他的账上已经"红"的不能再"红",他准备关张时,一个有一面之交的朋友来了。

"最难风雨故人来",他自己找乐,硬拉着朋友去小饭店吃"最后的晚餐"。饭后,他又把朋友拉到了店铺里,让他"全面考察",看有没有可能把房转租出去,让他当一个"二房东",吃点"剩余价值"。

朋友在不经意中,看到了那台大型数据流磁带机:"你有这好东西,还关的什么门?"

他忙问此物的用途。

朋友告诉他:"这是气象部门、地震预报部门、资料管理中心的大型计算机用的。"

"它值多少钱?"他赶紧问。

具体数目朋友说不上,只说大约是两三万。

浦耳多少有些失望:两三万块钱,补完窟窿还是个关张。

"你知道我说的是什么钱吗?"朋友洞察了他的心理活动。

"该不会是美元吧?"他不抱什么希望地问。

"正是。"朋友一本正经地说完后又说:"你开个价,我帮你把它卖了。"

"就三万美元吧。"

"按官价给你人民币你太亏,完全按黑市价给我太亏。而一笔好的生意必须是买卖双方都赚钱。一美元兑换五块人民币如何?"

浦耳虽然认为这已经很不少了,但他潜藏的商业本能使他还是和朋友讨价还价了一阵,最后在"一美元兑换五点五人民币"的价位上停住。

就是这笔钱使他真正地在中关村站住了脚,做买卖最难的就是赚第一个十万块钱,因为在这之前,你没有本钱。而没本钱你就很难起步,除非有一个非常相信你的买方,敢先把钱打到你的账户上,或者有一个非常相信你的卖方,敢把货物先给了你。但当你没有钱、没有知名度的时候,是不会有人这样做的。

这以后,浦耳接连赶上了几个包括挂靠在 Q 大学在内的好机会,很快就有了"百万身家"。再以后,"马太效应"使他的资产很快就翻了一番。

人有了钱,便想清理旧账:他不止一次给 IBM 发过电传,询问在某年某月某日,是不是把一台大型数据流磁带机误发到某地。但答案都是否定的。随后他又问:"号码为若干的大型数据流磁带机的钱是不是付过了?"答案是肯定的。他再问:"是以什么公司的名义付的?"回答是:"此乃商业秘密。"

那就让它成为永恒的商业秘密吧!他心里多少明白是谁干的了。

也许因为有了如上的经历,他后来做起生意来,并不像那些"打一枪换一个地方""见谁宰谁"的公司,相当的厚道。公司也因此而大发展起来。

但厚道并不等于管理不严格,不等于下不了手。就在三个月之前,浦耳对海威公司来了一次"业务流程重整"。

所谓"业务流程重整",不是简单的修修补补,而是对整个机构来了个毫无约束的重新设计。公司和人一样,会生病、闹脾气,很久以来,他就察觉出公司的低效率。但半年前,他和一个客户吃饭时,客户抱怨道:"在你们公司办一件事,要经过五个人批准。我算是熟人,还要办两三天,别人就更不要说了。长此以往,你们的竞争力就会丧失殆尽。"

这话给他以很大的震动。以前他总以为像海威这样的股份制公司,是不容易滋生官僚主义的——非"官"则无"僚",何来主义?——但实践证明他错了:公司一共有大大小小十多个部门,部门和部门之间,划地为牢不说,有不好办的事,就来回推诿。如此种种,不一而足。

经过认真的调查后,他终于说服了董事会,做了外科手术式的"重整工程"。在这种改革中,最高管理者的亲自参与和决心是很重要的。他的压力也不小:原来他认为在公司中,肯定不会像在国家机关里那样,有太多的关系户——当然,他不敢说没有。因为他自己就进了两三个——但方案一出台,方方面面说情的电话就来了。但干事就要干到底,这是他一贯的作风。所以他一个口子也不开。最后终于把广告管理局的一位处长给弄急了:"你以为你们海威公司是什么?是一块肥地?你们再怎么大,也是在我们的领导之下的!"多年来的历练,已使他这块"百炼钢"化为"绕指柔",不会和这位能钳制住海威公司命脉的长官硬顶,而是提出了一个变通的方法:把处长的人安排在一个待遇不错的外围公司里。

当然,他知道不光是他这样做,别人也会这样做。但抓事情要抓宏观,只要宏观抓住了,别的都好办。

他首先把"公共关系部"给砍掉了。"公共关系部"是公司里最庞大的部门,之所以如此,是因为公共关系不像计算机软件设计、机房工程、广告创作等专业性很强的部门,没两下子,让你去你也不愿意去。在一般人的心目中,所谓公共关系无非是陪人吃个饭、跳跳舞,顶多是买个车票、订个房间什么的,谁也能干得了。也正因为如此,所有的关系户,基本上都在这个部门。因此,它就是这回"重整"的第一对象:拆了庙,起码一些和尚要自己去想办法。

首先向他发难的是公共关系部的部长:"没有任何一个现代化的企业,可以不把公共关系搞好而获得成功的。"

"我并没有说公共关系不重要,恰恰相反,我认为它非常重要。"浦耳很了解这个部长,知道他本事不大,背景不小。

"那你为什么还要解散?"部长俨然是质问的语气。

"我认为像公共关系这样重大的事情,应该由我本人来管才对。"浦耳笑着说,"当然,我也会给你考虑一个合适的位置的。"他已经想好把公共关系部长安排到广告部门去工作。

"本人并不很在乎在贵公司的地位。"部长换了人称。他北京大学哲学系毕业,颇有些"北大脾气"。

"如此看来,我是想错啦?"浦耳把桌子上的一摞纸收回抽屉。

"是这样的。"部长把他的辞职报告递了过来。

"西方的政府,只要首相一换,内阁别的成员都要辞职。"浦耳翻看着部长的辞职报告。"我以为这是一个很好的习惯:你先辞,如果首相需要你,他就会挽留你。这样不管阁员去或留,都有面子。"

部长已经站了起来。

"我认为你有很好的学历,也有一定的能力。关键是缺少基层的经验,到广告部门去干如何?"

部长没有马上回答。

"你想一想再答复我。"浦耳把辞职报告递回部长。

部长拿着报告出去了。

他最终还是去了广告部。

"重整工程"在一个月的时间里,全部完成。经过这次"手术",公司的人员减少了两成,估计利润会增加一成到两成。

马一青的住宅距三环路不到三百米,典型的闹中取静,属海淀区。虽然北京城向来有"东富西贵,南贫北贱"的说法,但他在给自己挑房子的时候,根本不受这些陈规的约束,选中了这所占地辽阔、基础相当好的院子。当时所谓的"西厢工程"还没有完成,来此九曲十八弯,交通相当不便。可他却通过一个在规划院的朋友,看了"红线图"——现如今,市场经济在很大程度上取代了计划经济,许多国家计划只有指导意义,有些甚至徒有虚名,而城市规划则仍然有着绝对的权威性。有此依托,他就下决心搬进这所看上去已破败的院子。它破虽破,但天赋足,只要有足够的投入,极容易被现代化。

马一青在院子里来回走着,他怎么也看不够自己的设计。这房子说是整修、装修,实际上仅仅利用了原来的地皮和煤、水、电、路,可以说整个重新盖的。使用面积扩大了一倍,足有二百平米,另外配有车库和两个卫生间。在设计这座院落时,他没有让能源部所属的设计院的民建设计人员来设计,而是请清华大学建筑设计院的设计师来设计的。当时曾经有人建议请藤院士主持,他谢过提议人之后给否了。藤院士是著名建筑学家梁思成的学生,一生致力于尽可能地保持北京古貌,后来以改造北京四合院的设计成名。但请院士来干这活,就如同请著名外科大夫做盲肠手术一样,没准还会做坏——他长年不做小手术,手都生了。更重要的是院士、大师级别的人,往往有太多自己的想法,总想标新立异、流芳百世,而他需要的是那种能体现自己思想的设计师。

他请来的两个设计师,一个是副教授,一个是刚毕业的硕士。他还是自己一贯的工作方法,先把自己的意思告诉给两人,让他们拿出了草案来。然后他再提意见修改。这样往返数次,方才搞定了设计。

他知道,这将是自己最后的归宿。所以在施工中,他不停地修改设计,任何一个细节也不放过。以至于在工程结束后,副教授说:"'文革'中提倡'三边方案',即边设计、边施工、边修改的方案,已经被实践证明是最坏的方法。没想到我今天重温噩梦了。"硕士则说:"您这两万块设计费真花得不冤!"

马一青笑笑,没有反击。只要自己的意志得到了表达,就不要管别人怎么看、怎么说。

他觉得路已经走够了,就拐进了花厅,坐到一把铺着毛毯的藤椅上。这个花厅不是规则的方形,而是西边缺了一角,北面凹进一块。之所以形成这样的格局,主要是为了躲开两棵起码在民国初期栽种的槐树。

关于这两棵树,女婿桑田曾经建议砍了算了。他没同意:园林局规定,凡松、柏、槐,只要年代够长,就严禁砍伐。五年前,建能源研究院大楼时,砍了四棵松树,未经园林局批准,结果被罚款四百万元。最后经过疏通,罚款四十万了事,但已惊动了相当一级的干部。

有深厚"文革"背景的桑田说:"我给您悄悄地砍了,神不知,鬼不觉。"他当下教导道:"如果你安居乐业,又有北京户口,那么公安局对你来说,就不存在。如果你廉洁奉公,检察院对你来说,也不存在。你不离婚、不分财产,法院也就不存在了。但你如果打、砸、抢,贪污受贿,闹分家,那么它们就会自动找上门来,正所谓'天网恢恢,疏而不漏'。"

接着,他又给桑田讲园林局的工作程序,讲京城古树档案。但他真正的心里话却没说。树,尤其是古树,在他心里有神的意思。十年前,他到西北去检查工作,发现那开通的一条新的一级公路中央,立着孤零零的一棵槐树,极大地妨碍了交通。就问陪同的人为何不砍?陪同的人说,此乃唐槐,上了几次常委会,都没人敢下决心砍。当时他还有些不以为然,认为当地的省委领导上了年纪,不免迷信。可去年他再去此地,虽然省委领导已经换了几茬,可唐槐依旧。就连他,也赞同不能砍了。

树是什么?树是生命,是神!他自言自语地走到花厅口,看着院子中那条圆石铺就的小路。人是种习惯在水平方向活动的动物,如果人是爬上爬下的动物,那我就会自动申请去住那集中管理的所谓"高层部长楼"。

这套宅子是慈禧太后在颐和园办公时,大臣们为了朝见方便,在此建的别墅。四十年代,落到朱姓人手中。就在他刚刚"装修"完,香港著名企业家朱先生想把它要回去。可虽有全国政协、港澳办等机关出面,并开出优厚条件,马一青仍不松口。朱先生历尽沧桑,自然练就办事办到底的性格,坚持要自己的祖产。

在交锋期间,他回绝了马一青和他做大买卖的建议。当然,这建议是马一青通过中间关系提出的。马一青一看利诱不行——朱先生已经八十开外,对金钱看得很穿——就采用政治解决的办法:朱先生的嫡亲孙子,在外贸部直属进出口公司工作,正面临一个微妙的提拔局面。而这个公司的老总,和马一青有着"政治贸易"逆差。这一着果然有效,朱先生再不提祖宅的事。

这方法解决、那方法解决,政治解决是最高级的解决。马一青用一把木头梳子梳着头发。

他今年虽然已经六十二,但精神健旺、身体健康。别的不说,他那原来已经全白的头发,竟然开始转黑。要说他也没有新颖的保健方法,不外乎散步和做一套自己发明的保健体操。这套操倒是有些特点,其基本原理就是哪不舒服就锻炼哪。此乃他"迎着困难上"的哲学外化。

可董事长荣永霖却不这样看。他说马一青之所以健康,主要是他的个子矮,并举例说:同样马力的发动机,一个安装在载重车上,一个安装在小汽车上,两个的寿命自然不会一样,和保养的关系并不大。

这话使马一青非常恼火——这也是身体好的表征:一般六十开外的人,甭说火气,就是出气也有些困难。孔子说'六十耳顺'的生理基础也恐怕在此——他反唇相讥道:"大汽车、小汽车,只要是汽车,跑快跑慢不说,拐来拐去把不住方向才是大问题。"他这是指荣永霖因患有轻度帕金森病,运动不能自如而言的。

取材于人生理缺陷的讥笑,永远是最伤人的,荣永霖起码有一个月没和马一青说话,最后还是马一青主动承认了错误。

马一青之所以这样做,并非自觉过分——多年为官,就是明知道错了,也没有改的习惯——而是因为刚刚获得加拿大籍,又回国做生意的女婿,希望能和海威公司合作,汲取启动资金。这样的事,荣永霖如果反对,那么即使浦耳同意,仍会有很大的麻烦。

办这样一件事小事,都需要这个同意,那个同意的,真是今非昔比!马一青迅捷地走了几步,一定要想办法把海威公司拿在自己的手里。

以普通人的眼光看,像马一青这样掌过大权的人——当年,全国能源系统的几百名司局级干部都归他管——应该不在乎区区一个海威公司的权力。但实际却不然:越是掌过大权的人,就越难忘怀。没有大的单位,小单位也聊胜于无。其道理就像一个告别舞台的大演员,即使不能再唱整出的大戏,也要哼几句小曲、客串几出电视剧一样。

郁敏在事业上是极投入的。她是个好强的人,从上小学起,事事要争第一名。在插队的时候,凡是男人能干的活,她也要干。她插队的那个村,是全县"农业学大寨"的典型,劳动的强度之大,用"一出勤,三送饭"便可形容。所谓的"一出勤"就是早五点就去地里干活,一直干到夜里九点。而"三送饭"就是三顿饭都在地里吃。依惯例,妇女起码可以不在地里吃,因为她们要在家里做饭。可她移风易俗,硬是和男人一样。弄的和她一个村的周鼎立说:"你的性别身份要和我换换就好了。"

她的这种迎难而上,律己甚严的做法,一直贯穿始终。

但她知道尽管自己这么勤奋、刻苦,但像她这样的音乐家,是永远没指望举办一台自己的作品演唱会的。所以要想有所成,捷径就是出CD、出带子。目前这个计划正在进行中。

对于今后,郁敏有一个明确的方向:美国是肯定不能去的,因为丈夫是靠不住的。至于儿子,他以后肯定会娶妻,万一娶一个美国太太,实际上等于失去了儿子。所以她必须在中国有一套真正属于自己的房子。当然,这不能靠自己供职的那个连工资发着都困难的文化机关,而要自己筹钱。另外,她还要出一张自己作品的CD,如这办不到,出磁带也可以。

所有这些都需要钱。

至于弄钱的途径,在她主要是靠炒股票。她炒股票的成绩不算坏,一年来,已经获得了大约三万块钱。

每个星期一,她是必去股票市场的。因为经过了星期六、星期日的休市,股票价格总是会有些变化。而变化就是股票市场的生命力。

去股票市场之前,她给储华章打了一个传呼。

她还没到股票市场,就已经看到了身材如鸵鸟的储华章。

她和储华章的关系比较奇特:储华章是财经学院的副教授,专门研究证券的。比她小一岁,早年曾在内蒙古插队。有婚史,已离异,无子女。她是在一个偶然的机会认识他的。她也不知道为什么自己马上就对他产生好感。储华章也是同样,就在前几天,他吞吞吐吐地对她说:"我一见了你,就感到一阵强大的吸引力。"她听着很高兴,但仍然说:"这话你留着给小姑娘们说去吧!"

她经常和储华章一起吃饭、一起玩。一次在喝了些酒后,她在他的房子里呆得挺晚。他殷勤备至,做出种种暗示。她也隐隐感觉到生理冲动。但她还是及时告辞了。其实只要他再坚持留一下,或许就能成其好事。但他终于没敢。

储华章是一个很老派的知识分子,博学多才、性格内向、文质彬彬。有次他和郁敏一起到一个小饭店吃饭。那里的菜之难吃,简直到了难以下咽的地步。但即使如此,当老板笑容满面来征求意见时,他只是说了句:"你这里的菜对我来说,还能凑合。"她当时就给了他狠狠的一眼。于是他赶紧补充道:"但相对女士来说,就不够格了。"真弄得人啼笑皆非。

储华章看到出租车里的她,赶紧跑过来开门。

其实她完全可以自己开门,但她喜欢等他来开。

两个人相伴走进证券交易所。

在电子荧光屏上一看,上个星期她买的一千股"中方汽车"的股票,每股涨了一块七毛钱。她冲储华章嫣然一笑后说:"你真是料事如神。"

"你再把西钢给卖了。"储华章来不及接受她的恭维,只是抬着头看着电子荧光屏。

"可西钢正在跌啊!"郁敏不解地问。

"听我的没错。"储华章果断地说。

77

郁敏只好把她的"西钢"给卖了。

大约一个小时之后,储华章又命令她把"西钢"买回来。

她只好再买了回来。

"你算算账,在持有同样数目'西钢'的情况下,赚了多少?"吃午饭时,储华章问她。

"扣除手续费,大约是两千块钱的样子。"郁敏特地点了杯啤酒。"一般人买卖股票,都是买涨价的那种,希望在价格再度升高的时候卖出去。你怎么反了过来?"

"你这'反过来'用得好。"储华章喝了一大口啤酒说:"西钢这个企业,分红也不低,配股也不少。也就是说,这个企业是有效益的。所以它的股票可以长期持有。也就是做所谓的长线。但这个长线也不是绝对的:比方今天,它在下跌,而且跌幅不小,那你就可以把它卖出去,但它的价格在跌到一定的价位之后,再把它买进。这样你手里的股票的股数没变,却另外赚了一笔钱。"

"高,实在是高。"郁敏用电影《地道战》里的话来赞扬他。

储华章的兴致一下子被提了起来:"股票交易共有两大理论支持。那就是稳固基础理论和空中楼阁理论。"

郁敏虽然像普通的女人一样,对逻辑性强的东西不感兴趣,但还是做出洗耳恭听的样子。因为这些理论毕竟能帮助她赚钱。

"稳固基础理论认为每一种投资对象,股票也好,不动产也好,都有某种内在价值。这个内在价值,可以参数来定量表示。当市场价格低于或高于这一参数时,就会出现买进或卖出的机会。而这一波动最终是会被纠正的。"

郁敏虽然费力,但努力理解了。

"空中楼阁理论是凯恩斯爵士于一九三六年创造的。它注重于投资的心理价值分析。他的观点是:专业的投资者不愿意把精力花在估算内在价值上,因为那是很枯燥的,尤其是在他那个没有电子计算机的时代更是如此。他愿意分析投资者未来可能的投资行为,以及在景气时他们如何在空中楼阁上寄托希望。

他在他那本才华横溢的《就业、利息和货币理论》一书中说了一段至理名言：'所属人主要关心的不是对一笔投资在其投资期间的可能收益做出准确的长期预测，而是抢在公众之前预测到价值常规基础的变化。'"

郁敏已经听不懂了。

储华章也看了出来："我来给你打个比喻：假设你是一个只为中奖而参加报纸评选十佳演员的比赛的人。那你认为哪个人演得好，并不重要。关键要做的是从若干个候选人中，选出十个最接近大众的人，这样你才能获胜。"他用加强的语气说："这也就是说，你的审美标准和比赛的赢输无关，明智的策略是选出其他参赛者很可能喜欢的演员。这一逻辑扩大运用到股票市场上，就是空中楼阁理论。"

郁敏给他倒上酒。

储华章并不喝："一项投资对买者来说指一定的价格，因为他期望以更高的价格卖给别人。换言之，这项投资依靠本身的内涵来支撑自己，新的购买者同样希望别人给予这项投资以更高的价值。在当今这个世界里，每分钟都有傻瓜产生——他会按高于你支付的价格购买你的投资；只要有人愿意支付，任何价格都行，其中没有什么道理可言，只是大众的心理在作怪而已。所以精明的投资者必须抢先成交，抢在最早的交易时机。这一理论可以毫不客气地称'较大笨蛋理论'——你完全可以对某物支付三倍于它的价格，只要你能找到一个笨蛋愿意支付五倍于它的价格就行。"

"咱们两个该去找这个'较大的笨蛋'了。"郁敏说。

储华章马上就去算了账。

虽然天气很热，但交易所里的人却一个没见少。

"真是'天下熙熙，皆为利来。天下攘攘，皆为利往。'"郁敏这话，一半是抒发感慨，一半是自嘲。

"你说的也不全对，单是为了对付不很温和的通货膨胀，单是为了保本，你也必须让你的可怜的资产的投入产出相当于通货膨胀的收益率。"储华章看着郁敏扬起的脸,继续说:"你想做股票买卖,就尽力去做。在美国,最受尊敬的就是商人。他们甚至认为耶稣就是最早的商人。这便是新教伦理。也正因为它,美国才产生了发达的资本主义。"

"这可是在中国。"郁敏听到"美国"两字,就有生理反应。

"在中国也一样:你可以谈论抽象派绘画、足球,或者音乐、理想,但你最后还是要谈到股票,谈到钱。"

第六章

海威之所以能达到今天的规模,是和浦耳分不开的。任何一个集团,不管它是公司,还是研究所、报社、杂志社,都是如此;剑桥卡迪文什研究所之所以闻名于世,是因为有了卢瑟福博士;清华大学之所以出名,是因为有梁启超、王国维。

要说浦耳的本事,周鼎立认为最重要的便是他无孔不入的商业才能。在别人卖彩电、冰箱时,他就开始卖计算机。别人卖计算机整机时,他已经开始卖散件了。等别人卖散件时,他已经把业务范围扩展到计算机机房工程、软件设计、电子玩具等。另外,还有一些工厂——商业如果没有实业支持,就没有根。因为商业这事,谁也很难摸准:一种今天畅销的货,明天送人都没人要。当年的玩具魔方就是一个好例子。而你一旦有了工厂,那就是一个设计和推销的问题了——如广告业。

浦耳却认为周鼎立讲得皮相。他最重要的素质应该是把商业看成是毕生的事业,而不是赚钱的权宜之计。若非如此,他就不会携带葆力公司时期积累的八百万净资产,加盟海威,并屈居"二把手"——理论上,董事长是"一把手",是财产的代表人。而总经理只是董事会的雇佣人员。八百万对于正常的个人消费来说,是花也花不完的。加入海威时,秦德夫曾经提议把资产隐瞒一些,以绝后患,或者再注册一个公司,作为"自留地"。可浦耳坚决不同意。他认为这样做无异于在结婚前就找一个情人,必定会招致"始乱终弃"的结果。秦德夫因此讥他为"纯情经理"。

浦耳当然知道自己肩膀上的担子,也明白公司间竞争的激烈度。要想真正地站住脚,必须保持不懈的创造力。他转到窗户前,朝着东北面,鸟瞰着虚拟中的"电子一条街"。

在这条街上,每年都会诞生一些新的公司。这些新公司中,那些先天不足的、后天失调的,很快就会死去。而那些有雄心、能苦干、充满活力的公司却存在了下来。它们上中下三路并举,从那些暮气沉沉的公司手上抢夺客户,它们工作出色,成绩斐然。

随着时光的流逝,创业者富了,也累了。他们的创造之火熄灭了,成了死火山。

可这些公司还不会马上死亡,他们还要继续兴旺一阵子。浦耳无目的地扫射着无穷无尽的楼群。物理学上有一个量叫动量,它等于速度和质量的乘积。而对于公司也有一个这样的量,它等于公司的规模乘以资金再乘以关系网。

这些"准死亡"的公司,创造出来的东西已经黯然失色。公司职员之间尔虞我诈。结帮成伙,充满了争斗和贿赂。

办公室主任的敲门声惊动了他无边际的遐想。"沃野食品公司的老总来了。您见不见?"进来后他说。

"见。并请他一客。"沃野食品公司正在推出一种名字叫"嫩玉米"的罐头食品,而海威公司正在争取拿到这笔广告业务。

"可北极电子公司的老总中午要请你的客,商量出口事宜。晚上还要去拜会商会的马副会长。"办公室主任是从一所不太出名的学校毕业的年轻人。他没有太多的表面才华,但他办事非常细,文章写得也实实在在。更重要的是他守口如瓶:任何信息到他这里就算完了。浦耳曾评价少年老成的他就像吸收一切,可什么也不释放的"宇宙黑洞"。

"你给我准备一个借口,腾出一小时来。但千万不要对北极的人说,我是在接待嫩玉米的人。"浦耳明知没必要嘱咐,但还是说了。因为必须精心维护和客户的关系,不能让他们发生横的联系,更不能让他们发生冲突。

星期二,郁敏照例来到新皇家酒店京鲁广告公司上班——她供职的艺术研究所,因为不能给大伙提供工资以外的"额外"收入,所以也不要求坐班。渐渐地,除去领导和实在没本事、只能坐在办公室聊天的人外,甚至连卯都不用点了。

如今北京城众多的公司里,广告公司占有相当的比例:一个人如果自己认为自己的肚子里有几个创意——是人就总会有几个创意的——或者在不管媒体还是客户方面认识几个人,便可以办广告公司。但大部分广告公司,没有资本金,没有专业人员、专业设备,有的只是块招牌和一个电话号码。倘若来了买卖,自己提点佣金后,就转包给有实力的公司。

与它们相比,京鲁广告公司算是有些规模的:它在号称三星级的新皇家酒店里包了三间房。连以"艺术总监"名义兼职的郁敏在内,共五人。

"老板在吗?"郁敏先到了老板的办公室。

秘书赵小姐说老板在里面打电话。

郁敏点头示谢后,就推开了门。四个月前,她经人介绍初到"京鲁"时,赵小姐表示了极强的敌意。尤其是在老板卞京分配让她管"广告设计和公共关系"时,赵小姐已经忍无可忍。

郁敏对她的敌意表示充分的理解,在一个合适的场合对她说:"我有正式的工作,来这儿不过是想挣几个钱。"赵小姐起初并不相信,后来看郁敏不光是这样说,而且也是这样做的,敌意就渐渐地消失了。

进了办公室,郁敏把上个星期老板卞京给她布置的一种电话机包装的图样拿给他。

卞京是个自称四十多岁的男子,体重肯定在一百公斤以上。别的不说,他的皮带就很难看见:被上部和下部的肉挤得成水平状。他说话倒挺文气。因为他说他是山东人的缘故,公司名曰"京鲁"。至于是不是,郁敏认为没必要打听。"不错。相当的不错。"卞京很内行地评论着,"这图案有些抽象味道。如今太具象了,人们都不喜欢。"

来京鲁广告公司时,她就说自己是音乐家的同时,还是画家,在她的潜意识里,觉得在广告方面,音乐的用途不如绘画。当然,她也能画几笔,用她自己的话来形容:"有美术职业高中的水平。"

"你再给宝宝饼干设计个包装吧。"卞京拿出一个夹子,里面是一些文字资料。并说要在本月底完成。

郁敏把资料收进包里,就准备走了。

"这是你上次为北洋音像的 CD 设计的封面的稿费。"卞京递过一个信封。

"有工资就行了。"郁敏推辞了一下。卞京每个月发给她八百块钱。这在北京的公司雇员里属中下。

卞京没有再说什么,只是把信封往前推了推。

认为恭敬不如从命的郁敏把信封收了起来。

出门之后,郁敏看屋子里没人,就从钱包里取出二百块钱,递给赵小姐。

"不用了吧?"赵小姐笑眯眯地伸出手来。

"咱们两个人谁和谁?"郁敏在借用"江湖话"时,语音、语调都不像。

"那我就不好意思啦。"赵小姐迅速地把钱塞进抽屉中。

"不好意思"大概是汉语中最伟大的发明。它的用途也很广泛:服务员把油腻的汤洒到你的衣服上时,可以这么说;你给人送礼时,你可以这么说;收受的一方也可以这么说;甚至在一个男人调戏一个女人而遭到拒绝时,也可以这么说。郁敏边往出走边想。当然,我给赵小姐钱也不是白给,我往外发了不少的名片,可又经常不在,找我的电话,又往往打到这里来,接的都是赵小姐,就算租一个信箱吧!再者,依我的观察,赵与卞的关系不一般。跟她联络联络感情,会有好处。

郁敏刚把桌子上的灰尘擦了一下,赵小姐就进来说卞京让她去。

"我忘了一件事。"卞京习惯性地捋了一下他黝黑的头发。"晚上有一个应酬,你和我一起去。"

郁敏原则上是不和男人一起吃晚饭的。但刚刚拿了他的钱,也不好拒绝。

卞京显然看出了她的心思，笑了笑后说："一般这样的事，我是不会请你去的。主要这次是要和我们老家的一个房地产公司谈一项大工程的设计问题。"

"咱们公司也能搞工程设计？"郁敏的话刚一出口，就觉得不妥当。

"咱们公司当然搞不了全部的工程设计。但是把其中的一部分拿过来，还是有可能的。比方出效果图之类的。"

郁敏对工程设计虽然是外行，但她知道"效果图"一说：以前的工程设计，谈来谈去都是专业人员，有正规的图纸和文字说明就行了。但现在各级领导都知道工程的利益，往往要插一杠子。而对他们来说，建筑图纸和"大书"差不多。所以能够直观地表示建筑的规模、色彩的效果图的位置就重要起来。这东西虽然看上去简单，但价值不菲，大约是设计费的百分之三到五的样子。而设计费则是工程造价的百分之十。

郁敏当然明白"重要的在于掺和"这条道理，所以赶紧答应了。

"这么大的事情，光凭咱们的人是不够的。不知道什么地方有这样的人才？"卞京随便地问。

"我有很多搞这方面工作的朋友，记得上次和您说过。"郁敏生怕他把活儿派到别的地方去。

"对。对。"卞京拍拍脑袋。"你看我的岁数不大，忘性还不小。记得你说过，他们都是用电脑设计的？"

"是的。他们不光有电脑，还有从日本进口的绘图机。"郁敏其实只知道大概到什么地方去找这些人和这些人大概用什么工具，具体的并不太清楚——如果等你把什么都弄清楚了，活也早让别人给"顺"走了，所以先揽下来才是真的。

"费用大概也不会低吧？"

"费用自然不会低，但电脑干出来的活很漂亮，和人画出来的没法子比。"郁敏知道自己再往下说就"露馅"了。

"咱们也应该买一台这样的机器，搞一些设计的元素存在里面，广告设计也罢、效果图也罢，一调就出来了。"

85

"我也有这方面的朋友。"郁敏自己也不知道从何时起变得如此地热衷于赚钱的。她以前有什么需要的和丈夫一说,也就办了,对钱之用途、神通,都没有精确的概念。如今,她成了当家人,自然也知道"柴米贵"了。

"你的朋友真多啊!"卞京善意地说。

"我在北京生、北京长,朋友还是有一些的。"

"你们这些插过队的人,目前很多在重要的岗位上。这对我这个想在北京打开局面的外乡人来说,确实是笔大财富。"卞京把转椅转了一个角度。

郁敏从这个角度上看去,觉得他的侧影富态、亲切。

"你去询个价,然后咱们再议。"卞京拿起了电话。

浦耳是在"林林酒店"请沃野的徐老总的。

林林酒店在北京至多算是中上等的,而按海威公司的经济实力,他完全可以在王府饭店、北京饭店等处请客——对请客一事,他从不小气。他曾说过,请客是国人最重要的情感交流方式。别的不说,中国的佛就和外国的上帝不一样:如果不下雨,就得敲锣打鼓地献上牺牲,也就是请佛一客。而上帝却只喜欢听忏悔,寻求精神统治之满足。对一个企业来说,请客在情感交流之外,更是成本的一部分。要是用偷工减料来降低成本,无异于自取灭亡。

但他今天之所以来"林林"的原因有二:一是,沃野是潜在的广告客户,徐老总也是初次相交,如果接待场面过于豪华,他很可能吃完之后,在给他们公司的报告上写:海威公司在经营方面不细,广告项目是否给他们,要斟酌。这样,请客将变助力为阻力。原因二是他对"林林"的感情,在他刚刚起步时,钱不多,如果来了重要的客户,他就会提前来到有些交情的林林酒店,先把菜谱定下来,让他们炒几个拿手的菜,然后再预付给他们一些钱。最后,他还要把品相好、服务规范的服务员给号下,并适当地给她一些小费。这样客人就餐时便会油然而生宾至如归之感。最后再看到他一签字就走,自然而然会觉得他的信誉不错。

他提前五分钟到"林林"。一见他,老板就跑来了。

"我上次说的小便器改造了没有？"浦耳不记得眼前这个老板的名姓：北京干个体餐饮业的人，已经换了好几拨了。这一是餐饮业的利润大，人们很快就能积聚起足够自己花，或者足够自己干别的行业的钱。二是干餐饮太烦人也太累人，流氓打架就甭提，遇到个醉鬼就不好办。另外还有工商、税务、卫生监督等部门的人员需要应酬。否则他们可以随便找一个茬，就能停你的业。打个比方，"活鱼两吃"是很多饭店的名菜，但卫生监督部门完全有理由认为它违背"生熟要分开的"原则，仅此一条，就够你喝一壶的。

"我已经吩咐下去了，据说已经干完了。"老板说完又应酬了几句，就走了。

"我敢和你打赌：那个和洗脸池子差不多高的小便器肯定还在！"浦耳对办公室主任说："什么叫'已经吩咐下去'什么又叫'据说干完了'？企业要是成了衙门，那就全完了。"

说话间，沃野的徐老总来了。他的年纪和浦耳相仿佛，动作敏捷，一看就是一个喜欢体育锻炼的人。

"听徐总的话音，好像是上海人？"寒暄过后，浦耳问。

"我尽量矫正自己的口音，想不让人知道我是上海人。上海人在中国的名声，相当于世界上的犹太人，不招人喜欢。"徐总挺健谈的，说话的频率也快，字与字之间没有粘连。

浦耳又问他是如何"流落"到河南的。

徐总说是从上海插队去的，在河南读完书后，就留在了那里。

浦耳再问毛主席"知识青年到农村去"的指示发表时，他在什么地方？

徐总说刚到安阳地区。

"这就和秋收起义时，咱们同在湘赣边界处一样。"浦耳举杯。"为这就值得浮它一大白。"

徐总把酒一口喝完之后，才说："仪器说我的血压高，医生说我的肝脏不正常，都不让我喝酒。但今天遇到老年兄，不得不喝一些。"

"医生也这么说过我。其实我认为既然人和人的血管的粗细、心脏的大小都不一样，那么也无法要求人们的血压一样高。在英国属于高的血压，按美国标准就正常了。"

徐总举杯示意后，就浦耳刚才的题目补充道："在扁桃体切除术极其盛行的时代，美国的儿童健康协会做了这样一个实验：在调查了一所学校一组年龄为十一岁的儿童，发现其中的六百一十一人的扁桃体被切除，余下的三百八十九人请另外的一些医生来检查，他们选出其中的一百七十四人进行扁桃体切除，并宣布其他人的扁桃体正常。当这些'正常'的儿童又请另外一些医生检查时，二百一十五个孩子中的九十九个被建议扁桃体切除。当其余的一百一十六名健康的儿童进行第三次检查时，相同比例的孩子被告知要进行扁桃体切除术。余下的孩子没有进行第四次检查，因为可供检查的儿科医生已经用完了。"

"很佩服您的记忆力。我也能讲这样的故事，但不能随口举出如此多的数字来佐证。故事没数字支持，就不稳定。"浦耳明白想从某人处得到什么时，恭维是个好办法。

"那你在需要数字，可又实在想不起来或不知道的时候怎么办？"

"实在需要的时候就'姑妄言之'。"浦耳说。

"我之所以不那么相信所谓的专业人员，也是这个道理，我相信他们在大多数时候，用的也是'姑妄言之'的办法。所以，肯尼迪在进攻古巴的猪湾战役失败之后对身边的人说，我怎么这么愚蠢，竟然会相信专家们的话！"徐总又举起杯。

等把这杯喝完之后，浦耳说："专家们的话不能全相信，也不能不信。所以我建议，今天以五杯为限。"

"我的底价也正好是这个数。"徐总笑了起来。"看样子我是遇到了一个专业的商人。"

浦耳笑了一下后，小心地步入正题："不知徐老总这次来北京，需要我们提供哪个方面的服务？"

"我们推出'嫩玉米'罐头，需要发动一次广告战役。不知浦总在新闻媒体方面的关系如何？"

"总的来说,还是可以的。你们想使用什么媒体?"

"中央级的大报和中央电视台。"

"报纸方面把握比较大。至于中央电视台,"浦耳故意停顿了一下,"不知你们选中哪个时间段?"他说话有着自己的方式,从来不说"没问题"之类的,最高的词汇,也就是"把握比较大"。

徐总眯起眼睛反问浦耳能拿到什么时间段。

所谓的"时间段",就是电视台把放广告的时间分成 ABC 段,每段有每段的价格。但在"非广告人"中,懂这个名词的人不多,尤其是那些企业的领导人,他们往往把广告看成是一个细枝末节问题,通常交给部门的人来处理。看来这个徐总对广告还是有研究的。浦耳边想边提到在一个著名的电视剧中插播或在《晚间新闻》之前、在《经济半小时》之后,也就是在 B 段或 C 段播放。

徐总转动着酒杯,慢慢地说:"我这个人有一个习惯,总喜欢最好的东西。这大概和我的家庭出身有关。"

浦耳肯定他将听到一个有关上海豪门望族的故事。

"我父亲的终身职务就是国际饭店的门房。我小的时候经常去那里玩。玩着玩着就把眼睛给养坏了:虽然建国之后,经济不那么景气,但出入国际饭店的仍然不是一般人。不是一般人,就有不一般的东西。"徐总抬起眼睛。"好东西见多了,普通的就看不上眼了。"

浦耳在静静地听,在和客户谈判的时候,他总是遵守"缄默不语是黄金"这条道理。

"当我是一个普通人的时候,这不过是一个人的习惯。当我成了一个企业领导人的时候,这就是企业的作风了。能不能给我弄到最好的时间段?"

浦耳还是没说话。

"也就是《新闻联播》之后,或者是《天气预报》中的牌板。"

"这可是最抢手的时间段,价格自然也不菲。"

"价格问题不用考虑。"徐总挥挥手,"你能不能拿到?"

"应该说有很大的可能。"

"如果你拿到了这个时间段,我就把在北京所有的广告费都给你。"

"我们的广告代理费要比一般广告公司高。"浦耳相信徐总在这之前,一定和许多广告公司谈过了——如今京城的广告公司多如牛毛,一有客户,就会一窝蜂地扑上去,把各种手段都用足。但他们却不一定有能力拿到好的时间段。

"不超过百分之五就行。"徐总说。

"您那精确的数字系统是不是出了毛病?通常的广告代理费都是百分之十,而海威广告公司一般开价百分之十三。"

"请原谅我没说清楚,本公司是从军工企业转产变过来的,我们自己有一套拍摄系统,而且是播放级的。"徐总解释道。

浦耳想了一下后问:"你们一般制作这样一套片子要花多少钱?"

徐总说不超过十万。

"我也不超过这个数。这样你们不也省了麻烦?"

"我刚才说的钱,是在我们沃野的范围之内,用咱们两个人都懂的北方农业术语来说,叫作'秸秆还田'。"徐总想转移话题,"我们还有一个饭店,其价格之贵,在郑州也数一数二。有很多的人给我们提意见,但我就是不改。我的立意是这样的:这个饭店,主要是为我们单位服务的,它的价格高,就能从内部把一部分不能花的钱,通过这个渠道,转换成能花的钱。至于外面来吃的人,来一个宰一个,宰多少算多少。"

"但他们可能提出增加预算,另外他们拍摄的片子,中央电视台可能通不过。而你如果把制作给了我们,这一切风险都由我们来承担了。"浦耳没被徐总的故事给引诱开。

徐总想了一下后说:"你们报个价来,我回去再商量。"

"报价的同时将提供给您拍摄计划。"

"我并没有说同意由你们来制作啊!"徐总笑着说,"也就是说,我并没说'行'。"

"一个商界的前辈对我说过,在他很长的商业生涯中,从来还没有见过哪个人是因为说'不'而破产的。破产的总是那些来不来就说'行、行、行'的人。您的企业如日中天,所以您不会总说'行、行、行'的。"

"今天我算是遇到了一个谈判的高手。这顿饭吃的值。"徐总举起杯,"让我们来完成额度。"

郁敏陪卞京一起出来吃饭,还是第一次。

饭局摆在"龙都",相当的排场。卞京上来就问有无龙虾。

"我们的名字就是龙都。"服务员笑眯眯地提醒道。

"那么最大的是多大?"

服务员告知是六斤左右。

"那咱们就来消灭这最大的。"卞京合上菜谱。"剩下的菜你们随便地给配吧。"

"希望能有一个标准。"服务员生就一副笑模样。

"不要超过两千块钱。"郁敏插话后,又转对发包工程的耿老板说:"龙虾一上,整个宴会的规格就起来了。"

"就和一个并不重要的会议,来了一个大领导一样。"耿老板看上去粗糙,"餐桌幽默"还是有的。

服务员又问点何酒水。

"法国的?还是咱们老家的?"卞京问耿老板。

"老家的酒经常喝,还是来法国的,开开洋荤。"

于是卞京点了瓶"人头马 XO"。

在酒没上来之前,卞京和耿老板有一句没一句地聊着。郁敏听上去觉得两个人似乎并不熟悉。

可酒一来,两个人立刻就像亲兄弟一样,你敬我,我敬你地干了起来。

郁敏在八十年代初,就见过丈夫喝这类洋酒。他们总是手捧杯子,一小口小一口地抿。丈夫是这样解释的:"洋酒应该放在嘴里漱,只有这样才能品出它的醇香来。"至于手捧杯子,丈夫说是为了利用人体温度把酒的香气蒸发出来。

郁敏本来想把方法告诉卞京和耿老板。但转念一想,老板叫我来,并不是为了听教训,也就作罢了。

耿老板喝了几杯后,觉得不过瘾,就让服务员换了一个大杯子。

服务员显然是一个生手,笑眯眯地说:"你们这样喝洋酒是错误的。"然后把郁敏刚才的想法基本上复述了一遍。

"在盛行'阶级斗争为纲'的年代,我经常听见这是错误的,那是错误的。自从改革开放以来,本经理还没有听说过什么是错误的!"耿老板一下子就愤怒起来,把手中的小杯子摔了个粉碎。

郁敏看着那个被吓得够呛的小姑娘,不禁顿生怜悯之心,给打了个圆场:"人家大老板漂洋过海,什么世面没见过?还不赶快换杯子去。"

"就是!杀猪杀屁股,一人一个杀法。"卞京也补充了一句。

仅此一句话,郁敏就知卞京的底蕴:有教养者,从不在餐桌上涉及排泄器官的。不过她转而想道:教养有什么用?发财的不都是这些没教养的人吗?他们也正因为没教养,所以就没约束、没负担、敢想敢干。非如此,焉能发财?!

换了杯子之后,耿老板兴致飞扬起来。再喝几大杯后,他不知抽哪根筋,竟然让服务员给上涮羊肉。

"我们这里是粤菜。"服务员吃了上回的一"瘪"后,说话变得小心翼翼。

"你们号称是多少星级来的?"卞京的脾气也上来了。"上星级的饭店,就应该要什么有什么!"

服务员不知所措了。

"菜谱上没这道菜。"郁敏本来想说,"无论多少颗星的饭店,要菜也不能离谱。"但觉得"离谱"这词可能会刺激着两个人,就换了个说法。

"要不然来个煲,再上些羊肉?"恻隐之心,人皆有之,赵小姐说。

卞京和耿老板可能也觉得有些过分,就不再坚持。

不一会儿,他们要的东西就上来了。

等到高潮到来后,卞京已经失去了自制力,把个赵小姐搂抱在怀里。

赵小姐虽然明知郁敏了解她和卞京的关系,但卞京把它公开化,还是有些不好意思:"你喝偏了。"她似嗔非嗔地说。

耿老板受到诱惑,也不停地用他的脚在追逐郁敏的脚。

郁敏看着这些人把腥膻的羊肉,清爽的龙虾,还有珍贵的法国酒,掺和到一起塞进肚子里的场面,不禁感慨万千。

但最后这万千感慨提炼成一句话:如果不是为了钱,我才不来这个地方呢!

但最后她还是忍耐不住了:耿老板的骚扰强度不断地升级,脚之后是手。于是她只好借口孩子有病,提前退席——她在向卞京报履历时,故意说自己的丈夫和孩子都在身边。这样做的原因是为了避免不必要的纠缠。没想到这先见之明今天还真的派上了用场。

"像郁女士这样年纪,孩子该快上小学了吧?"耿老板不死心,为了要她的电话号码,硬是送她上了出租车。

郁敏无奈,只好把她原来家里的电话号码,也就是小叔子现在的电话号码给了他。

周鼎立今天的情绪特别的不好:计算机管理司出了一个副司长的缺,从道理上讲,无论如何应该是他上。因为司长看中了他,分管干部的副主任也和他谈了话,甚至主任也相了面。更重要的是处里的人都知道了,有些人甚至以"周司长"相称。

可情况突然发生了变化,一个重要领导人的前任秘书从美国学成归来,不知道从什么途径得知这个位置,要来。此人在行前的秘书地位就相当于正处级,在美国时,还是中国留学生联合会的副主席,更重要的是他是硕士。

这次话是司里一个行将退休的副司长谈的:遇到倒霉的消息只有直接的责任者出面谈了。

副司长宦海多年,相当会做思想工作,他慢吞吞地说:"如果让我来挑选,我一定要你。他的履历虽然无懈可击,但他对部里的情况并不熟悉。毛主席曾经说过,如果排长在战斗中牺牲,需要在一个军事学院的毕业生和一个身经百战的老班长中挑一个的话,他就要挑那个老班长。因为老班长知道如何利用地形。如何说服战士们去冲锋。"说到这儿,副司长双手一摊,"但我的情况你是知道的,人微言轻啊!不过你还年轻,还有的是机会。"

他当时表现了极好的风度,说干什么也是为了工作。话在无效时别说。但回家之后越想越气,而这是没法和妻子、孩子们说的,在他们面前必须维护男子汉的形象。这话也没法和同事们说,中央机关里的人事关系非常奇特,人和人之间的距离都很大。如果深究其原因,大概是因为权力大、范围大的缘故。如果你在一个县级机关里干,所能处理的事,相当有限,就算处理得不当,也很容易被你领导知道,纠正起来也就容易。在中央国家机关就不同了,你手中掌握着非常大的权力,掌握着政策。批准了什么或否决了什么,将到达天涯海角,几乎无法监管、核实。所以这里的每一级领导人都不喜欢自己的下级之间联系紧密。三个处长是朋友,互相一商量,就把事情给办了,局长不就形同虚设了?久而久之,这成了传统,上班时有说有笑,一下班一切关系都终结了。

唯一能说说知心话的就是浦耳了,但往他家里打电话没人接,往移动电话上打,回答是没开机。打到他公司里,值班的人显然知道他在什么地方,但说是机密。

"一个企业里,有球的机密。"放下电话之后,他出门要辆出租,漫无目的地开了大约三十分钟后,停了下来,随便进了路边一个叫"芳草"的咖啡屋。

郁敏也没有回家:家徒四壁,一星点人气也没有,回去干什么呢?但去什么地方呢?她最后选定了"芳草"咖啡屋。

进去要了杯咖啡后,她就用一只手撑起头,开始沉思。

说句心里话,此刻她并不是特别的愤怒:女人在某些时候喜欢被别人"浅调戏"一下的,因为这就像花朵强调春天,落叶强调秋天一样,证明你还是有魅力的。当然,这种调戏不能演进,成为不可收拾的事实。

今天的事,大体上就符合这条她根本不知道的定理。所以脸上笑怒搀半,眼睛也是似转非转。

"小姐,你要什么服务吗?"一个顶多二十五六,衣冠楚楚的男子坐到她的对面。

"服务?"郁敏下意识地重复了一句。"我不要什么服务。"没吃过猪肉,但见过猪跑。酒吧、咖啡屋里的故事,也听说过一些。

"那我就陪你聊聊天。"这个男子不管她同意与否径自坐到对面。并自我介绍道:"我是Q大学外文系博士,业余到这里打工。"

Q大学根本就没有什么"外文系",所以更不会有博士。可能任何大学也不会有研究"外文"的博士,最少也应该是研究某国文学的。郁敏面带微笑地看着眼前这个还算英俊的大男孩,他肯定把我当成某个百万富翁的傻老婆了。

她正在想该如何应付这个"博士",眼前突然出了一个似曾相识的面孔。

这个面孔也在打量她。

"周鼎立?""郁敏?"两个人异口同声。

两个人坐了下来,"博士"悄然告退——在戏剧的场面里,多余的人就一定会被打发掉,否则在台上太尴尬。

"我居然差一点就认不出来了,虽然咱们在一口锅里吃过饭,一盘炕上睡过觉。"

"这前一句是没有疑问的,后一句我不能同意。"郁敏从心里喜欢周鼎立这种大大咧咧的性格。

"是'一盘炕'!"周鼎立肯定地说,"不过炕中间有一个隔断罢了。"

郁敏想想也是这么一回事,就笑了起来。

插队对中国历史来讲,不过是一瞬间的一瞬间。似乎没有人研究,也不值得研究。但对他们这些亲身经历的人来说,还是宝贵的。一粘着这,话就没完。

"前些时候,'老三届'组织了一场晚会,你去了没有?"

95

郁敏摇头。"我一没钱,二没势,三没名,没人邀请。我也没时间去。"她说的并非全部实情。她曾经找过晚会筹委会的人,想给他们作些曲,因为没名气,被婉言拒绝了。

"他们来找过我,我也没去。"周鼎立给郁敏要了杯"可乐",给自己要了杯"扎啤"。"我倒不是因为别的,是因为他们的晚会,不单单是这台晚会,而是所有的回忆录、音像制品,都没有找准基调。插队最要命的一点,就是它违背宪法,剥夺了咱们这一代人受教育的权力。"

"你什么时候有了这么深刻的思想?"郁敏对周鼎立是非常了解的,他基本上是个组织家、行动家,思想不是强项。

"这个思想是浦耳提出,由我发展总结推向一个新高度的。"

听到浦耳这个名字,郁敏的心里微微一动:"他现在在什么地方?"

周鼎立看了郁敏一眼,就把浦耳的电话写在餐巾纸上递给了她:"你们真的一直没有联系?"

"没有。"郁敏和浦耳有着比较长一段时间的恋爱史,一起插队的人人皆知,没必要回避。

"看来人和人之间的联系确实脆弱。记得那会儿我们在村北面的磨坊里,开了著名的'磨坊会议',就在这个会议上,我们把你分配给了浦耳。"

"海威公司是个很出名的公司,可我怎么没听说过他?"她不想接他的话茬,因为他是个口没遮拦的人,什么都说得出来。

"这得问你、问他,不能问我。"

他和她又互相说了些闲话后,周鼎立招呼服务员结账。"再和你待下去,起码会有好几个人不高兴。"

"以后咱们再联系。"出门后郁敏说。

"和我联系不联系关系不大。我就像《三国演义》里的那个督邮,出场就是为了让张飞打一顿的,打完也就完了。"周鼎立摆摆手,就上了出租车。

第七章

秦德夫和河南京鹏的辛总约定在"海霸王"餐厅一起吃晚饭。在门口一停车,就有一男一女两个身材不过一米三十、留着清朝式长辫的侏儒来给他开门。

想不到他们竟恶俗如此!真是严重的问题在于教育商人!他咒骂了一句后,把钥匙给了停车员。残疾在任何时候也不是美。

一进大厅,他就看见辛总正和一个穿貂皮大衣的女士站着说话。

辛总也看见他了,用眼睛向他示意。

他明白此乃"请勿打扰"的信号,就在远处来回转。可三圈过后,对方仍无结束的迹象。他就换了个角度,向辛总做了个拉裤门拉链的表示。

辛总下意识地摸了一下裤子的拉链。

秦德夫重新比划了一次。

辛总再摸,仍然发现拉链是完好的。但拉链虽好,谈话的节奏却被破坏了。

"你这小子,满脑子的歪点子。"辛总草草结束谈话后过来说。

"旧情人还是新相好?"秦德夫平常总被浦耳的阴影笼罩着,这一点在吃饭的时候尤其明显,他先要在门口迎接客人,然后给客人倒酒,谈话时给浦耳补缺拾遗,最后还要结账、送客。某次一个多年不见的同学来访,正好遇上要陪浦耳宴请广东能源局的局长,他顺便就把同学带去了。浦耳发现有外人,虽然没说什么,但很不高兴,处处给他脸色看。客人走后,浦耳当看同学的面训斥道:"贵同学来了,宴请是应该的,和我说一下,也可以在公司的账上报销,但不能把他带到工作场合来。"他当然连声说"是"。送同学回住所后,同学发表了观感:"号称总经理,实则小伙计。"他口头反驳道:"一行有一行的规矩,谁也不能违反,就和扑克一样。大王就比小王大,否则牌就没法玩了。"话虽这么说,但心里却极不痛快。今天浦耳没出现,他就有解放的感觉。

辛总说两者都不是,而是他多年不见的一个表妹。

"表妹就是情人的学名。"压力一取消,固体会变液体,液体会变气体。

辛总无可奈何地笑了笑。他今年四十四岁,早年生活在北京,后来随同"支左"的父亲一起去了河南。"支左"结束后,他的父亲被结合进省级领导班子,他除去在北京机械学院当了三年工农兵学员外,一直在河南。

但在河南是在河南,说起北京话来,依旧是字正腔圆。他边走边给秦德夫释疑。"我这个表妹,典型的'小姐心气丫鬟命'。他爹,也就是我舅舅,是空军司令部作战部的一个中级官员。鬼知道一九七一年初,怎么就和林彪联系在一起了。当然,这是文件上说的话,据我估计,也就是和空军作战部长鲁珉,顶多是和林立果联系上了。但这帮人中粘上谁也是麻烦。审查结束后,就复员了。没多久,就郁郁而终。表妹凭借着几分姿色,嫁给了一个不算小的官的儿子。可这孙子国门一开就溜到美国去了。且'黄鹤一去不复返'。我估计是让美国的黑社会给干掉了,他在北京时,就'口里口外,刀子板带',黑、白、红、花都来。另外他弟弟,前年去俄罗斯倒腾东西,就让那儿的黑社会给了一刀,他没钱看病,只好用伏特加来清洗伤口,养了半年才回来。俄罗斯的黑社会,和咱们这儿的不一样,他们都开奔驰车、穿名牌西装,使用以色列微型冲锋枪。他们的个头儿也大,一刀两刀的也趴不下。据我一个参加过珍宝岛反击战的朋友说,缴获的苏联冲锋枪,咱们的人根本拿不住,没那么大的臂力和体重,无法平衡反作用。再加上他们人熟地熟,和他们干,绝对是以卵击石。有其弟必有其哥。"

秦德夫给他倒茶。

辛总被导引回来。"我曾经让她'宣布死亡',可她吝惜夫家姓氏那点残余的无形资产和一张处处漏洞的关系网,活寡直守到今天。"

秦德夫不相信守活寡的人还能穿得起貂皮衣服,而且还是上好的母貂皮。

"貂皮大衣就是有钱女人的符号,就像大款们追求'6688'的车号一样"。辛总分析完做了个结论,"我估计她是傍住了什么人。"

秦德夫觉得辛总这个故事,起码在结构上还说得过去,就请辛总点菜。

"生吃肥马的里脊、熟吃骡子的'磨裆',咱们都来过。吃什么就随您的便吧。"辛总对饭店里仿佛海洋博物馆一般的一大溜海鲜柜,熟视无睹。

秦德夫有些奇怪,辛总平素口腹之欲极强,烤鸭没半只、涮羊肉没三斤饱不了。但他也没多问,如今这个世界上,烦心的事就多。不信你晚上从你熟悉的朋友中,随便挑出五个来问问,如果他们个个顺心,那才是怪事。

他点了一两个特色菜,另外要了一瓶"二锅头"。他让服务员到了餐桌上再打开。

酒上来之后,他仔细地审查着封口和商标。

"您是我们这儿的熟客,还不知道我们这儿没假酒?"服务员笑着问。

"我喝酒和打青霉素一样,每打一回就得做一回'皮试'。"秦德夫转向辛总说:"在如今这个社会,起码你得找一种你一看就能看出真假来的酒。你说要是喝酒喝瞎了眼睛,那就和在马桶上感染了性病一样,该有多冤!"

辛总不同意秦德夫的说法,认为马桶根本就不能传染性病,不过是患者的托词罢了。

秦德夫举例道:"我有一个在协和医院做妇科主任医师的姨,某次在一家五星级的酒店开一个高级学术会议。她洗澡时出汗多了,就铺垫着标志着'已消毒'字样的毛巾,在澡盆边上坐了几分钟。没想到就得了淋病。后来她对我们说:幸亏我已经六十多岁,而且我自己会治,要不然可真的麻烦了。"

"假设我要是检察官的话,我就要问:你这姨姓甚名谁?在哪家五星级酒店?开的是什么会?"辛总不等秦德夫回答,就自顾自地说:"当然,饭桌上的话,说说就完了。"

"不完你还想怎么着?"秦德夫不再纠缠这个话题,给辛总斟酒。

以他的反应速度,他就是杜撰也不愁回答辛总的问题。更何况这个故事基本上是真的,不同的是主人公是姨姨的一个同事。但他记起浦耳多次就接待问题,给公司的干部说的典故:中联部的副部长熊向晖奉周恩来之命陪同英国元帅蒙哥马利在沈阳看《穆桂英挂帅》时,蒙哥马利说:你们中国人真不严肃,女人也能当元帅。熊向晖是清华的毕业生,英文好不说,反应也快,早年打入敌人内部,给胡宗南当秘书,把个"西北王"糊弄得一愣一愣的,曾立过大功。他当下就应对道:你们英国的皇帝还是女的呢!蒙哥马利立刻哑了。回到北京之后,熊向晖把这事当外交胜利向周恩来汇报。周一听就批评他:蒙哥马利是对中英关系有贡献的人,咱们把他请来,就是为了让他高兴。你自恃才思敏捷,说得他不高兴,还以为是外交胜利。真是幼稚之极!熊向晖后来在回忆文章中写道:总理的指示他一直奉为准则。

做生意就是做关系,而让客人高兴,是营造关系的最佳途径。今天浦耳没在,秦德夫认为应该趁机和辛总好好拉拉关系,给自己今后的发展奠块基石,就提议连干了三杯。

三杯过后,辛总的谈兴来了,就问秦德夫知道不知道浦耳一反常规,不亲自出面接待的原因。

秦德夫确实不知道。所以只好说:"外国来了国家元首或政府首脑,通常是给某部部长一个陪同团团长的名义,由他负责全面接待。"

"你们区区一个'三产'不'三产',民营不民营的股份公司,又不是日理万机的中央政府,有几个我这样的客户?!"海威在河南的业务一向仰仗京鹏,所以辛总说话"粗"惯了。"再说就算是中央政府,客人来了,也要在人民大会堂举行个仪式,其余再由陪同团团长对付。"

秦德夫不掌握全面情况,在逻辑上也讲不通,所以只好举杯搪塞。

辛总把酒喝了后,一板一眼地感叹道:"'金风未动蝉先觉'啊!"

秦德夫只是斟酒,并没有问。往往问到的少,反而得到的多。

辛总用他人的酒,大浇自己心中的块垒。"你知道秦副省长吗?"

秦德夫说知道。秦副省长在他陪同浦耳去河南时，曾经宴请过他们一行。此公说的一口好听的吴侬软语，看上去精明干练。

"一切原来都那么顺。可他一调走，立刻就翻了一个个儿。说起来我们官场上的人，还是不如你们商场上的人。""京鹏"在河南省相当于"首钢"在北京、"红塔集团"在云南，是顶尖的国营大公司，其总经理位置是不少人向往和追求的，所以辛总向以"官员"自居。

秦德夫却认为商场的险恶度也不差，多的是粉身碎骨的机会。

"除恶归险恶，但完蛋起来总有个过程。不像官场上的人，一个文件传下来，你就狗屁不是了。"

"我看也不至于'死了张屠夫，就吃混毛猪'。"

"怕的就是张屠夫死了，混毛猪也不让你吃。"

"可我个人感觉，靠山也是自己找的，除非你是某个人的儿子。"关于辛总的背景材料，秦德夫也了解一些。

辛总用筷子敲敲桌子。"你没官场经历，以为靠山那么好找?!抛开秦副省长的夫人是我妈的'小老乡'这先天条件不论，光他在钢厂当党委书记时，我为完成当月的生产计划，抢修高炉，在里面连续苦战四天四夜，就不是好来的。"他酒入愁肠，翻腾升华。"后来我给他当了秘书。别的不说，影子般地跟着他，个人生活他妈的没了，结婚四年才有孩子。"

秦德夫对他的"提皮包生涯"表示理解。

"岂止是提皮包。什么不得我提?!他要是生病了，连"辛总说到这儿，突然打住。"后来，他升到开封当副市长，我也跟了去。开封人那个排外，就别提了。更何况，副市长没有专职秘书，我只好干专职秘书的活，名挂在市政府办公室里。为了站住脚，我每天早晨都要比别人早到十分钟，好赶在别人之前，扫地、打水。你知道我那会儿住在什么地方吗?"他痛苦地眯起眼睛，"离办公地点八公里!夏天好说，冬天顶风骑自行车，能把鸡巴都冻得缩回去。"

秦德夫说公子哥儿能如此干，也真不容易。

"你不要对干部子女有偏见,他们属于两极分化一类:坏起来是真坏,干起来真干。绝少中庸之辈。再说,老爷子那阵已经离休,我顶多也只能算是一个落难公子哥儿。"定了性后,辛总继续讲:"就这样,我在他到省里当秘书长时,以副处级上调。后来,他成了省委常委、常务副省长。"

秦德夫问他为什么没有再给秦当秘书。

"对于首长来说,秘书不能用长了,一长他就什么事情也知道了。知道了就没有神秘感。而对秘书来说,也不是一辈子的行当。你可曾见过一个五十岁的首长,配个六十岁的秘书?所以我在他当上常务副省长之后,就要求下了基层。他正好也要用人,就让我到进出口总公司当了副总经理。这个位置属于准厅级。后来京鹏成立,他为了把它抓在手里,派我去了,于是我成了副厅级。在他走之前,我已经被省委组织部考查过,准备让我到经贸厅当厅长,可他这一走就全吹了。"辛总自己喝了一杯。

"秦副省长走之前,赶紧召开个会议一定不就结了?"

辛总看了他好一会儿后问:"你知道共产党的官最大的权是什么吗?"

秦德夫显然不知道。

"最大的权就是召集开会权。一个副省长,就算你是常委、就算掌握了再多的部门、再多的财力、物力,你也没有资格说:'咱们开个会研究一下干部'。这话只有省委书记一个人能说。他要是不说,那不管你给他施加什么影响,也是白搭。"

秦德夫试图再给辛总倒酒,辛总用手挡住杯子。"再喝就多了。"

"又没犯错误,顶多是个平调,反正少不了你的副厅级。"

"中国有的是级别够高,但什么实际权力都没有的单位。"辛总连着报出若干。"就算人家考虑到专业对口,把你弄到经济信息中心当主任,那也没戏唱了。"辛总双手一摊。

秦德夫表示再努力就是了,东山再起的可能总是有的。

"但你到了一个没有实际权力的单位,你就给人办不了事,也就做不出明显的成绩来。换句话说,没实力就没了外交。而不打交道,别人就不会想起你来。"

秦德夫以前和辛总之间有些小小的个人经济往来,此刻见他痛苦的样子,必须把同情表示足。"是不是已经上了会?"

"上了会还来得及?!"辛总刚要给秦德夫倒酒,最后一道菜,也是今晚最贵的一道菜,上来了:青菜铺底,上面是两个鲜嫩的牛睾丸。

两个人都盯着菜看。

辛总觉得气氛被自己搞得过于凝重,就借题发挥,讲了个故事:"一个美国佬到西班牙看完斗牛后,在场外的饭店吃饭。他看大家都争着要一道名曰'失败者的精华'的菜,也就是这个。"辛总把睾丸切开。"他花高价竞争到一份,发现入口即化,确实鲜美异常。为了让家人共享,他就开出个天价把明年的给预订下了。次年,他携带家人一起去吃。结果因飞机误点,订餐的时候才到。端上来的是很小的两个。他问原因,侍者低声对他说:'今年是牛胜了'。"

"为了不让人把你的蛋吃了,所以你要未雨绸缪。"秦德夫当然能听懂故事的含义。

辛总举杯和秦德夫一碰。"知我者,秦先生也。"

李寒电召浦耳到其办公室。

浦耳一落座,李寒就开门见山地告诉他:借四千万块钱的事,已在公司的办公会上原则通过。"

浦耳想不到事情会如此顺利,所以本能地开始预测李寒可能提出的附加条件。

"问题是,我们借出去的钱将得到什么样的担保?"李寒翻动着海威公司的项目可行性报告。

"我原来还以为是合作呢。"浦耳看着李寒英俊但松弛的脸,"那样的话,你们每年将得到百分之二十以上的回报,而且是税后的。"

"我公司不同意投资。经我力争,才勉强同意借些钱给你们。"

能借到钱就已经很不容易,入股合作不过是浦耳的一厢情愿。他于是问利息是多少。

李寒说百分之四十。

"一个荒唐的数目字。"浦耳笑着说,"就是像信息高速公路这样的朝阳项目,最好的项目,也才四十到五十的毛回报率。而那还是作为投资,也就是说要承担一定的风险。而你现在仅仅放债,就要求得到百分之四十的回报。有如此之好事,那谁还肯投资?放出钱去,坐在家里拿利息有多好。"

"你说的正是中国现在的实情。"李寒给浦耳算了笔账,"按照上个月公布的数字,目前中国人民银行三年期、五年期、八年期的利率加保值补贴率分别是百分之二十五、百分之二十八和百分之三十点八八。"

浦耳知道他说的是实情,没办法反驳,只好说:"可根据统计局的报告,国内企业的盈利率只有百分之七左右,而我们的……"

李寒是策略大师,明白欲擒故纵的道理,所以就强硬地说:"我并没有非得把钱放到你们的项目上。"

浦耳在商业界也算是大人物,话被人"腰斩",很不痛快,一时不想再说话。

李寒表示利率可以再谈后,又回到担保问题上。

"只有我们海威公司开给你的借据了。"浦耳的公司里大型的东西,比方汽车、工厂的设备、一些房产,都已经抵押给银行,目前是在负债经营。

但这并不说明海威公司的经营情况不好,因为负债经营是现代企业通常的做法:假设你找到一个很好的项目,可资金不足,那么不找银行贷款,项目就会跑掉。再假设,你开发出来的项目,因为规模小,没有效益。你想扩大规模,如你只想用自己积累的钱来发展,那速度就要慢很多,所以这时你也只好向银行贷款。而贷款是要抵押品的。这些抵押品通常是公司本身。再往清楚里说,你用干了一半的活为抵押,向银行去借干下一半活用的钱。

所以说负债经营不是坏事情,只要你的资产比债务多就行。

"如果你的项目效益不好,借据又有什么用?"

"既然你做的就是金融生意,借据就是工具。"浦耳回答。

他这话意思很深:从经济学的角度讲,金融本意就是"我要用钱来办事"。这里"钱"是关键词。但钱本身不是金融,金融必须是债务的买卖关系。债务和债权一流通,金融市场也就产生了。

可惜的是,目前中国还处在金融市场的初级阶段。股票市场就是一个好例子:发行股票的手续太多、太严格,必须万无一失才能上市。它就像是国家的一项公益事业,绝对不能使上市的某个企业破产。这样做的负面影响,就是使得许多像信息高速公路之类的高科技、高风险的项目得不到资金的支持。

"你说的这些我都懂。"李寒站了起来,转动着他的椅子。

浦耳却认为他不一定懂。

"金融是一种可以把钱集中起来花的东西,很多人都有钱,但他们都不够干自己的事,于是他们把钱集中起来,先让一个人干,然后再让一个人干,给最后的那个人一些利息,这样效益就高得多了。"李寒微笑着说。

这下浦耳知道他是懂的——起码也懂一些。

"但金融市场是以信任关系为基础。中国现在哪还有信任?至于自我监督那就更扯淡了:根本就没有一个共同的价值标准。至于国外经济学家们常说的双向监督,也就是你坑我,我就坑你。在咱们这块土地上也实行不了:假设有某人在某笔生意上把你给坑了,他远在天边,你坑不着他,于是你没办法,只好来坑我。也就是说,坑人的人,和被坑的人常常不是同一个人;再剩下就是依靠第三种势力来监督了。前些时候,我们开发出一种计算机软件,投入高级人才三十人,时间一年,资金四百万。可刚一上市,就被广西的一家公司给盗了。我们到广西的法院去告状,那里的法官振振有词地对我们的人说:复制你们些磁盘有什么了不起?我听见别人有好听的歌带,也常常自己录一盘来。和这样水准的人打交道,谁也没辙。"

浦耳这下子知道他是真的懂了。"非常感谢你给我上了一堂生动的经济课。"他把皮包扣上。

"别着急走，咱们还可以继续往下谈。"李寒坐回椅子。

浦耳不知道该怎么往下谈了。

"你肯定要进一些国外的设备吧？"

"那当然。"

李寒又问百分比。

浦耳回答在总投资的百分之十五左右。

"我手里有一些额度取消前留存的官价的外汇，你可拿去用。还的时候，给我人民币就行了。"

浦耳知道李寒想吃官价和市场价之间的差价，但他还是问按什么价还人民币。

李寒知道他是明知故问，就没做明确答复。

"差价以什么方式体现出来？"浦耳知道再装下去没什么意思了。

从严格的角度说，这是贿赂。但变通一下，事情就成了这样：反正我也要外汇，买谁的也是买。至于把差价汇到香港账户也罢，瑞士账户也罢，那不是我的事。

见浦耳沿着自己的计划精确行进，李寒挺高兴。他表示枝节问题最后再说。他不是一个单纯的计划派，实际作业能力也很强。这些日子以来，他综合考察了所有列入他计划的公司，最后才选择了浦耳做他的第一渠道，香港为第一中转站。

通往香港这第一中转站，他有许多渠道。之所以选中浦耳，主要是因为与之只有私人联系，而无政治联系——马非如若不是损害了那个副组长的政治利益、经济利益，也不至于暴露——另外，他认为浦耳是职业商人，而职业商人就如同妓女，只要钱到位，根本不会产生感情方面的纠葛。

"我也觉得刚才那个利率有些高。"李寒再和开始的问题对接，实施自己计划的第一步。"可以适当地降低一些。"

浦耳用目光问：能降低多少？

"比银行的贷款稍微多上一个百分点,让我有个交代就行了。"

浦耳相信自己没有听错:银行目前的利率是倒挂的,它付出的存款利息,再加上它的费用、"呆账""坏账"等损失,要比贷款利息高得多。正因为此,贷款才很难获得。

可他为什么这么慷慨?浦耳问自己。多年的商业经验告诉他,"大头"一定在后面。

只要有钱赚,只要他的条件不违背或者不太违背现行的法规,我就干。浦耳想道。现在的客户,尤其是国营性质的客户,几乎没有不附带条件的:有的是让你提供出国的机会和费用,有的是要回扣,有的是安排人。就在上个月,一个外地电力部门的客户,给了他们一个利润高到出奇的活,条件就是帮助他太太换一个肾脏。为了这个肾脏,他几乎动用了公司的全部关系,终于在南宁找到了合适的。这位电力官员非常感激,又在高额利润上加了一笔。

这种风气,外国人也有。去年一个日本大公司的代表,在一笔原材料的买卖上,作了相当的让步之后,提出解决他的孩子到 Q 大学上学的问题。这事他交给秦德夫,秦没费什么力就办了,只要从利润中拿出一小部分,作为给 Q 大学的赞助,他们就能接受这个学生。因为日本人既不要你解决学籍,也不用纳入国家的分配计划。

不知道李寒开出来的是什么价?浦耳一言不发地注视着李寒。

"除去 INTERNET 外,咱们再设计一个不出我公司业务范围的项目,全部投资由我们来出,你们只要以技术入股就行了。将来如果有收益,咱们七三分成。"浦耳从来不相信这种"天上掉馅饼"的好事,也从来没有遇到过。

"除了借给你们的四千万外,我还另外有笔闲钱,这钱放在我们公司的账上,今天这个来查,明人那个来借。上级单位也动不动就想无偿地调走。当然了,"李寒改用轻描淡写的语气,"投资这种事情,有可能成功,也可能失败。万一投资失败,你们也不会损失什么,出份报告,我就可以把这笔钱给报销了。"

浦耳认为自己完全听明白李寒的意思:他要"洗钱"。于是他问:"这是个多

107

大的项目？"

"我准备分两三步走，第一步大约是三十万的样子。"

"人民币？"

"美金。"李寒面对浦耳，身体坐得笔直。

浦耳却觉得自己的后背一阵阵地发冷。第一次走三十万美金，算是投石问路。如果渠道安全畅通的话，第二次就是五十万，然后是六十万。国有的百多万美金，将从我这里无声无息地"离岸"，进入虚无缥缈中。这可不是闹着玩的事。

"当然，不会让你白干：不管盈亏，都付你总数百分之十的费用。而且我不问去向。"李寒的话到这份上，算是说白了。

如果单是我这里，也许不会出事。浦耳还在继续自己的思路。但他肯定会像INTERNET把一条信息、拆散成若干"小包裹"，从不同的途径送达目的地，然后再组装起来。其中任何一个出了事，都会牵连到我。到时候，他也许会拿着自己抽屉里早已准备好的外国护照，一走了之。我却走不了。

"如果嫌少，你可以开个价。"李寒玩弄着一把精致的裁纸刀。

浦耳嘴唇动了动。可一向口若悬河的他，竟然失语了。

"你有些担心了？"李寒笑着说，"扛一根小木头，一个人就行。如果是大木头，就要好多人来扛不说，其中还会有一些力气大的人。"

浦耳当然明白他的喻义，根据他对李寒的了解，他相信这些"力气大的人"根本就是子虚乌有。或者力气最大的人，就是李本人。

李寒亲自给浦耳倒了杯茶。

浦耳知道这是他在用身体语言发问，于是回答道："这不是小事情，我需要调研一下全面的情况。"

"应当考虑、考虑。"李寒用裁纸刀肢解一张质地很好的道林纸。"前些日子，我到山西考察我们与地方上合资的一个煤站，因为路不好走，就调用了合资方的一辆三菱吉普。开车的司机叫老栾。老栾边开车边和我聊天。说他和他的老板，原来是一起开车的。我惊讶这差别之大：与我们合作的裴老板最少也有千万身家。老栾就给我讲了一个故事:煤炭集运站刚建起时,周围根本没有围墙,过磅的也是乡里乡亲的熟人。所以裴老板和他拉一车煤过完磅后,根本不卸在站台上,而是找地方绕一个圈子,再回来过磅。然后周而复始。我插话问老栾,为何后来成了天壤之别了呢?老栾说:老裴这个人比较勤快,一天总这样干上七八趟,而我以为日子会总是这样的,每天拉上它两三趟就去打麻将。可准知一年后,煤站的围墙修起来了,过磅的也换成了'官人'。想挣也没地方了挣去了。而人家老裴,拿一年赚下来的钱,先建一个焦化厂,然后盘下了这煤站,与你们合资,成了大老板。"

浦耳表示听懂了他的故事,然后说,定了就尽快通知他。他之所以没马上答复,是因为他没有明确的想法,只有一个大概的意向。而这么大的事,多想想再定不迟。

梅小青依照习惯,总是等公司所有的人走了后再走。等她走到院外,雷迅已经开着辆"奥拓"在那里恭候多时了。"您这样加班,可要注意身体啊!"他不无嘲讽地说。

梅小青没听出这话的味道,笑着坐进车。车一关,她立刻嗅出皮革加机油的味道。便问从什么地方借来辆新车。男人喜欢汽车,就像女人喜欢时装一样,雷迅自然也不能免俗,经常从某个朋友那里借车开着玩儿。但因他刚考上本子不久,能借来的通常都是不怕蹭、刮的旧车。

雷迅细细地"哼"了一声,专注地盯着前面一辆顶子上装着一排灯的北京吉普,准备超它。超过了吉普车后,雷迅松弛下来。"干吗非得要借?我自己就不能买一辆?"

梅小青对车并没有明确的概念,但估计不会在十万以下。所以她表示不相信。

雷迅让她打开右座前的小柜,取出里面的行车执照,同时熟练地打开灯。

梅小青借灯光一看,行车执照上果然是雷迅的名字。

"你以为只有浦总、秦总他们才会有车？"

梅小青带些担心地问钱的出处。雷迅的胆量她还是知道的。

雷迅让她猜。

"该不是账上的吧？"她知道在计划部挪腾钱的余地也是不小的，稍微把外委工程项目的预算做得大一些，然后把多余的部分当成"回扣"拿回来。神不知鬼不觉的就能把数字变成钱了。

"如果我要真的想动的话，确实也是手到擒来。"雷迅得意地一挥手。

车立刻就打偏。他做出一个过量的反馈，车又偏向另一方。这样三四下，方才归了中。

"你如果动了的话，浦总甚至不用到月底就会察觉。"浦耳对数目字的记忆、分析、理解之能力，在公司里几乎无人不知。更何况他应用电脑的能力极强，据资深人士说，他的微机中有整套他根据海威特点，专门请人编撰的财务和工程概、预算软件。

"一个再杰出的物理学家，如果助手提供给他的实验数据是错误的，那他就不可能得出正确的结论。"雷迅把头一扬。

梅小青有些慌了，拉了一下雷迅的胳膊。如果他真的动了公司里的钱，查起来的话，她和他的关系就会暴露。光凭这一点，她就脱离不了干系。为男女私情，毁了前程，绝对不值得。她调动大脑的全部内存，回忆了一下，发现最近在工程方面没有大的支出。没大的支出就没大的余地。

雷迅显然看出了她的心思。"你以为你是谁？是全能全知的上帝？我告诉你，咱们公司有许多账户。"

"工程技术我不知道，财务上的事还是知道的。"人总不喜欢被别人小看，梅小青也不例外。"你就是动'18889'上的钱，我也知道。"

她所谓的"18889"是海威公司的一个秘密账户。只有荣永霖和浦耳两个人有权动用其中的钱。她曾经受命进出过几笔，具体用途不清楚，但数量都不小。

"'18889'？"雷迅侧过脸来，"是什么意思？"

梅小青明白自己说漏了嘴了，就不再吱声。

其实这也不足为怪：如今哪家公司、企业没几个账户，分散在各个不同的银行里。而银行自从完成了从"政府出纳"到"商业机构"的角色转换后，一心追求存款——没存款就没利润——对商家、企业的行为采取不闻不问的态度。而这种秘密账户，在未出事之前，无论工商还是税务，都很难把它找出来。其中道理，用老话来形容，就是"没有家鬼送不了家人"。

雷迅也是个精明的人，觉出了梅小青的"18889"有特殊的含义，就继续追问。

"你告诉我车钱是从哪里来的，我就告诉你它是什么意思。"梅小青开出了交换的条件。

说到车钱，雷迅得意地给她讲起来源。

他的钱来自于股票。今年年初，一个在上海证券公司当股票分析员的大学同学告诉他，本年股票的市盈率不会小，并说这是个千载难逢的好机会。起初，他并不动心，只是买了几本有关股票的书研究。但到了六月，国家调低了银行利率时，他决定入市了。

他是个很会读书的人，完全从书本上理解了股票的实质：如果银行的利率高，那么钱就会流向银行。如果银行的利率降低，那么钱就会流向股票市场。而股票这种东西，就像一个气球一样，底下吹的人多了，自然就飞得高。

他先把自己的钱投放进去，仅一个星期，他就获得了百分之五十的利润。再过一个星期，他就收回全部投资。此时，他清楚地认识到，只有规模才能形成效益。以自己区区三两万块钱是不够的。所以他非但不见好就收，反而通过一个同学，以百分之三十这样一个"非商业"的利率借来了十万块钱。然后连同以前的全部钱，来个破釜沉舟，一下子投了进去。

在选择股票时，他在理论的框架内，完全凭借感觉行事。实践证明，他的理论是正确的，感觉也是值得相信的：几进几出，车钱就出来了。

梅小青也玩些股票，业绩亦不算坏，所以只劝雷迅谨慎一些。

111

"胆小坐不得将军座。"人要是有了业绩,自我感觉会像股票一样迅速升值。

"蒋介石应该算是个聪明人吧?他在上海玩股票不也玩的差一点就跳楼?"梅小青认为两性关系也属对抗,不能显得太软。

"蒋介石算老几?他有硕士学位吗?"雷迅把车停在一家外表平常但内部装潢考究的饭店前。

梅小青自认为在学问方面不是对手,便不再说了。

这是一家以"火锅"为主的饭店,但锅里炖的是蛇和甲鱼。

雷迅张口就点了条眼镜蛇和一只盘子大小的甲鱼。

蛇上来之后,雷迅命令服务员挤压蛇的尾部,随之指点着凸出的两点说:"这就是著名的蛇鞭,大补之物。"

等服务员把蛇拿走之后,他又讲起蛇的性交方式与时间。

梅小青不把目光与雷迅对接。在农村,有关动物的性交场面,即使不专门看,也会遇到。村里人之间,性纪律也相对松弛,但有些事情是只能干,而不能说的。

吃完饭后,雷迅开车送梅小青回家。当车进了经委院子后,他找到一僻静处,要在车中行事。

梅小青被逼不过,只好勉强同意。

雷迅一反平素在床上的"懦弱"之常态,表现出过剩的精力。

金钱确实是男人的催情剂,梅小青在被动中想道。

第八章

晚饭前马一青的女婿桑田一家开着一辆二手的"奔驰"车来了。

"你们总是在吃饭的时候来。"马一青开玩笑道。他虽然也被"树老根多，人老话多"的原理所概括，但话中玩笑的成分仍很少。以前在位的时候，不是上级，就是下级，不能开玩笑。妻子是知识分子，多年以来，在他高强度的教化下，奉其为神明。至于子女，更要在他们面前维护自己的权威，没权威就令不行，禁不止。唯独对这个女婿例外。

桑田大大咧咧地坐在沙发上，从 K 金的烟盒里取出一支烟。抽着说："我们吃您，天经地义不说，还是您的幸福。"

他这最后一句，把马一青给说笑了。这话是有"典"的：去年春节时，大家一起恭维他的身体好。他因之得意起来，笑着说："我的身体好，是你们的幸福。"大家连声说"是"。唯独桑田说："是我们的幸福不假，因为您的身体好，我们一是少花钱，二是不用去医院陪视。但您忽略了一个大前提：您的身体好，首先是您的幸福，到底少遭罪。"别人都以为他会生气，没料到他反而笑着夸桑田的反应敏捷、逻辑清晰。

"借你桑总的话说，首先是您的幸福。"上午，马一青打电话到女婿的公司，接电话的小姐不肯去叫"桑总"，直到他报出了自己的"职务"。

"我的公司虽不大，拾掇、拾掇也值个百八十万，饭还是吃得起的。可我们不来，谁陪您说话啊？"桑田看着在丈人脸上摩擦的女儿。

马一青避开难点,换了个话题。"我最见不得的就是小官大做。你说你的公司买卖就那么点,"他本想说"买卖还没开张",但这话太伤人。女婿毕竟是女婿。"可车是奔驰,人有若干,还包着大宾馆的大套间,部长似的。别的不说,光费用就够你一呛。真是'戏台上卖豆腐——买卖不大,架子不小。'"

"您的话确实'句句是真理'。只有小官才要大做。您什么时候见过总理、主席拿着名片到处发?他们的脸就是名片!我弟弟在加拿大使馆做一秘,他说请客最频繁的就是'微的非小国'的外交官。他曾经问他们这是何苦?那些外交官说:你们不请客,别人也知道是中国的代表。而我们不请客,别人根本不知道我们是谁。"

马一青不懂什么是"微的非小国"。

桑田解释完是"微不足道的非洲小国"的简称后,又讲开了。"你们筹建一个单位,也是光给他们一个名义,然后确定机构,至于人和钱,以后慢慢地自然会到位。前些日子我读张国焘《我的回忆》,发现中央派他去上海组织大罢工时,他自己先不去,而是派人到上海去替他吹。说他是'中央派来的诸葛'是'共产国际的工人运动专家'云云。等舆论造足之后,他才'千呼万唤始出来'。然后把'上海总工会的牌子'一挂,那些小工会就像铁屑向磁极一样,投奔到他的旗下。做生意、做官都概莫能外。"

马一青挂着微笑在赏听。女儿和桑田相识是在一九八五年。当时他只问了问他的家庭。女儿说是海军的一个干部。他问是什么职务,答曰在一九五六年授衔时是中校。他又问有什么政治问题没有。女儿说没有,他就说:"没有就好。"以前他的孩子们谈对象时,他都是这个模式。

可谁知头一次妻子相面后,给他形容着、形容着,竟然哭了起来。他问原因。妻子说:"相貌不行,个子也矮,还特别地能说。"他却不以为然,认为对男人来说,相貌不是大事,能说更不是什么坏事。后来,他和桑田谈了几次,随之亲自拍板定下。

可桑田虽然无书不读,视野开阔,脑筋灵活,但换了若干个单位,都干不出名堂来。检讨原因时,桑田说:"我不是屈居人下之人,要让我一个人掌管一个单位,那就没问题。"马一青教训道:"要'吃得苦中苦,方为人上人'。没有一上来就当大官的。"桑田反驳道:"不想当将军的士兵,不是好士兵。"马一青针对这个论调讲道:"我在军队也干过,不信你回去问问你爸爸,看看有没有一个士兵,上来就想当将军的?他顶多想当个班长、排长之类的。等他真的当上了,就会想当连长、营长了。再以后才是团长、师长和将军。"桑田被他说服了,在贸易促进会干得不错,最后当上了副处长。可他干了几年后,萌发了出国的愿望。别人不说,女儿就反对得厉害。可因为这个愿望与马一青心中的模式暗合:太太是大夫,子女中有做官的,经商的,在国外的。现在只缺最后一项了。在他的支持下,桑田终于成行。四年之后回来,他到手几万美元和一个他悄悄在地图上找了几次都没找到的国家的国籍。随后又在国内搞来了一笔贷款,挂牌开了家公司。

马一青招呼大家上桌吃饭。

桑田自己从酒柜里挑了瓶"人头马XO",熟练地启封,给马一青和自己一人倒了一大杯。

马一青执意要喝汾酒。并告诉他汾酒是全中国最好的酒。"商务部的方部长告诉我说:一个台湾大商人把一箱子汾酒带到台湾后,请三个一级品酒师到野外品:不能在大饭店里,那里有清洁剂、装修材料等各种东西发出来的味道,影响感觉。最后大家一致认为它比茅台酒好。"

"台湾的品酒师算老几?!"桑田一下子喝了一大口。"人头马可是世界上最好的酒。"

"就是宇宙里最好的酒,也要适量。"马一青给女婿讲了些喝酒和养生的关系。

桑田明显地口小了。"道理总是适合于某些人的。前些日子,一个百岁老人讲人的长寿之道,最重要的莫过'不争'两字,我差一点就起立反驳他。"

马一青认为在这个领域,女婿没有发言权。

"一条原理,只要能找出一个例外,它就不能成立。别的不悦,就说老岳父您吧,不就是寸土不让地和天、地、人争了一辈子,照样身体健康。"

马一青听着就笑起来。

饭后,桑田要求进书房和岳父说悦"悄悄话"。

"你们去吧,"马一青的妻子说,"但不要抽太多的烟。"

"你们有悄悄话,我和妈也有悄悄话要说。"桑太太的嗓音低沉、沙哑,和身材不太匹配。

她们母女果然有悄悄话说。

"我听接电话的那个小姐不是什么好东西。"母亲抚着女儿的脸,似乎是想把她眼角的皱纹抚去。

女儿虽然搂着似睡非睡的孩子,但还是往母亲的怀里凑。"那是一个单纯的女孩。"

"现在哪里还有单纯的女孩子?尤其是公司里的。我们医院妇科的主任跟我说:来他们那打胎的不是歌厅里的,就是公司里的。而且看上去一个比一个年轻,一个比一个单纯。"

"她和我的关系好得不得了。"女儿认为此乃杞人忧天。

"这就更危险了:她要是想和桑田好,最保险的办法就是和你把关系搞好。这样她就有了保护色了。"

"我不敢说桑田他坐怀不乱,但目前还不至于。"

"以前他也许真的没有。但男人要是有了权、有了钱,事就会跟着来,"母亲一副历尽沧桑的样子。

"那我老爸呢?他是不是也这样?"从她记事起,父亲起码在生活方面没出过问题。

"你这孩子!"母亲嗔怪道,"越说越离谱了。"

她话虽如此说,但心里想的却是:他又何尝不是这样呢?至于没闹出丑闻,一来是因为我看得紧,二来是因为我的心胸大。

桑田和马一青在书房里说的却是钱的问题。

"和海威公司做生意的素材我已经找好了。"

马一青把万向灯拧向桑田一方。

"是加拿大的两台制砖机,每台抵岸价格是四十万美金。"

这小子的胃口够大的,马一青不无欣赏地想道,一下子就要六七百万人民币。不过要干就得干大的,小打小闹没意思。但他的话说出来却是:"你不能先到别的地方想想办法?"

"主要问题是我没启动资金,要进这两台制砖机,必须给对方开信用证。信用证就是由购货公司所在的银行,开给对方银行的保证货到之后,有付款能力的证明。"

马一青在位时,管的是干部,对经营类的小事从不过问。但到了海威公司后,为了"装谁像谁",也把个商贸ABC学了个差不多。他取过一支烟,放在鼻子底下嗅了好久又放下。"海威公司直接开给加拿大方面信用证,价格就明了,你到什么地方挣钱去?"

"那个加拿大公司也是我的,利润也早已打进去了。我拿了海威公司的信用证,再到加拿大银行抵押贷款,就能进机器了。"

"你在加拿大和美国混了好几年,连英文都说不好,这怎么能行!我在调干学习期间,用三个月学会了英文,一个月就学会了日文。"马一青原则上同意了这个方案,但他并不说明。

桑田心想:你所谓的英文、日文,不过是"洋泾浜"和似是而非的协和语罢了。但这话不能说出来。"我有很可靠的关系。"

马一青又问制砖机的质量。

桑田只从图片资料上看过这种机器,但说起来仍头头是道,并拍胸脯保证质量。

"海威公司自己没有建材企业,制砖机卖给谁呢?"马一青用手托着脑袋,做思考状,虽然他早已经把海威公司的"下一手"考虑好了。

桑田明白岳父的花招,所以等他自己说。

大约一分钟后,马一青说。"可以卖给东北能源公司。他们有个电厂,要利用电厂发电产生的煤灰来制砖。"

"那我明天就通知加拿大方面进货?"桑田站起来。

马一青示意他坐下。"这么大的买卖,是要经过董事会的。"其实这属于日常的经营活动,在公司的经理办公会上就能定。但他不摸浦耳的底,所以想通过董事会转下去。在董事会中他还是有力量的。

"您直接和浦耳说不就行了?!这个买卖来回也不过三四个月,神不知,鬼不觉的就完事大吉了。"

马一青却认为凡事要走程序,如果违背程序,出了事就不好办了。"这就像一个下级违背上级的命令,去攻打一个山头一样,如果打下来了,你也许会受到表彰,可如果打不下来,你肯定会上军事法庭。"

"现在什么地方的董事会还不是形同虚设?再说,就算上了董事会,还不是您老说了算?"桑田并不知道海威的内部运行机制。

马一青强调自己的"副董事长"身份。

"荣永霖还不是太监的鸡巴。"

马一青摆手制止道:"不许你这样说你荣伯伯。"

"这笔买卖咱们就不去说它了,从长远利益计,也要把董事长的位置搞到手。"桑田是个机灵人。知道岳父的"痒痒肉"所在的部位。

虽然从到海威公司那天起,马一青就想把它控制在自己的手里。如今的社会,充斥着求实精神,没实力什么也谈不上。为此他已做了相当多的工作。工作的重点就放在干部上。可浦耳因为有自己的想法、做法,对他若即若离,让人摸不透。秦德夫虽靠的比较近,可他手中的权力有限,办不成太大事。所以他越来越觉得必须把董事长的位置搞到手。当然,这个构思他不会向任何人透露。"你先着手准备吧,到时候我会通知你。"

桑田认为没什么可准备的,一切手到擒来。

"将近一千万的生意,不是扛上捆牛仔裤,一吆喝就卖出去了。你要把制砖机的详细资料、对方的资信证明,全都搞清楚,以备董事会询问。"马一青最后指示道。

辛总虽和秦德夫有过经济上的"小往来",但他并不以此就判定能和他"共大事",依循办事程序,先和秦德夫"务虚",提出"人必须有一笔钱,以绝后患,赎买自由"的理论。

等秦德夫认同了这个理论后,他推出具体的实施办法。

所有这一切,都和秦德夫的想法契合。所以他积极响应。

在此之前,秦德夫不过是弄点"小钱",随便花花而已,但近来有四件事深深地触动了他:其一是通过他的观察,马一青有着手抓具体的经营,架空浦耳的趋势,浦耳自然不会束手就擒,所以公司的局面变得既微妙又险恶,让他不得不为留后路着想。再说,他的一个好朋友曾经这样说:"咱们这些四十多岁的人,目前正在权力的峰巅上,这就和在麻将最后一圈的庄上一样,得赶紧'和'。以后的机会不多了。"

其二是上个月他患先天性心脏病的侄女要做手术,手术前他去探望时,正好遇到他哥哥给医护人员塞"红包",从主刀大夫到麻醉师、各个值班护士,无一疏漏。他大惑不解。因为他哥哥正是医院所在区卫生局主管医政的副局长,哥哥耐心地向他解释道:"钱之所至,金石为开。你给了护士足够的钱,她们就会有足够的责任心,术后值班时,就会眼睛一眨不眨地盯着屏幕,一出现异常就给氧。"当时他觉得哥哥是因为自己的亲骨肉开刀,未免过虑了。可就在侄女痊愈后出院的那天,邻床一个经常和她一起玩、患同样病的小女孩,却没能"站着出来"——医院的病人为了避讳,管痊愈出院叫"站着出来",反之则为"躺着出来"。其原因据死者家属说,就是氧气晚给了一两分钟。但这早晚无法验证,仍属于正常死亡。

而像海威这样的单位,看上去红红火火,垮起来却是一瞬间,因为它并没有国营单位做后台。它要垮了,有个生老病死的,哭都没个哭处。当初与海威合并的时候,他曾经劝浦耳把葆力公司时期积累的钱分一部分,或起码另立一个"空壳"公司,存一些钱在那里,以备不时之需。可浦耳纯情少女般的,一股脑儿地把全部身心都献了出去。海威若完,这些钱也就一风吹了。

其三是因为在插队时就得了肾炎的妻子的肾脏,已有坏死的趋向——他虽然今天身边有林竞芳,明天也许会有李竞芳,仍要过到底的还是结发的妻子。老伴、老伴,老了就是伴——简言之,换肾是早晚的事。换一个肾脏的全部费用,以目前的价值计算,最少也要二十万人民币。这笔钱是不能省的。

其四是他的个人消费已进入一种失控的"螺旋"状态。他已经离不开美酒华服、漂亮的女人;离不开宴会上众星捧月的局面;离不开桑拿浴、保龄球……太太不止一次预言他"总有一天要被钱烧毁"。他不爱听这"烧毁"两字。但也暗自承认花钱上了瘾,瘾就是依赖,而依赖就是病。需求牵动供给,不足部分只好用赤字来弥补。但家庭财政不是国家财政,来个货币贬值了事,"家"的债务总有一天要偿还,我还不了,儿子也要还。所以必须开一个广阔的财源。

综上所述,再加上辛总这个合适的机会来临——机会造就贼,贼其实就是认识到机会的普通人——他决定开启闸门。

在长城饭店谈了整整一天后,秦德夫认为,在他和辛总的努力下,一个原本粗糙的想法,变得清晰、完整,完全具备可操作性了。

而辛总则自喜完全把秦德夫纳入了既定的计划里。

方案的内容是这样的:海威公司和京鹏进出口总公司签订一笔总价格为两千万人民币的德国电子产品的合同。但"京鹏"方面因为种种原因,在收到海威公司的款后,没有能力提供货物。于是只得把作为这笔买卖担保抵押品的一百辆俄罗斯"吉尔"牌十吨自卸卡车,划归海威公司所有。而这批车在市场上的真正价值,则是两千六百万,扣除各项费用之后,净利润有五百万。

按照辛总的分配方案,他三百万,秦德夫两百万。

秦德夫认为,方案好办,但实行起来,总会有意外。

辛总笑眯眯地打开他的经理箱,从里面取出一摞文件。

秦德夫把文件摊在光可鉴人的写字台上，一份份仔细对照着看。大约一个小时后，他把文件归拢到一起。"如果你这些文件都是真的话，那么从法律上来说，没有漏洞。"

"和一个人在被证明有罪之前，他是无罪的一样，在没有被发现有问题之前，就是没有问题的。这是我发明的'无问题推定'。"辛总把需要海威公司方面盖章的若干张挑选出来。"可海关对我们这些搞进出口的人却不这样看，当你进口一批东西时，他们先要扣相应的款子。理由就是万一你们违章买卖，比方你把保税仓库里的货给卖了，他好用这笔款子充当罚款。我说他们就是首先假定进出口公司要犯罪，然后一切根据这个前提来设计。"

秦德夫的思想焦点仍在关键问题上。"这笔虚构的买卖的最薄弱之处有二：一是是否有这批德国的电子产品，二是是否有着一百辆车。"

辛总肯定地回答，这两样东西起码在法律上是确实存在的。

"比方你的后任要到德国和俄罗斯公司去查证呢？"

"他的工作我会去做。之所以比你多分一百万，就是这个道理。"

"假设钱对他不起作用，你又当如何？"当真正大钱到手时，秦德夫不免欢喜加害怕。他努力使自己镇静下来，研讨各种可能。

"通常会起作用的。就是不起作用，俄罗斯方面也会把这些车承担下来。"

秦德夫还是对"德国和俄罗斯方面"不放心。他深刻的商务、财务背景告诉他，一笔买卖、一笔账，只要往下追两个环节不出问题，那么就可以认为没问题。现在他就要落实"德俄公司"的可靠性。

"有些事情秦总还是不知道的好。"

但秦德夫坚持要知道。

"准确地说，所谓德国和俄罗斯方面的公司，都是我本人。"

此时秦德夫不得不佩服辛总想问题的深远：漫说在境外注册一个公司，就是准备这一套文件，也绝非三五个月能做到的。

"在官场上混，总是朝不保夕，所以必须未雨绸缪，必须狡兔三窟，"辛总连用两个成语。

"这么好的事情,你为什么找到我?"秦德夫经商多年,自认为对人性有足够的了解,目前他要论证这个计划的最基本点。

"第一,我总不能自己批准,然后自己把钱拿走,必须有个中间人。第二,这个中间人是个特定的人,他所在的公司,要和'京鹏'有过比较多的往来,这样我把原始合同的日期往前一填,别人不会起疑心。第三,这个人不能在河南,因为如果在河南的话,总有千丝万缕的联系,没准哪一天,因为什么事,就会被牵连。第四,这个人最好在北京,因为在河南方面的人一说起北京,总有一种敬畏感,从我们公司的名字,你应该能看出一二。再说,北京人比南边的人要好打交道得多。最后一条,这个人要在那个和我们有较多往来的公司里,有一定的职务,否则将无法完成。"辛总递一支烟给秦德夫。"选来选去,我就选中了你。"

秦德夫边看文件边过滤辛总的话,最后他将文件归拢,伸出手去说:"我有一个朋友,在Q大学教书,很早就被提拔成教授。前年,组织部向Q大学要一个政协委员,条件就是:四十五岁以下,正高职称,非党。用这个框子框下来,只有他一个人符合标准。用他的话说:这个位置就是为我设的。"

辛总也伸出手来。

两个人的手指勾结在一起后,同声说道:"拉钩上吊,一百年不许要。再要喝屎尿。"

这是北京的小孩子们交换物品时的誓词,凡在此长大的。没有不会的。

今天的晚饭,浦耳是在家里吃的。饭前,他把眼镜戴上。

"你看电视都不戴眼镜,吃饭还怕吃到鼻子里去?"小儿子问道。

"怎么跟你说呢?"浦耳非常喜欢小儿子,小儿子的智力远远超过同龄孩子。他一位搞遗传学的朋友论证说:年龄在四十左右的男子,配二十多的女子,生下来的孩子最聪明。他虽然极愿意相信这个理论,但还是认为这个为给孩子看白血病而跟他借了一大笔钱的朋友是在投其所好,于是反驳道:"照你的说法,贾环应该比贾宝玉聪明,因为他是贾政和赵姨娘生的。"作为专业学者的朋友一句话就顶了回去:"《红楼梦》是小说家言,不足为凭。"

"你快说。"

"同样清晰度的电视,放同样的VCD,但一台是黑白的,一台是彩色的,哪一台效果好?"浦耳想出了对答的方案,儿子对电子图像相当的熟悉。前年他刚买了LD时,因为片源有限,只有几张。儿子把其中一张名为《神探》的美国片看得滚瓜烂熟。以至于在同一搏斗场景中,阳光先是从东边来,然后又从西边来的拼接错误都看了出来。要知道,在每秒三十幅的速度中,能看出来不是件容易事。

"当然是彩色的好。"

"你看这红的,"他指指西红柿。"和这绿的,"他指指豆角和芹菜。"再配上鲜嫩的肉,该是多么美妙的图像啊。要是不戴眼镜,我就看不出这些来了。这也就是说,颜色和图形是饭菜质量的一部分。"这些菜是新来的从饮食学校烹调专业毕业的厨师做的,于平淡中见功夫。

儿子刚想明白,他母亲就进来了,他就问她知道不知道"眼睛的奥秘"。

"凡不是我做的菜,你爸爸都说好吃。"浦太太的妆化得极好,掩盖住岁月蚀刻的一切。

儿子急于炫耀刚到手的知识。

"'红配绿,赛狗屁。'"浦太太随口说。

浦耳瞟了她一眼后心说:我当初要是看出她是如此粗俗,说什么也不会娶她。

浦耳匆匆吃完饭,像罪犯逃离现场一样,赶紧去了书房。

一进去,他就发现书桌变得整整齐齐。虽然他再三声明,书桌不要任何人整理,因为那"乱"是自己弄出来的,自己知道东西在什么地方。但妻子总是明知故犯。他压压气坐下,发火是没有用的,妻子会说是保姆干的。

他找昨天放在桌上的世界各大证券交易所的近期资料汇编,却怎么也找不到了。

他只好打开大灯。

灯一开,他就觉得书架也变了。他顺手挑了几格看,发现它们都被重新排列组合过。

他怒不可遏地把太太唤来。

进屋时,浦太太甚至还有几分得意。"我给存儿找了一个家庭教师,你知道她是学什么的吗?"

浦耳根本没兴趣知道她或他是学什么的,只是质问为什么重排?

"她是北京大学图书馆系的学生,是根据"浦太太从口袋里掏出一张纸条念道,"美国图书馆学者杜威的十进分类法给你分的。你不是干什么都喜欢让专业人员干吗?"她这话是有出处的,浦家原来的厨师是她娘家的一个远亲,做的饭难吃之极,浦耳忍无可忍,便将其打发了。

去他妈的十进分类法吧!浦耳在心中怒吼道。我自己亲自买来的书,读完后又亲手把它放在一个特定的位置上。这样我不用任何分类法,就能"自动走到"它面前。

但事情已经这样,再说什么也没用。没用就不用说。"你幸亏雇了一个图书馆系的学生,如果雇一个计算机系的学生,还要把我的机器里的资料都毁了呢!"他指着书桌旁的多媒体电脑。"今后不管是什么人,出于什么原因,只要再动一下我的图书和计算机,我就把你全部的衣服都给烧了。"

浦耳如果真的生气,浦太太还是有些怕的,故而无言退下。

浦耳打开电脑,从被他命名为《休闲》的文件中调出建筑艺术图片,尽力使自己投入进去,脱离恶劣情绪。

这个被我命名为"数据角"的地方,可能是我在这个家里唯一不受侵犯的净土了。浦耳像钢琴家一样迅速地敲击着键盘,图像高速掠过。

第九章

一个星期过去,郁敏并没主动和浦耳联系。她基于这样一种想法:周鼎立遇到她的消息,必然会透露给浦耳。浦耳知道后,于情于理都应该主动给她来电话。倘若她显得急猴猴地致电,身份与体统何在?她去新皇家酒店上班时,卞京对她说:"我已经把上次说的那个工程设计的一部分从耿老板手里拿了过来。"

郁敏动动眉毛,作高兴状。

"耿老板还挺想你的。"卞京说这话时,神态并不暧昧。生意场也自有他们的伦理道德。"我说你是个良家妇女,骚扰不得。"

"非常感谢您。"郁敏承情地说。

"记得你曾经说认识一些搞设计的朋友,现在可以和他们联系了。"

"不知道把握大不大?"郁敏虽然没有搞过工程,但知道这些事情的环节总是非常多的:凡是利大的事情,各个方面都会插手,环节也因之多起来。如果"耿——卞"一面黄了,自己一方动员起来的人如何遣散?

卞京的脸卷闸门一般地放了下来。

郁敏有些不知所措。

过了好一会儿,卞京的脸才缓过来:"你就放心去联系吧。如果我这边出了问题,前期费用自然不会让你操心的。"

"问题不在钱上,问题不在钱上。"郁敏连连说。

"你说的计算机和绘图机,去问个价。"卞京吩咐道,"有了这个肥得流油的活儿，咱们也应该鸟枪换炮，现代化一下。"

周鼎立因为职务的问题，小小地闹了回情绪，十多年来，头一次无正当理由，不去上班而跑到浦耳的办公室聊天。

浦耳一下子就觉察出他情绪异常，便问他有何心事？

"没有。没有。"周鼎立乱翻柜子里的书，脸不看浦耳。

"你一定有。否则不会背对着我。"浦耳走过去扳他的背。"怕我看见你那哭得红肿的眼睛？"

"你有钱、有卡迪拉克，但不能证明你总是对的。"

"我当然不总是对的，但自信观察力还是有的。"浦耳从抽屉深处取出一小盒茶叶。"从买卖刚开张在展销会上卖计算机时起，我便一下子能在乱哄哄的人群中用鼻子把能买得起这东西的人嗅出来。然后和他们费上一个小时的口舌，让他们把东西搬回家去。"

"你是怎么嗅出来的？"周鼎立的情绪开始好转。

"一种天赋的感觉，一分析就没。"

"少给我来这套玄学！"

"真的是感觉。"浦耳坐了下来。"我在星级宾馆等人的时候，总是能一下子识别出妓女来。就算她们并不穿皮裙子等所谓的职业服装，而是穿真正的'杰西亚'，也不浓妆艳抹，但我仍能从神情上分辨出她们来。"

"随之而后，你就把她或她们带回你的房间。"周鼎立进屋之后，头一次露出笑容。

"我就是邀请她们，她们也不敢去，因为我正气凛然。"

"就是你们这些表面上道貌岸然的人才真的干那种事呢！"周鼎立坐到浦耳的写字台的角上。"上个月来了一个我早年的同事，这孙子早年是搞意识形态的，写过好多本东西方瞎胡比较的书，一遇场合就原理与术语熟极而流地高头讲章。后来他外放到沿海城市当了个中等的官。"

浦耳截住他,问中等的官是如何定义的,是不是处长这一级的。

"他是处长,但外地的处长和我这个中央政府的处长不一样,比我要低半个格。"周鼎立转动着宝石墨水瓶。"我去他所在的城市时,他招待了一番,所以为了还这个情,在他临走前,就到他下榻的饭店做礼节性的探望,然后准备请他一客。我去的时候,他已经收拾好东西,正在恭候。我们刚开聊,一个女孩就敲门进来,见我在,就在屋子里转悠两圈走了。我莫名其妙地看着朋友,朋友一副典型的正义凛然的劲儿,没任何表示。等我们再聊一阵准备走的时候,这个女孩又进来了。这时朋友的脸色已经很难看,不得不问她要干什么。女孩说找找东西。朋友怒吼道:'我这里怎么会有你的东西!'但女孩坚持要找。朋友气冲冲地出去找经理人员。我趁这个空当,问女孩找什么。女孩说三个小时前,她从这出去后,金脚链不见了。我很同情这个操特殊职业的女孩,就帮她挪柜搬床,最后终于在床的软垫和框架之间把金脚链找到了。等朋友携经理归来,女孩早已逃之夭夭。"

浦耳问他的朋友该做何解释。

"他道行挺深,依旧挺严肃地对我说:'现在的女人真的没规矩,动不动就闯男士的房间'。然后隔了一会儿又说:'我中午应酬,此地陪我们的章副处长喝醉了,非要在我这里睡一觉'。在接下来的晚饭过程中,朋友依旧隔一会儿一个细节,试图把他那个漏洞百出的故事补充完全。看着这个素来道学的不得了的人在处心积虑地维持自己的形象,我实在忍耐不住说:'我虽然从不入花丛,但男人和女人单独相处之际会发生什么事,还是知道的。但我绝不会对外宣传,所以请你就别再编辑了。'"

浦耳见他已恢复正常,就问他情绪低落的原因。

周鼎立把大概的情况说了一遍。

浦耳把身体后仰,双手托头:"我在做生意的中期时,只有一个想法:就是让我有限的资金,加快周转。你知道,一万块钱在一年之中由钱变货,然后再由货变钱,变上十次,和十万块钱只变一次的效果是一样的。可钱这东西,你放出去之后,能不能回来就是另外一回事了。所以我经常为了研究一笔钱的投向、去向、回笼的可能,彻夜不眠。我的头发就是那个阶段变少、变白的。"

周鼎立做似听非听状在认真听。

"后来我的老父亲告诉我:做生意的人,一定要在吃得好和睡得着之间选一个最佳点。"

"此话怎讲?"周鼎立来了兴趣。

"要想吃得好,那就无穷尽了:大到各种珍贵的飞禽走兽,小到各种高技术合成物。另外还有和谁一起吃、在什么地方吃。一辈子也追求不完。可你为了取得追求的资格和追求的费用,一定伤透脑筋,睡也睡不着。而有另外一些人,他们因为给什么就吃什么,所以睡得非常的香。可他们因为过于无所求,意思也不大。故而应该在吃得好和睡得着之间寻找一个最佳点。"

"你现在吃得不错,也睡得挺香吧?"周鼎立调侃道。

"有时吃不好,有时也睡不着。但总体上说,还是勉强可以平衡。"

"傻瓜确实在某些时候也有真知灼见。"周鼎上的情绪完全恢复了。

"你是在说我,还是说我父亲?"

"当然是你。"

浦耳觉得言犹未尽,就继续讲道:"在你没结婚的时候,你看见街道上、单位里的美女,你完全可以去追求其中的任何一个。最后你找到了一个你认为最满意的。于是有一个阶段,你不再去观察、捕捉女人了。但没过多久,你又故态重萌。这时你就会发现你选中的妻子不是最好的。但你已经没办法了。"

"你还是有办法的。"周鼎立塞到浦耳嘴巴里一支烟,并强迫他点燃。

"我要告诉你的是:漏网之鱼永远要比网住的多。关键要看你网住了什么。"

"临渊羡鱼,不如退而结网。"周鼎立声音挺大地说,"现在该我给你上上课了:你打算网什么?要不要兄弟帮你拉拉网?"

浦耳正要回答,突然门被一个气冲冲的中年人给推——很可能是踢——开了。"没法干了!没法干了!"他操着标准的北京话,一把就把手中的一叠纸扔到浦耳的桌子上。

"老邢有事慢慢说。干吗着那么大的急？"浦耳把老邢让到沙发上，还给他倒了一杯水。

"我写了一个广告的方案，可秦德夫不是说这不行，就是那不行，让我改了四遍。我明确地告诉你：这上面已经没有多少我的东西了。"老邢把杯子举到嘴边，可一口没喝，又重重地放回茶几。

浦耳神情严肃地看着老邢扔到他桌子上的广告方案。

"整个广告公司里，就我一个人是写广告的，别的人都是改广告的。"老邢并不认识周鼎立，可还是向他诉说。"你知道我写一个广告，要多少人同意才行吗？"

周鼎立当然不会知道。

"是人不是人的算在一起，要经过五关。"老邢伸出一只手。

"五关过后，精华全无，尽是糟粕了。"

"你写得最好的是第二个方案。很生动、很形象。"浦耳抬起头来。"就用第二个吧。"他在上面签了个字。"是你去对秦总说，还是我跟他说？"

"您说。您说。"老邢脸上一下子就堆满了笑。接过方案就告辞了。

周鼎立问这个老邢是干什么的？

浦耳说是广告公司的总设计师。

"一个部门的干部就如此猖狂？"周鼎立不以为然地说："如果在我们的机关里，别说别人，就是像我这样的资深处长，给局长来这么一下子，不敢说这辈子，起码半辈子的前程算是吹了。"

"从道理上说，政府、军队和企业都差不多，应该完全按照等级运行。唯独广告这一块有所不同：这里面有艺术的成分在。你知道一个人在一个月中，要受到多少钱的广告的冲击吗！"

周鼎立摇头。

"大约在五亿到十亿人民币的样子。你要让你的公司制作的广告的声音超越这一片音像幕墙，在顾客的记忆中占一席之地，它必须是极不寻常的。而极不寻常的广告必定要极不寻常的人来完成。"

"这么说来,这个老邢就是那个极不寻常的人?"

浦耳点头:"起码在我的视野之内,他是最不寻常的人。"

周鼎立表示看不出来。

"你要能看出来,我这把真皮椅子就该让给你来坐了。"浦耳把窗帘拉上,避免阳光直射到他的脸上。"人要是有了不寻常处,他们的个性也就跟着不寻常起来,脸就成了川剧中的踢踏脸,说翻就翻。普天之下,唯我独尊、刚愎自用。衣服想怎么穿怎么穿,酒想喝多少就喝多少。尤其是在他们想出来的东西遭到反对时,他们要么一蹦三尺,要么找一个地方号陶大哭,要么当众仰天大笑。总之,他们在单位里是不受欢迎的。可他们就是不一样。"

周鼎立问原因何在。

"凡是充满创造力的人,通常都不是用理性而是用潜意识来思维的。他们的头脑向一切开放,他们的好奇心无拘无束。如果你想赚钱的话,你必须能容忍他们。"浦耳指指屋子里的设施:"一个广告公司的规模和门面固然重要,但真正推着它往前走的,还是创作潜力。"

周鼎立向浦耳探问留住这些人的方法。

"以前咱们的认识有一个误区:好像人是为了工作和奉献而生的。而实际上人类相当多伟大的创造都是受利益——起码是利欲——的驱使而创造出来的。起码我是在尝到赚钱的乐趣之后,才全身心地投入到商业中来的。"

周鼎立认为他是在胡说八道。

"你是没资格讨论这个问题的,因为你从来没有过钱。我告诉你,我穷过,我也富过。同时我也知道钱绝对不是一切。但有钱毕竟是一件让人非常愉快的事。"

周鼎立在一张纸上写着什么。

"以前的中国人之所以那么穷,恐怕和他们太清心寡欲有关。有些人说现在物欲横流,我看不是什么坏事。"浦耳言犹未尽。"现在都说做生意难,因为几乎个个环节都在向生意人伸手要回扣。可他们向你要了回扣,或是加快了办事的速度,或是会给你办一些合情理但不一定合规定的事。"说到这,他觉得不完全,就补充道:"有胆量犯罪的人毕竟是相当少的。是的,他们是拿了你的钱,但同时也增加了经济运行的效率。而到他们手的钱,就投入了下一个环节的运行,刺激了经济运转的速度。"说着他想起李寒。"当然,这要把'离岸黑钱'扣除。"

浦耳看周鼎立在一张纸上写着什么,就说:"你要记笔记的话,我再给你讲一个小例子:我爱人的弟妹是深圳的一个律师。她上次回去的时候,在我的办公室里,拼命给她熟悉的司机打电话,想找辆车到机场去接她。深圳的机场离市区特别的远。可她最后没找到。看她那副丧气的样子,我建议她雇辆出租车。她说:那要一百多块钱啊!我说:你花钱雇了车,司机赚到钱下班就去饭馆喝酒,喝着喝着就多了,便和馆子里的人先吵后动手再抄家伙干了起来。最后只好闹上法庭。官司一开,律师就来。于是你花出去的钱又转了回来。钱就是这样,在大地上转啊转。它不会多起来,也不会少下去。它转得越快,整个社会就越昌盛繁荣。"

周鼎立写完后打断了浦耳的话。"为了报答你用了半天时间来给我上课。我给你两样东西。一是这广告词,"他把刚写好的纸递给浦耳。"你可以做一个铜牌,当你公司的宗旨,挂在大厅里。"

浦耳一看就笑了起来。上面写的是:海威公司出售高额利润,顾客将购买到巨大风险。

"怎么样?"周鼎立问。

"不管是发了大财,还是出了大名、做了大官的人,正的、邪的,反正得有两下子。"浦耳把纸放好。"以后你要是被你们单位开除了,请来我这里工作。我比照老邢给你开工资。第二样东西是什么?"

周鼎立说是请浦耳吃顿饭。

"快别说吃饭了。我天天请人和被人请,已经成了严重的负担。咱们自家兄弟,就免了吧。"浦耳给周鼎立作了个揖。

"既然你摆出一副资产阶级的样子,不吃饭,那我就告诉你一件事。"

浦耳不经意地问是什么。

"我上个星期遇到郁敏了。"

浦耳脸上不动,身子却微微一抖。

"别掩盖了,你的激动我已经感觉到了。"周鼎立得意地说,"当某人的口头语言和身体语言矛盾时,后者的可信度要大一些。"

"她现在怎么样?"浦耳把脸转向窗户外。

储华章在股票市场一见郁敏,就从他磨得发白的猪皮包里拿出好几张计算机绘制的图表。"这些股票走势图是我和我的研究生,花了三天时间绘制出来的。对你今天炒股票一定有帮助。"

郁敏仔细地看着图表,但还是不甚了了。

储华章开始耐心地给她解释:"谁都希望知道股票价格的变化,有人通过观测太阳黑子、观察月相和圣·安德里断层的振动来预测股票价格。从玄学到科学都有。然而我用的技术分析,也就是研究股票的价格动向和交易量,为未来的变化寻找线索。"

"你上次不是说,股票市场是空中楼阁吗?"

"这正是空中楼阁理论的发展和延伸:股票市场虽然百分之九十受心理因素支配,但另外百分之十还是被逻辑性支配。观察投资者以前是如何行动的,有助于让我们了解股民们未来的行为模式。"储华章一张张地翻动图表,"这些图表对我们来说,就像CT片子对外科医生。"

在股票市场门口储华章又开始给郁敏解释什么是头肩图形,什么又是三重顶峰等一些非常深奥的名词。

"我看咱们最好还是进去试试。"郁敏笑着说。

"对,我研究的正是目前最时髦的五种股票。"储华章充满信心地和郁敏一起进了门。

为了郁敏,浦耳请了周鼎立一客。是很随便的、不拘礼节的快餐。

吃饭的时候,周鼎立把那天晚上的一切都告诉了浦耳。

"她怎么还炒股票?"浦耳惊诧地问,"在我的印象中,她最是一个理想主义者。"

"二十年的时间,什么不能改变?!"周鼎立把一大块虾夹进嘴里。"你没听过'少年弟子江湖老,红粉佳人白了头'这样一句唱词吗?"话刚一出口,他就自觉不对,赶紧补充道:"她爱上钱没有,我不知道,但头发依然是十足的自然黑。"

若有所思的浦耳没听到周鼎立的话。

"你没事吧?"出了门后,周鼎立故作担心地问。

"常年在高楼大厦里生活,有时我非常想闻闻转转。"浦耳说。

"最有人世味道的除去菜市场外,就是股票市场了。"周鼎立说。

"那咱们还是去菜市场吧。"

"我看还是去股票市场吧。"

浦耳点头。

"为官之道,就是任何事情都要别人来帮他说、帮他办。"周鼎立拦住了一辆出租车。

绝对是鬼使神差,一到股票市场,浦耳就见到了郁敏和储华章。

"那是不是她的丈夫?"浦耳不让周鼎立招呼她。

"你今天绝对是有病了!她的丈夫你不是没见过:英俊、健壮的大个子。将军的儿子。否则也不会把你给比下去。"

"她是不是……"浦耳欲言又止。

"告别最好的方法就是走,相遇最好的方法就是上。"周鼎立甩开浦耳的手,自己上去招呼郁敏。

见了他郁敏没有吃惊的表现,只是精确地把储华章介绍给他。

"两位股民今天又赚了多少?"周鼎立随随便便地说。

"大约两千块钱的样子。"郁敏其实顺着周鼎立来的方向,已经看到了浦耳。

133

但她仍绷住劲,不作表示。

"我给你一个惊喜。"周鼎立拉着广东腔说。

"已经没什么能让我惊喜了。"

"你往那边看!"周鼎立一指。

"谁?"郁敏故意问。

"还能有谁?浦耳呗!"周鼎立中了她的小圈套。

两个人在分手二十多年后,终于相遇了。

但戏剧性的因素,一条也不具备。

雷迅强行把梅小青拉往他在海淀租的房间,并提出一起"过一个晚上"。

梅小青没办法,只好用雷迅的手机给家里去了个电话,说公司要在密云水库度假村开经济分析会,今天不回去了。将信将疑的婆婆,因梅小青从来就对她封锁通向自己家以外生活的一切信息渠道,无从查实,只有假借孙子的名义,让她早点回。

一进雷迅房间,"情人周末"的气息扑面而来:酒、食物和一大堆 VCD 片子和录像带。她真想像电影里的女孩子一样,手舞足蹈一番,可马上就意识到雷迅可能有事情相求。

可雷迅似乎很沉得住气,一直在和她看片子,闲聊天。

"我最喜欢干的事,你知道是什么吗?"

梅小青说不知道。

她对他的领域既陌生又敬畏:对于属于人本性的东西,比方金钱、性、权力等等,她并不害怕,因为她自觉懂得其中的诀窍。可对于本性之外的东西,也就是所谓的文化,她却有种原始的崇拜。之所以和雷迅相好,原因也正在此。不过这一切在她是潜意识的。

"我最喜欢的是当演员。"

梅小青看着雷迅白白净净、有些太好看的脸。"你干这行,也许会比你干科学、管理更有前途。"她最喜欢现在银幕上的奶油小生了,城市里人无论男女都喜欢的粗犷、富有男子气的汉子,她实在是见得太多了。觉得他们一点也不可爱。

"在电影界有艺术家和演员之分。谁是艺术家呢？赵丹就是艺术家。"雷迅把赵丹演的《林则徐》塞进录像机里。"在皇帝同意他去广东禁烟的时候,文学剧本上写的是目光奕奕。你看赵丹就能做到。"

雷迅说到这,按了下正常放像键。梅小青看到跪在地上的林则徐抬起头来,目光确实如电、如炬,有内容。

"他到了广东之后的一段表演,更是精彩。"雷迅说着调出此场景后解说道,"两广总督邓廷桢的功名比林则徐要早,按清朝的规矩,早四科就得称是老前辈。可林的公开身份是钦差大臣,代表皇上。你看他是如何处理这关系的。"

影片演林则徐到广州后,邓等人跪着迎接他,并口称:"两广总督邓廷桢恭请圣安。"林则徐威严地说:"圣躬安！"大礼过后,林则徐马上恢复本色,满面春风,奔向邓,深深一揖:"嶰筠翁,老前辈。"邓表示好不容易才把他盼来。关天培也来拜见,林则徐谦虚地把他扶起:"军门！"这时林又喜欢,又感慨,低吟了一句:"十年重相顾,两鬓白如霜！"

雷迅把录像机关闭。"赵丹这一上一下、一前一后,各是各的身份,处理得是那么得体。现在的演员谁个也来不了。别的不说,就是他在拍电影之前,做的案头工作,就没一个人有这文化,有这耐性。"

梅小青觉得自己必须有些看法,否则就要"出局",于是就提出巩俐来抵挡。

"巩俐确实不错,可刚才我说过,有艺术家和演员之分。赵丹是艺术家,因为他能进行再创作、而巩俐则是好演员,也就是说,起码导演安排的,她尚能做到。就像牵线木偶剧一样,关键不在她,而在牵线的那个人。"雷迅模仿教授的风度,点燃一支烟。"现在的电影,还不如广播剧。广播剧起码能给人以想象的空间:它说一个人有风度,因为我看不见,所以我还可以想象、寻找。"

梅小青觉得他抽烟的姿势不太顺。

135

"我上大学的时候,有一个特别臭的数学教授,在预习的时候,我原本已经建立起一个很好的概念。他给我们讲着、讲着,就能给讲没了。"

"你要是想过戏瘾,我倒有个路子。"梅小青竭力想讨好雷迅,说起婆婆家有个拍电视剧的亲戚。

雷迅根本不接她的茬。"北京的文化是棒,别看我来的时间不长,但我已经喜欢上京味儿的戏了。一次我对一个剧本作家兼导演说了这个心愿。他说手头正好有个老舍味儿的剧本。让我随便挑一个角色演。可我没看完一半,就从窗户给扔出去了。并对他说:'你的戏早晚得毙!'他问为什么。我说:'你会写一个《武松打虎》,那我演武松和老虎都行。但你写《武松打猪》,那我演武松,打得没劲儿!演猪吧,也太惨了点。'他为了想要我从海威搞点赞助,表示可以随我的意思改。我多少还残存着些神秘,就问他剧本好改不好改?他赶紧说:'好改,好改。上次我拍一个言情剧,女主角 A 不听话,傍上什么人,夜不归宿。后来我就给她改没了。'我问他给改到什么地方去了。他说:'客气点就改她出国,不客气就改她死了。甚至不知所终都行!'于是我终于明白了这样一个道理,这些家伙根本就不把剧本当艺术,他们把它当成了工业:动力来自于金钱,情节来自于瞎编。"

"你说她们那么有钱,干吗最后都要嫁给资本家?"她连续举了好几个名女演员的例子。

"那还不简单:第一是自己赚钱太难,第二是她们的钱和老板们的钱比较起来,不过是九牛一毛而已。"

梅小青想想也对。

"我今后也会有钱,有钱之后,也让你什么都不干。"

他可能把我当成了傻丫头了。她生气地想:老娘什么没见过?!可脸上却并无表现,笑着问:"你这话说着不觉得假?"

雷迅笑着拉她。"话绝对是真心,只要我搞到足够的钱,就一定能做到。"

梅小青毕竟是女人,虽明知道这话的可信度几乎等于零,但仍然爱听,顺势倒在他的怀里。

雷迅对自身先天与体能之缺陷，还是了如指掌的，故而在生理与药理方面都做了充分的准备。事毕之后，他自认为开拓了两人性爱的新篇章。

他选定了这个最佳时刻，很随便地说："经济学中有一个基本原理：没有规模就没有效益。规模越大，效益就越高。"

梅小青已经知道他要提的问题了。

"眼下股票的行情这么好，如果不趁机大干一下，实在是太亏了。"雷迅渐渐地往主题上切。

"我有三万多存款，要不一块儿投进去。"梅小青想把话拦住。

"三万、五万的，不顶什么用。要是一下子能放进它二十万、五十万的，那你和我的后半辈子日子会过得很宽松。"

梅小青用余光瞟着雷迅：你的后半辈子，不知道和谁一起过呢？但肯定不会是我。男人的年纪要是比女人小，基本上可以说没有婚姻的基础。

"我想说得是借用一下'18889'中的钱。"雷迅从理论上知道，凡是坠入情网中的女人，都非常愚蠢的。"我一旦赚到了钱，立刻就按照各百分之五十的比例分配。"

梅小青仍然没说话。

"你不知道现在的股票市场好到什么地步：你上午投进去五十万，到了下午收盘时，就会变成六十万。这还是保守的估计。一天十万，咱们两个一分，那该是什么味儿？"雷迅咂咂嘴。

"如果上午放进去五十万，到了下午成四十万。那该是什么味儿？"梅小青的计算方法，是正经农民式的。

"就算它成了四十万，我也有能力贴给你十万。再往细上说，每赔十万，我就从我的剩余资产中划拨十万给你。什么时候我的剩余资产只够你的钱了，我就一股脑儿给了你，金盆洗手，从此当个良民。"

"金盆洗手？谈何容易！对于赌钱的人来说，翻本的机会永远在下一盘。"在梅小青生长的山村里，娱乐除去性以外，就是赌。她就不止一次见过真的输掉老婆的人，所以她虽然也玩股票，但玩得极有分寸。

"现在的股票市场，挟香港回归、十五大召开之威风，一路牛气烘烘，根本不可能被套住。"

"你真的有学位？"梅小青看着眼前这个沉湎在股票市场中的人。

雷迅不高兴了。

"所谓的'18889'并不是一个真实的账户。它是若干个账户的总称。"脸上红潮尚未褪尽的梅小青，不想让他太不高兴。所以稍稍透了个底。

雷迅立刻专注地问账上有多少钱。

"确切数字我不太清楚。"梅小青含糊地回答。

"借给我三十万如何？"雷迅像个小孩子一样靠了过去。

"想动'18889'中任何一笔钱，都需要浦总的签字。"梅小青抚摸着他柔软的头发。

"你肯定能想出办法来。再说用一两天，就归还回去，神不知，鬼不觉。"

"咱们浦总对数字的记忆力，别人不知道，你还不知道？"

浦耳对数字的理解和记忆能力，雷迅不止一次领教过。所以一时间对不上话来。"不动'18889'上的钱，而以预付款、定金的方式，从大账上弄些钱出来呢？"他还是不死心。

梅小青当然知道这不可行。即使可行，以她的性格，也不会把钱放到别人的手里，所以耐心地解释道："咱们海威公司不是街上的小摊，财务制度健全得很：首先得有笔买卖，然后签订合同，之后由分管领导批准，再以后你还要有个账户能进出钱。"

雷迅明白一切心机都白费了。

第十章

浦耳信马由缰地就把车开到"顺风"饭店。

"顺风"虽不在京城名店谱上,但因其以家常菜为主,所以客流量相当的大。中国的饭店多以节日菜为主,偶然吃上一回半回凑合,常吃就是问题。某次,他遵循"主随客便"的原则,连着陪三拨客人,吃了三顿"全鸭席",弄得他连鸭绒被也不敢睡。

他之所以"自动"选择"顺风",却另有原因:前妻所生的儿子在这里"打工"。

对不知情者言,像浦耳这样级别的商界成功人士,儿子决不会沦落到"打工"的地步。殊不知,此乃其周密计划的一部分。

儿子在父母未离婚前,各科成绩优良。但当家庭一变成"单亲"后,功课立刻就下来了。原因很简单:聪明的男孩子,通常要由父母同时来管教。约束力一旦去掉大半,活动余地就会以指数方式增大。

人和人的关系分"姻"和"缘"两种。所谓的"姻亲",就是娘子、姐夫、岳父、小舅子之类的。换言之,只要你的哥哥和嫂子、姐姐和姐夫、你和太太一离婚,这些关系就荡然无存。另外就是"缘亲"了,这是指孩子、兄弟姐妹、父母等有血缘关系的人。血缘关系是不随社会关系的改变而改变的。再往深里说,这些关系就是比人低一级的动物也能识别。

有鉴于此,他想把儿子弄到自己家去。经过斗争,前妻勉强同意了:她能如此做,完全是出于理智的考虑,若从感情出发,她是根本不会同意的。用她的话讲"我什么都没有了，就剩这点骨血了。"

后妻也勉强同意了。但她对这个非原创的、连"姻亲"也算不上的男孩子，感情上就无法接受。略施小计，就把他给挤走了。

好在儿子在回去之后，仅把精力投放到篮球上。

浦耳见力不能及，只好退而求其次，在篮球方面尽力培养、可惜的是儿子的身高只长到一米六十五，就再也不长了。受此限制，浦耳花好大力气，才让他加入的体校篮球队，在正式比赛时，除非这场球是赢定了，总没他上场的份儿、他自尊心受到挫折，不肯再去球队，而是自己集合起一群人打球。

可篮球这东西，教练是很重要的，没教练的儿子，很快练就一手"脏球"——这是玩球的人，专指那些有些实战能力，但技术、战术都相当不规范的爱好者的。

浦耳看了他一场肩、肘、腕、胯、膝都用，颇有擒拿搏斗味儿的球赛后，郑重地和儿子谈了一次："艺术和体育，是需要天赋的，我看你还是朝科技方面发展，把精力放在学习上吧。这既是我的事，更是你一辈子的事。"

十七岁的儿子，已经能理解父亲的苦衷，果然收心于教室。但数理化这些科目的连续性相当强，脱节后，很难再续上。

生意上多年的锻炼，使浦耳成了最实事求是的人。经过周密的研究论证，他给儿子设计了另外一条路：出国留学。

浦耳在日本有个名叫大泽英雄的好朋友，此人在一家证券公司当副总，大泽对指数期货尤其精通，人称"指数先生"，他的证券就是委托大泽管理的。大泽应他的要求，替儿子选了所学校，并答应做儿子的监护人。

浦耳又给儿子找了两个日语教师。

找两个日语教师，浦耳自有道理：一个从日本帝国大学毕业的老留学生，为的是教给儿子一口纯正的东京话——在生意场上，虽然今天上海话吃香，明天广东话吃香，但永恒的还是普通话。他见过太多的生意人，因为说地方语言而受人歧视。另外一个则是新近留日归来的大学副教授，此人学的是经济学专业，除去本行外,对所有日本的"流行"物也很熟悉。

浦耳是"一分钱一分货"的忠实信徒,开口就是一个小时两百块。所以两个老师的辅导也非常精心,儿子更不负父望,进步极快。两年过去,日本的原版片子,能看懂百分之八九十。

"硬件"具备了,浦耳在"软件"方面的第一步,就是要让儿子过面子关。

北京人的两大特点,一是好说大话,一个个都"民间政治家"似的,国内、国外,没有不知道的事;二是面子极重,用土话来讲,就是"再穷也不能剪大褂",也就是放不下"天子脚下""皇城根儿"的架子。他们口口声声活让外地人给抢了去了,可要让他在门口摆个炸油条摊,他宁愿坐禁闭也不会干。

而浦耳偏偏要让他把"大褂"剪了,大褂不剪,到日本何以为生?他的途径有二:先是让儿子到一个朋友的汽车厂洗车。他去看了一次,儿子穿着破军大衣,腰上系着一根绳子,手指头都冻成小红萝卜,连他的朋友都有些于心不忍。但他还是让儿子干了六个月。"毕业"之后,他又把儿子安排到"顺风"饭店洗盘子。这是为了让他在受累之外,还要学会受气。

今天他一进"顺风",就被一个女服务员给认了出来。她显然告诉了在里面干活的儿子,因为他看见儿子那张充满浦氏元素的小脸,在海鲜柜后面闪了一下。

浦耳等了一会儿,没见儿子出来,心中暗喜:这小子算是长大了。

他正准备喝第一口酒,突听有人招呼。他抬头一看,面露喜色。"是栓子,快坐、快坐。"

栓子姓陈,和浦耳在一条胡同里住了许多年。他父亲是一个皮匠,因为栓子先少管,后劳教,然后又被判刑——这似乎是一条必由之路,就像英国贵族子弟经伊顿到牛津,再入上议院一样。老陈皮匠也因之活活被气死。

栓子出来后,在街上倒卖衣服时发了财。他虽然一点文化也没有,发财之后买了辆桑塔纳,可就是考不上本子:安全规程和机械常识过不了关。就这样,他依然坚持不卖,说"放在那我看着就高兴。"最后还是浦耳帮他过了关。

浦耳挺喜欢他,因为他生就一副"直肠子",与之打交道省心、省力。老陈皮匠更是个好人,在他插队前,曾送一副自制的皮垫肩和一双皮鞋给他。这两样东西在过"劳动关"时起的作用,几乎相当于现在的移动电话和汽车。

"浦爷怎么一个人吃饭?没个伴儿?"栓子多少有些被稀释的满族血统,为了再现辉煌,刻意模仿旗人的说话方式。

"你当面管我叫'爷',我一走你就会说'这孙子可走了'。"浦耳不接他的话茬儿。

"我管谁叫孙子,也不能管浦爷您叫孙子。再说您别岔我的话,不行我给您找一个。"

如果是和文化水准相当的人对话,浦耳想说的是:随着经济实力的增加,性资源也随之丰富起来,但道德水准,关键是性好奇、性能力却与之成反比。但栓子肯定不能接受这样的语言,所以他换了个方式:"用你最喜欢的舍爷的话说:现在有花生米可没牙了。"

栓子除去看枪战片外,就看老舍的作品——当然小说是要改编成比较通俗的剧、影、视才行——并尊老舍为"舍爷"。刚才的话,就是《茶馆》中的台词。

"您这话实际。"栓子把汽车钥匙往桌子上一放,仰脖就喝了一大口酒。"刚才我停在门口还没下车,就让警察给训了一大顿,说我违章停车,还罚了一百块钱。手续办完后,我晃着收据对他说:'你们警察的'爱民月'不才过去吗?就这么凶!您猜他怎么说?"

浦耳猜不中。栓子"旗风"十足,能闲谈终日,言不及义的本事最大。

"他说'爱民月''爱民月'就是爱民一个月的意思。要是月月爱,那就没意思了。"

浦耳听完笑了起来。栓子的幽默都是鲜活的,不像有些人的"餐桌幽默"都是从书本上看来的。"你好像越来越胖了。"

栓子站起来,拍拍自己凸起来老远的肚子。"您瞧,我的将军肚都起来了。不过有这东西也不赖,看着就派儿。"

见状,浦耳想起自己的老客户,加盟公司的金老总。他是一个一百四十公斤的大胖子。有次和他们一起去五洲大酒店拜访一位要人,正好赶上停电,只好往五楼上爬,没到三楼,金老总就喘得不行了,他顺口说了句:"你有些超重了。"但金老总边喘边说:"不关重不重的事,只是有些呼吸不得法而已。"

　　浦耳不管在单位还是在家,总是"关防重重",责任和义务就没个完。此刻在知根知底的栓子面前,想放开"乐一乐",就顺势讲起他研究总结出的"肚论"。

　　"肚子大分好几种,首先是将军肚,这是指那些有权有势的人,比方当年的吴法宪。然后是老板肚,"他拍拍自己平坦的腹部。"就光剩下钱了。再其次是啤酒肚,这是指那些小康人家,每天都能对付扎啤酒、节日整只烤鸭之类的主儿。再往下就是淀粉肚了,你瞧见过老北京那些蹬三轮的'板爷'吗?他们每天一到中午,来张大烙饼,中间夹满猪头肉,临了再来碗丸子汤,所以他们中间大肚子也不少。"他清清嗓子,"这里面最不来劲的就是气鼓肚:纯是看别人发财眼气气大的。"

　　栓子端起杯子,想了一会儿,显然是在消化理解浦耳的"肚论"。"对了,浦爷您还忘了孕妇呢?"

　　"我指的都是永久性的肚子,暂时的并不包括。"浦耳说了句文话。

　　栓子敬浦耳一杯。"我老跟别人说,说话得像浦爷:拢能拢得住,分也分得开。"

　　"过奖、过奖。"浦耳好话没少听,但这样真的不多。

　　"别的优点咱没有,就是不会说假话。上个月我去广东、上海出差,临走前嘱咐老婆在我不在期间要防两户。她和我一样,也是个不懂就当下问的人。于是我告诉她两户就是门户、阴户。"

　　生意场上的道德规范是最不严谨的,浦耳也不是古板的人,可对赤裸裸地讨论性,他仍不能习惯。所以就转个话题,问栓子对广东、上海两地生意人的观感。

　　栓子说了一通,大意是看上去上海人最精,但实际上属广东人会干。要论最傻,还是北京人。

"广东人做生意,该一千块钱的东西,谈着、谈着,最后就说'小意思,撒撒水啦,咱们交个朋友啦!'能卖你八百。但过不了几天,就会给你打电话、发传真,找你签下一单。这样他在该周转一回的时间里,能做两回。也就是和你做了一千六的生意。而上海人做生意,有点科学家做实验的味道,该一千的,绝不九百九十九。你说的对,最傻帽的就是北京人。他们见来了个客户,马上心说:见冤大头不宰有罪!该一千的东西,非要要你一千二。等钱一到手,他就像下棋赢了一样,高兴得不得了,请人大撮一顿,花了五百,结果成七百,赚得最少。"浦耳把自己的观察形象化。

"我最不喜欢和上海人做生意。他们总摆出一副老牌资本家的样子,张嘴就是见过'华人与狗不得入内'牌子的架势。"

浦耳曾经问过许多老上海,都说没见过"华人与狗不得入内"的牌子。当然,不好因此说没这牌子,根据考据学原理,说有易,说无难。因为说有,只要查到就行,而说没,那就要查遍所有的有关文献才行。但从另外一个角度说,就是发展到现在,许多人还是改不了随地吐痰的毛病,就是许多西装革履之士,看看左右没人,也会把污物扔到路上。他曾经见到一位穿貂皮大衣的女士,在"燕莎"吃完甜食之后,不想用自己的手绢,便装作摸样品衣服的质量,把污物揩到上面。

但他考虑到栓子的文化背景,没说这些,只用大哥的口吻教训道:"做生意就是做生意,又不是结婚,和喜欢不喜欢对象没有关系。"

栓子连声说对,然后自己又喝一大杯。

浦耳问他近来在什么地方发财?

栓子说他开着一个"东方汽车机械股份有限公司",自己是董事长兼总经理。"我一开始想叫'无限公司'来的,可工商局不干,叫'无限'多来劲!"

"这个'有限'指的不是资产,而是责任:假设你的公司塌了,有限责任公司光拿公司的资产赔就行了。而无限责任公司,就连你家里的东西也要赔进去,就像胡雪岩一样。"

栓子素来佩服浦耳,虽然没全懂,还是直点头。

浦耳又问有几个股东。

栓子说有三个。

浦耳再问如何分红。

栓子说按章程。

浦耳说他想听听这章程。

"章程是我写的,一共就四句话。"栓子不无得意地用想象中的"朗诵"方式宣读道,"自愿结合,愿打愿挨;不发工资,年底分红。"

浦耳听完后好不容易才把大笑压制成中笑。"你这东西也能通过工商局?"

栓子说:"头回没通过,二回我花一千块钱,买了套日本的化妆品,说刚从东洋回来,送给了批执照的大姐。第二天她把照给送来了。"

浦耳又问业务情况。

"汽车配件卖不了多少钱,我的主业是帮人要账。"

浦耳当然知道"帮人要账"的意思,担心地嘱咐他不要再和人打起来,进监狱。

"我现在的业务对象,全是些穿英国马靴、提英国马鞭、开德国车、美国车,去康西草原之类的马场跑舞步的主儿。用不着动刀子,玩火枪。"

浦耳也去过这类地方,知道那里聚集了一大群这样的人。他们玩马尚在其次,主要是在一起比谁的车好、谁的情人漂亮。而他们当中的大部分人,都是负债累累。所以钱肯定好要不了。

"对付这些脑袋上顶着几个亿贷款的主儿,最好的办法,就是天天去他的公司要。尤其是当他们有大客户来的时候,要得更起劲:我提着个上面写了'讨债'大字的经理箱,跟着他们一言不发。等到他们吃饭的时候,我也坐在旁边,从箱子里拿出自带的啤酒和面包、香肠,大吃大嚼。他们怕黄了大生意,再加上我长期抗战的架势。多少也得给一些。给一些就行,见钱我就十抽一。"

"那应该是个很大的数目了?"浦耳顺嘴问。

栓子这回没正面回答,"这么跟您说吧,前些天,我帮政府里的一个中官要回他私下里借给人的八十万块钱。他给了我八万不说,还请我到'长城'撮了一顿。席上他说:我动用了工商、公安、法院等许多有权的机关,都没要回来。您怎么马到成功?我说您是混官场的,到什么地方都有比您小的官拍您的马屁,就是坐沙发,也有人给您加垫子。而我就是坐凳子,也要先摸摸上面有没有钉子。所以我就能对付得了那些人。"

浦耳也觉得是这个道理。

再喝一会儿后,栓子突然伤感起来:"浦哥,我现在想起来怪对不住我老爹的。那会儿我光是气他,没让他老人家享过我一天福。"

浦耳安慰他道:"你好好干,养妻教子,老爷子的在天之灵会知道的。"

栓子把酒杯重重地一放:"现在咱趁有钱了,得回老家给老爹修一个纪念碑。"

浦耳想了一下才反应过来,栓子实际上是想给他爹修修坟。可因为他从小生长在北京,后来跑的也是大城市,绝少见真正的坟墓。一时就把人民英雄纪念碑的"纪念碑"当成坟的代名词了。

等栓子平静下来后,浦耳找了个噱头。"你爸爸的职业。打一个药名。"

栓子猜了半天,也没猜着。他胡撸着脑袋说:"在我们那帮人里,我也算是个猜谜好手!把底亮了吧。"

"陈皮。"因为栓子姓陈,父亲的职业为皮匠,故有此谜,

"陈皮?"栓子歪着脑袋说:"从来没有听说过这种药!我光知道有治感冒的青霉素,治拉肚子的黄连素,治淋病的大观霉素,不知道什么陈皮不陈皮的。我也给您浦哥来一个?"

谜语是浦耳自娱的方式之一,经常自己设计投稿给晚报,所以他表示来者不拒。

"先是软的,越扒拉越硬。一种你经常见的东西。"

浦耳认为栓子不会出高雅的谜语,所以往下作的方向猜。片刻后,他问栓子

是不是在特殊状态下的男性生殖器。

"浦哥怎么老把我想得那么坏?"栓子不高兴了。

"我怎么忘了'荤谜素猜'的原则了呢?"浦耳给自己找了个台阶下。

但他苦思冥想了好几分钟,仍想不出来。

"是炸油条。"栓子得意地宣布。

浦耳想了想,也笑了起来。

"以前做生意凭胆大就行,可现在规矩大了,就得靠点文化。别的不说,遇到正经人,餐桌上的话就说不来。浦爷您也匀点子文化给我?"

"钱能匀,数理化能教,可这餐桌文化就是浦哥我也是越学越糊涂。"

正说着,栓子的移动电话响了。他接听了一下后说:"这儿的场强不行,我换个地方试试?"他拿着电话就出去了。

浦耳知道此乃接听"机密"电话时,人们常用的花招。记得某次秦德夫也来这一手,浦耳揭露他,他偏偏不承认。跟他两人一起去给一位重要客户家装卫星天线的雷迅见两个人争执,就到车上把数字场强仪取来。测量的结果是先前接听的地方,要比他改换后的地方场强还要大;弄得秦德夫有一个星期不和雷迅说话。

等栓子接完电话回来,浦耳拿过他的数字电话看了看。

"浦哥使的是什么电话?"

浦耳双手一摊,说没带。时至今日,后进者仍把移动电话当成身份标志,可像他这样的人,在办公室里办公,已经麻烦的不行,绝不想把"公事"随身带着,所以他经常故意把电话忘在什么地方。

"您不来个卫星电话用用?"栓子从他的手包里取出一份资料。"我最近和交通部的人挂上了钩,卫星电话原来是给飞机和轮船备的,所以国际海事儿组织让中国交通部给他们当代理。这东西好得不得了,就算北京城让大水给淹了,还照样能把世界上任何一个犄角旮旯儿的人叫出来。"

浦耳听完又笑了。"上学的时候,老师不是给你改作文吗?我也给你改改,好让你提高一下餐桌文化,你应该说'和交通部建立了业务关系',而不是'挂上了钩'。'钩'听上去有'勾结'的意思,你还应该说'卫星电话起源于飞机和船舶的导航'。另外,是'是国际海事组织'不是'海事儿'它也不是让中国交通部给他们当代理:中华人民共和国的政府部门,不会给任何人当代理的,他们是共同组建。更不能说'北京城让大水给淹了,'应该说卫星电话不依托于当地的电信网,所以无障碍。"

栓子把浦耳的话"咽"下去后,继续推销。

"你就是白给我一台,我都不要。杜达耶夫就是让这东西给害了的:他使这电话,被中央情报局给锁住了。二十分钟后,一个导弹就把他给擂死了。"

栓子还不认,又说卫星电话的好处。"您要是推销出去,我给您回扣。我知道现在买卖的规律:好东西,有熟人,给回扣。东西不好,买回去交代不了;但没熟人,别人干吗非得买你的?你要不给他回扣,那就没下一次。不行我先给您送去一台玩玩?"

"你要再说,我就认为是在坑我:这种电话打一分钟要五个美元。"

栓子认为哪有送几万块钱东西来坑人的事儿。

"坑人有各种办法,有的时候是给他使坏,有的时候是给他一些看上去是好的东西。我有个朋友,在研究所里管车,某次一个教授级的研究员要车没给,让所长知道了一顿好批。他于是来开损的了,凡是这个研究员出差,他都给派车。可这个研究员,根本没能力招呼司机,自己出差,蹲在什么地方吃碗面就行了,可带着个司机,最少也得对付两个菜,来瓶啤酒、饮料之类的。结果他到石家庄去了一个星期,八百块钱就打了水漂了。后来再不敢要。再比方,一个人老是自由散漫,那就给他安排个官当当。最好是阶级很高,但有名无实的官。孙悟空不就让个'齐天大圣'给箍住了吗?"

"您的意思我懂:坑人也要对症下药。"

"你对我的话做了非凡的理解。"浦耳竖起拇指。

栓子要买单。

浦耳不让。"你是个人,而我好赖也是个股份制企业的代表。"

"你愿打,我愿挨。"栓子把二百块钱扔在桌子上,拉着浦耳就走。

出门后,栓子说:"你们海威是大公司,有机会匀点生意给我做做。"

浦耳笑着说:"咱们两个干什么都行,就是别做生意。"

栓子说:"浦爷您是瞧不起我?!"

浦耳只好解释道:"不做生意咱们是朋友,一做生意就能把关系做坏了。"他不等栓子再问就解释说:"做生意讲究算计,可你根本就算计不过我去。"

秦德夫再次依计划邀请林竞芳去吃饭时,林竞芳为难地说:"孙先生让给他查一些资料,已经预约了图书馆计算机时间。"

秦德夫知道她说的是通过图书馆的 INTERNET 向国外查阅资料。Q 大学以前的 INTERNET 是向全校的计算机终端开放的,用一台计算机来计费。可有些人就是不自觉,经常用 INTERNET 看时装和阅读一些杂志。因为浏览软件和机器档次都比较低,下载图形特别费劲,一张要好几分钟,所以到了收费的时候,有些经济效益不好,经费不足的系,比方经济系、中文系,就交纳不起。于是学校决定关闭所有的出口,任何人要用,都必须到图书馆登记,并由图书馆的一台计算机登记审核。

这一来苦了像林竞芳这样经常要用计算机的人。他们曾经以孙教授牵头,给学校打了一个报告,希望计算机系例外。学校考虑到实际情况,也曾经网开一面。但这样一来,别的系有意见不说,计算机系的费用也扶摇上升:想看的人,通过计算机管理员、教研组长、系主任等一系列有权上机的人,把自己的计算机联上,继续看。所以此决定实施了两个月便夭折了。

"人最可怕的就是被奴役而不自觉。你凭什么老给那个'伪院士'白干,而让他去获利、出名?"

林竞芳听到"伪院士"三个字,不禁一哆嗦,直向门外看。

"不用看。我能听出他的脚步声。"

秦德夫之所以称孙教授为"伪院士",是因为在一年前,增选院士时,校方鉴于孙教授在文字处理的 Q 系统方面为学校经济做出的巨大贡献,就上报了他。这一来,使得许多人不服:孙教授的口才并不好,讲课也浅入深出,故而在教学上便得不到学生的好评。另外院士的条件是:在基础理论上有重大突破和重要的著作。

孙教授的 Q 系统是技术应用,谈不上是理论突破。但如果硬往上安的话,也勉强说得过去。关键是他没著作:总不能拿讲义或 Q 系统的说明书去当著作吧。因为条件说得很清楚:"突破性的理论和著作。"这其中是"和"不是"或",也就是说理论和著作,二者是并列的,缺一不可。

这事越闹越大,后来校领导出面压了一下,没想到引起更大的反动:许多教授联名写信,要公开和他"比一比"。

事情最后变成公文,递交到一个重要领导的办公桌上。这个领导偏偏知道 Q 系统,所以他折中一下,明确批示:可考虑作为技术院院士候选。

秦德夫就此事大发议论。

"我去。我去。"林竞芳赶紧收拾桌子上的东西。她原本也是虚推,希望秦德夫坚邀。

车刚一开,秦德夫就说:"总坐在办公室里苦思冥想的人,是出不了成绩的。科学研究、艺术创造,总而言之,所有的创造过程,一般来说是非理性的。这个世界是相当混乱,不确定因素实在是太多。所以,一次音乐会、一次乡间散步、一次体育活动、对感情波动,都可能使你产生一次飞跃,从而奏出你研究历程中最华彩、最灿烂的乐章。"

林竞芳看了秦德夫一眼。目光有些异样。她已经自觉喜欢上这个有钱且风趣的男人了。

秦德夫和林竞芳一进友谊宾馆的淮扬餐馆,大堂经理就立刻迎了上来。

"能给我们找一个安静的两人台吗?"秦德夫问。

"您拿我逗?"经理笑嘻嘻地领着两人往前走。"没谁吃饭的地方,还能没秦总吃饭的地方？"

他们刚一坐定,一个面容娇好的小姑娘边招呼边把菜谱递过来。

"我相信你我今生一定有缘。"秦德夫和她开玩笑。

小姑娘大方地笑笑,掏出笔记菜名。

秦德夫点了肴肉、羊羔、松仁玉米、狮子头、松鼠鳜鱼等淮扬名菜后,又要了干白葡萄酒。

"我这次的'鳜鱼'的'鳜'写对了吧？"小姑娘把菜单递给秦德夫看。

林竞芳扫了一眼,发现小姑娘的字写得不错。

"对了。"

等小姑娘走了之后,秦德夫对林竞芳说:"在一般饭店的菜谱上,都把'鳜鱼'的'鳜'写成'桂'。而古诗云:桃花流水鳜鱼肥。如果真的写上'鳜',恐怕人们不是给念成镢头的镢,就是怕出笑话而不敢点。"

林竞芳的心思却不在考证"鳜"字身上。她稍一顿后好像很随便地问:"你好像和他们很熟悉？"

"因为离这里近,所以经常在这请客。"

"这个小姑娘也来此很久了？"林竞芳的眼睛看着远方。

秦德夫笑了,心说:她有些吃醋了、吃醋就是男女之情的重要特征值。"来得不久。"他欲擒故纵。

林竞芳用眼睛问:既然来的不久,为什么和你像一家人似的？

"上月初,我们公司来了一帮客人。客人一多,为了避免交通负担,我和浦总连着在这里吃了三天。而订饭时经常用的是Q大学的名义。"

林竞芳问为什么。

"名声响亮是第一原因,其次让他们以为我们是清水衙门,刀子或许会钝一些。"

"可就是我们系主任请客,也没有这么好。"

秦德夫顺口打击了一句:"你们系主任算老几?!"他接着往下讲:"吃的一

多,服务员就都认识我们了。之后的一天,来了几个日本客人,饭后非要唱卡拉OK。可我们公司有规定,吃饭从来不带公司的女职员。"

林竞芳忍不住插话:"这分明是歧视女性。"

"你没在商场上混过,不知道这里面的事:公司的客户,尤其是重要的客户,往往把公司的女性,当成他们的财产,来不来就动手动脚的,有时候让我们这些当头的很下不来台。再说万一让他们得手,总是有后遗症的。弄不好,还会泄漏商务机密。"

"你们又不是中央情报局,再说核心机密,低级职员也掌握不了。"

"但比方谁请谁吃饭,往什么地方汇了多大一笔款子,这些东西到了有心人那里,也是相当有用的。"

林竞芳不再作声。

"日本人的好色是世界闻名的,所以浦总和我正在商量到什么地方去找个陪唱时,这个小姑娘就自告奋勇地要求去。等我们吃完饭,散了会儿步到歌厅时,她已盛装以待了。"

林竞芳寻找故事的疑点,问衣服是什么地方来的。

秦德夫让她耐着性子往下听。"这两个日本人出奇的规矩,所以一夜无话。临走时,我们给了小姑娘五十块钱的小费。她也把她的手机号码给了我们浦总,说以后有这样的活再找她。接着我们又陪另外的客人去了一趟陕西。谁知道我们回来后的第二天,这个小姑娘竟然找上门来,说让她干什么都行。浦总不客气地把她打发走后半开玩笑地问我:你是不是把名片给了她了?我说没有。他又问:那她是怎么找到这里来的?我说我也正在纳闷。事情就这样过去了。"

林竞芳着急知道下文,可秦德夫偏偏慢慢地品着酒,吊足了她的胃口后,才揭了谜底。"她先是根据订饭的名义,打电话给 Q 大学的人事处,问秦德夫这个人在哪个系,然后再打电话到计算机系的人事科,顺着追,也就给她追到了。"

"这就像使用微软公司的视窗 95,根本不用键盘,一张张的顺着菜单往下走,就能达到目的。"林竞芳也笑了。

"幸亏水落石出,否则我还蒙上不白之冤呢？"

"她要那么多的钱干什么？"

"钱还有多吗?！"秦德夫反问。"你大概是读书读傻了。等将来出了那座象牙塔之后,就会明白钱光有少的,没有多的。"

秦德夫给林竞芳倒酒,但被她给制止了。"能不能带我去玩玩保龄球？"

秦德夫问她此趣何来？

林竞芳解释道:"这次我们团委搞活动时,原打算到你们友谊玩保龄球,谁知团委刘书记说没钱,只好在海淀体育馆租了五个羽毛球场,大家玩了玩了事。后来我们相约,将来有机会一定玩一玩保龄球。"

秦德夫看着林竞芳眼中闪耀着的孩子般的光,多少有些不是滋味:她是个美丽、聪慧的女性,已经读到博士学位,可提出的要求竟如此渺小。"别说保龄球,就是高尔夫咱们也能玩儿。"

他招呼小姑娘过来,在账单上签了个字。

第十一章

浦耳一进办公室,就开始审查制作出来的广告。

他先看文字广告。马上就在一则方便食品的广告中找到了毛病:本品不含防腐剂。他把这一句话给划掉了。广告的标题中出现否定词是很危险的,因为人们很容易把"不"字给漏掉,那就变成了"本品含防腐剂",而且"腐"字给人的感觉也不好。

这肯定是从秦德夫的手里通过的。因为上次老邢和他闹起来后,他重新给他们明确了一下分工:音像广告由老邢直接向他负责,而给报纸的文字广告由秦德夫二审负责。

当时他想把广告全都拿过来,可秦德夫既然在副总的位置上,总要有事可管。于是就把文字广告给他留下了。因为文字广告在通过他这最后一关时发现问题,改起来也不太困难,不像音像广告一改起来则费用大。

他在另外一份广告中,把几个最高级的形容词和一般化的陈词滥调都划掉了。广告词要有所指,要实事求是,要热忱、友善并且使人难以忘怀。

文字的都看完后,他开始看音像的。

他看电视广告,有一个奇特的方法:把电视机的声音给关闭了。如果把声音关了,广告依然还很有推销力,那么这就是一个成功的广告。反之,它就一点用也没有。

这个方法还是他从在体育学校学足球的侄子那里学来的,前年世界杯决赛的时候,侄子到他家里看,说是他的电视大,看得清楚。侄子看球时,从来不要声音。他告诉侄子:"我不怕吵。有一次打雷,把院子里的树都给劈开了,可小叔我还是酣睡如常。"侄子说:"您误会了:我是嫌这些英文不懂、什么球也不懂的通用解说员胡说八道,把正经的球都给说坏了。当然,张路除外,因为他有知识、有分析。"

他把侄子的话推广到广告上来。

他看了一遍没声的,又放开声看了一遍。

他发现在一则广告中用唱歌来推销一种衣服。他觉得不对劲就又重新看了两遍。最后拿起笔在审定单上写道:邢总,我个人以为,最好不要用歌曲直接来传达普通的商品信息。很难想象,当一个人去百货公司买衣服时,售货员突然给你唱了起来。对与否,请考虑。

等工作都完了以后,已经是中午十二点了。

浦耳吩咐秘书把午餐给他端到办公室来后,就无目的地在屋子里乱转。最后终于拿起了电话。

"我最近烦得很。"他对周鼎立说。

"是不是到了更年期?我太太就已经跑步进了更年期,偏偏女儿正在青春期。两期对应,比九星连线还热闹,弄得我这个裁判长应付不过来了。"

浦耳苦笑了一声。

"你的心事有谁愿意听?"周鼎立唱了一句从女儿那里学来的流行歌。"我愿意听。你说吧。"

浦耳吞吞吐吐地说没什么正经心事。

"'一把手'当长了,有话都不想好好说,而让别人猜。我女儿就经常拿这'一把手'派。这是一个极虚伪的坏现象。周鼎立嘟囔完后说:"还是我来破题吧:你现在想和郁敏恢复热线联系,她在美国的丈夫已经不起作用,关键是她身边的那个金融股票专家储华章。你放心好了,这个动迁任务我来完成。"浦耳的心事被他猜中——他打电话的目的也就是为了让周道破——不由地干笑两声。

155

"那个玩票专家也没有结婚,所以说你是在第二起跑线上。"周鼎立今天刚刚和郁敏通了一次电话,又了解了一些情况。"不过我这根皮条是拉定了。"

浦耳真不知道该如何对付周鼎立。

"你别因为同志们答应得痛快,就以为事情好办。我告诉你:把储华章从她身边撑开,是一项复杂的系统工程。第一,要动摇储在她心目中的威信,第二,要把你的魅力充分地展示出来。你平常不总是说:做生意一要靠资金雄厚、经营有方,二要靠个人魅力吗?到该往出拿魅力时,你就得拿出来。"

"一切事情听从周处长安排。一切事情听从周处长安排。"浦耳连声说。

因为这些日子手气不错,郁敏把原计划出的录音带改成了CD。这盘CD是她与人合作的——她知道自己写词不行,所以只作了曲。题目就叫《月夜和旋风》。她觉得题目挺俗的,可也不好意思明说。

词作者是一个名不见经传的人,在她看来"臭"得不行。可制作人却相当喜欢。口口声声说:"这样生动的文笔,只有没受过经院教育、充满生活激情的人才能写出来。"

在音像制品业中,制作人就相当于总经理,他的意见是不能反驳的。郁敏恨的是制作人把曲子中她引以为得意之处,一点不漏地删除了。而这些东西是用尽了才华和积累,下大功夫写出来的。

她当然也抗议过。但制作人说:"流行歌曲从根本上说,是种工业,顶多说是比较神秘的工业。工业的特点就是能够复制和有固定的程序。创新是危险的。所以它的第一要义就是光滑,不能有特色。流行就是要成为公分母。"

她无言以对只好再动手把经过蹂躏的东西,重新接通、理顺、有总是比没有好,更何况这是她的第一部作品。

CD很快就进入了制作阶段。制作人今天召集她来开会就是这个目的。

制作人虽不到三十,却已是此行中的"腕"级人物,他开门见山地说:"CD的前期费用,这其中包括配器、演唱、录音、生产,另外还有给发行公司的回扣。总数一共是十万人民币。"他跟着熟极而流地报出一大串数字,"这笔买卖,一共是三股,我、郁敏、词作者。每人三万,我出四万。将来的利润分成,也按照这个比例。"

既然制作人把话说白,郁敏就把自己当成股东。"那个演唱的歌手叫陈什么来的?"她知道歌手叫陈野平,但装作想不起来,这是贬低一个人最好的办法。"我看他连谱都不认识,不应该给他一万块钱的演唱费。"

制作人这样回答她:"披头士之一的保罗也不识谱,他认为那东西太像学校里的功课了。可歌就是从他的心里往出流。"他说的并不是实情,他的利润,在支出时已经预留。换言之,已分摊在演唱、录音等各项费用中。与歌手签订的合同上确实是一万,但付了三千,剩下的他说是在"利润产生后给"。至于有没有利润,只有天知道。维持这一切不露馅的秘诀,就在于他不给所有这些人以见面的机会。

"我不同意给发行人回扣。"在郁敏的心目中,"回扣"是个和"贿赂"差不多的肮脏字眼。

制作人用不屑的眼光看了一下她:"回扣是优惠的意思。比方这 CD 值十块钱,你和我再熟悉,我也不能降价为八块钱卖给你。我如果降价了,别人来买也得是这个价钱。那我怎么办呢?我还收你十块,然后再返还给你两块。根据新会计制度,回扣是可以上账计入成本的。你们还有什么问题?"

艺术界人士对财务都是外行,什么问题也提不出来。

"三个月后的今天,大家都把钱交来。如果缺一份,则前功尽弃。"制作人又强调道:"工业这事和别的不一样,不能凑合,硬件要是缺一环,其余的都泡汤。"郁敏掂量了一下,觉得拿出三万块钱,伤不了筋骨。就痛快地在合同上签了字。

办公室里的人都走了后,郁敏给储华章去了个电话:"我记得你不是有几个卖计算机的朋友吗?我有笔大买卖让他们做。"昨天卞京再次催问计算机和绘图机的事,让她务必在近期内办好。

"你不是有个朋友在集团公司当老总吗?打个电话就会给你送来。"那天在股票市场见面时,浦耳和周鼎立显然冷落了他。再说他也是聪明之极、曾经沧海的人,不难感觉郁敏与浦的关系。

"要找他就不找你了。你到底管不管?"郁敏不想刚一见面,就用这类小生意去找浦耳,实在是太掉价了。

"管。管。"储华章真怕她放下电话,赶紧说。

晚上郁敏和储华章一起去了中关村电子一条街。储华章眯着眼睛看了好半条街的门牌号,才找到了嘉庆电脑公司。

郁敏伸手按动门铃。

很过了一会儿,铝制闸门中间才开了一个小视窗。"谁?"

"储华章。"

"走后门。"

他们又绕了有半条街,才到了嘉庆公司的后门。

进去之后,一阵浓烈的烟气和人体的气息冲撞过来。郁敏差点就捂鼻子了。四个人正在打麻将,他们都敞开衣扣光着脚。

"储兄别来无恙?"其中一个小个子说。

"你一定遭殃了!"储华章坐了下来。

郁敏不知道该往什么地方坐,也没地方坐。

小个子看出了这一点,就把两个人让进了里屋。"等打完这圈,咱们再谈。"

郁敏渐渐地习惯了屋里的气味,所以她拿出了手绢后,只是擦这个季节不该流出的汗:"他们打麻将怎么一点声音都没有?"以前她丈夫打麻将时,经常吵吵嚷嚷的,词汇也特别的多,出"西风"时说"昨夜西风凋碧树",出北风时说"一夜北风紧"出二万时说"屈指行程二万"。如果有人打了一张"东风",谁正好"和"了他就会说:"东风不与周郎便,铜雀春深锁二乔"她虽然不太会打,听听也是怪有意思。当然,不能多听。

"他们玩的大,所以认真。"

"多大?"

储华章说起码一和一百。

"这不是真正的赌博了吗?"

"你以为他们是干什么的?"储华章说。"一次我在中关村大酒店开会,正好遇到他们陪一个广东客人在那,三缺一,让我上。我打了一圈,就觉得底虚,不敢再打了。麻将这东西,一和一块钱和一和一百块钱,绝对不是一个概念:一块钱可以随便打,而一百块钱你就很难保持平常心了。也就是说:量变引起质变。他们不让我下,说:三缺一不打,伤天害理。我说伤天害理就让它伤天害理去,反正我是不打了。后来他们打电话叫来了一个开崭新的皇冠3.0的小子。这帮家伙玩了整整一夜,最后你猜怎么着?"

郁敏摇头。

"第二天一早,那个开3.0的小子,打的走了。"

"他有多少钱?"郁敏知道一辆皇冠3.0最少也值四十万。

"有个一二百万吧。"

"也不算太多。"

"你知道是什么钱吗?美元!"储华章说。

郁敏这才觉出分量来:"他们这么小的门脸,怎么能赚这么多的钱?"

"我这同学胡老板是武汉人,这小子聪明过人,读书在我之上。他大学念到二年级,就说念书是瞎耽误功夫,退学干开这个了。白道、黑道上都通。广州、福建就不用说了,就是日本、美国他也经常去。打个电话就能调动几百万。没人知道他真的卖什么,我估计他这店铺也不过是个幌子罢了。"郁敏觉得身上有些发冷。胡老板进来就一屁股坐在郁敏对面的沙发上。他光穿着条薄运动裤,中间部位奇峰突起,可他却浑然不觉。郁敏只好把脸稍微侧过去。

"一看脸色,就知道你今天的手气不错。"储华章说。

"马马虎虎。"胡老板点燃一根粗大的雪茄。"有事请说。"

"老同学了,我就不客气了。"储华章把来意大概地说了一下。

"型号?"

郁敏把写好的型号递给了他。

"你们能给多少钱？"

"你先开个价？"

"六万。"胡老板把纸扔在桌子上。

郁敏对比了一下，比今天下午在别处询来的价便宜了大约有一万块钱。

"能不能再低一些？"储华章问。

胡老板翻起眼睛看着他："你是不是结婚等钱用？"

"就算是吧。"储华章答应道。

"我从来都是一口价，今天看在你要结婚的份上，再降三千，算是我的一点意思。付款方式？"

"支票。"郁敏回答。

"行。"胡老板站了起来。

"我们多开出五千，能从你这提出现金吗？"储华章和郁敏讨论过吃下京回扣的问题。郁敏没同意。但此刻他还是提出来。

"能。"

郁敏见木已成舟，只好讨论下一个问题。"你们能给增值税票吗？"自从实行新税制以来，能不能开增值税票就变得很重要。因为如果胡老板一方开不出增值税票来，那他这一部分税款就要由京鲁广告公司来付。如果他开出来了，就可以从京鲁广告公司的税款中扣除这笔钱。

"能开。太能开了！"胡老板已经有些不耐烦了。

"没事了。没事了。"储华章赶紧说。

郁敏问什么时候提货。

胡老板说见到支票就行。

"不用倒送？"郁敏给卞京跑过几次外勤，知道现在的商店都要求你倒送支票，也就是说要从你的开户银行倒着送到商家的接收银行后，商家才肯给你货。其原因就是因为开空头支票的人实在是太多了。

"不用。在这方圆几百公里,还没人坑过我呢!"胡老板说完就开门送客。

走出一段后,郁敏说:"我觉得你挺窝囊的。你是不是怕这个姓胡的?"

"我为什么要怕他?"储华章不服气。

郁敏本来想用"谄媚"两个词汇来形容他今天的神态,后来一想他是帮自己办事,这样说也未免太伤人了,"现在计算机行业是买方市场,应该是他来巴结咱们才对。"

"可你在什么地方能卖出这个价位来?"储华章反问。

郁敏想想也对,就不再吱声。

为了消弭郁敏出现带来的烦恼,浦耳换上了宽松的休闲服,在书房里看一个高级干部写的厚厚两册的《回忆录》。好半天才投入进去。

文史类的图书,他最喜欢的就是个人传记和回忆录,每见必买。现在已经有整整两柜。他对中共高级干部写的回忆录,尤其喜欢,因为这些人是专门管人的人,而管人——不管被管的对象是军人、干部、还是企业里的文员和工人——千古同理。毛泽东说"外行领导内行"确实有道理,因为领导人自成一行。

当然,这些回忆录里的水分不小,其通病不外有二:一是贪天功为己有;二是委过于人。贪天功为己有的表现是,凡有定论的好事,回忆录的主人公都说是自己的。有些事相当的大,不是当时传主一级干部能定的,那他们也要说自己起了决定性的参谋作用。至于委过于人的表现,则是前者反之。

为了获得一些第一手的材料,他甚至结交了几个老干部回忆录班子里的秀才。可交往了几次之后,他发现这些人不是受组织派遣,无可奈何才去,一点工作热情都没有,就是把此当成终南捷径,让那些老人们发挥余热,等结束后,找一个好位置。故来往了几次后,就淡了。

根据多年养成的习惯,他每看到精彩处,总要用红笔勾出来等读完后,再连同自己的体会,录入到电脑——以前他是写到笔记本上的,但这些笔记本有数十本之多。换言之,如果你不知道在哪个本子上,那这条资料就等于不存在。他曾经打过一个形象的比喻：查账的人，如果不知道哪一笔有问题，那就是没问题。光葆力公司合并到海威之后的账簿和单据也堆满了一间房。

电话响了，他从"视窗"上一读，发现是马一青的电话，就拿了起来。

他的电话实在是太多，只好过一段时间，就换个号码，以淘汰一些没用的人。但不久他就发现，这样做就和门口贴"某某时间段不要打扰"的条子一样，挡住的都是些真正的朋友。所以就在家中装备了这种电话，向邮电局申请了此项功能。

马一青的话很简短：请他立刻到他家。

这些老人们总是这样，不管是什么时间，什么事情，总要你马上就到。浦耳看看表，已经是十一点了。在他们执政的年代，个人的条件都非常的好：不是公家给配备公务员，就是自己请保姆，要不就是太太不上班。以前他在机关工作时，头儿就是这样一个人：底下的人老婆生孩子，他都不让请假，道理是：你去有什么用，让医生照顾不就行了？我有五个孩子，生哪个的时候，我也没在身边。殊不知，大家的医院、医生和他这个九级干部在五六十年代看病的医院、医生根本不是一个概念。

但和老人搞好关系，是在任何单位站稳的关键。浦耳边换衣服边想：你在获得荣永霖、马一青等人在能源方面广泛的关系、资金的同时，必须把复杂的政治关系一并继承过来。

上了三环路，他很放松地将手搭在方向盘上，想着一出英国电视剧中的一个场景：一个英国大臣本来答应和孩子一起出去玩，后来首相让他去，他不得不去。孩子气愤地强调他和父亲的约定在先。父亲解释不了，于是他母亲说："你爸爸是搞政治的，他必须巴结人！"

我什么时候成了搞政治的了？他自己问自己。不过搞政治也好，搞经济也好，反正都得巴结人。此刻三环路上车已经不多，他用力往下踏油门，先从左超过一辆车，然后又从右超过一辆车。不过这根本不用不好意思：被我巴结的人，同时也要巴结比他们官大、比他们经济实力更强的人。

他根据马一青指示的方位,一下就找到了马宅。

浦耳被马一青请进内书房。

他饶有兴趣地观察起马的书房来。男人的书房,就像女人的闺房,极富个人色彩。

书房里除去一些马列经典和回忆录外,几乎全是线装书,而靠东一面墙的柜子里,则都是古董。

"您这一屋子东西,绝对价值连城。"话一出口,浦耳便觉"俗"了。他于是自问道:为什么和这个老人在一起的时候,总是不自然?

"都是些假古董,真的不是我们这些老干部能玩得起的。论文化我不如老知识分子,在地摊上挑不出真的来;论钱则不如大款,拍卖会拼不过。"

浦耳不相信这话。别的不说,光身旁这个明代色泽金黄如蜂蜜,木纹透迤的黄花梨"北官帽椅"就值老鼻子钱了。黄花梨的学名叫降香黄檀木,俗名叫花梨木。这种热硬木产于北越、广西和南海地区。用它来做家具,起源于唐朝,但款式以明代的最为优美。

他不便问马一青深夜找他来有什么事,只好等。

"一九六二年,七千人大会开过不久,毛主席主持制定了《人民公社工作条例》,也就是著名的《六十条》。这是一个肯定人民公社的文件。但刘少奇很快就提出了'三自一包'的方针,此时毛的秘书田家英在外地搞了调查研究回来,在中南海游泳池向毛汇报时,试图把农村的经济综合分析一下,说:现在的农村搞单干,不失为权宜之计,等将来生产恢复了、再重新引向集体经济。毛静静地听完后问:你是主张集体经济为主,还是个人经济为主?田家英一下子被问住了。毛又问:刚才你说的是你个人意见,还是其他人的意见?田家英说是个人意见。毛从此再也不信任他。"

浦耳不明白马一青这段"闲坐说玄宗"的意思。但他知道肯定有意思:这些做过大官的人,从来不喜欢开宗明义,总是先来段引子"务务虚"。

"毛的意思是用此来试验一下田家英是他的人还是刘少奇的人。至于到底是单干好,还是集体经济好,那是次要的。"马一青说得很慢。

浦耳预感到有大事要来,但仍不发问。

马一青觉察出浦耳的城府不浅,便做随便状说:"公司的董事长很可能要易人。"

浦耳知道此刻再不发言,就不合适了。便问什么原因、换谁。

"老荣的身体不太好。"马一青说了原因。对于后一问,他用反问来回答:"你看谁合适?"

浦耳小心地说:"董事会是总经理的上级机构,不是我能议的。"

"我很想听听你的意见。"马一青诱导他。他今天下午和能源部分管副部长韩谈话时,提出了自己的设想。韩开始认为还是保持现状好,但在他的坚持下,最后还是得到了许可。不推让、不动摇是他一贯的政治风格。

海威成立之后,为了顺利工作,浦耳在能源系统,也建立了些渠道。有关公司的一切情况,都在搜集之中。可据来自干部司的可靠情报,部里并没有动荣永霖的意思。不过干部问题,干部部门要根据领导的意思来办,而领导的意思总是瞬息万变的。

"我看部里的意思,您大概是人选之一吧?"如果浦耳说:"我觉得您上合适"则有居高临下的味道;如果说"您是不是想上?"那就更土了,虽然后者绝对是正确的。所以他也仿效马,借用"部"的名义。

马一青把睡衣的袖子往上拉了拉,露出一段光滑、油润的胳膊。"老荣似乎不这么看问题。最后闹不好,恐怕要全体董事、监事来投票表决。"他和韩副部长颇有些渊源,但即使如此,今天也只争取到一个"选举换届"的承诺。韩副部长的理由是:海威公司是个股份制的公司,其干部不好通过行政任命。他当时有些不高兴:"选举从来是装样子的。"韩副部长笑着回答:"您这真是'不在其位,不谋其政'了。以前基层单位的党委书记一职,即使您定了人选,不也得走走形式吗?装样子也得装嘛。"

公司的董事和监事加在一起,大约有五十个人的样子。董事会、监事会成立之初,从上级到下级,以及浦耳本人,都认为不过是虚应故事,所以比较草率地拼凑起一些分别代表各个方面的利益的人来。可这就和以"QWERT'式样安排打字输入键盘一样,最初设计者的意思不过是为了让打字者打得慢一些,因为彼时的机械打字机打得太快就会卡住。可它一旦占领了市场,就不容易退出了。你的老师教给你就是"QWERT",你用的也是"QWERT",那么即使是有更好的输入方法,你也不想去学了。这些人渐渐地觉悟到自己的地位,不再虚应故事,而是表达自己的意思。所以不说五十个人有五十一条心的话,起码也有五十条心。要想左右选举的结果,是很困难的。

浦耳的根本想法是维持现状:董事长是制约总经理的,约束力还是弱一些好,而就制约力而论,马一青无疑要比荣永霖强得多。但这话不能说,故此他在表述时,从替马一青着想的角度,把他的"担心"渲染了一番。

"我这个人,在事业需要我的时候,是从来不退缩的。"马一青是不会轻易被人"导引"的,立刻亮明了自己的态度。"你说得对,各方面的利益确实要考虑。为了确保部里的意思能贯彻,我建议董事长和常务董事一起选。要搞差额,起码要搞上六个,等选出五个常务董事来之后,再由他们来选董事长。"

"可人多了,票数会更分散,很难确保什么。"浦耳从纯数学角度考虑。

"搞选举我是很有经验的。党管干部,怎么管?任命的自然好说,关键是在民主选举的过程中,保证把党定的干部选上。"马一青从抽屉里拿出一张纸,上面是董事的名单。"你向这些同志讲一下部里的意思,希望他们能和组织保持一致。"他指点着若干个名字。

到底是多年从事政治工作的,使用政治术语竟然如此老到,浦耳想。

"你不用笔记一下?"

"我是不会忘记您的事的。"涌耳有自己的脾气,不肯拿出笔来记。

马一青以自己的角度,不能洞察浦耳的心理活动。所以自接问他知不知道活动的方法。

"建议他们投您的票。"马一青圈定的人,除去秦德夫等葆力公司的老嫡系外,就是些和他走得很近的人。

马一青居高临下地笑笑。"差矣,差矣。"

一向以智商高自居的浦耳真是不知道自己说的"差"在哪?

"根本不要提我,而只要提荣永霖。"

浦耳还不明白。

"六个人选五个,每个人的基础票都差不多。所以关键就是强调老荣的身体和他的决策水平。"马一青说得很慢。

没等他说完,浦耳就恍然大悟了:如果是正常差额选举,董事们的第一概念,就是把自己"意中人"的名字写上。至于不在谁的名字下画圈,那随意性就很大了。可不去拉自己的票,而去给某人拉反对票,反对票如果集中在这人身上,就等于给另外的人都投了赞成票,这人自然会被"干"掉了。如果荣永霖在这个阶段就被干掉后,再由五个常务董事来选董事长,就容易操作得多。换言之,董事长舍马一青,便没合适的人了。姜还是老的辣!

"听说你喜欢国画,我送给你一张。"马一青看似随意地从柜子里取出一个锦筒。

浦耳打开一看,发现是当代著名画家金某的画。他头一反应就是此乃赝品。但一细看,就发现自己错了:别的不说,画家金画的人物脊背上那条力度极强、贯穿始终、一气呵成的"铁线",就不是他人能摹仿的。

"如此重礼,晚辈我不敢收。"画家金的人品极低,在京城画界已成定论。据说一个培养他成名的浙江艺术出版社的编辑,自己向他求画,他也一分钱不少收。而如果要在拍卖会上买他的画的话,别说是这么大幅,就是斗方,也要上了万。再者说,收了人家的礼,今后干事的气就不壮了。

"别的大家的画,我不敢说,他的画没裱过的我还有若干。"马一青得意地说。

"那可真是笔大财富了。"浦耳有些不相信。

"如果我去卖的话,也许是。"马一青并没有告诉浦耳画的来历:金的妻弟原来就在能源系统内,为其提拔、调动问题,金没少找他。而他是一个重视程序的人,一步一步地走。金的画也就一幅、一幅地来到了他这里。当然,那时金还没有现今这样大的名气,不用考虑"通货膨胀"问题,所以有时和过年送挂历一样,一送就是若干。

浦耳不知道内幕,故而推辞。

正在半推半就时,桑田进来了。"浦总就拿上吧,我老岳父真是有若干的若干。"

马一青给两个人做了相互介绍。

等浦耳告辞时,桑田已经帮助他把画包好。"将来有事找浦总时,浦总可不敢不认我。"

"我不认您,还能不认马董事长。"浦耳特别强调了"董事长"三字。"普天之下,莫非王土;率土之滨,莫非王臣。"他对荣、马二人,都无特殊的感情,无所谓取舍,更何况他认为海威公司董事长这个职务,并不特别重要,故而随口说了以上的话。

回家路上,浦耳以马宅为点,开始分析起三环路两边的地产价值来。地产是资本最有力的象征,他一块一块地过,并累计着其价值。

我现在怎么变得如此没诗意了呢?最后他拍拍自己面颊,俯瞰着路边硕果仅存的一个小村落中星星点点的昏黄灯光,想象着院里、房间中、灯光下的故事。

第十二章

浦耳一直等到傍晚六点,才给李寒打那个"拒绝合作"的电话。他有一个根深蒂固的观念:人的情绪在太阳刚落山时,是最佳点。其理论基础就是:病人的感觉,通常在这个时候,都会好得多,何况常人乎!再说拒绝人的时候,最好不要见面,而是通过电话。

他当然说得很艺术,强调了一些似是而非的客观因素后,说公司的董事会认为目前的摊子过大,不宜再添加新的项目。此刻他觉得董事会真是一个伟大的发明,凡有不好解释的事,都可以往它那儿推。

李寒接电话的声音,镇定而从容,听不出任何异样。最后在浦耳说"希望有机会再合作"时,他也随之说:"买卖不成朋友在,今后咱们互通有无的机会有的是。"

浦耳知道,只要李寒在这个位置上盘踞一天,和电子投资公司之间,就无买卖可言。

说实在话,浦耳并不是一个追求道德完美的人——李寒分析得对:职业的商人追求的就是利润——在葆力公司创业之初,公司里确有一些鸡鸣狗盗之徒,做一些鸡鸣狗盗之事。就是他自己,也每天骑着辆破摩托车,口袋里装着套标明哪些可以提供盗版,哪些可以提供原版的软件目录,走东家转西家地兜售软件。再说得白一些,卖的其实是盗版软件,原版软件不过是幌子:它本身的价格就高,没钱可赚。更何况,"劣钱币驱逐良币",有盗版的谁买原版?!

这买卖利润极高,原因是成本极低:某次给核工业部的一个单位编制一套材料保管软件,对方给了六万块钱,而付给参与其事的Q大学的人"盗版费",一总才一千块——在一九八五年的一千块钱,虽然不是小数目,但放在买卖里,几乎可以不计。

这事当然不地道,以现在的观点看,就是盗窃钱,属犯罪无疑。但上溯到一九八五年,用英特尔的副总裁在回忆录中的话说:"说服中国的高级官员接受保护软件版本的概念,是很困难的。"像浦耳这样的"小人物"就更不用说了。

当财富积累到一定程度之后,浦耳就完全放弃了这种"勾当",开始认认真真地做起买卖来。

当然,在商场上混,自然会收听到许多"洗钱"的故事。

从广义的角度讲,所谓的"洗钱"就是隐藏用犯罪方法得来的钱,使之重新汇入资金运动的主流中去,并再次使用。"洗钱"没有一个统一的方式,钱"洗"干净后的去向也各不相同:来自于贿赂、毒品、非法武器贸易的赃钱,洗完后,就变成飞机制造业、高速公路、保健制品业的股份。也就是说,变成了能公开消费的钱。

就"洗钱"的渠道而言,香港是最好的地方,在那里没有银行管制,所以银行的保密相当的有效——即使素有"保密天堂"之称的瑞士,银行也要定期向他们的中央银行,也就是国民银行汇报——更何况,在香港还有无数个由很多有血缘关系组成的家族集团。这个集团由金店、贸易公司、外汇事务所等组成。在这里,钱的来龙去脉几乎是无法追查的。

尤其现在的银行已经高度国际化、复杂化。货币以电子的形式,在世界各地往来。一笔钱进了这个"迷宫"中,就像脏衣服进了洗衣机一样,出来的时候就已经干干净净的了。

就在李寒"开金口"的前不久,国家经济研究中心的经济学者包刚曾经对浦耳讲了这样一段话:把各个国家用于国际的大型工程的款项加起来,然后再把各国承包别国大型工程收入加起来,从理论上说二者应当是相等的。可结果却是前者远远大于后者。这中间的差额如若不是贿赂,就是有人在和月亮、火星上的人做生意。

浦耳提出了异议:也许是计算的误差;也许是记账的方法不同;也许是汇率的变化。包刚当下反驳道:"如果是误差、方法和汇率的关系,那就应该顺差、逆差都有,不应该总是支出大于收入。"

浦耳从没打算干类似的事,因为它的"损害指数"实在是太高了。

公司在李寒眼中,不过是个"钱罐",是条"渠道",可在我则是毕生的事业。浦耳站起来,在屋子里来回转着。除去它我就一无所有了。我是绝对不会拿它去赌。

李寒也在办公室来回转着,情绪极端恶劣。

平心而论,李寒并非一开始就把投资公司看作"钱罐"的。投资公司的前身是电子委员会的进出口管理处加国内实业处。因这两个处都有实体,唐副主任就在李寒的建议下将两者合并到一起,让他当了"一把手",属准局级。这时亦官亦商的他,干得非常投入。政企分开时,公司从委员会分了出去。当时他想留在委员会里,在此毕竟是正式的官员——他从来不喜欢公务员这个词——可唐副主任在谈话时明确指出:组织上已经定了。他知道是唐副主任不愿意放弃这块肥肉,但他既然以"组织"出面,就没二话好讲的:权力中人,得遵守它的游戏规则,否则牌就没法玩了。

公司分开伊始,他干得仍很起劲。他先是把公司的信托、外贸、内贸、工程四个部门,仿照三次国内革命时期的解放军建制,分为四个野战军。公司本部则为总指挥部。再以后,他把各个"野战军"的"第一首长"和"参谋长"送到解放军政治学院去军训一个月,希望军队能教给他们纪律、战略、战术。军训结束后,他又亲自带领他们和"总指挥部"的主要人员,沿着红军长征的路线走了一圈。当然不是真的走,而是使用现代化的交通工具,走马观花一番。

他刚把公司的架构搭起来,干部培训完,就赶上父亲去世。接着公司的级别没有像唐副主任代表组织和他谈话时承诺的一样成为正局级。

接此通知,他的心一下子就凉了一大半。但惯性仍推着他作为原动力,驱动公司前进。

可接下来的消息一个比一个坏:先是有人告诉他,委员会新来的大主任对投资公司的体制存有疑问。然后是唐副主任可能要调走,因为大主任觉得唐尾大不掉。

这两条消息的政治负荷实在过大,如果一起压下来,他知道自己负担不起。为留后路计,他开始作"变公司为钱罐"的计划。而通过海威公司,把钱"输送"到香港去改变性质,乃他精密计划的第一步。

而第一步就受挫,不是一个好兆头。我近来怎么干什么事情都不顺呢?他坐回转椅上,转动着自动铅笔。

大约十分钟后,一个意念产生了。接着,它勾连、吸附起许多小念头。慢慢地,这些东西分化、组合,脉络渐渐地清晰。最后,它变成了一个完整的计划。

干事情就要干到底,绝对不能半途而废。我最讨厌的就是在我的范围中的人违背我的意志。必须打击浦耳,使其就范。这样,就能化恶兆头为好兆头,就能逢凶化吉。

浦耳是个视事业为第一的人,所以打击他的第一步,就是扼住他的"建立信息高速公路网"计划的命脉。

人靠脊椎而立。精通解剖学的李寒,信手在纸上画了张脊椎的草图。它共有三十三节。其中腰椎最强,胸椎次之,颈椎最弱,要从这下手。那么何处是海威的"颈椎"呢? 他认真地思考着。

建"信息网"是个庞大的计划,但其关键是两条:一是资金,二是取得建网地管理部门的许可。资金他或许能争取到,现如今融资的渠道过多。这顶多是胸椎。他把写在纸上的"资金"二字划掉。思索了一会儿后,把"许可"两字和图上的颈椎用线联起。

首先,调动电子委员会、邮电部、天津市的诸多关系,然后利用国有公司的牌子和强大的经济实力,不愁把许可拿到手。实在不行,我就当它个赔本买卖来做。反正我的钱和浦耳的钱不一样,又不是我的。等许可到手,浦耳一定会就范,颈部主管头部旋转的寰椎的最薄弱处不过几个毫米,是不堪一击的。这是供应大脑血液之动脉的必经之路。把这折断,就算他争取到资金也供应不上去。

想到这,李寒认为一切都已经想完,就致电司机备车。

李寒这一套计划,确实抓住了浦耳的"要害":实业——这里包括了所有的工业、农业、工程项目——不是商业,不容在任何环节上有一点点脱节。打个比方:你想建一个工厂,资金筹措到了,厂房建好了,设备也安装了,工人也培训好了,可就在这时,你手中的钱花完了,也就是说,你没有流动资金来购买原材料。于是乎,前面的一切准备都等于零不说,银行贷款的利息、工人的工资、维持的费用等等,就会一股脑儿地压上来,直到最后把你压趴下。

有人曾经这样形容美国的政客:他们为了利益,什么都肯干,甚至不惜变成一个爱国者。李寒用裁纸刀,把"许可"二字剜下来。浦耳这个商人——想到这个词汇时,他很有些不屑的感觉——为了他娘的不知道什么利益,甚至不惜变成一个守法者!装他妈的什么孙子啊!

他举起裁纸刀,迅速地插入图上的颈椎,想把它钉入桌子。谁知硬木桌子的强度很高,将刀反弹回来,把他的手划了很深的一道口子。

他看着渗出的鲜血想道:我必须使他就范,倘若败在一个小小的商人手下,我政治家的颜面何存?!

在思考方案时,公司的经济利益根本不在范围之内,他想到只是自己要说到做到,想到与人奋斗,其乐无穷。

李寒是个拿得起,放得下的人。事情想完了,就不再去想它。不过潜意识驱使他吩咐司机把他送到了友谊宾馆。

到了宾馆之后,他就打发司机把车开走。

司机以为他要参加宴会,问什么时候来接?

他说搭朋友的车回,不用接了。

司机有些纳闷地看了总经理一眼。他知道他是一个很讲派头的人,从来没有搭车的习惯。但同时他也知道"不该问的事情别问"的道理,一加油就把车开走了。

李寒一个人坐在西餐厅的酒吧凳上,边喝边看自制的啤酒往出流。如今喝自制啤酒,成为一种时尚。喝着、喝着,他觉得有些不过瘾,就又要了一份双料的威士忌。

他是一个没有朋友的人,所以非常习惯一个人吃饭、一个人行动。他从来不记得自己和谁推心置腹地谈过,其中包括早已和他分居的妻子。妻子某次曾经这样评论他:"你这个人,就是在喝的酩酊大醉时,也别想问出句心里话来。"

不说心里话绝对是一个好习惯。在喝第四杯酒时他想:你不说,别人就不知你心所想。不知你所想的,就抓不住你的要害。有钱放在境外,有话放在心里,朦胧中他总结道。

出门的时候,他的脚步已经很不稳定。接着他做了一个平常绝对不会作的动作:打个榧子,招呼出租汽车过来。

上了车之后,他只和司机说了一句话:"随便拉我到一个酒吧。"

十天之后,辛总以个人身份到了北京。

"你就像一九七一年的基辛格,假装生病,偷偷地从巴基斯坦翻越喜马拉雅山,飞到北京来了。"秦德夫是独自驾车去机场接的。

"凡是严格的秘密,总伴随着巨大的利益。"辛总把车窗关闭。

"美国的利益?"

"基辛格和尼克松原本是想在外交上搞些突破,转移国内矛盾。好多争取些选票。但从世界的角度看最后的效果,主角其实是毛泽东,而他们只是配角儿。"

"买卖无所谓主配,每个人获得的利益,都是他应该获得的。"秦德夫本来想问辛总汇票带来了没有,但话到出口处则变成了"关于你的位置,有什么新的动向?"

"你知道官儿最怕的是什么事吗?"

秦德夫摇头。

"一是怕人说他得了不治之症:我们计委的刘主任,得了半身不遂,抢救过来后的第一件事,就是让人把医院的院长和脑血管科主任请来,给他们批了一台核磁共振仪和一座高知楼。然后假装随意地叮嘱两人把他的病情描绘得轻一些。"

"我在工厂干活的时候,为了泡几天病假,可没少给医生说好话,好让他把我的病写得重一些。"

"你那时是一个工人,上班就是受累。而计委主任上一天班,就是一天的收入,这收入有有形的,有无形的。官儿们怕的第二件事,就是人们传说他要调走。"

秦德夫问京鹏有没有人传。

"当然有。但都是些观察家的分析,没有确切的消息。"

"那么确切的消息是?"

"没有一个厅级的官员会在这个问题上告诉你实话。但我要说:的确要开路了。是去贸促会,当副主任。"

秦德夫知道贸促会是主管非政府的民间贸易的,不掌握计划、配额,也没有行政职权,就问为什么不挑一个好些的地方?

"好地方人家能让你挑吗?另外,贸促会下面有一个驻德国的公司,我准备去那儿。"

说话间,车到了长城饭店。

"既然你以私人身份来访,房钱我就出了。"秦德夫把钥匙和记账卡递到辛总手里。"所有的消费我都负责。"辛总很感动的样子——"但找小姐的钱除外。"

"你什么时候见过厅局级官员找小姐的?"辛总反问。

"找是肯定要找的,不为人知罢了。"

"没见就是没有,你又忘了著名的'无罪推定'原理了。"

"咱们明天再谈正事？"秦德夫有个经验,哪怕是你想的要死的东西,当它快来的时候,也要装作不想要。

"还是趁热打铁吧,今晚办完了,明天就往回飞,那边也正是要劲的时候。"辛总做了个请的手势。

在长城饭店的房间里,秦德夫花费了整整一个小时仔细验证所有辛总带来的单据。在大宗贸易中,单据就是钱。要保证"单单相符,单证相符",容不得丝毫的马虎。

"我以一个资深的商务专家的身份宣布:你的单据无懈可击。"秦德夫宣布完后,就打开一直随身带着的海威公司的公章、合同章、财务章,在文件底下垫上纸,认真地把章盖在该盖的地方盖好,然后递给了辛总。按照规定,这些图章是不能"动地方"的,就是在公司本部,需要加盖时,也得浦耳批准。但他在海威公司工作多年,已经建立起自己的小体系,有些亲信、嫡系,办公室管章的小苏就是其中之一。

辛总也递过来一张面额为二百万的汇票。"这是一个中间账户,你随时都可以凭你的名章和身份证明,把钱转到你指定的账户下。"

秦德夫接过汇票的时候,手不禁有些颤抖。他不是没弄过钱,在海威公司干的时候,有时客户给些钱,比方与陕北合作建卫星转播站时,因为质量好,并按期完成,对方给了三万块酬金,他没请示,就做主分了。时不时地也在账上做些小文章。一些客户,包共辛总在内,也给他报销些单据,返还给他一些"扣"。非如此,无法维持他阔气的生活。但那都是些小钱,和签假合同、虚拟一笔生意,从中取得百万巨款间有质的差别。

"你是不是觉得这是幻景？"辛总嘴角一撇。

秦德夫不由自主地一点头。

"不是幻景,绝对是真的。"辛总把西装脱下,挂到衣架上。"你明天就可以去买幢别墅、买辆美国汽车。如果你不想买这些奢侈品,只想过太平日子,那就意味着这辈子可以随便花钱。"

"过太平日子、过太平日子。"秦德夫嘟囔着,"万一被别人知道了该怎么办?"

辛总知道这是第一次拿大钱的人的普遍现象,需要鼓励,所以就安慰道:"你说的不是万一吗?要记住,还有另外的九千九百九十九呢!"

秦德夫继续下意识地诉说着自己的担心,但手已经渐渐地不抖了。

"不能有太多的假设、太多的担心。这是典型的知识分子病。伟大领袖毛主席说:书读得越多就越愚蠢。就是专指你们这类人的。"文革"期间,我在北京通信兵大院里住,经常和别的单位的子弟打架。动不动刀子就上来了,我最少对十个人下过刀。一个也没死。从此奠定了我的地位。如果那时有人给你分析:中部有五脏六腑,后腰上有肾脏,腿上有大动脉,头就更不用说了,那根本就没处下刀了。"

秦德夫希望自己被说服,也确实被说服了一些。"我最怕的是我们浦老总,他这个人对欺骗他的人,有一种天生的直感。对账上的'奇异数字'也有一种过人的敏感。要是被他察觉了,我的饭碗被砸了不说,恐怕在北京商界亦无立足之地。"事到临头,他珍惜起海威公司的位置和不菲的年薪来。

"你犯了个原则错误:这钱和海威公司没有任何关系,他凭什么察觉?"辛总却不以为然。

秦德夫依然沉默不语。

"你知道要想在一个单位里有安全感,应该怎么办吗?"五天前,他为与中国电子投资公司的一笔买卖的结尾事宜,和李寒通了个电话。两人在"文革"初期曾经一起在"联动"共事,后来又一起参加"老红卫兵演唱团",交情有一些。每次他来京,或李去河南,总有一饭之缘。谈完后,李寒说还有笔买卖需要"京鹏"配合。他说不用了,接着就给李寒讲了原因,谁知李寒对他的事情清楚得很,说:"我这买卖是跟着你的,你走到哪就带到哪。"把李寒的态度和浦耳的态度相比较,他不禁大发感慨。李寒一听就来了兴趣,追问个没完。与秦德夫之间的金钱往来,他当然不会说,但答应参与李寒"围剿"浦耳的计划。

秦德夫摇头。

"自己来当'一把手'。"辛总站起来,居高临下地看着秦德夫

"我在海威公司里是第一副总,另外我分管财务、采购、工程、广告等五个部门。"秦德夫好像怕自己动心。

"我在内蒙古供电局有个当副局长的朋友,一次他自以为是地对我说:正副一共有两个局长,他分管若干个重要部门,要量化的话,公司五千人,他管着四千。而大局长只管剩下的一千。我当时就指出他的逻辑错误:大局长是连你管的四千和剩下的一千,再加上你一起都管。"

"可我们老总的岁数和我一样。"

"要想接替上司的位置,一是被动地等他退休,一是主动进攻,轰他上路。"

"我们股份制公司,无所谓退休不退休的。董事长荣永霖都七十多了,还不照样干?就算有,他退了我也退了。至于让他上路,谈何容易?"秦德夫摆出个对天发问的姿势。

辛总认为这是常识。

"对你也许是,对我这个搞技术的则不然。"

"他日理万机,不可能没错。你只要找到他的一个关键部位,"辛总做了个异常迅捷凶猛的剑道的劈刺动作。"他就会上路了。"

秦德夫又谈起自己和浦耳的多年友谊,以及浦对他的赏识和提拔之恩,等等。

"友谊是友谊,政治是政治,两者不是一回事,别往一起掺和。友谊是个人感情、政治是利益的比较。你既然和他有交情,因此我建议你赶他上路就行了,没必要把他往监狱里送。"辛总对浦耳也只是有些不满而无仇恨。但他明白,自己要是帮助李寒办成了事,将来总会有回报的。再说,这个"工程"对他来说,不过是搂草打兔子——捎带,何乐而不为?

秦德夫说浦耳是个谨慎的人,错也不好找。

"有错要找到,没错给他创造错。"辛总"毁人不倦"。"只要你手中有'错',就

不愁找不到一些也想把浦耳搬倒的人,随之你只要把他们组合起来,就能发动一场轰轰烈烈的'倒浦'运动。"

秦德夫心里一些卑琐的东西被发动组合起来。

辛总继续对秦德夫施放膨化剂。他这样做,并不完全是为秦德夫着想,帮李寒的忙仅仅是一个方面,最主要的是给自己今后的生意开渠道。生意伙伴,就像政府组织里的干部一样,必须在关键岗位上有自己人。这样你的批示才不会进入"死胡同"。既然自己"官路"不通走"钱路",必须有若干个秦德夫这样的人,才能支撑住局面。

说着、说着,秦德夫已被辛总"扶上马",并"送出一程"。

"我请你吃夜宵去。"秦德夫觉得原则已经议清楚,再深谈就是自己的秘密了。

"吃饭、吃饭,总是吃饭!我已经吃得没意思了。"

"除了吃,咱们还能干什么?"

"这话问的!孔子说:'食色性也。'除去吃,你说干什么?"

"你提出这种要求,在我真是闻所未闻。"秦德夫接待辛总已经不是一次两次,但以前他总是冠冕堂皇得不得了。

"此一时,彼一时啊!"辛总做个扩张运动:"我如今是'无官一身轻'。"

秦德大觉得自己欠辛总一个人情,于是说:"走就走,你吓唬谁?"

第十三章

因为是星期天，浦耳客气地提醒道："你不是说有个做钢材生意的老黄要见我一面吗？我今天正好有空。"

"根据《劳动法》，你要付加班费才对。"秦德夫的声音在电话里听上去挺愉快。

"咱们是股份制公司，你也是老板之一。哪有自己向自己要加班费的？！"拒绝信号虽已发出，但浦耳本能的感觉事情没有完——有些事情仅仅因为你知道，就会给你带来很大的麻烦——所以一直轻松不起来。

秦德夫让浦耳替他向太太请假。

浦耳却让他自己说。

"本人在太太处比国际商业银行还没信用。"秦德夫说的"国际商业银行"是前几年因舞弊、洗钱，从事毒品买卖、非法武器交易而倒闭的银行。海威公司也有一部分钱"折"进去。后来这家银行虽然被别人盘了去，但账至今也没有清干净。

浦耳笑着在电话里向秦太太请假："很对不起，虽然是礼拜天，但还是想把你先生借走。"

"跟浦总您，就是走到天涯海角我也放心。"秦太太虽因身体不好，久不出门，但对花花世界中的一切也有所耳闻。认为这个年代，谁都不值得相信。但丈夫的领导没必要时不能得罪。

"如此说来,你也有不放心的时候了?"浦耳和她很熟,就开了个玩笑。

"有。当然有。我相信你太太也有对你不放心的时候,关键她不像我这样勇于承认罢了。"秦太太见自己无意中说了不该说的话就赶紧把电话递给秦德夫。

"其实老黄不见也罢。由我相机处理吧。"秦德夫已经和老黄接触了两三次,觉得他有些言过其实,浦耳最不喜欢这样的人。

"我好像记得你曾经力荐过他的?"

秦德夫喃喃地说不出个所以然来。

"做买卖就要做到底,总做半截就吹,就会像女人的习惯性流产一样,以后再想怀也怀不住了。十一点钟。公司本部见。"浦耳说完就放下了电话。

为了躲避丈夫的"骚扰"——梅小青想不出更合适的词来形容——她星期天也找个借口到办公室来。丈夫近来越来越回归原始,对她的性袭击的频率和强度都有大幅度提高。她从书本上知道,丈夫在没取得妻子同意的情况下,强行发生性关系,在法律上等同强奸。但她想都没想过去告发,国人似乎还没有如此强烈的人权意识。当然,她在某次身体不适,忍无可忍时,曾经婉转地向婆婆诉说一二,但婆婆却毫不在意地说:"老天爷也就给他剩下这一点点喜好,由他去吧。"

听了这话,她不由产生一个恶毒的想法:把丈夫的性兴趣引向保姆。可看看忙前忙后的保姆那双孩子似的小手,恻隐之心一动:她的岁数实在太小!虚岁十七八,在城市里正是玩的岁数。

玩的岁数?她又反过来想:我什么时候玩过?从懂事起,几乎都在干活,看弟弟、做饭、做针线。一个人一辈子该玩多少就得玩多少,她想起比她早两年出嫁的姐妹,在带孩子回娘家时,一有机会凑在一起,除去聊天,还能把孩子背在背上,玩"跳房子"。

我也需要好好地玩他一玩。她要了雷迅的电话,但一直是忙音。这家伙肯定又上了什么鸟"高速路"了。她重重地放下电话,呆坐了一阵,然后习惯性地打开了电脑。

电脑一开,她的思想立刻就凝聚到上面。她先调出公司的流水账,然后一笔一笔地看。如果遇到有疑点的,她就作上电子标记。等把流水账看完,她就把有标记的款项提出来。所有这些被"提出"的项目,她都要认真地进行分析。打个比方:假设一笔钱,从海威公司汇到A公司,进一批电子仪器;她首先要看这批仪器是否按时到达海威公司,在给客户安装的时候是不是有毛病。如果这些都正常,她就会打电话给A公司,冒充另外一家公司的名义,看看这种电子仪器是不是发票上的价格。如果这一切都对的话,她就会把这一项消掉。如果有问题,她就会把它存进标题为《山村》的加密文件。目前在《山村》中,已经存有一百多个条目。

大公司的财务往来,情感般地复杂。除非她这样的专业人员,别人是搞不清楚的。换言之,如果她有心做鬼的话,挪用十万块钱,起码在她的任内是不会被发现的。

当然,志不在此的她,从来没有这样干过。浦耳的司机老毕,在出去单干时,曾经想向她商借十万块钱:"歌厅的回报是相当丰厚的,半年之内还本,再以后就算你入的干股,净是个赚了。"

老毕和她的关系已经达到了最高级的阶段——她至今仍然怀念他在公司时和她的几次幽会:那是一种真正的男女之间对等的交流,既不是丈夫那种赤裸裸的入侵,也不是她对雷迅那样的委曲求全。但她还是不能同意。她深刻地认识到人和人之间的关系、人和事之间的关系是极端复杂、变幻莫测的。以前关系相当好,但离开之后,是不是能保持?就算能保持,而老毕也是一个值得信任的人,可到时候他赚不到钱,无法还钱,那她又当如何,她当即毫无余地地顶了回去。

老毕恨恨地说她是一个薄情的女人。

她无奈地说:"情是情,钱是钱,尤其是公司的钱。"

老毕固执地认为是一回事,并从此和她断绝了来往。

她确有"志":"一城一地"的得失她不放在眼里,她要慢慢地把公司控制在手里。

她有着典型的中国农民式的狡猾,一点一滴地积蓄自己的力量。对阻挡自己路的人,她采用抓其"短处"的方法:现在的人,几乎个个是见钱眼开、急功近利的,所以必然会露出马脚。这方面,秦德夫就是典型。当然,她知道浦秦关系,不到紧要关头,是不会把材料抛出去的。而对公司,她则逐步准备扼住它的命脉,掌握财经大权仅仅是一方面,更重要的是掌握那些和公司有联系的人,工商、税务、银行、重要的客户。如果和这些人的关系搞好了,那么离开她,公司将无法正常运转——就是财力再雄厚的公司,也会求告银行,也会有意识、无意识地"忘记"交纳某项税收。这时候,就必须要她来疏通。更重要的事,就是掌握了公司的秘密:在什么地方漏了税、什么地方违反了法律和法规……有了这些过硬的资料,就如同有了原子弹,放不放都吓人。

她刚刚把今天收集到的信息"藏"进《山村》里,BP机就响了。

"我太太总以为你是好人,其实我看也不一定。"秦德夫晚一步到公司本部,他一进门就大大咧咧地坐到浦耳对面的沙发上:"我的一个朋友告诉我:一位在七十岁以下的男人,在一个大城市里有套可以单独使用的房间,而且有汽车、有钱,那么他就一定有情人。"

"牛顿制定他的三定律时,极其武断地认为自然界的一切都要符合他的定律,到了爱因斯坦,一切都变成相对的了。等到了普朗克,则什么都成了'测不准'了。"

秦德夫知道自己在旁征博引方面不是浦耳的对手,就说:"你起码应该对你最好的朋友说句实话:你到底有过几个女人?"

"就是有,也不会告诉你。因为一个女人把身心交给你,是莫大的信任。"浦耳避而不答。

"要不要我教给你几着?"被辛总诱发了那些想法之后,秦德夫处于矛盾之中,总想和浦耳套套近乎,其情形就像刚有了外遇的丈夫,急着向妻子献殷勤一样。

"你在这方面功勋昭著,我是早有耳闻的。但请你千万不要辜负她们对你的莫大信任。"人都有想探知他人机密的心理,浦耳这样说,是为了保持距离。海威公司工程的一个老牌揽工程者,酒醉后曾经对他说:"您知道给那些手中有大权的人送什么东西最管用吗?"他摇头。"送女人。那些家伙烟、酒之类的东西,要比一个小卖部的还多。钱嘛,能顶得上一个储蓄所。唯独女人这种东西是不可以储存的。所以最好的办法,就是帮他找到一个'可心人儿'。你只要把这个东西往上一送,第二天,他就成了你的亲戚了。"次日,他就把这个肆无忌惮的人给"开"了。虽说目前贿赂、回扣之类的,几乎蔓延全中国,可干任何事情也得有些分寸。秦德夫见自己的信号收到"负反馈",觉得挺没劲。他心想:你处处要显得高人一等,不过是为了维持等级距离。等到有一天,你没了位置,我倒要看看你是什么样子。

"其实你之所以'战果'辉煌,并非因为魅力强、技巧高,主要还是胆子大、脸皮厚。"浦耳觉察出他的神情有些异样。

秦德夫赶紧恢复后表示不服。

"一般人在干此类事的时候,总是想这个,想那个,迟迟不敢下手。而你则不管不顾,先试试再说。即使对方翻了脸,给你来了个大嘴巴,你也能一笑了之。我认为任何人如果试一百回,都有百分之十的成功率。但他们有的不敢,有的只试了十回。而你试了一千回。这样你的几率和一般人相同,绝对值却要大得多了。"

秦德夫反唇相讥,说浦就像中国足球队在球场上一样:盘带过多,临门一脚太差。

浦耳拿起电话拨梅小青的 BP 饥:平常如果有事,他总是通过秘书小姐给梅打电话,他受不了梅婆婆的"醋"劲。

梅小青的电话一分钟后就来了,说她就在三楼加班。

"在工作懒散已经成为世界性的问题时,你仍然能在休息日努力加班,着实让我感动。"浦耳表扬完后问她能否出席今天的午宴?

梅小青痛快地答应了。

秦德夫很不高兴梅小青参加:这事是他牵的头,顶多让贸易部门的人参加一个就行了。

"女人对贸易有直觉。"浦耳含糊地回答。秦、梅不对,他早有觉察。梅担任财务部长后,矛盾已近公开化。这对公司不是好事情,他想借今天的机会弥合一下。

秦德夫嘟囔道:"她有×的直觉!"

"粗话不该说,公司就是家,她就是你的妹妹。"浦耳说这话,绝对出于真心。一次秦德夫建议他把自己别墅和浦太太的汽车费用摊入公司的成本中,说这样一来可以节约自己的用度,二来可以减少公司的所得税。他当下就否了这个动议,弄得秦德夫好没趣。这样做的主要原因,首先是公司在他,意味着生命中最重要的东西。其次,如果他这样干了,别的人也会效法。人人动心思弄公司的钱,那么这个公司也就存在不了几天。

公司是家庭?是你家还差不多!我可一点家的感觉也没有:车是桑塔纳,钱也不能随便花,批了的东西经常被挡回来……秦德夫越想越不高兴,推说要回办公室打电话,就走了。

浦耳看着他的背影,摇摇头。

上个星期,西北一家大型的电子集团公司举行公司三周年庆典,需要订三千支可以更换笔芯的派克笔。这种写出字来像钢笔的"派克",被誉为笔的革命,时髦得很。公司贸易部的人,去北京的几家大商场询来的价最低是每支六十五元,也就是说每支有二十块钱的毛利。于是就决定去买。到梅小青处取支票的时候,被她给拦住了。她说:"你们不应该到大商场去询价,而应该直接找到笔的产地。"贸易部长认为她是越俎代庖,反唇相讥道:"我们莫非还要到美国去买?"两人相执不下,官司就先打到秦德夫处,秦劈头盖脸就给了梅小青一顿。梅小青不服,又上诉到他这里。他表扬了梅小青的做法,让她去找一下笔的源头。

梅小青并无笔之准确信息，她只是本能地感觉到这种销量如此大的笔，在大陆一定有个厂家，她先是打电话到北京、上海、深圳的几家大笔厂，对方都说不是他们生产的。她不死心，就通过一些关系到商场去打听进货的渠道。结果在第二天晚上，消息来了：笔就是在西直门的小商品批发市场上进的。

她亲自驾车去市场，用现金进了三千支，每支三十一元。也就是说，她这么一干，给公司增加了十万元的利润。

浦耳为减少摩擦计，没有大张旗鼓地表扬她，只是从心里认为她是个商业人才：有直觉、有想法，有途径。更主要的是拿公司当家，干事有干到底的决心。他产生了一个想法：是不是应该提拔她一下？

所以今天决定让她去，除去弥合她和秦的关系外，还可以借机观察，如能用则下决心。

车停后，浦耳才得知饭开在老黄下榻的宾馆。"我不是说到咱们熟悉的'龙都'吗？"他质问道。

"老黄说他一会儿还有事，不肯离开宾馆。"秦德夫解释道，"办公室的老马跟我说了，我就同意了。"

浦耳的脸色沉了下来。上个礼拜，他刚做出大力节约开支的决定，并拿出了"实施细则"，其中除去不许私人使用公司的电话、电传，不许星期天带家属来公司洗澡等外，最主要的就是节约饭费。公司从开年起，到目前不过五个月的时间，接待费用已达四十万。

要说像"海威"这样规模的公司，是吃不塌的。关键这是一种腐败作风：他相信肯定有不少人，借接待客人之机，为自己谋取利益。他在《细则》中规定：部长、副总一级的干部，只能批一千元以下的。而且只能在指定的饭店——公司里的一些人，总把客人领到自己熟悉的饭店，然后虚开高价，从中收取回扣——并对饮料的品种做出了规定。

在经理办公会讨论这个颇具操作性的细则时，秦德夫说："从一九八三年起，中央关于政府官员的吃饭标准问题，一共发了一百多个文件：哪一级干部在接待哪一级的人时,该吃什么、喝什么,都说得一清二楚。可屁用也不管!咱们一个民营单位,管得那么细干什么?"

他当下反驳道:"政府官员之所以吃,因为他们不知道吃谁的钱。而咱们的钱,分分都有来历,都是辛苦所得。所以就更要管,而且还要管到底。"

事隔几天,这个规定就当着他的面被违反,浦耳焉能不火。可事已至此,改也难了。他大步走上台阶。

"我有一个体会。"梅小青抢上前按动电梯纽。"宾馆附属饭店的饭菜质量都很一般。其原因就是因为它的主要利润来源是住店不是饮食。"

秦德夫狠狠地瞪了她一眼,然后徒步上楼请老黄去了。

浦耳和梅小青抵达预订的包房后,梅小青主动说:"我去问一下,看看是什么时候订的房间,这是很说明问题的。"说完她就往出走。

浦耳不想给她对秦德夫不信任印象,制止住她。领导主要就是两件事:利益分配和搞平衡。

梅小青刚坐到桌子旁,浦耳立刻示意,"坐到这里。"他指指电视旁的沙发,"提前坐上桌,很像等饭吃。"

"承您指教。"梅小青一副感激的样子,赶紧坐过来。"我对吃饭的礼仪知道得实在太少了。"

浦耳虽然不止一次觉出她在说"文"话时,好像是一个人穿别人的衣服,听上去总不那么顺,但还是接她的话说:"礼仪不能靠书本学,而要在实践中学。就像光凭几本食谱,成不了美食家一样。"

"您说得对,您说得对。"

话音未落,秦德夫进来了。"你应该把浦总的指示记在本子上。"他讽刺道。

"我记在心上不更好?"梅小青本来还能说几句更"利"的话,但忍住了。"包括您说的话。"她把脸转向浦耳,"用乡下人的计算方法,你们都是我叔叔辈的人。我有什么不对,尽管教训就是了。"

秦德夫的嘴巴被封锁了。

浦耳问老黄为何还不来。

秦德夫说他在等一个美国的传真。而实际上他上去的时候,老黄刚刚把一个非常年轻的女人领到他的房间里,此刻正在安顿。但他不愿意实说。

浦耳也知道这不是实话。此刻纽约是凌晨六点,再敬业的人,也应该在睡觉。"你我多年,知道不知道我最优良的品质是什么?"

"你的优良品质数不胜数,不知道该说哪个。"秦德夫有些摸不着头脑。

"我从不当面拆穿别人的谎话。"浦耳尽量把口气放缓和。

"那是。那是。"秦德夫现在也想起了"时差"问题。"当面拆穿别人的谎言,会使得撒谎者非常地难受,尤其当这个谎言无伤大雅的时候。"

大约十分钟后,老黄出现了。一进门他就连连抱拳说:"恕罪。恕罪。"

秦德夫按照顺序把浦耳和梅小青介绍给老黄。

"黄总日理万机,能抽空赏光,着实是感激不尽。"落座后,浦耳依照程序说客套话。

"'人在江湖,身不由己'啊!"老黄用小毛巾使劲地擦油脸。

浦耳客气地把菜谱递给老黄。

老黄自称他就是这儿的"经典菜谱",接着就径自对服务员口授起来。

他先点的是鲍鱼,并强调鲍鱼最好是日本网鲍,实在没有,南非鲜鲍也凑合"'鲍、参、翅、肚'四大名馔,来个领头的就行,说完又点了些时令蔬菜。

服务员显然把他当成主人了,接着问上什么酒水?

"我喝人头马XO就行。他们喝什么,就得问他们了。"

"我就喝茶。"被问的浦耳,此刻心里就别提多不高兴了:按道理说,主人让客人点菜时,客人要么推辞,要么象征性地点些中档菜,决不能如此肆无忌惮地乱点。别的不算,仅鲍鱼和酒,底薄一点的主儿,就会被吃穿。

秦德夫也品出味道来,所以他只要了一瓶"二锅头",然后指令服务员先给每人来一盎司"人头马"。

在这个过程中,梅小青已在心里给老黄下了结论:这样的人,绝对不能信任。她接着把"信任"两字从脑子里划去,换成"往来"。信任在人与人之间根本不存在,存在的只有往来、指使、利用、交换。

宴会开始后,浦耳依照惯例问:"黄总是在哪里起的家？"

"就在你们北京。"老黄的普通话说的还算好。"我那会儿做的是音响设备。不是吹的,彩色频道开播时,一半设备是我供应的。那会儿我还没什么钱,但我贷款租赁了十间房,在中央电视台对面,成立了一个带饭店的公司。这就和以前苏联克格勃在中国大使馆外成立一个汽车运输公司一样：使馆每出一辆车,他们就派一辆车跟踪。我就这么三弄两弄,很快就发了起来。"

浦月一听就知道他是在吹：中央电视台的设备,不是一两个亿能拿得下来的。别的不说,光记者用的"贝特康姆"摄像机、每台就是辆"奥迪"车钱。中央台起码有一千个记者,多少钱自己算去好了。

梅小青也听着不对。"您开公司、办饭店,一下子能贷出那么多的款子来？"

"用自己的钱做生意算什么本事？咱们让客户先把钱打进咱们的账,或者让货主先把货给咱们,不就得了？"老黄见她一副不相信的样子,就说："你是个搞财务的,利润是百分之十好,还是百分之五好？"

梅小青一下子不知道该怎么回答。

"别人卖东西,往进价上加百分之十几,我却加百分之五十,然后给人百分之四十五的回扣。"

"那你不就亏了！"秦德夫问。

"问题是我这百分之五买卖的总量要比那些百分之十大许多倍。也就是说,加百分之十几的公司,只拿到了百分之五的份额,剩下的,都被我给拿走了。所以总的利润还是我多。"老黄见梅小青还是不相信,就针对她说："你刚出道,浦总、秦总,肯定知道那会儿的市场有多不规范。"

浦耳不接茬,改问他现在做什么。

"年初我和海南的四个单位联手,作了一笔中等买卖。"

大家都准备听下文,老黄的移动电话响了。他说声"对不起",就和对方说了起来。"我在中统切给山西的那一块中又切了一块;煤源没问题,实在不行,从地统也能切出来。什么,不让卖到印尼?中国方面的手续我都办了。印尼方面不许进口中国煤炭?你放一万个心好了,我给小苏打个电话就全都结了。就这样。"

浦耳曾打算做煤炭买卖,也是从山西往江苏等地贩运,大同到秦皇岛走铁路,在秦皇岛换成船,再到上海或连云港上岸。所以对内中的行情、门道还有所了解,知道他说的"中统"指的是"中国统配煤矿总公司",这个公司管的是中央投资建立的煤矿。所谓"地统",指的是"地方煤炭公司",也就是人们常说的"小煤窑"。他也知道印尼和中国之间没有煤炭贸易关系,要通过新加坡等地的中介公司转口。可直销印尼,他还是第一次听说。他更不知道老黄说的"小苏"是谁?所以就问了一句。

"小苏你都不知道?!"老黄一副嫌人孤陋寡闻的神态。"就是苏哈托总统的儿子。"

浦耳费了好大的劲儿,才用茶水把笑给压下去。苏哈托总统的三个儿子、三个女儿都是印尼的头面人物,据说控制了一半的经济。这事东南亚的商界人士都知道。他从来没听人管其中的任何一个叫小苏。

梅小青为了"实习"买卖,不耻下问道:"您说的中等买卖是什么?"

老黄看着梅小青也算俊俏的脸,来了兴趣。"我们从美国搞来四架波音767飞机。每架三千七百万美元。"

"您大概赚了多少?"

"一两千万美元吧?我也搞不太清楚。我那里也有十来个像你这样专门算账的人组成的班子。"老黄说完,就一口把怀中的酒给干了。然后示意服务员再上。

秦德夫明白自己给浦耳介绍了一个"大侃",急于想打发他。可见浦耳没动静,也不好先开口,就没话找话地问老黄遇没遇到过比他玩得还高、令他佩服的人。

老黄说四川的某某,大侃了一阵某某的事迹后说:"他现在地面上、天上的东西,已经玩得不想玩了,玩开'外层空间'了。"

秦德夫不解地问"外层空间"是何物。

老黄不耐烦地解释道:"他买了好几颗通讯卫星。你想想,玩卫星是什么派?以后我也要扩展到这个领域里去,买上颗卫星玩耍一番。"

秦德夫说:"要想真的耍派,千万不能买有用的东西:你就是花一亿美元买条生产线,也不算大新闻。可你花上一千万,买个没用的东西,比方名种马、美洲电影明星之类的,准能在媒介上引起轰动。"

老黄坚持要玩"外层空间"。

秦德夫见老黄上了自己设下的"套",就一本正经地说:"外层空间也有没用的东西可买。"

老黄这种人,就像一个好的艺术家一样,必须随时随地地补充自己的营养,千方百计地寻找"侃"的素材,所以故作文雅地喝了一小口酒后问是什么。

"你不能买卫星,因为它毕竟具备商业价值,要买就买恒星,比方太阳之类的。你设想一下,人们都不再说'太阳照耀着我们',而改说'老黄照耀着我们',那是什么派?如果太阳人家实在不卖,你就把月亮买下也算。实在不行就买它颗新发现的星星,那江湖上的人就能称呼你'黄星主'了。"

老黄也明白自己给人当了回笑料。

通过这一番观察,浦耳知道合作的可能已不大,但仍抱有一线希望,看看表后,进入了主题,问老黄手中的钢材是什么型号的,是期货还是现货。

老黄说他能以一九七五年的价格从物资部调出军桥来。

浦耳觉得"军桥"两字耳生,便问此乃何物。

老黄解释道:"军桥就是工兵架浮动桥梁用的。全是工字梁,完全可以在地铁用。"

浦耳白了秦德夫一眼。作为一个中间商,把买卖的"下一手"告诉"上一手"是最忌讳的,很容易被别人短路。

秦德夫低下头。

虽然浦耳几乎已经断定这笔买卖是镜花水月,但"一九七五年的价格"毕竟牵动了他商人的本能,就抱着"宁叫碰了,别叫误了"的想法,进一步和老黄讨论。

"我知道你们想把钢材卖给广州地铁建筑公司。有好多人在追着我要。他们有的给我宾馆费用、有的想先把'扣'给我。可谁叫咱们和老秦是哥们儿呢?"说着老黄把电话拿出来,对一个显然是手下的人命令道:"把那批军桥给号下,实在不行就先付给他们一百五十万。"

打完这个电话,他又让服务员给他上酒。

秦德夫这会儿气不打一处来,便说:"照你这样喝洋酒,整个欧洲种葡萄也不够,来点'二锅头'吧。"他想给他倒。

老黄用手挡住杯子,大讲哪种菜要配哪种酒,最后终于把秦德夫给讲火了:"你知道吃恐龙肉的时候,该配什么酒吗?"

老黄一下子愣住了。

"该配'二锅头'!"他一下子把老黄的洋酒杯倒满。

车开了好一会儿后,秦德夫首先打破了沉默。"我看这个老黄靠不住。"

浦耳微微一笑,没有说话。

"是不是不用再进行下去了?"秦德夫只好再问。

"你没有给他付'前期费用'吧?"浦耳问。在买卖行中,如果重要的客户来和你做重要的买卖,通常他的差旅费都是由你提供的。

秦德夫说:"我才没有那么傻呢?"

"那就继续和他谈下去,也没准真能成呢。"浦耳也觉得老黄言语中水分太大,可也许手里真的有些钢材,而广州方面正"马踩车"着呢。

秦德夫在答应的同时,已经决定不再做这种徒劳无功的事了。

"另外,"浦耳对梅小青说,"这顿饭的超标部分,由我付百分之七十,秦总付百分之三十。"

梅小青答应了一声。

秦德夫从后视镜中看着梅小青脸上挂着的笑容,真想给她来一句:公司不是还规定女士在参加公务宴会时,不许喝现榨的饮料吗?可你一百五十块一扎的西瓜汁就干了三下子,那比喝XO也便宜不到哪里去!

第十四章

浦耳驱车前往香山别墅区的姐姐家。

姐姐经历之复杂,是她那个岁数的人少有的。她当年以全北京第二名的成绩,考入清华大学土木建筑系,师从梁思成教授。但即使清华这么个人才荟萃的地方,依然掩盖不住她的光彩。她参加学生乐团,唱女中音;她写诗,老教授看后曰:有新月派女神梁夫人林徽因的味道;至于美术,那更是学建筑的人的看家本领。大学毕业后,她积极报名去了"大三线"四川。"文革"一开始,不知道为什么被打成反革命。那位"准姐夫"也离开了她。她的精神一下子崩溃了。经过大约五年的治疗,方才恢复到很一般的水平。可不幸又得了肝炎。这一休息又是好几年。七十年代末,她回到北京时,老同学已经没一人能认出她来了。

回北京后,她借住在浦耳家。她虽然勤快,但因遭遇变故,多少有些古怪。浦耳的前妻就与她不和。可不和也要在家里住,她没地方去。浦耳"换届"后的妻子,更不能理解姐姐,加之不知倚仗什么的她,把个家治理得像座"大雄宝殿",使姐姐度日如年。一九八九年,忍无可忍的姐姐拿出十万块钱,让浦耳帮她在"北京城区范围内、离人群尽量远"的地方买套房子。

浦耳没有问这么一大笔钱是从哪里来的——他估计是从国外来的,因为姐姐在前两个星期里,曾多次往返中国银行。可能是谁欠她的情债吧。

这钱当时将将够买一套两居室的。可浦耳想让姐姐安度晚年,就在别墅上下功夫。

这时刚落成的香山别墅,正好遭遇一九九〇年大萧条,加之一个刚入住的影视两栖明星,在此死于非命,这一下子,房子严重滞销。被债务压得喘不过气来的房地产公司的老板,通过关系找到浦耳,非要以低于成本的价格把小区卖给他;他几经考察,以姐姐的名义,加他的关系,从银行贷了笔款,盘下了这片别墅区中的四幢。当时葆力公司虽然也有这么多钱,可都投放到这,别的生意就没戏唱了。

其时朋友们都劝他别买,说此乃"凶宅",根据之一就是:魔窟白公馆的别名就叫"香山别墅"。他一笑置之:白公馆之所以这么叫,是因为唐代大诗人白居易号香山。推原论始,还是吉祥的。

买卖完成只一年,"春潮"就澎湃了。他翻了一番把四幢别墅中的三幢脱手,给姐姐白留了一幢。卖时他曾考虑给自己留一幢,可想到妻子和姐姐的关系,狠狠心都卖了:矛盾永远和距离成反比。

但每逢浦耳烦得不行,想躲避一下,或有大问题需要考虑的时候,都来这里。这比我的别墅还要来劲。他进别墅区的大门时想。

他刚一进门,听见汽车响的姐姐就迎过来,递给他一套宽松的家常服。等他换完衣服,坐到沙发上,姐姐又端过一杯茶来。

"你又去采水了?"他喝茶极讲究,最好当年龙井。某次他感叹有好茶而无好水,姐姐记在心上,在身体允许的情况下,总是到很远的山泉提水,并亲自把它滤干净。

"走走反倒精神。"姐姐说着就打开对面的窗户。

浦耳立刻觉得仿佛在森林深处生成的、充满诗意的空气灌满全屋。

他深深地吸了几口后,看着越来越像母亲、白发苍苍的姐姐说:"关上吧,别着凉。"姐姐现在已无大毛病,可年纪大了,底子又薄,稍不注意,便会得感冒。感冒可能诱发一切无法根治的疾病。

"你是不是在外面遇到了什么麻烦事?"姐姐脱离社会多年,已经全无知识分子的思维。这个和她相差十五岁的小弟弟是她唯一的思念。

浦耳本想否认,但知道自己任何一点细微的变化,也逃不过她的眼睛。而且你要是不告诉她,她就会魂牵梦绕,不得安眠。可与李寒的交锋、马一青的"嘱托"等等,远非一下能说清。只好很原则性地说:"没有具体的事,只是有感于商场的风波险恶,陷阱丛生,稍不留意,就会万劫难复啊!"

姐姐坐到他沙发旁边的一只矮皮凳子上,把自己纤细但有些老态的手,压在他的手上。"小时候我跟姥姥住大杂院时,满院亲热,邻居也都是几辈子的交情。解放后那会儿门都不用锁。要是刮个风、下个雨什么的,邻居自动就会把衣服给你收起来。更甭说谁家有个灾啊、病啊的了。可和他们在一起,也就是个亲啊、热啊的,永远也出不了那个院子。"

姐姐话说得很慢。在她说的过程中,浦耳也慢慢地恢复起精神。"很多人都喜欢告诉别人,财富要靠自己辛苦劳动得来。这话也不全对。我插队那个地方的农民们,祖祖辈辈都辛辛苦苦,日出而作,日已落而不息。可依然毕生穷困潦倒。而有的人就像余明一样,不费什么力,便成大富翁。这中间并没有一定之规。关键不过是要参与到竞争的行列中去。"

"你想借大钱,就得去找大人物。大人物看大钱,和小人物看小钱是一样的。"姐姐想起她那去了美国的清华大学机械系汽车专业毕业的男朋友。此人现在是通用汽车公司技术部的总裁。当弟弟家实在不能住时,她给他去了封短信。一个月后,两万美金就汇了过来,附言只一句:不够请来电。

浦耳觉得姐姐的话挺深刻,也约莫猜得出来历,他不想触动她的心事。就转谈开闲话了:"你们女人好像有一种直觉,看问题的方式和我们男人不一样。"

她是个很好的听众,在不该插嘴的时候,决不插嘴。

"咱们和余明一共吃了三次饭,你三次的预言都准了。余明你还记得吗?"姐姐除了和他,没别的社交活动可参加,所以不会把据称年营业额上亿的余总经理忘了。但她不想破坏弟弟的谈话节奏,摇摇头。

"头次你预言他将会和汪小姐好起来的。当时我们所有的人,包括和余明很近的朋友,都不同意你的说法。认为余明和汪小姐根本不相配不说,余明的老丈人还是电视部的副部长,去掉这个条件,余明的生意就不能成立。可一年之后,余明果然和汪小姐同居了。他老婆一开始大闹,后来默认了这个事实,就偃旗息鼓了。此时我们以为事情会就此了结。可在第二次吃饭后,你再预言余明肯定要离婚。这次我又没信。但仍被你说中。第三次就是你说他们要大办婚事。这次我半信半疑。因为余明信誓旦旦地说不办,我也没敢宣讲你的理论。结果,他们前天在昆仑饭店大宴宾客,场面铺排得很。"

"你不太懂女人的心:她把身子给了你,也想你把心给她。你总是半心半意的,她就会努力争取。当争取到了后,她就想公布一下,起码在亲戚朋友面前露露脸。再说,你结过婚,不想再办第二次。可对她来说,这却是第一次,很可能一辈子就这一回。"

浦耳不想在婚姻这个"雷区"中徘徊,生怕一触即发,便描绘起余明豪华婚礼来:"光客人就到了三百多,其中重要省份电视台的广告部主任都来了,并且半数都带着家属。来一个,就开间房。一共七十多间。昆仑的房,打对折,一间也得要一百五十美金。另外,他还请了七八个文艺界的'大腕儿'。一个一万也不一定拿得下来。我刚才在路上,他来电谈事之余,我问总费用是多少?他说至今为止,已经三十来万了。"

"真是罪过。"她低声说。

"你的话和他家老爷子的差不多。"余父冀中游击队出身,在一场战斗中,被日军砍下了三根手指,但因没文化,离休前仅官至副处。浦耳学着他的河北话说:"这的干,你要下地狱的!"

"他收的彩礼,总该能顶了房钱、饭钱?"

"最后盘下来,也不过六万多,可像金盘子、日本的松下电子水族箱等,每样都有七八个。这些东西放在家里是累赘,鉴于身份又不能卖,成了他的一桩心事。"

"等穷时再卖也不迟。"她肯定地说,"这种人将来会穷的。"然后她又问:"你送了他什么东西?"

"一尊云冈石窟小佛像,有四百多斤重。光搬上楼,一层就要了我八十块钱。将来他想转手送人,也得考虑、考虑。"

"该不是真的吧?"这些天,她正好在看侦破开封博物馆盗窃文物案的纪实电视片《九一八大案》。

"您放心好了:我能舍弃事业、公司,也舍弃不了姐姐您啊!再说如果是真的,我也不会送他啊!"

"我经常跟勤儿、筝儿说,你们别的不用学,学会你爸爸这张嘴就行。"她说的"勤儿、筝儿"是浦耳和前后两任妻子生的孩子。

谈笑中,浦耳的坏情绪已经消弭于无形不说,对李寒的方针政策也定了下来。

这是林竞芳第三次玩保龄球。已经开始入道,休息时,表示出对秦德夫潇洒球姿的羡慕。

"血汗浇来春意浓。"秦德夫给她倒上清香扑鼻的茶。"浦总在公司刚搬到这来时,也不会玩,扔球就像董存瑞抱着炸药包冲向碉堡。大家都笑他,他于是火了,发誓不改。后来也就成了我在这个场子上见过的最好的球手。每次,他提议和我赌输赢,我是不上当的。换言之,姿势不是最重要的,重要的是经济基础。"

林竞芳像小孩子一样,悄悄地用手指指旁边几个头发染成金黄色的男人,小声问秦德夫他们是干什么的。

"韩国人。"秦德夫看都不看地回答。

"那个拿小镜子照脸的人,动作怎么那么女性化?"

这些韩国人秦德夫常见,知道他们当中有几个是职业的保龄球赌徒,并知道林竞芳所谓的"动作女性化"者,乃是一男妓。可这些没必要对她说。"小孩子家,问那么多干什么。"

林竞芳没生气,专注地看着韩国人打球。

韩国人中一个高个子用左手扔球的人,动作又大又流畅,回回几乎都是全中。他出球不同于一般,不是直线扔,而是沿斜切入瓶阵。她看不懂便问秦德夫。

秦德夫解释说这种扔法叫"飞碟",是种很高级的手法。

林竞芳拿着球就上道。"我也来个'飞碟'试试。"

谁知她的球走到一半就下了道,记分屏幕上出现了讥笑她的形象。

秦德夫也笑着说:"想要打'飞碟',必须有专门的球。别看他的球外表和你的一样,其实它是偏心的。这个偏心的球在前三分之二有油的道上,划出一个弧形,到了后三分之一没油的道上,就沿直线高速旋转前进,切入瓶阵后,在平面一通乱转,把瓶阵全都搅倒。"

林竞芳有些不信秦德夫的解释,仍然试图自己扔出"飞碟"来,但次次失败。

"中国革命凡离开毛主席路线,必定要遭到挫折和失败。人道儿我不敢说,球道上我的经验肯定要比你丰富。"秦德夫说着上前教练。"出手一定要低,高抛球能量都损失在声音上,到瓶那就没多少了。"

两个人正玩着,忽然旁边韩国人的球道上聚集起一群人。天性喜欢热闹的秦德夫立刻凑过去。

热闹的起因是桑田。

桑田今天和几个早年一起撒尿和泥的朋友遇到一起,大家一个劲地"桑总、桑总"地叫,把他给叫晕了。在友谊宾馆宴罢后,已是一瓶"二锅头"下肚。他不敢开车走,就从车上取出自备的球、鞋和手套,来到这扔几个球散散酒。可上道之后身还没热,穿过脑血屏障的酒,作用已经传达到四肢,随手一摔,竟把个最喜欢用的、被他命名为"红粉佳人"的十四磅球抛到了旁边韩国人的道上。自觉是保龄球高手的他,知道露了大"怯",赶紧过去道歉。可韩国人却认为这是挑衅。

"就是挑衅,又当如何?"桑田自觉有恃无恐:他原来做"狗办"——打狗养狗办公室——主任的表弟新近出任球馆所在地的派出所的副所长。

在异国他乡的韩国人,不会轻易和人动手,虽然其中有空手道的黑带选手。于是一个"中国通"解释道:"我们所谓的挑衅,是认为您想和我们赌十局的意思。"

桑田也笑了:真是钱要来挡也挡不住!便问赌多少?

"一千美元。"韩国人说。

桑田虽已觉分量不轻,但嘴上不服,让再加一倍,试图吓唬住韩国人。

几个韩国人会心一笑,便公推左手扔球的高个上场。

秦德夫这些日子来,见马一青的行情见长,马宅跑得挺勤,和桑田自然熟起来。一见此态势,觉得机会来了,就上前招呼道:"桑总,能否借一步说话?"

离开球道几步后,秦德夫问桑田:"桑总是不是钱真的花不完?"

桑田得意地说是。

"那借给咱哥们儿还能落个好,扔到他们这,连响也听不见。"接着秦德夫叙述这几个韩国人的来历:"那个高个的,是韩国的顶尖级高手,在韩国名声大到已经赚不到钱,只好在东南亚一带搜刮。在台湾和黑社会赌,于某次赢了几十万美元后,被人把右手的筋都给挑了,只好改左手打。"

"您别忘了咱爷们儿是一九九三年首届'阿波罗'比赛的第二名,根本不怕他个右改左!"桑田有些底虚,但嘴上不服。

作为保龄球爱好者的秦德夫当然知道"阿波罗比赛第二名"的分量:"阿波罗"是北京开得比较早的保龄球馆,当时北京玩保龄的人不多,桑田得风气之先,弄个第二,并不代表实力。但话要是这样说出去,只会有反作用。"你是正式比赛的亚军,和这些赌徒不一样。上次我的一个朋友在圆明园附近和人合伙开了一个饭馆,到年底,人家不给他分红。一怒之下,他请来全国散打亚军去出气。谁知到那后仅一分钟,亚军就被人一擀面杖打倒在地上,而后又补一菜刀,差一点就交代了。不是说散打亚军的功夫不行,而是说他和街头流氓的游戏规则不一样。"

桑田还有些不服。

秦德夫于是再说:"要不咱们先侦察一下他们的火力?"

桑田"酒潮"多少退了些,顺势同意了。

秦德夫过去向韩国人解释说他和桑田有个重要约会,然后就转到二楼看韩国人打。

韩国人连打八个"全中",得二百七高分。

接下去也差不多。

酒醒的桑田直吐舌头。

"我欠你一个大人情。"桑田知道自己的性格:第一场要输了,肯定要来第二场。于是就会堕入"螺旋",少说也要损失几千美元。

接着,他强行把秦德夫的账给买了不说,还留下一千块钱在秦的保龄球户头上。

对于秦德夫说项的本领,林竞芳佩服得不得了。"你怎么知道这么多事?"她真情地问。

"'世事洞明皆学问'呗!"秦德夫是情场老手,觉出今天的"火候"到了,往出走时就邀请林竞芳到他的办公室去看看。

林竞芳欣然同意。

进了隐藏在一片树林后面的四号楼后,林竞芳好奇地东张西望,并不时地在地毯上作蹦跳状。

秦德夫用怜爱的眼光看着她:这些人读书已经读到极限,但却全然不知道物质享受是怎么一回事。

进了办公室后,林竞芳对真皮沙发、硬木办公桌、印有海威公司标志的地毯等所有的一切,都表示出异乎寻常的兴趣。尤其是对那台586电脑。"我能玩玩吗?"她指着计算机问。

"太能了。"秦德夫慷慨地答应。

林竞芳熟练地开机。就在机器自检的瞬间,她已经看到了目录。"你的机器已经装了'WINDOWS95'?"

秦德夫说是公司给主要领导统一配备的。

"你们要这些东西能有多大的用呢?"

"瞧瞧,高级知识分子的傲慢劲出来了不是?!"他给她开了桶饮料。"高速数据公司的老总是个不吃鱼虾蟹的人。一次他在他们公司的小餐厅宴请我。坐下之后,发现没有海鲜,就质问餐厅的刚接手不久的管理员。管理员说:您不是不吃吗?他愤怒地回答:不吃也得有!后来我想明白了其中的道理:吃不吃是个人爱好问题,而有没有却是待遇问题。咱必须有'视窗95',虽然并不太会用。"

林竞芳边撇嘴,边进入INTERNET。

秦德夫看她首先看的是"服装"一栏。鼠标一点,就出现了一字排开的八扇大"窗户"。她又点了"时装"。

女人到底是女人。秦德夫想:她可以是女博士、女部长、女企业家,但骨子里仍是女人。

"时装"的第一项就是"巴黎时装"。点到这时,林竞芳犹豫起来。

秦德夫知道她为什么犹豫:这个"窗口"下面有一行小的英文说明,注明这段录像的数字化文件的长度达到2.3兆字行,按照我们目前的通信线路的速度,没一小时是取不来的。而这"小时机器时间"的费用不菲。

"我看上一会儿行不行?"林竞芳到底耐不住诱惑。

"别说一会儿,就是全看完,再看内衣、提包和鞋子都行。"秦德夫说完就进卫生间洗澡去了。

等他认真地洗完出来,林竞芳刚好看到末尾。

"不洗个澡?"秦德夫很随便地问。

林竞芳犹豫了一下:一个女人在一个男人的房间里洗澡意味着什么,是不言自明的。可她说出来的却是:"我什么东西也没带?"

"星级宾馆的宗旨就是宾至如归。新毛巾、浴液都有得是。"

林竞芳勉强同意了。她最后说服自己的理由是:反正回去也没地方洗澡,澡堂早就关门了。

看着林竞芳进了卫生间,秦德夫知道自己越过了分水岭。

虽然秦德夫自命风流倜傥,过人的天赋,优渥的金钱使他得以阅人无数,但从本质上说,他并不是一个不顾一切的好色之徒。比方他到海南和广州郊县等地出差,那里有的是"卖春"——彼地之人,习惯把发生性关系叫作"买春",不发生性关系叫"买钟"——的酒吧女和歌厅女。而饭后到酒吧、歌厅消遣,又成南方商界的固定节目。可他在能做主时,从来不涉足这些地方。就是推脱不过去了,也只是逢场作戏而已。一次,他在歌厅遇到了一个容貌酷似他女儿的小姑娘,一问她还和他女儿同岁,属马的。他不禁大发慈悲,出手就是一千块钱,嘱其以后"从良",并提笔给番禺开工厂的朋友写了封介绍信。事后他多次询问番禺方面,这个姑娘去了没有?结果总是否定的。后来浦耳对他说:"你就死了这条心吧!我到番禺的电子玩具厂参观过,那里的工人每天要在生产线上干十个钟点以上,月工资也不过五、六百块钱。这不过是在歌厅一天的收入。换句话说,我要是那个女孩,我也会选择娱乐业的。"

林竞芳从浴室里出来了。她当然不会像在家里一样地随便,而是基本上穿戴整齐才出来。

可整齐和整齐不同:洗完澡后皮肤的清洁红润;微微敞开的衣领;另外还有脚上的拖鞋……

所有这一切,在秦德夫看来,都属于一种信息。

入夜的友谊宾馆异乎寻常的寂静、隐秘。就在窗户旁边,伸手可摸的,已经完全成熟了的大树,发出沙沙的响声,给人一种在密林深处的感觉。两个人似乎都觉得所有这一切,给人以可以放纵的暗示。

秦德夫把手伸向林竞芳。

林竞芳也不由自主地伸了过去。

之后的一切,都被纳入了固定的程序,不再具有独创性。

通常的女人,总会把大部分精力放在家里。即使是很有奉献精神的女人,也顶多会把一半精力投放在工作上,而梅小青不同:工作、事业,几乎是她的一切。她非常明白,无论雷迅,还是老毕,起码有一半,都是冲着她的位置和她好的。可眼下的她,已经不满足于单单地负责财务方面的工作,而要向更宽的方向发展,所以在接受了浦耳调查"老黄的军桥"的任务之后,她确实是当个事情来办的。

她很早就把公公在经委工作时的关系,调整后纳入了自己的关系网,而且平常很注重培养这些关系:在海威公司,她掌握的权力不大,不足以用经济力量来培养,但她逢年过节,或者在某人生日时,总不忘去一个电话问候。于是,这些关系虽不能说巩固,但起码维持住了。

另外,她从不把这些关系用到与她无关的地方。一次,公司刚到一大批挖掘机械,原来说好的仓库,临时要放救灾物资,不让海威公司放了。因浦耳外出,在家主持工作的秦德夫,动员公司的一切力量,寻找能放这些东西的大仓库。她的关系中的一个,恰恰手中就掌握着若干个仓库。她仍然不吱一声。结果被车站罚了三万多块钱。

但这次她决定开动关系网了。

这网确实健全,发出信息后的二十四小时之内,反馈信息就都回来了。总而言之,军桥确实有,地点也确切。但它们都是用普通的钢材制成的。从道理上说,也应该如此:军桥是军队渡河临时使用的,而且浮在水面上,可以自动调节荷载,没必要用高级的钢材。对方提供的参数表明,这批军桥根本不能用作地铁支撑。

她把所有的情况汇编在一起,以备忘录的形式,存放在电脑里。

她不像一般的女人那样沉不住气,有什么新鲜的消息,马上说与人听。她要等浦耳问及,秦德夫答不出来,或者答不确切时,再亮自己的干货出来。非如此,信息的价值得不到完全的体现。

第十五章

郁敏和储华章一进股市便劈头遇到周鼎立。

"我请你们喝茶。"他生拉硬拽地把两个人弄进茶馆。

"你今天有股票走势图吗?"方才坐定,周鼎立便问储华章。

储华章一副高高在上,不予施舍的样子。

"你拿出来给大家看看,信息共享嘛?"周鼎立伸手。

郁敏相信周鼎立"坚持"之品性。"拿出来给他看看吧。都是老朋友。"

储华章极不情愿地从皮包中拿出部分图表。

周鼎立埋头阅读,并不时地提出一些问题。

储华章难得遇到技术知音,渐渐地放弃敌对情绪,奉献出其余图表,仔细地讲解着。

储方的资料读完后,周鼎立也从口袋里取出几张股票走势图。"来而不往非礼也。让咱们享用一下我的吧。"

这些都是电传来后放大的图。

储华章看得很认真,边看边解释:"这是著名的头肩图形,这是三重顶峰。这张很漂亮。"他的眼睛突然大了起来:"一个典型的上升突破。"他简直有些欣喜若狂了。"也就是一个极佳的行情看涨的图形。这是哪一种股票?我们必须立即买进。"他朝着周鼎立说:"这张图太典型了;毫无疑问:这种股票下周将上涨十五点。"

周鼎立微笑着沉默不语。

"你倒是快说啊!"郁敏也着急了。

"我有个朋友,在深圳一家证券研究所里做研究员。此图是他和他的学生们绘制的。"

储华章抓住要害不放,追问股票品种。

"你先别急。"周鼎立递给储华章一支烟。

"他不太会抽烟。"郁敏解释道。

"我有一个问题。"周鼎立不管储华章会不会,径自给他点燃。"既然你们这些大学教授如此的博学和精明,为什么你们不自己贷些款来投资,而成为百万,甚至千万富翁呢?"他在电话里听郁敏讲,储只是做参谋,自己不出资。

储华章立刻觉得自己受到了侮辱。"教授和学者,是一些放弃了世俗的财富,专门思考人类大问题、为社会谋福利的人。"

"要说当年的教授还差不多。"周鼎立脸上露出居高临下的笑容。"你能给我一个股票价格总的变化概括吗?"

储华章已经觉出周鼎立不怀好意。但习惯使他脱口说道:"股票价格循趋势变化,而且趋势会持续下去,直到出现情况,改变这种趋势为止。"

周鼎立大笑。"这话绝对正确。而绝对正确的话,就绝对没信息。"他见郁敏不解的样子,就补充道:"你说明天会下雨,这话肯定正确:偌大个地球,总有下雨的地方。可说明天北京会下雨,那就可能出错。如果更进一步说:明天的几点几分,北京的某个地方会下雨,你出错的机会就更大了,但后者是有用的。"

"别卖关子了。"郁敏起码在这利益场中不想理论。"快说这是什么股票?"

"我这个画图的朋友,因给人提供咨询而获得知名度。于是他从没房子到有房子,从没汽车到有汽车。以前他穿的衣服,比储先生还要差。"他指指储华章磨损得很厉害的皮凉鞋。"可现在是通体名牌。"

"你再不说,我要走了。"郁敏有些生气了。

"你果真认为这张图表现的股票很典型吗?"周鼎立掐灭烟,郑重地问储华章。

储华章点头。

"我前天致电给他,让他以一只我随便挑出的股票的价格为基点,然后在每个连接的交易日,由掷硬币来决定股票的收盘价:如果是正面,就比上一个交易日高十块钱,反之则低十块钱。如此这般,你所谓的典型上涨的股票走势图就炮制出来了。"

"这不可能!绝不可能!"储华章的脸涨得通红。

"没规律就是规律。"周鼎立得意地说,"我再白送你一句话,你可以当成座右铭挂在你书房的墙上。有的时候,错就是对;有的时候,对就是错。"

说完周鼎立就笑着走了,把个郁敏和储华章丢在茶馆。

也许因为周鼎立的出现,也许因为储华章说的"出现了能改变趋势的情况",反正今天郁敏按照储华章绘制的图表买卖的股票,没有一只是对的。总的盘下来,五千块钱化为乌有。

郁敏不好埋怨储华章,因为他毕竟是顾问。毕竟也帮助自己赚过一些钱。可他在她心目中的位置,下降了若干个百分点。

辛总颇有些"此间乐,不思蜀"的味道,在京拖延了好几天,用他的话说:"北京从来就没有这么好过。"

"我的司机家里装上空调后说:北京的夏天怎么不热了。我的朋友喝多了酒后醉眼蒙眬地问我:天安门什么时候拆的?其实天照样很热,天安门也依然屹立,变的是他们的'小气候''小环境'。"李寒为了辛总策动秦德夫之功,已经宴请了他两次。

"好是好,但不能久恋。"辛总看看"雷达"表上的日历,宣布明天一早开拔。"你能不能派个人陪我去一趟'人间仙境'。给此行设置个高潮?"

"小心艾滋。"李寒调侃道。即使在香港、泰国等地,他也从不涉足色情和准色情场所。因为此乃明文规定不许去的地方,倘若被检举,是大麻烦。再说赤裸裸的性钱交易，他的文化也无法接受。

"艾滋不是感冒、痢疾，就算你想得的不得了，也不一定能得的上。更何况我和她们之间有得力的中介措施，高分子化学产品。"

李寒知道辛总根本不明白什么叫高分子，可没必要纠正。"您这真是'脱却乌纱真面目'啊！""人间仙境"歌舞厅是个颇有些背景的香港人开的，因置身于五星级的外资饭店里，所以对它的管制力度不那么大。其价格之高，也令人瞠目。著名的知春里银行抢劫案的那三个匪徒之一，就是从此出去，在对面的亮马河大厦被逮着的。逮着他们的时候，所抢的一百多万，只剩十多万了。那些钱，据说半数以上都挥霍在"人间仙境"了。因此有人建议应该"人间仙境"赔偿一部分。"敢去这个全城最腐化的地方？"

"我就是想腐化一下。我不像守身如玉的人那样'拒腐蚀，永不沾'，快点给我派个人。"

"干吗非得派人？我就不能陪你去？"李寒被激了起来，下楼"打的"去了"人间仙境"。

李寒出资买了一百二十元的门票后，辛总又提议进最低消费三万元的包厢。

坐定之后，李寒说："说实话，以前不管是多重要的客人来，只要我能做主，就绝不来这。宁肯让他们喝最贵的酒，把他们灌醉。"

辛总问原因何在。

"这地方让人堕落。或者说它毁了一代人。"李寒先理论后实际，道出更基本的原因："在北京是天子脚下，当官必须时时谨慎，一失足便成千古恨。"

"本人的世界观最少在林彪事件之后就已经形成，歌厅之类的小杂碎焉能毁得了?!"辛总吩咐小姐再来瓶"人头马XO"。"另外，我也不认为京官比外官难当。"

"给你讲个故事听听。"李寒挥手让还在听他吩咐的服务员去拿酒。这里的"XO"最少也要两千块钱一瓶，但该投入的地方不能省。"前些时候，某商人请城区的公安局副局长到这玩时喝了瓶'路易十三'。你知道最后算了多少钱?"

辛总摇摇头。

"三万。"李寒伸出三个手指,"虽说不是副局长花钱,但他还是觉得没面子,就让小姐去找经理。小姐很可能是虚转了一趟后答说没找到。喝了'路易十三'的副局长龙颜大怒,劈头盖脸就是顿骂。最后一群保安出现,把个穿便衣的副局长的肋骨都打断了两根。"

辛总进门时,见到了那些威武雄壮的保安,他们个个在一米八以上,所以相信他们有这个破坏力。

"城区公安局的副局长,起码在管片内是个大人物,出去之后,一个电话就把防暴队给叫来了。这一家伙来了十多辆警车,警察们个个手持盾牌和电警棍,把保安们打得跪成一排在地上求饶。与此同时,把这里面的东西砸了个稀巴烂。"

辛总问最后的结局。

"最后副局长就地免职:你想啊,天子脚下,岂容你随便动用警力干这个!但这个鬼地方也被迫关闭了一个多月。"

辛总问是不是修理的原因。

"修理有几天就行,关键是副局长手下的一帮弟兄们不让:你把我们局长的官弄没了,我就让你的买卖没了。他们天天开了警车在门口停着,等到晚上人多的时候,隔上个把钟头就进来挨个查回证件。你说谁还敢来?"

"这一天的毛利最少有二十万。"

"差不多。所以最后还是这边服了软:请客送礼,并答应赔偿副局长的损失。"

"没了官,多少钱也赔不过来。"说到此,辛总顿生兔死狐悲之感。

"聊胜于无罢了。"李寒打住了话题。

辛总叫了一个高个子、长腿的小姐,然后立刻把她搂在怀中。"你不叫一个小姐来和你聊聊天?"

李寒的综合素质使他不能放肆，所以托词道："她们一个个傻×似的，我犯不着花钱陪她们聊天。"

"你才是傻×呢！"辛总怀中的小姐似嗔非嗔地抗议。"我要是把我的学校给报出来，不吓你一跳才怪！"

"清华、北大、南开？我告诉你，中国没有能吓唬住我的大学！"李寒知道这里的小姐，确有不少是大学生"客串"的。

辛总说："我所谓的聊天者，行动也。"

"那您就行动您的吧！"李寒背过脸去，自己拿着话筒唱起歌来。

李寒的歌唱是有基础的，"老红卫兵合唱团"时期，就是高音部的领唱。但鉴于他的身份，很少唱流行歌。所以他今天唱的是《我的太阳》《重归苏莲托》等美声名曲。

他正唱着，辛总已经把陪他的那个小姐给打发走了。

作为东道主，李寒掏钱包准备付小费。

"不用给她钱。"喝了半瓶子酒的辛总，口齿已经不太清楚。

"您是不要了，还是要再找一个？"李寒问。

"当然是再找一个了。这个不好，她的脸可以，但脚长得不好，违反了所有的美学原则。"辛总像拆卸零件一样，对女人做开机械分析了："胸部必须从肩胛骨就开始丘陵般隆起，在中央突然异军突起的不行；胳膊必须浑圆如藕；手上要有酒窝。"

李寒顾不上听，吩咐再来一个。看人看到脚，已经够细的了。

辛总对包厢的服务员说："你先把小姐叫进来，然后再让她出去。行不行我和你说。"

这种皇帝"撂牌子"般的做派，李寒觉得不太合适。

"有什么不合适的?!"辛总立起浓重的眉毛。"我告诉你玩歌厅的要点：千万别把她们当人看。"

李寒无时奈何地摇摇头。

"你看她们对你百般奉承,以为她们就把你当人看了吗?根本没有!"辛总猛灌一大口酒。"她们全都是看在钱的面上。"

李寒强调做得"文"一些,总能多些情趣。

"有×的情趣。不就是那么一回事吗?"辛总看一个换一个,最后才找到一个能符合其规格、模特般的小姐。

但他可能是一个人觉得不好意思,硬是出去给李寒也找来一个,说是他买单。

谁买单对李寒根本无所谓。关键是他放不下架子。可人来了,也不好拒绝。只好有一句没一句地和她聊天。

"小姐的'艺名'是什么?"他本来想说芳名,但想想在这种"准色情"场所里,没人会把真名告诉你。

这小姐的文化素质不坏,听懂了"艺名"的含义,笑眯眯地说:"我又不是演员,哪来的艺名? 我姓黄,叫晶晶。"

李寒根本不相信,但认为不妨叫她作黄晶晶。便问她是什么地方的人。

黄晶晶说是北京人。

"据悉,在你们娱乐界中,有这样一个原则:不在家门口干。就和'异地当官'一样。"

"只有在石家庄、太原、深圳等中小城市,人们才不愿意在家门口干。因为那样很容易遇到熟人。可像北京这样的大城市,和熟人遇到的可能是极小的。再说,在自己家所在地干,住宿、饮食等费用就会小得多。"

李寒认为她的解释符合"成本——收益"公式。可又觉得她有些外地口音,就特地指出。

"你是北京人,我是北京人,但真正老辈儿的北京人有几个?"

"我批准你的解释。"李寒笑道。北京是首都,人要是进来了,没有极强大的外力,是不会自动离去的。插队算是建国后最大的移民活动,但最后非但没能减少总数,反而多了出来:去时一个,回来拖家带口。

他再问黄晶晶"出道"的原因。

"为了钱呗!"她坦白地说。

李寒说:"要那么多的钱干什么?"以前他遇到的小姐,通常都说自己的父母病了,或者是弟弟要上大学。他虽然不相信,但听上去总顺一些。

"买好衣服,住好房子,吃好东西。"黄晶晶的眼光中不无嘲讽的成分。"钱的好处,我想王先生要比我知道的更多一些。"

李寒刚才自称姓王,"王先生知道是知道,可没那么想要。"

"你不想要也比我多,要不然就应该你给我服务,而不是我给你服务了。"她拉李寒起来跳舞。

李寒舞跳得不太好,而黄晶晶似乎柔弱无骨,极能配合。

一曲跳毕,辛总悄悄地问李寒:"我把她带回饭店,你说有没有危险?"

李寒说他可没这方面的经验。

"把你带走要多少钱?"辛总问。

"五千。""模特儿"很坦然地说。

"美金?"他逗趣道。

"模特儿"说是人民币。

"这些家伙们说起'五千'就和说'五块'或'五十块'一样,你知道不知道这钱公司里的文员要四个月才能赚到?"李寒插入。

"上次别人给三千我就跟着走了,后来姐妹们都笑话我。""模特儿"一副天真烂漫的样子。

"她们没到'反不公平交易局'去告你?"辛总也跟着逗。"我没那么多的现金,你没有'刷卡机'吧?"他问"模特儿"。

"就是增值税票我也有。""模特儿"挺识逗的。

出门时黄晶晶拦截住李寒。"先生还没给钱呢?"

"刚才不是在单上签过字了吗?"

"我说的是小费,"

"要不然你也把她一块带走算了。"干坏事的人。总希望别人和他一起干。这样一来胆壮,二来能增加保密度。

"我是心有余而力不足。"李寒的"定力"不坏。

"你比我高尚,行了吧?"辛总觉得丢了面子。

"那倒不是。"李寒赶紧解释。"我是过不了家庭关、情感关、卫生关,等把这些关都过了,自然什么兴趣都没有了。"

"毛主席说:书读得越多就越愚蠢,就是这个道理。留学都把你留傻了。"辛总讥笑道,"哪有那么多的关?人在世界上还不就那么回事!就算你从现在开始及时行乐,也没几天了。"

李寒不想再反驳他了。掏出三百给了黄晶晶。

黄晶晶把手里的三张百元大钞,抻得"啪啪"直响。当她发现李寒在注视她时,故意大声说:"看样子,今天的晚茶是吃不成了。"

李寒思索着辛总的话,根本就没听见她在说什么。

第十六章

因为商会的马副会长一拖再拖,十天后浦耳才请到他。地点是在"龙都"。他们到"龙都"后,才收到马的电话,说会没开完,晚些时候才能到。

浦耳相信这不是真正的理由:商会虽然有着部分政府职能,但从实质上说,是个民间的贸易组织。会长是外贸部的一位副部长兼的,实际会务由马掌管。也就是说,他们并没有很多的日常事务。要是有,也是马说办就办,说散就散。他因此肯定马是两个"应酬"冲突了。

"你知道当一个总经理最难的是什么吗?"他问办公室主任。

此情此景,办公室主任不难明白,但他摇摇头

"陈毅元帅曾说:当外交部部长要有一个好肚子。而当总经理除去要有一个好肚子外,还得有一个玻璃食道、橡皮的胃和一个钢铁的屁股。"浦耳斜躺在沙发上,尽力拉伸所有的关节。"我平均一天要吃四到五顿饭。快成了胃切除病人了。"

正说着,马副会长来了。浦耳一扫懒散、放松之态,迎上去寒暄。

马副会长是Q大学五十年代中期的毕业生,现已年过六十,但养生有道,依旧神采奕奕、印堂发亮。他一进门,就双手合十,连声说:"浦老板赏饭,我却姗姗来迟。尚望海涵。"

浦耳把马副会长让到首席后,就叫起热菜。

"'叫起'这个词汇挺好。"马副会长就像围棋国手那样,一年四季都拿着把

纸扇玩弄。"以前只有在皇帝召集大臣时,方才动用这个词。"

浦耳说他是最近看了《垂帘听政》后,才知道这词来历的。实际上清史是他最喜欢的一段历史,但没必要在马副会长面前炫耀。炫耀很少会带来什么好处。记得五年前,为争取"魔力"运动鞋的广告,他专门把"魔力"的主要领导请到北京,让他们痛痛快快地玩了一个星期。期间,由海威代理广告的意向已经基本形成。在最后的告别宴会上,"魔力"的方总经理闲聊时说起日前他得到了一本古书,别人告诉是明版书,后来他一翻,发现书中凡遇"构"字时,不是不写,就是写成"勾"。这时他忍耐不住插嘴道:"如此看来,应该是宋版书了。"此时"魔力"的刘副总经理不解地问原因。他正需要人问,就得意地解释道:"宋朝有一个皇帝叫赵构,为了避讳,故把'构'写成'勾'。"方总经理被人抢先,闷闷不乐,直到终席都不大讲话。就为了这个"构"和"勾",生把三千万的广告费用给没了。

"你们这批'老三届'的人,做事能力无可挑剔,理论方面却要差一些。"马副会长吃了几筷子龙虾后说。

"您说得对,正规的学院教育,是无可取代的。"浦耳把话转到马最喜欢的地方:"像Q大学这样的学校,就是在抗日战争那么艰苦的年代,都没有放弃学术,确实为国家培养了一大批栋梁之材。"

马副会长的兴致一下子就被提了起来,历数Q大学在中央和地方担当过重要职务的人。

"所以人们都说Q大学是通往国家政权的一号公路。"浦耳虽做如是说,想的却是另外的事:Q大学是用庚子赔款的美国部分建立的,起初是留美预备学校。后来才变成大学。因其经费来源不同,所以较少受到国内政局变化的干扰。据说当年宋子文想挪用Q大学基金,Q大学的校长竟然不同意。最后宋只好作罢,确切地说,Q大学并不是根植于中国的,所以它虽然培养出不少大师级的人物,但仍不足为训。建国后,它先是引进苏联式的教育,后来又搞院系调整,接着又是政治运动,弄得它元气大伤。"文革"后虽然看上去很红火,但原来的一代大师,已经驾鹤西去,新的人才又没培养出来,不过是徒有虚名罢了。一次海威公司和 Q 大学联合搞一个项目时,需要和美国的微软公司合作,可参加项目的 Q 大学黄教授竟然提出得给他派一个翻译。当然,因它名气所致,各地的好学生还是向往它,不过他们上了学之后,一心念"托福",读完就去了美国。所以有人戏称 Q 大学又回到了"留美预备学校"阶段了。

至于 Q 大学是通往国家政权的一号公路,却非浦耳的违心之论:"文革"后,各级领导岗位上都出现了青黄不接的局面,需要一些有文化的人来顶替。在候选人中,Q 大学的学生是首选。某人被选为一个单位的主官,就会带去批僚属。而干部来自于熟悉,和他相同条件的同学便是首选。渐渐地这个主官升迁了,僚属顺序补上来。如此生生不息,造就了一大批技术官僚。当然这中间有不少思路开阔、头脑灵活、能力较强的人,但也有应运而生者。马副会长大概就属于此列。

马副会长吃着吃着,突然说:"我有一个要求。"

浦耳忙问是什么?

"主食想要一碗面?"

办公室主任问要什么面。

"手擀的、汤宽的。"马副会长到底是工程底子,描绘得非常精确。

浦耳赶紧吩咐服务员。

"我是山西人,最喜欢吃的东西就是面。可我的太太什么都好,就是不会做面。"

"我太太是山西人,什么都不好,就是会做面。"办公室主任插话道。

浦耳也笑了,他明知道办公室主任的太太是广东人。

"不知道浦总赏饭目的何在?"马副会长见浦耳只是说闲话,有些纳闷。

"没有什么具体的事情,只是为了联络联络感情。"浦耳请饭自有他的目的:海威公司产的电子玩具,在美洲一些国家,被冠以"倾销"的罪名,遭到抵制。他有一个构思,想联合国内的一些厂家,到这些国家的法院去打官司。对民办公司来说,出国打官司,没有商会的配合是不行的。但这个目的今天不能说,一说就俗。

"咱们的感情已经相当深厚了,没必要破费这么多钱来联络。

"感情深,一口闷。"浦耳举起酒杯。

马副会长象征性地喝了一点。

"我小时学习不努力,临到考试前就玩命干。我爸爸就说我是'平时不烧香,临时抱佛脚'。我从商之后,受到很多次教训,才把这个毛病改了。"

"你就是从来不烧香,该我办的事情,我也一定会尽力去办。"马副会长放下了筷子,使用牙签剔牙。"我们干部就是为人民服务的。"

浦耳认定此乃他今晚听到的最虚伪的话。但有这句虚伪的话,请客的目的也算是达到了。于是他吩咐上面。

过了好一会儿,一个操广东普通话的人进来说:"不好意思啦,我们这里的煤气突然没有了,面是吃不成了。"

马副会长情绪一下子就低落起来。

"如果你们没有面,那我也不好意思啦。"浦耳把餐巾拉下来。

那个领班模样的人诧异地看着他。

"那我可就不付款啦!"浦耳面带微笑地说着广东味的普通话。

办公室主任提议用电炉子加工。

"那要一个小时啦。"领班说。

"八个小时也没关系啦!我们可以等啦!"浦耳说完这两句后改纯正的普通话:"英特纳雄耐尔一定要实现。"

大约一分钟后,完全按照马氏规范的面上来了。

"他们不是没有煤气,而是做粤菜的馆子不擅长做面。"浦耳说,

马副会长正吃在兴头上,没空回答,只是连连点头。

把马副会长送上卡迪拉克后,办公室主任对浦耳说:"我从来没有见过你发这么大的火。"

"他要是没吃上这碗面,今天的饭之效益就没了一半。他早就吃了饭,来这,就是为了这碗面。"浦耳拉开车门坐进去。"再说我也想给他们上一堂质量管理

课。我一个在广东开饭店的朋友,就因为一个餐厅的服务员对一个顾客说某道菜卖完了,便把他给解雇了。他在员工会上说:'菜谱是对顾客的允诺,而你们写下的菜单就是和顾客签订的合同。我从来没有见过不履行合同的人发达起来的。如果你们下次发现时菜什么时候卖完了,就来告诉我。我就跑遍广州,也要把这菜弄来。我永远不想再听到有什么人对客人说什么菜卖光了的话。'"

办公室主任问此人现在干什么。

浦耳没有回答这个问题。"中国的服务水平是不高,但顾客的水平也不高,他们有什么地方不满意,总是算了算了的。正像一本书上说的:每个国家的政府都是那个国家的人民应该得到的;中国有全世界最好的顾客,所以中国就有全世界最坏的饭馆。"

浦耳虽然说了这么多,但关键的问题还是没说,和人搞好关系,是干他这一行的人必备的素质。正因为此,中午他应酬了两拨,晚上又是一拨。在这中间,不如他意的地方就多了去了。所以他需要适当地发泄一下。而饭馆和他的关系很简单:钱和饭的关系,中间没有人事,因之他就把那个领班当成了对象。

自友谊宾馆划时代的一晚后,秦德夫一刻离不开林竞芳,一下班就开车到Q大学赴约。除去和辛总的必要应酬外,好几次重要的商务宴会,他都借故推辞了。以浦耳的敏感,不会没察觉,他威胁道:"你一定有个情人,虽然我不知道是谁。但我告诉你,如果你再有一次耽误工作,我就要向你太太报告。"

秦德夫嘴上"诺诺",但两性之间的吸引力实在是太大。让他不得一刻安宁。

过界后,林竞芳起初内心充满了负罪感。随着交往的深入,秦德夫不光广泛地开发了她的性资源,也使她渐渐地喜欢起秦过的那种生活。两者之间,究竟是哪个的力量更大,她自己也说不清。

他们的约会有时在友谊宾馆,有时在密云水库的度假村。今天他们一起来到"白金汉"桑拿浴室。

司空见惯的浴室老板,满面热情地给这对年龄悬殊的伴侣开了个"家庭间"。

林竞芳有些不好意思,迟迟不肯更衣。"桑拿有什么益处呢?"她急需理论支持。

"我有和你一样也是博士,研究预防学的朋友。"秦德夫麻利地换上一次性的纸浴衣。"他告诉我:癌细胞最怕的就是高温,经常感冒发烧的人,不容易得癌症就是好例。此内的温度,远高于人之体温,所以不光对皮肤,吸入之后,对内脏器官也是好处大大的。另外,它还能促进新陈代谢,使人永葆青春。"

林竞芳的年龄,还不到为"疾病、衰老"等事操心的阶段,但秦德夫这套似是而非的理论,还是说服了她。或者说,她强迫自己相信了它。

在高温蒸汽中待了一会儿,林竞芳就耐不住,提前回房间了。

训练有素的秦德夫,在她之后二十分钟,才擦着汗出来。进屋后,他大大咧咧地往床上一躺,喝着茶说:"北京人常说:好吃莫过饺子,舒服莫过躺着。确实有道理。"

"我就不喜欢吃饺子、洗澡。"林竞芳表示异议。

"考虑到你的南方背景,咱们把这两句话改一改:好吃莫过顺口,舒服莫过随便。你看如何?"

"这还差不多。"林竞芳嫣然一笑。

看着她的笑,桑德夫的心中就别提多熨帖了。浦耳曾经说他是"非水浒"的"红楼型"的好色之徒。此分类法是从两部小说结构演化来的:《水浒》中的人物,一个接着一个,属"多米诺"式样。比方这十回讲的是林冲,等讲完他后,宋江出场了,林就没戏了。而《红楼梦》中的所有人物都贯彻始终,属多线条、全方位。可自从有了林竞芳,他顿觉"六宫粉黛无颜色",变得专一至极。他自己也说不清楚改变的原因。

他见林竞芳对这里不太感兴趣,就叫伙计算账。

等林竞芳到帷幕后面,把衣服穿好出来,他也已经把西装穿好了。

"你穿西装确实很精神。"林竞芳替他整整领子。

"起码比刚才要精神。"秦德夫很随便地在账单上签了个字。"前些天,有个画家送幅油画给我,我一看就不想要。这人跟我说:配上框子你再看看。闲来无事,我就去配了个三百块钱的硬木框。再往墙上一挂,果然大不相同。那个画家告诉我:油画不带框,好比将军在澡堂。你想想:挺着大肚子的将军往澡堂的池子中一泡,手工绣的金底肩章、纯正的将军服、绶带都没有了,和一般人有什么区别?"

"你怎么看都不看就签字?!"林竞芳喜欢他时刻涌现的幽默,也喜欢他在任何时候都随随便便的态度。"少写了好说,多写了怎么办?"

"他只会多写,怎么会少写?!"秦德夫挽起林竞芳的胳膊往外走。"咱们是大户人家,而大户人家,就得让小户人家吃。如果小户人家不来吃,又如何能显出大户人家的大呢?"

林竞芳紧紧地依偎着秦德夫。"要是大户人家被吃塌了怎么办?"

桑德夫想着自己刚入账的百万资产说:"只要公司在运转,也就是说有活干,光凭吃是吃不塌的。"

林竞芳突然想起一件事。"我这有个活,你们干不干?"

秦德夫虽不相信她会有活,但多年的商业培养还是使他问了句。

"你还记得咱们第一次吃饭时遇到的那个曹总吗?"林竞芳问。

秦德夫记得第一次吃饭,而根本不记得什么"曹总",但他知道女人不喜欢你忘记任何和"第一次"相关联的事情,就说记得。

"他是河南郑州股票交易中心的总经理,他来北京,就是想让 Q 大学帮助他们开发一套用于股票交易的软件。"

秦德夫一听就站住。"他开的是什么价?"

"六十万人民币。"

"要是我没有搞错的话。纽约、东京等股票交易所,都有现成的软件,把它们汉化一下就行了。"

"你懂得还真不少。"林竞芳作为主动力,带着秦德夫往前走。"其实香港就有现成的软件,连汉化都不用,把习惯用语改一下就行了。"

"我有个小朋友,顶多高中学历。可他领导着几个还不如他的小'哥们儿'校点了好几本据说是海内外孤本的明代小说。校点古书最见学问、功夫,没两下子别说典故、出处,就连人名、地名也难分清,如何点标点?这二年,古书不太吃香了,他就翻译开外国小说了,而且不光是英美,什么阿根廷、巴西、日本、俄罗斯都翻。他家挂的对联是:读史恨无孤独本,开机再译环球书。"

"能看古文,又能翻译若干国文字,那不成了学贯中西的钱锺书了?"林竞芳的文史知识也是可以的。

"你绝对猜不着他是怎么干的:标点古书,他就是凭着感觉。至于翻译,他不过是找来港、台的译本,把不符合大陆习惯的地方改一改,然后再换几个名词、成语,颠倒一下顺序而已。他要是真的在你们大学里,把这两项'成果'往上一报,弄个正高没问题。"

林竞芳表示同意。

"能不能把这个项目搞过来?"秦德之所以提出这个问题,弄钱尚在其次,关键是他想抓住这个项目,给自己留条退路。

"这项目的牵头人是孙教授,我只能做些辅助性工作。"林竞芳没有完全说实话:曹总对她很有意思,几次约她吃饭。倘若她提出要求,被拒绝的可能极小。

"但技术工作我没问题。"

"孙教授好说,关键是要不要通过别人。"秦德夫已经在心里把账算出来:设计软件的工本费,顶多也就是几万块钱。至于孙教授,私下里给他三两万块钱就全结了。

"这不是学校出面从科委、教委争来的项目,而是别人找上门来的协作项目。"林竞芳解释道。

秦德夫问学校领导知道不知道?

林竞芳留了个心眼,说:"知道,但知道的不多。"她之所以这样说,是为了增加自己的分量。她从秦德夫关注的神态中,已经知道这是桩"利"不薄的活儿。

"关键是要突破孙先生。"

秦德夫表示孙先生由他来"搞定"。

林竞芳还是有些担心。

秦德夫没说他以前曾经和孙教授打过几次交道,其中包括软件的研制、鉴定等。孙的价钱他也知道。

林竞芳也没透露曹总曾口头上允诺把系统的安装也一并给她的事。

短时间的沉默。

秦德夫之所以没把所知全部公开,是怕她在无意中说出利润指标,让孙教授"狮子张大口"或让曹总把价往下压。

而林竞芳之所以不说,是因为她明白"梁园虽好,但不是久恋之家"。总有一天,她要回到丈夫的身边。丈夫的经济实力和能力,她是相当清楚的。所以在回归时,"腰缠万贯"是不够的,最少是"腰缠十万贯,骑鹤下扬州。"

为了和她详细地谈谈,秦德夫提议找个歌厅唱唱歌。

林竞芳也同意。

就这样,两人来到了老毕的歌厅。

秦德夫虽然以前和老毕不太对劲,但当老毕离开了海威公司后,也就没有利害冲突了。

林竞芳颇有歌唱天赋,会的歌也多。再说,她终于在娱乐方面找到一个胜过秦德夫的地方。所以她一首接一首,一直唱到后半夜。

等两人兴尽准备回家时,秦德夫诧异地看到李寒携一个歌女上了出租,不禁驻步。

林竞芳顺着望过去,觉得此人眼熟,便问是谁。

"李寒,堂堂电子投资公司的老总。"李寒居然和歌女有瓜葛,秦德夫也觉得不可思议。

林竞芳不相信李寒和歌女有什么关系,认为是顺道送歌女回家。李寒作为一个重要的用人单位的领导,在她大学毕业时,曾经到 Q 大学介绍了他们公司的现状和前景。她的不少同学现在就在他那里工作。

"他哪有那么高尚。我知道他家的大概方位,咱们就跟他一跟,看他是不是回家。"秦德夫发动着车的同时,指出李宅的大致方向。

李寒果然背道而驰,去了圆明园附近的一个别墅区。双宿双飞的典型模式。

在回Q大学的路上,林竞芳一言不发。

秦德夫知道她是觉得震惊:像李寒这种身份的人,竟然嫖妓。

为了打破寂寞,他把收音机打开。

因为已经是午夜时分,一调就调到"直播热线"上。

播音员正在问一个热心听众:"'接天莲叶无穷碧','映日'什么'别样红'?"听众说不知道。播音员于是启发道:"是一种花。"这个听众胡乱猜测:"是向日葵吧?"

林竞芳笑出声来:"这位也太差了,他就算不知道是'荷花',也起码应该知道是两个字,绝不会是'向日葵'。"

秦德夫正要接茬,播音员又开始教导起所有的听众说:"我们要注意学习,法国的大哲学家培根说过:知识就是力量。"

他立刻大笑起来。

林觉芳有些纳闷。

秦德夫解释道:"这话要么就是英国的培根说的,要么就不是培根说的,反正他两个里一定有一个是错的。"

林竞芳也笑了起来。

"听众有错,别人就容易听出来,而播音员错了,就不同了。我们好像从小就有一个概念:电台、电视台、报纸、课本、字典都是规范的,它们永远不会出错。其实谁比谁都高不了多少,不管他是国营公司的司局级总经理,还是名牌大学里的教授。"

若把李寒的行为定为嫖妓,多少有些冤枉。

他与妻子分居已两年,主要原因就是性格不合。妻子祖籍山东,岳父一直在军队工作,"文革"结束前,病故在军区第一司令的位置上。妻子生于并成长于等级森严、纪律严明的部队大院,特殊的地理、政治地位,使她养成说话、办事从来不绕弯子的习惯。她曾经这样定义自己,"我是个心里想什么就说什么的人"。要说处朋友、作同事,这肯定是个优点。但做太太就不行了。比方说,家中的饭菜不好吃,她就不管是谁做的,哪怕是他难得下一次厨房的大嫂,或以厨师自居的大哥做的,也会在餐桌上直说。再比如说,父亲喜欢古董,有时千辛万苦搞回一些瓶罐字画,她看了之后,不是说是假的,就是说:"这些破东西,白给我都不要。"这些行径,漫说哥嫂,就是号称"额头跑马,肚中撑船"的父亲都无法接受,要和她争两句。而她从来是寸步不让。他曾不止一次地劝道:"心中有什么就说什么,这谁不会?傻瓜也会!做人难就难在口是心非。"而她却说:"你尽管口是心非你的好了!我用不着你管。"

他多次从她的出身考虑,原谅了她:其父从营长时起,就一直担当正职,由团而师而军,一天副的都没当过。追随父亲的她,自然也受熏陶。更何况,其母来自于民风剽悍的湘西。用他的话来形容,"血就和咱们不一样。"

这些他都能容忍,起码勉强能容忍。但从十年前起——具体时间记不清,这只是大概的估计——她在比正常频率、强度还要低的夫妻生活中,表现出异乎寻常的被动。每次忍无可忍的他,在做了非常繁复的前期工作后,仍不能圆满。后来她干脆拒绝夫妻生活。父亲在时,他不愿意就这些"见不得人"的事和她吵闹。父亲走了后,他和她大闹了几次后,便正式分居了。

她在一个生物技术公司工作,目前已经做到副总经理。李寒真不相信,在这个世界上,能有什么人能用得了她。

作为一个健全的男人,他自有生理需求。每当它产生时,他总是想法克服。若论性资源,远远大于他最大限度的需求。风月场不论,就是他公司里的女孩,在听说他的"家庭故事"后,想方设法来接近他的就有若干。有些直接得让他不能容忍。但他从来不越雷池一步。

在他投资公司总经理任命传达的那天晚上,父亲对他讲的话,至今他还记忆犹新。记得那天他宴会回来,已经是十一点了,向来十一点准时就寝的父亲,还在客厅里等他。父亲开门见山地说:"我等你就是为了两句话:第一,正职是不能发脾气的。你当副职时,对下属发发脾气,还有正职来给你圆场。现在你再发脾气,就没人来圆场了。今天发,明天发,久而久之,就会把身边的人的积极性都挫伤了。另外一点就是,不要动自己身边的女人。动了之后,后患无穷。"

两点他都做到了。多年来,从未对下属发过脾气,与公司里任何一个女人没有过超越同事的关系——甚至连倾向都没有。以至于,"李总生理不健全"的传闻在公司内外广泛流传。

他当然知道自己是正常不过的人,可当欲念升腾,用工作来压制就是了。这个过程之痛苦,只有他"寸心知"了。

但当"工作"的荷载减轻后,"欲望"的分量重起来。尤其那次在"人间仙境"受到辛总的启发,又见他美女入华室,不觉被诱导。所以在某次酒多了后,鬼使神差地随意选中僻静处老毕的歌厅。主管问要不要个陪唱的小姐,他破天荒地顺口就答应了。

歌厅的灯光很昏暗,色调也暧昧。人不由地想入非非。再加上是四周全封闭的一间房,一切条件都具备了——歌厅属于特种管理行业,按照规定,所有的包厢都必须是透明的,而且门上不允许有锁。但有需求就有供给,像老毕这样的小歌厅也就应运而生了:这些歌厅没有大堂,只有若干间小房,无所谓透明不透明。所以从理论上说,并不违反规定。

应召而来的是邱丽。

他当然没有采取行动,这不符合他的风格。他也没法采取行动:酒醉初涌上来时,他为面子计,强忍着。后来实在忍不住,开口就喷了邱丽一身。但邱丽什么都没说,置自己于不顾,默默地为他擦洗、漱口、捶背。

酒醉使他的意识接近丧失,在歌厅里过了一夜才恢复,早晨,他要给邱丽五百元钱。但她坚持只要一百。"先生您没有唱歌啊!"她一脸天真地说。

为感激她,他第三天又到了老毕的歌厅,他原本第二天就想来,可因一个会议给耽误了。他发现邱雨衣服仍是"征尘杂酒痕",就问为什么不换?邱丽不好意思地笑笑后说:"我只有这一套礼服。"

听了这话,他仔细观察着邱丽,发现这是一个资质很不错的女人。看样子顶多二十一岁。再进一步接触,他发现她很温柔:温柔不光是顺从,而且还要加上善良、活泼和细致。

几次接触后,他觉得自己在邱丽处,完全可以敞开自己。

邱丽也一副"蓬门今始为君开"的劲头,在纯真的范围内,呈献出万种风情。

他的一个朋友,曾经参加由联合国教科文组织出资二十万美元,调查中国从事"色情业""准色情业"的人员情况的活动。事后,朋友将调查的精髓告诉他:几乎每个女人都有一个"槛","槛"过之后,再经过两三个男人的手,就一点感觉,半点真情也没有了,完全成了"职业卖身者"。但邱丽经住了他的观察。

所有这一切,使他决定今天夜里来歌厅把邱丽带走。明天再带她去检查一下身体。如果一切都符合邱丽所言的"健康的处女"身份,他就会把她较为长期地"包"下来。

当然,精于计划的人,是不会把她领回家去的。他用一个朋友的名义,在圆明园别墅区租了一幢小别墅。

第十七章

事情严格地遵照马一青的部署行进,以荣永霖的董事长的职务被解除而圆满结束。与人为善的浦耳本想给荣永霖留条"尾巴",安排"名誉董事长"的职务。但他一看板着铁青的面孔,坐在圆形会议室中央的马一青,就把话给咽了回去。

今后还要和他长期共事,不要在意义不大的小事上发生纠纷。他继续想道,政治就意味着妥协、退让。可我是从什么时候成了搞政治的呢?他已经不知道是第几次这样自问了。

这次具有决定性意义的董事会结束后,从董事升为常务董事的秦德夫提议大家一起聚聚,以示庆祝。

马一青没有反对。类似的事,他经历得多了,但从来没有搞过庆祝活动:那会儿如果搞,等同于引火烧身。而现在则一切都无所谓了。他知道此乃政治生涯最后一役了。

可浦耳没有表态。钱自然不在考虑之内,关键是不好安排:如果宴请全体董事的话,则必须把"荣系"董事一起请上,那场面势必不伦不类。如不请他们,肯定会引发许多麻烦。

秦德夫似乎没领会浦耳的意思,当着马一青的面,就问批准不批准。

"今天我已经有些累了,改天隆重庆祝如何?"浦耳笑着说。

"凡事最好就是趁热打铁。"秦德夫不退让。

浦耳侧过脸,凝聚起目光,瞪了一向以为信息界面很好的秦德夫一眼。"马老,您看呢?"

"你们年轻人都累了,我个垂垂老翁,焉能不累?"以马一青的阅历,不会看不出浦耳的意思。

"你安排车,送各位回家。"浦耳不再给秦德夫以发言的机会。主持会议、操纵局面都是同一个道理:位置高的人,只要先说,位置低的人想反对也不好说了。

秦德夫没办法,只好去安排车。

浦耳并没有回家,而是去了荣永霖处:荣从上午被选下来后,就没再露面。

荣宅是一套打通了的两单元,绕来绕去,迷宫般的复杂。

在客厅中,他见到荣太太,尊敬地叫了声"伯母"。

但荣太太的反应极冷淡,用微弱的鼻音表示回答。

浦耳明白她是为今天的事生气。但没必要和她计较。就是计较,也不一定能计较过她。他曾经听人讲过,康生在延安搞的"抢救运动",一时株连到荣永霖,尽管彼时他只是个边区银行的普通干部。陕北土生土长的荣太太虽然还没有和荣永霖明确关系,还是通过自己给大首长当"勤务"的亲戚,见到"大首长",和他理论。"大首长"被她的勇气和质朴所感动,竟然出面讲话。结果荣永霖被放了出来。

"荣伯伯在家吗?"浦耳礼貌地问。

"你荣伯伯如今不在家还能在什么地方?他被你们搞得气都喘不上来,正在补气呢。"荣太太指指里面的屋子。

浦耳顺势而去。

以前他来荣宅,只到客厅为止。再往里就没来过。他穿越书房再往里,以为就到了,结果发现是一套运动室。再往里,是一间"静室"。他停下脚步,饶有兴趣地观察起所供的佛像。

墙壁上有若干个佛龛,所供的有如来、观音、文殊、赵公元帅等七八个,最奇怪的是另外还有一尊穆罕默德的像。如果再来尊上帝和耶稣,小居便成了"世界宗教博物馆"了。浦耳不敢久留,再往前走。

荣永霖正套着面罩吸氧,他明知有人来了,但不愿意中断疗程,依然一动不动。

十分钟后,他摘下了面罩,一见浦耳,不无惆怅地说:"不知浦总经理驾到,有失远迎了。"

浦耳赶紧站起来,过去协助挂面罩。"您每天都吸?"

"每天都吸,我有气喘病。"

浦耳又问效果如何。

"最好的疗效,就是南巡到广东一带。'文革'前,我每年冬天都要到从化的温泉疗养。"

浦耳听广东的客户说过,"文革"前,每到隆冬,中央首长都要到从化温泉避寒。那时不要说别人,就是中南局第一书记的陶铸都要把房子出让。而荣那时顶多是个副局长,闹不好还是处长,根本轮不到去从化,起码不会"每年冬天"。另外他大概也不懂得"南巡"的确切含义。

"今年是去不成啦!"荣永霖长叹一声。

浦耳明白这叹惜之内涵,赶紧说:"只要您想去,只要我还在总经理位置上,就保证您次次成行。"

这话大概说到了荣永霖的心坎上,他干枯的眼睛眨了几眨,然后又闭上了。

"有些事情,我也没办法。"浦耳说这话,不免有些"底虚"。虽然他并没有按照马一青的意思去拉"反对票",但毕竟知道这些"幕后活动"。当时他之所以没"打招呼",是因为他相信"荣系"中人会告诉的,没必要自己出头。可从今天的投票情况看,荣事先一点察觉都没有。

"这事不怪你。"荣永霖睁开眼睛。

浦耳赶紧说自己也有责任。他到底觉得对荣不住,否则就不会来这了。

"我和马一青这小子认识许多年了,那会儿我搞经济他玩人,交往不多。只觉得他城府深、手腕高,可万万没想到他这么心狠手辣,连个名誉职务也不给我留。"他和马混迹官场多年,对其中的规则默契很深:在双方实力同等的情况下,你维护我的利益,在你的利益降低时,即使违反原则,我也会"放你一马"。但这次的情况有所不同:上有韩副部长的支持,中有一批客户,下有一些干部,实力远远大于他。所以一下了就把他"连窝端"了。

"留不留无所谓,反正您的供应还一如既往。"浦耳所谓的供应,就是日常的开销、汽车、节日的礼品等杂项。

荣永霖摆手让浦耳不要再说。"我当干部年长了,知道无名就无实。他先夺你的名,再夺你的实。"

浦耳认为马一青不会。"在政治上,把对手赶下台后,通常不会判他们死刑。因为胜利者都明白,自己也不过暂时在台上。这是游戏的规则。"

"但愿他按牌理出牌。"荣永霖说完又闭上眼睛。

浦耳不知道该说什么好了。

"我当董事长的时候,你可能觉得我是个'甩手掌柜'。我确实也是,重大的问题过问一下,其余的都让你们年轻人去干。但马董事长就不一样了!"

"具体管理归我,重大决策归董事会。这中间的职责是明确的。"浦耳认为自己没什么不能应付的。

"你还是不了解他。再说所谓的重大决策和具体管理之间,并没有什么明确的界线。官是一个人一个当法。"

浦耳再次强调"游戏规则"是人人都要遵守的。

"《红楼梦》上的话说得好:子系中山狼,得志便猖狂。你慢慢体会去吧。"荣永霖经过一下午的"静思",已从自己的身体,一直想到了马与他的"实力比"。总之,一切都想通了。但因为多少有些喜欢眼前这个年轻人,所以给他指出了马的性格缺陷。

浦耳觉得自己该走了,把带来的礼物放下后问荣永霖还有什么事。

荣开动大脑检索了好久,才找到"事"。"前些日子,我曾经答应过借给威海电力物资公司五百万块钱。现在不在其位,就不谋其事了。借与不借,你看着办。

帮我一下就是了。"

"您以后有事,尽管盼咐。别人不知道,反正我是会做到您当董事长和不当董事长一个样。"

"你话说高了:当和不当绝对不会一个样。别忘了我就行了。"荣永霖微微欠身。"你也不会忘了我。因为你会拿我和他作比较的。好了,不远送了。"他又把面罩戴上。

秦德夫认为在业余时间有权不听浦耳的话,仍把庆祝宴会安排在今天。当然,他采用了一个折中的方案,没有宴请董事们,而是宴请马一青全家。虽说"条条大路通罗马",先到和后到毕竟不一样。马占据了这个有利的位置,对自己将来的活动将很有影响。

宴席摆在长城饭店的川菜厅,因为他知道马喜欢川菜。

"如今不是时兴粤菜吗?"马太太很少参加高档宴会,马在位时,觉得自己身份珍贵,除去公务宴请外,绝少参加。即使参加,也从不带家人,以免造成亲密气氛。后来虽然他在海威公司当副董事长,但副的总是副的,不能随心所欲。

"如今吃饭,川、粤、鲁、苏大同小异,都是什么好上什么,不同的仅仅是菜的味道儿。"桑田说。电话中得知秦德夫这个临时动议后,他立刻从保定的燕赵宾馆动身,一路二百公里地跑着,赶到长城饭店,仅用了一个小时。

见八个凉菜已经上齐,秦德夫就宣布宴会开始。

他首先祝伯父、伯母的身体好。然后他很圆滑地说:"再祝马伯伯肩膀上的担子更重了。"他知道如果祝马荣升的话,他不一定高兴。

马一青很高兴地一口喝干。这在他是不寻常的。

接着秦德夫又祝桑田一家生活幸福,买卖兴隆。

秦德夫非诏媚者不说,还时不时冒点"布衣傲王侯"的劲头儿。可人一旦有了另外的想法,一旦被利益所驱动,做派就会跟着变。

"听说今天的饭,浦总不太赞成。"桑太太的消息来源是父亲在车上的谈话。

"公司里的事,小孩子少插嘴。"马一青制止道:"他是总经理,自然要考虑全局。"他的话一出口,就觉得有些不妥:如此说来,好像秦德夫这个副总就不考虑全局一样,于是他补充了一句:"再说,他不像你们秦叔叔。"他顿了一下。"你们秦叔叔是自己人。"

"我要叫你秦叔叔,是不是太亏了?"桑太太举杯敬秦德夫。她今年三十多岁,而秦德夫只有四十多岁。

"称呼和岁数的关系不大。我当处长时,到地方上去视察,哪里的局长也要管我叫首长。因为我是从中央来的人,你秦叔叔先和我同事,然后才认识你们的,所以你们就要管他叫叔叔。"马一青解释道。

"那我来敬'秦叔叔'一杯。"桑田也端起酒杯。

"桑兄你别折我的寿嘛!"秦德夫是何等聪明的人,明白这顶高帽的尺寸。"咱们哥们儿谁和谁?干!"他一扬脖儿喝完了。在保龄球馆事件后,两个人聚了好几次,已经是熟人了。

马一青给秦德夫倒上酒。秦在他当副董事长时,就很关照他,有些不好处理的费用,马一青都塞给了他。而他从来没二话。一个人做官,尤其是做这种高高在上的董事长之类的官,是需要下面有帮手的。也就是说你批了的事,得有人给你办。否则就会进"死胡同",把事给"淹"了。当然,浦耳也不是不办事。但他太守规章制度,出了圈儿的事,绝少通融。这样的人,是很难拉拢成自己人的。所以他要在公司的管理层中培养一个真正能承上启下的人,使公司能够按照自己的意思顺利运行。

秦德夫赶紧双手把杯。"您给我倒酒,就像到庙中去磕头,菩萨下来往起扶你一样。佛家说得好:法地若动,一切不安。"

马太太、桑太太都没听懂他最后一句话。但桑田却懂了,这小子也真够机灵的。他心想,"在新的格局里,浦总和你的关系是否会有所改变?"上个礼拜,他亲自找浦再谈制砖机的事。浦客气地接待了他,同时也婉转地告诉他:贸易方面具体事项,请他找秦德夫接洽。

"我们之间的界线划分得非常清楚,工作起来很少有矛盾。"因浦耳已经对他讲过制砖机的事,秦德夫知道桑田这话的含义。但经验告诉他,不知深浅,切勿下水。

"矛盾总是有的。"马一青插了进来,"我在地方上的时候,曾经作过一阵疆域划分工作,许多疆界都是历史遗留下来的。而历史上划分疆界的原则不外是两个:一是山川形便,二是犬牙交错。所谓的山川形便,就是利用自然的屏障来划分。自然屏障就能起到防御邻国的作用。犬牙交错则是在没有自然屏障的时候的办法:你如果从深入我方的地方发起进攻,我就从深入你方的地方切你的后路。"

秦德夫用心地在听。

"以邻为壑是人永恒的心理。权力不是蛋糕,无法规则划分。"马一青想问题自然不会像桑田那样地直接。他对浦耳也没有成见,但根据自己多年管人体会出的一个原理,认为最好自己的部下之间稍许有些矛盾——太大了也不行,因为那样就会妨碍机构的正常运行——他们之间如果有矛盾,有隔阂,就不会联起手来,对付上级。内部的情况,也会因彼此监督、揭发而被他所掌握,他就能因之变得举足轻重。

秦德夫点了一下头。

"你老兄一看就是一个厚道人,不像浦总那样油头滑脑的。"桑田拍拍秦德夫的肩膀。

秦德夫相当讨厌同性之间的身体接触,但还是忍耐着没动。

马一青制止道:"你这话是从何说起?"

"我上次为笔买卖去找他,他根本不给面子。一副公事公办的样子。"桑田虽然酒没少喝,但脑筋不糊涂,还记得岳父不让他为制砖机的事情,去找浦耳。"我心说:老子国务院各大部委跑过多了,部长、局长的也见过多了。就是没见过他这德行的。"

马一青再次用眼神严厉地制止。

桑田只好埋头吃菜。

"咱们喝了那么多次酒,也没听你说过什么买卖啊?"秦德夫问。和马一青搞好关系,是让浦耳"上路"的重要渠道。而疏通此渠道,光用吃饭、说话是不够的。

"一批机械。"桑田这回学机灵了。

心知肚明的秦德夫,也仿照桑田的方式,拍拍他的肩膀,"有机会咱们合作。"

桑田顿时来了情绪。"你的职权范围有多大?能决定多少钱的买卖?"

"授权非常有限,但有条件要上,没有条件创造条件也要上。"秦德夫此话并不是吹牛:浦耳对具体的买卖不太过问,他只关心买卖的利润。当然,和桑田做生意,利润是谈不上的,不亏就不错了。可也许等不到浦耳过问,他就会"上路"。

"等董事会中的事妥当了后,我给你们几个重新分一下工。"马一青也开出一张"支票"。

宴会结束后,秦德夫又把马一青一家领到"燕莎"购物中心,让每个人都挑一件东西,费用由他出。

马一青自然会告诉家人,不要购买贵重的物品。

等到购物结束后,他和桑田分别开着两辆车,把家人送回去。

在车上,马一青问秦德夫今天的费用,如何处理。

"反正我是不会在海威公司中报销的。"秦德夫平稳地驾驶着车辆。"我就是想报,也不太好报,财务'一支笔'嘛!"

"关键要看这支笔拿在谁的手里了。"马一青用这句话对今天的招待做出了回报。

秦德夫在回家的路上,移动电话响了。

"有关我上帝花园别墅所缺的款项,筹集到了吗?"授话人是浦耳。

"已经打出去了,估计一半天就到支老板的账上了。"

浦耳又问钱的来源会不会有问题。

秦德夫答曰不会。

浦耳又问利息若干。

莱德夫说对方不要利息。

"这不符合做生意的规矩,哪有放债的不要利息的?"浦耳的声音里充满了疑惑。

秦德夫说对方是一个老交情。

"不是公司的客户吧?""浦再在得到肯定的回答后又说:"在能拿钱办的时候,最好是拿钱办。欠下人情比钱还要厉害。告诉你那个老关系,最迟下个月底,我就能把钱还他。"说罢就放下了电话。

平常浦耳和秦德夫说话时,语气、句式大致也差不多。但今天他听上去,觉得非常的不顺。这个人永远是这样,自以为全能全知。动不动就用大道理来训人。有你倒霉的那一天。

雷迅在买下汽车之后,又装了条图文线路。通过这条线路,他可以直接在宿舍收看股票信息,并通过电话授权,买卖股票。

梅小青临回家前到雷迅宿舍时,他正在分析今天股票行情变化的录像,她批评道:"也不知道开开窗户,弄得满屋子的烟。"

雷迅根本就没有听见。

她只好自己去开窗。

雷迅这才看见了她,欣喜地通告电脑分析出来的结果:"从四月一日到现在,上证综合指数涨幅达百分之一百二十,深证成分指数涨幅达百分之二百四十。以今天为例,上海市场的市盈率达四十四倍,而深圳市场的市盈率则达五十五倍。"

梅小青给他倒上一杯茶。

"我今天一共收入九万七千元。"他得意地报出数。

"可你今天又没去上班。"几乎每个星期五,雷迅都点个卯就走。

"和我这个数字相比,"雷迅点划着荧光屏的数字。"上班又算什么呢!"

梅小青不同意他的看法,历数浦耳和海威公司对他的好处。

"你不要总想浦总和海威公司对我的好处,我也对海威公司做出了巨大的贡献。"雷迅带些不屑地说。

梅小青不说话了。对于男人自负、自私之品质,她有深刻了解。所以这么说,是因为她考虑到雷迅也是自己在海威公司可依靠的力量,是自己计划的组成部分之一。

雷迅也察觉到自己有些过分,于是补充道:"正因为如此,我才从星期一到星期四基本在岗。就是今天拖欠下的工作,晚上也会补上。"

梅小青不想再讨论这个问题。"对股票市场这个涨法,我总是很担心。"如果雷迅破产了,她无疑在一定程度上会受到牵连。

"我的教授总说:我要的是定量的分析,而不是定性的说法。"

梅小青不光拿不出定量的分析,甚至对"定量"这个词也不太懂,只好继续"定性":"男人和女人想问题的路数不一样;比方一男一女要一同去个仅去过一次的朋友家,男人总是记住在第几条马路左转,然后遇到第几根电线杆子右转,门牌号是多少。而女人只要觉得像就往前走。这也就是说,把不是都去了,就剩下是的了。"

"你这是和谁去谁家?"雷迅搂住梅小青。"说得如此具体、形象。"

梅小青又不高兴了。

"不管是逻辑分析,还是凭'感觉排除法',反正男女都到了那个人的家。成语'殊途同归'就是这个意思。"

梅小青被他的语气给逗乐了,就说开别的了。

说了一会儿后,梅小青谨慎地提出了她的建议:"你是不是把本钱拿出一些来。用剩下的玩?"

雷迅斩钉截铁地告诉她:"我现在不是要抽,而是要往进投、投、投!"说完,他改用明显讨好的语气,再次商借"18889"账户上的钱。

"只要有老总的签字,我是绝对没问题。"梅小青觉得实在没有再讨论的必要。

"秦总的签字行不行？"前几天,他和秦德夫一起参加一个商务宴会时,秦问起他炒股票的事后对他说:"如果你需要头寸就说话。"

"财务'一支笔'你都没听说过？"秦德夫今天把她叫到他的办公室,给了她五百块钱,说是河南一家公司给海威公司领导层的"节敬"。她谢了后,两人又说了会儿别的。最后她临走时,秦德夫好像很随便地问起"18889"最近的情况。她想都没想就笼统地回答道:"一如既往,没什么变化。"但这事没必要对雷迅讲。

"不借就不借,别玩深沉。"

"是我的就都是你的。不是我的,我也没办法给你。"梅小青挣扎到今天的地位,原则性是不会弱的。

梅小青一硬,雷迅就软了。"大周末的,咱们找个好地方吃饭去。"

"我不能吃饭。"梅小青把包背起,"得赶回去吃。"她没使用"家"字,怕刺激着雷迅。

第十八章

即使开例行的办公会议,浦耳也要动手制定一个详细的提纲。从某种意义上说,他是一个文牍主义者,任何东西都喜欢形成文字,然后编辑一个详细的目录。提纲定下后,他把部门负责人和副总都叫到他的办公室。例行的事都说完后,他问秦德夫"军桥"的落实情况。

秦德夫说已多方打听,目前尚无回音。

浦耳最恨这种语焉不详的说法,倘若是别人,他一定会当面批评,但近来他感觉秦德夫似乎有些不能对人说的心事——谁没不顺心的时候——所以只是淡淡地说:"毛主席说过:抓而不紧,等于不抓。"然后就准备宣布散会。

梅小青判定此时"发难"会有最佳戏剧效果,就站起发言。"关于军桥的事,我了解的情况是这样的。"她不紧不慢地把情况介绍了一番。

浦耳边听边在便笺上记,等梅小青说完后,他恰如其分地表扬了她几句,然后单独把秦德夫留下。

"当年民主人士到延安参观时,黄炎培曾经对毛泽东说:一个国家、一个民族、一个政党,其勃也忽焉,其亡也忽焉。原因就是因为在建国、建党初期,无一人不努力,无一事不认真。黄炎老的话,对咱们公司也适用:不要居功自傲,更不能马马虎虎,咱们面对着的是无数强大的国营公司,它们有着无穷尽的财力和人力,更有无形资产。咱们的后面,则是一大群虎虎有生气的个人小公司,他们呐喊着追上来,侵犯咱们的地盘,蚕食咱们的客户。稍一松懈,就会被人吃掉。"

浦耳讲得非常原则,秦德夫无从反驳。

"咱们是多年的朋友,所以我才知无不言,言无不尽。"浦耳最后说。

"假设公司是个人体,你这'一把手'就是头,而我们副手,顾名思义,不过是手而已。头离开了手,即使是功能很多的手,顶多是不方便。而手离开了头,则什么用也没有了。头叫手干什么,手就得干什么,既要能涂脂抹粉,也要洗脚擦屁股。"

浦耳作为领导,很会"听话",当然他也必须会听:每天到他这里来的人,几乎都怀有既定的目的。假设一个人从公正的角度评估,该得一百块钱,但他通常会认为自己该得二百块钱,但等他将心愿变为要求向你提出时,就膨化成三百。此时,你必须给他打个适当的"折扣"。而这个"折扣率",你得从他的话里"听"出来。他知道秦德夫不服,就静静地等着下文。

"我这个人虽然没什么能力,但忠心耿耿。不像有些人。"秦德夫吐出浓浓的一口烟,试图把脸挡住。

浦耳没插入提问。秦德夫虽然表面看起来,说话欲望很强烈,但他仍然认定秦的内心世界相当辽阔,再者说,秘密自己不往出流的话,撬是没效果的。

"我告诉你,那个梅小青,你得防着点,说不定你哪天就栽到她手里。"梅小青倘若"长大成人",当上副总,将来就是自己执政,也会尾大不掉。秦德夫此时已想得很远。

"我有一个在外交部工作的朋友,每天工作就是看各国使馆政治处写来的所在国的政治动态分析。他说他最讨厌的报告风格就是充满了定性的分析,比如'知识阶层中蔓延着一股反华情绪'、'底层的人反对本国政府'。他说这种东西,大都源自当地的报纸和鸡尾酒会上的闲谈,没有任何参考价值。他需要的是定量的分析:如果知识阶层中有人反华,那么他们是属于大学教授,还是艺术家?他们的人数是多少?反对的又是什么?"

秦德夫并无"过硬"的材料,只好拼凑道:"她自称出生于江苏,但我从她经过矫正的普通话中,还是听出了山陕一代的口音。另外,她拿着财院的毕业证,说是那毕业的,可她对文字的驾驭力远远地低于应有水平。"

"她的财务分析报告写得还是不错的。"对此浦耳也有同感,但他是不会看着一个下属议论另一个下属的。

"她的英文几乎一帽不帽。中文也许凭借聪明可以凑合,英文绝对要一步步地学。所以我能肯定她的履历有问题。"

浦耳问从何处了解到她的英文程度

"上次给她的办公室装INTERNET时,她对上面所有的英文指令一无所知。"

浦耳却认为她使用计算机比较熟练。

"她顶多是用简单的财务软件,另外就是用中文的WPS。更重要的是她的眼睛后面有东西。"

"不要'攻其一点,不及其余'了。谁的眼睛后面没点东西?不要弄到眼睛前面来就行了。"

秦德夫吃了一惊,以为浦耳察觉秦——辛联盟。

"你的眼睛红了、眼圈黑了、眼袋也耷拉下来了。问都别问,我就知道你这些天夜里干什么去了。'荒淫'现在很时髦,但我奉劝你起码要做到'荒淫有度'。"

秦德夫赶紧到穿衣镜前照照。

"有点自留地不怕,但该'交公粮'的时候,也得交,否则'政府'怪罪下来,我也帮不了忙。"为了放松气氛,浦耳开了个玩笑。

"但自留地里也长好东西。"秦德夫知道自己好久没有"贡献"了,便把林竞芳说的郑州股票交易网的"交易程序"一事讲了讲。这活他原想"自留"的,但目前以安定浦耳为第一。再说,现在种下去,将来很可能自己来收获。

浦耳听得很仔细:开发某种专业的程序,当时能赚一笔钱不说,更重要的是你获得了这套程序的版权后,可以大面积推广。推广时,几乎等于无本万利。去年,马一青牵线,让海威公司给京东电厂开发了一套测定存煤量的程序。京东电厂的谈判代表门槛很精,弄得海威公司的利很薄。经营口的人都认为不值。但他还是接下来。因为他知道,测定存煤,对任何火力电厂,都是一个大问题:煤对这些电厂来说,几乎占它们成本的百分之七十,管不住煤,就等于什么也管不住。可偏偏煤堆放在煤场里,旧的没烧完,新的又盖上来了。进多少,理论上还有个数,但烧多少则根本无法计量。如果能解决,后劲相当大。

但凡属老问题,难度就小不了,多方论证后。他请来地质研究所的地貌专家,用四台摄像机把煤场的地貌拍下来,然后把它们数据化,再让计算机分析整理。

如此折腾下来,在京东电厂这一项目上,非但没赚到钱,反而赔进去将近二十万。

不过他想得开:赔也赔得值,起码给电力方面办了好事;等年终这个项目获得了能源部科技开发奖后,他就更认为值了:一个演员得了"百花奖",虽然奖金微不足道,但以后的片约会纷至沓来,单位片酬也会大幅度提高。"可口可乐"、"万宝路"的品牌之所以值若干个亿美元,就是这个道理。

所以当秦德夫讲完后,他让再往细里讲讲。

秦德夫说没什么可以补充的了,只是强调了一下"关键在孙教授"。

浦耳当即指示:不惜任何代价"拿下"孙教授。至于具体方法,他没明说。然后他任命秦德夫为这个项目的总负责人。

秦德夫心中认为这是个空头人情:此项目就算你让别人负责,他也要负责得了啊!

"我需要提醒你的是:咱们就算在钱上吃点亏,也要和 Q 大学一起干。"

秦德夫刚要反对,就被浦耳给制止了。"钱、权、名从表面上看好像各不相同,实际上它们是一种东西。在这三者当中,钱最基础,也最低级;权力如果寻求'租赁'的话,几乎随时可以'变现'。而名气则是一时半会儿买不来的,需要积累。不能鼠目寸光。"

秦德夫看着浦耳想道:我倒要看看你这股子先知先觉、唯我独尊的劲儿能维持多久。

电子投资公司的总经理办公会,是在八达岭的长城度假村召开的。李寒先是对窗外壮观的风景发了一阵思古之幽情,然后很自然地讲起 INTERNTET 的战略地位和发展远景。

"哲学"宣讲完了后,他朝情报部长一点头。一个星期前,他命令情报部长成立一个专家小组,研究有关 INTERNET 的一切。

情报部长把专家们的意思,以个人身份汇报了一番。

他说完了,李寒让大家集思广益,提出设想、方案以及可开发的地点。

被赋予参与感的公司重要干部们,热烈地讨论起来,你言我语,一时间方案云集。

李寒不显山、不露水地引导着。

最后目标渐渐地集中到天津、郑州、保定、太原、石家庄五地。他确定天津、保定、太原、石家庄四地为目标。然后再进一步确定不惜一切代价拿到天津、石家庄两地的开发许可。

对于机关办事途径,李寒了解得很透彻:首先要"师出有名"。比方在上级提倡抓"精神文明建设"时,任何文章都要在这个总题目下作:"因为中央号召抓精神文明,所以我们必须要调整一下机构","因为中央号召抓精神文明,所以我们拿下这个项目"……反正不管"师"出到何方,用的都是这个"名"。

更重要的是"把自己真正的目的藏起来"。在这个会前,一套基本完整的方案已经形成,但不能上来就说,而要诱导大家得出和你心里想的一样的结论。这样将来一旦出现问题,起码与会者不会参与追究责任。而没他们的参与,责任其实也无法追究。他之所以把保定、太原加进来,目的也是"藏"。

"下午和晚上没有事。明天早晨见。"在宣布散会前他说。他特地把会安排在此,时间定在周末,又让大家带家属来,为的是让干部们轻松一下。

回到他的套间后,他先给大哥打了一个电话,让他从经委的角度,关照一下公司的项目。

大哥显然不热心,只是原则地答应在恰当的时候过问一下。

他只好婉转地强调INTERNET对自己公司的重要性。

可谁知道大哥改用训斥的口吻说:"正当的工作要通过正当的途径去办。另外,公司的事情是办不完的。"

他无可奈何地放下电话,思考了一阵后,又用移动电话,给一个任国家工业干部局副局长的朋友去电话。

此人要言不烦地答应给有关方面打招呼。

通话的时间仅仅一分钟。

但李寒知道这一分钟的分量:顾名思义,工业干部局管理的就是全国的工业方面的干部。换言之,他们通往任何地方的渠道都畅通不说,力度也相当地大。

当然,这"一分钟"也不是白来的。一个因研究成本而获得诺贝尔经济奖的学者,曾用"天下没有白吃的午餐"这样一句话来概括自己的理论。从这个角度说,他的"午餐"也来之不易。此人用俗语来说,属"管官的官",加之他又是一个优秀的机关工作者,一言一行都相当谨慎。但他又不是一个不食人间烟火的神仙,所以自然有"俗事"。前年,他在一次小范围的聚会上对李寒说到自己的妻弟在美国做大宗贸易,手头有笔电子器件,看能不能帮助介绍些有关渠道。李寒当时就自告奋勇地答应了下来。

可当对方报出价来,李寒也愣了:那简直是天价。天价就天价。他狠狠心,在上面又加了一笔。给人办事和给人送礼是一个道理,要送就送它个忘不了,不要今天一条烟,明天一瓶酒的,再说以此人身份,向你提要求,是求之不得的,绝对不能打折扣。

事成之后,此人只是淡淡地说了声"谢谢",就再无表示。但李寒知道他绝对不会白吃这顿"午餐"。

这只关键的电话完毕后,李寒多少有些得意地翻阅着记满地址的《通讯录》。它一个小小的、资产只有几千万、人员只有百来号的民营或者第三产业性质的公司,和一个有着政府职能,或者说起码和政府有着千丝万缕联系、资产有四个亿、人员数百的国营大公司作对,就像一个业余的棋手和一个专家小组对阵一样,根本就没有获胜的希望。

火过后就是灰。走廊上妇女和孩子们的笑声,把他从得意中拉回现实。

听说可以带家属来长城后,邱丽充满暗示性地说:"我最大的心愿就是看看长城。"他也真想带她来:她起码在生理方面,使他恢复了相当的活力。但身份又不允许带:他这个位置不知有多少人盯着,背后长四只眼睛都不一定能招呼过来,绝不能自投罗网。于是他解释道:"你是属于我的,咱们两个又是一个家,所以你现在就是我的家属。只不过有些法律问题没有解决罢了。一旦把它给解决了,我带你走遍天涯海角。"他搂着她的俏肩继续说:"你放心好了,长城已经在那里好几千年了,一时半会儿没不了。"

邱丽经不住他这套理论,用会说话的眼睛看着他开车走了

此刻,这双眼睛就在他眼前闪来闪去。

我有什么呢？我是谁？一个孤家寡人？李寒像笼中的豹子一样走来走去。

在第四个来回中,他想通了:我有权力,我是总经理。凡是大人物,都是孤家寡人。高处不胜寒就是这个意思,他转向窗外,看着已经爬到半山的公司的大队人马,玩弄着手中的移动电话。只要我一个电话,这些人马上就会折返回来,和我一起回城。

他按动办公室主任的电话号。

八位都输入后,他克制住自己的冲动。

郁敏从赵小姐处拿购买计算机和绘图机的支票时,多了一个心眼,问道:"咱们的账上还有钱吗？"

"上个星期还有三十多万,后来付给了耿老板八万。"赵小姐翻动着账说、"除去没回来的账外,最少还有二十万。"

郁敏放心地打电话到储华章的单位,让他一起去胡老板处提货。

储华章说:"不行,我马上要参加学术研讨会。"

"会比我还重要？"她怕单独见胡老板。

"会是会,你是你;不是一回事,没有可比性。"储华章学究气浓重地说。

"我非要你比一比。"郁敏不高兴了。

"你非要我比,我就比一比:会没你重要,但比提货这种小事重要。"储华章在杂乱、混浊的经济理论丛林中摸爬滚打多年,锻炼得机智足够。

郁敏想想也是这个道理,就找个台阶下:"价格或品质上有了问题,我就找你。"

"那当仁不让,不用找我也会去。"

郁敏的货提得相当地顺利:胡老板货是现成的,当她面开箱验了,还给装车送去。

郁敏把支票给了胡老板。

胡老板让她把身份证号码背书在支票上。

郁敏从来不知道还有这个规矩。"我没带。"

"那你去取一趟。"胡老板不客气地说。

"用储华章的行不行？"郁敏实在不想回到父母家里取,她重要的东西都存放在那儿。

"有个没钱我能找的人头就行。"胡老板说。

郁敏就给储华章打了个电话。

已开完会的储华章答应马上来,但不同意用他的身份证:"你最好用卞京的身份证。他是法人代表,责无旁贷,凡有可能上法院的事,应该他来办。"

"借个身份证,你都不肯！"郁敏觉得很没面子。

"名与器不可假人。"储华章古板地说。

"那就算了。"郁敏说完就挂了电话,回家取身份证去了。

等她把身份证取来时,储华章已经在那里了。

"我的身份证在这。"他有些不好意思递上。

"你不是说'不能假人'吗？"郁敏余气未消。

"我这个人是'原则清楚,不能坚持'。"储华章笑笑。"你最好还是把卞京的身份证拿来。"

郁敏不再理他,背书了自己的身份证号,径自坐上了送货的车。

储华章紧紧追随在后。

望着尘土中的车之背影,胡老板对手下说:"我刚开始养鸽子时,买不起好鸽子,就分别买了只家的和一只野的。它们先是不肯配对,光是掐架。等配上之后,那真是如胶似漆:我手里拿着那只母的,公的就跟着我飞。我要是停下来和人说话,有房子它就落在房上,没房子它就落在树上。实在什么都没有,它就在天上盘旋。"

手下的人听了都笑起来。

郁敏把货拉到新皇家酒店时。已经是六点多,赵小姐还在等她。

她问赵小姐把货放在哪儿。

赵小姐让她放在楼下的仓库里。

"为什么不拉上来?"计算机和绘图机都是精密仪器,放入仓库里不保险。

赵小姐耸耸肩。"上午来的货也放在那儿。老板说要再租两间房。"

"上午来的是什么货?"郁敏问。

"好像是传真机、空调之类的。"

"咱们这里不是有吗?干吗还买?"

"老板买来不一定就是咱们用的。"赵小姐认为郁敏这是更年期特有的啰唆。"买卖人、买卖人的,买了就是为了卖!"

郁敏想想也对,就让工人们把货卸在底层的仓库里。

"你点点数,然后再给我签个字。"完成后,她对赵小姐说。

"你还挺认真的。"赵小姐不无嘲笑地说。

"我在大队当过会计,那虽然是个生产队,规矩也严格,采购买东西、会计记账、保管入库。"郁敏给这个小姑娘解释。

"咱们这么个破公司,什么账不账、库不库的。你就让我签上十台,我也给你签。"赵小姐不耐烦地在签下名字后,就和他们一起出了酒店的大门。

门口有一个骑摩托车的小伙子在等赵小姐。

这是个身材魁梧、相貌丑陋的小伙子。

赵小姐飞扬起裙子,一撇腿就跨上他的摩托车,然后就一溜烟地开走了。

"挺不错的一个姑娘,配这么一个人。"储华章感叹道:"漂亮的女人往往不知道自己漂亮。就像有的村庄底下都是煤,可就是不知道,愣是受穷。"

"那你不帮她勘探开发一下?"郁敏余怒未消,讥笑道。

"漂亮的女人往往是愚蠢的。"储华章马上接着说,"当然你是例外。"

这后半句话郁敏听上去还算受用。"她其实不是真的漂亮,主要是妆化得好。"

"化妆化出来的,就不算真的漂亮。"储华章架构理论的能力几乎是无限的。"尼姑要是看上去漂亮,那才是真的漂亮:因为她必须具备漂亮女人的两个基本要素:骨骼清奇,皮肤白皙。"

"想不到你经济之外,对女人也挺有研究。"郁敏说。

"仅仅是理论,仅仅是理论上。"储华章邀请郁敏一起吃晚饭。

郁敏拒绝了。她在回家取身份证时,母亲让她给 90088198 回电话;她问母亲是谁?母亲说:"是个男的,他只说是个什么公司的。"

郁敏隐约觉得来电话的是浦耳

等打发走储华章后,她致电"90088198"。果然是浦耳,约她在"金鑫"饭店吃饭。

浦耳比约定早二十分钟就到达"金鑫"餐厅。

"浦老板好。"饭店的老板是个快乐、饶舌的小伙子。"有日子没来啦。"

浦耳心情忐忑,很草率地点头应付后,就坐到他常坐的位置上。

饭店的老板跟过来。"上次周鼎立处长来吃饭,我问他您怎么老没见?他说您的买卖塌了。"他察看着浦耳的脸色:"现在缓过来啦?"

浦耳笑了一下。"托您的福,缓过来了。"说的时候,他的眼睛一直盯着窗外。

老板知趣地退下后,吩咐跑堂的说:"今儿浦老板有贵客,炒几个看家菜。"

浦耳一见郁敏的身影,就迎了出去。

这是二十多年后,两人第一次单独会面。没有寒暄、没有握手,只是对视着。

"你还是老样子。"郁敏说。

"应该说'问姓惊初见,称名忆旧容'才对。"浦耳摸了一下自己的头发。"你才没变呢!还是那么漂亮。"

"你也学会说恭维话了。"郁敏动人地一笑。

"向毛主席保证:绝对是真话。"浦耳把郁敏让进饭店。

老板适时地把三个精致的凉菜上来了。

浦耳感激地看了他一眼。

"伯父、伯母的身体可好?"浦耳问。

郁敏点头。

浦耳没问她的丈夫和孩子,因为情况他基本已经知道了。

"你的孩子可好?"

"身体挺好,喜欢踢球和一切体育活动,就是不喜欢学习。"郁敏只认识浦耳的前妻,所以他认为她问的是大儿子。

"如果你光说前半句,我就会说他像你。"郁敏眼睛灵活地转动着,"那次你要不是在地区的运动会上,一个凌空倒背,踢进一个球,被教练看中,让你去了区体委,你的人生轨迹可能完全是另外一个样子。"

浦耳没接着她的话说。"我的岳父让我抓抓孩子的学习。我说:上高中的孩子,已不是抓能抓出来的了。他一听就不高兴地说:'教育孩子就和管理花园一样,必须施肥、除草,要不然就会杂草丛生。'我说:'就算都是杂草,至少它们也是绿色的。学习不好也是我的儿子。'老头子说不过我,就甩手走了。'"

郁敏非常喜欢他那句"至少也是绿色的"的话。

浦耳举杯。"咱们为什么庆祝?"

郁敏摇摇头,一口把酒都喝下去。

247

浦耳自然也干了。

他们都已经到了"欲说还休"的年龄。

"分手以来,我只是断断续续知道你的消息。但最近一年来,你几乎就在我的身边,伸手可及。"

郁敏不解地看着他。

"我的计算机在 INTERNET 网上。"

郁敏不知道 INTERNET 是什么东西,可她也没问。

"我从 INTERNET 网上,看到了 Q 大学的计算机网。然后我通过 Q 大学的网查到了伯父家的电话。"

郁敏没问为什么查。浦耳也不解答。

"我过两天要到威海作一次商务旅行。"浦耳说。

"生意可好?"郁敏问。

浦耳简略地将公司的业务分成贸易和实业两块来介绍:"贸易来钱来得快,但不保险。这次威海有笔买卖,我正准备去考察一下他们的资信情况。"

在他谈的时候,郁敏提了几个问题。

浦耳都回答完了之后,笑着说:"你对商务和投资,都不太外行啊。"

郁敏说:"我们研究所已经有一年只开百分之八十的工资了。所以自己也得找些事情干干。"

"商场风波险恶,对女性尤其如此。"他本来想说:如果是我太太,我就绝不让她进入商业圈。但一想这话不妥、就没说。

"我自己没生意,想做也没本,只是在给别人打工。"

浦耳问这"别人"是谁?京城中有头脸的"生意人'",他就算不认识也听说过。

"你肯定不知道。"对浦耳和卞京的位置差,郁敏是了解的。

浦耳不再继续问,而是让郁敏吃菜。

这时饭厅适时适景地播放出《涛声依旧》的歌声。

浦耳听得很投入,手指不停地在餐桌上打着拍子。

郁敏在默默地看着他。

歌声停了很久之后,浦耳才说:"以前我只喜欢古典音乐,后来才发现流行歌曲有着很大的感染力。"

"只是这一支,还是整体?"

"整体。"浦耳镇静一下后说,"事情都是发展的,唐诗过后是宋词。可惜目前大陆的流行歌的词作者,尤其是曲作者都不专业。一次我熟悉的一个词作者和一个曲作者就两人合作的一盒带子,发生了争执。词作者说是曲子不好,而曲作者说是词太臭。官司打到我这里。我听了之后说是曲做得臭。你猜我是依据什么来裁判的?"

郁敏从专业角度连答几次,浦耳都说不对。最后她表示猜不着了。

"我说'文革'时,毛主席的语录歌有不少是相当好听的。而这些歌曲的词,原本是毛泽东的文章。"

郁敏承认这是很高明的论断。

两个人又聊了一些琐事后,浦耳就送郁敏回家。

到了家后,郁敏说了声:"你威海回来后再见。"然后就头也不回地上楼了。

第十九章

　　浦耳喜欢留有余地的办事方法,他提前十五分钟就出门拜访中美合资的汽车制造公司的蒋副总经理。

　　此做法,还真的派上了用场:一个小警察无缘无故地把他的车给扣住。硬是耽误了十分钟,才把司机的本子要了回来。

　　"您知道他为啥扣本子?"小王问。

　　浦耳说不知道。

　　"想坐坐咱们的卡迪拉克过过瘾。"司机小王说,"我遇到好几回这样的事了。幸亏您提前出来了,否则还不误了事。"

　　浦耳"哦"了一声。这习惯是插队时养成的:那时从北京到插队的村庄,要换两次火车和一次长途汽车不说,之后还有十多里山路。而插队的地方常年吃粗粮,所以每当有人回北京,其余人的家长总想让他给自己的孩子捎些东西。客气的带罐子炸酱、两斤白糖,不客气的就给你十斤挂面。某次他回村时,郁敏的母亲竟然拿出半袋子大米,弄得郁父不好意思地连声说:"你们一起吃,你们一起吃。"出门之后,和他一起去的大侄子说:"这老太太是不是以为你是大车把式?"他没解释:没插过队的人是体会不到村里的艰苦的,这艰苦不是指的绝对值,而是相对的落差。在他临走的那天,来了三个牌友。他打桥牌是有名的,从下午一直干到晚上八点,连饭也没吃,就是这样,牌友还要再来一个"game"这局下来,已经是八点半。等他赶到北京车站,二十一点四十的火车,已开走十分钟了。这一晚不要紧,原约定赶毛驴车去汽车站接他的周鼎立就白跑了。更可怕的是不知道他第二天还会不会去?在换车的时候,他的背包重得连站都站不起来。他想让列车员帮帮忙,可那条汉子瞟了一眼后说:"你没把整个北京都背来?!"他咬了咬牙站了起来,心里发愁那十多里山路。等他下了汽车,周鼎立正裹着羊皮袄在毛驴车里睡觉。"你一天不来,我就再等一天。"被叫醒的他回答。"要等到什么时候?""等到你来或你来信说不来了。"听到这话,他的眼泪都落下来了。从此后,他干任何事情,就有了"提前量"。

卡迪拉克车上有一个办公、喝咖啡用的小茶几,浦耳利用这段时间,读一份厚厚的、装帧精美的《关于扩大海南螺旋藻养殖场可行性报告》。粗读了一遍,又挑选出几个要点细读了一遍。随后又翻看了附带的海南生物制品公司的《收益报告书》《财务报告书》。

他掩卷长思了大约三分钟,就用车载电话把去养殖场所在地海南吉镇实地考察的贸易部主任叫了出来。

"你看了他们公司的收益报告书了吗?"浦耳没有正面提问。

贸易部主任说看了。螺旋藻是一种新型的生物制品,被联合国粮农总署认定是最符合人类的绿色食品。

"那为什么还签了'同意上送浦总'?"他责备道。

贸易部主任说他没看出名堂来。他在海南受到了海南生物制品公司高规格的接待,察看公司大部分项目,给他留下了很好的印象。

"打一个不文雅的比喻:一家公司的收益报告就像一件三点式游泳衣——它所显示的是让人感兴趣的部分,所掩盖的则是关键的部分。"

贸易部主任请求明确指示。

"他们在一九九四年度的财务报告中,最少三次使用类似'延迟的新产品开发及筹备费用'这样的科目,而这些实际上在一九九四年已经花费的钱,并没有在当年的收益中出账。另外他们还卖掉了一个子公司,而我估计这也是他们处理不利财务情况的一种手法。"

"他们提交董事会的财务报告和收益报告都是经过审计公司审计的,进行这项工作的就是注册会计师,按说他们是按照公认的会计原则处理账目的。"注册会计师是经过国际公认的考试程序的,在贸易部主任的眼睛里有相当的权威。

浦耳用手指敲击着小茶几,静默不语。

贸易部主任见没有反馈,只好重复报告里的话,再次强调海南生物制品公司的实力。

"他们公司的基础是生物,也就是说是有生命的东西。北京人有一句老话:家有万贯,带毛的不算。别的不说,就说建在吉镇的那个螺旋藻养殖场吧。"浦耳把电话换了一个耳朵。"吉镇属昌江水系下游,附近又是海南的农业生产基地,所以不管是上游的任何地方,还是附近的农民施用化肥,都可能污染养殖场。螺旋藻是种很娇气的东西,一个干这行的朋友给我讲:螺旋藻虽然看不见,但它活在水里时,水就是绿的,如果它死了,水立刻就变成白的了。水一变白,我的脸也就白了。"

"任何买卖、实业都有一定的风险。如果怕冒险,什么也就干不成了。"贸易部主任已经觉出自己的错了,可不肯马上承认。

"做可行性研究的目的,就是为了把风险降低到最低值。"浦耳认为有必要给贸易部主任上一课:一个好的企业,不光是为了赚钱,还要培养一批会赚钱的人。"我再问你:他们的螺旋藻养殖业用的是谁的技术?"

"南京大学生物系的吕教授。"贸易部主任说"他是国内最大的螺旋藻养殖专家。他不拿工资,而是以技术入百分之三十股。"

"问题就在这百分之三十股份上:股东和技术人员是一个人,就和会计和出纳是夫妻一样,是相当危险的。"

贸易部主任不明白危险何在。

"如果生产情况良好,钞票滚滚而来,那么这个兼有股东和专家身份的人,就会见财起意,以撤股相要挟。因为只有他一个人掌握技术,你就只好同意他的任何要求。"

"他堂堂一个大学教授,不应该做这样的事吧?"贸易部主任总觉得浦耳对知识分子的看法总好像不太正确,这很可能和他没上过大学有关。"

"现如今的教授,不过是工资的一个级别罢了。"浦耳对着虚拟中的贸易部主任摆摆手。"成千上万的钱在一个人的面前高速运动着,思想中卑微的部分极容易被激励。机会造就贼。咱们就算把吕教授理想化,主要考虑到他万一生病或者是他家里的人生病、出车祸。如果有此情况,你又该怎么办?"

贸易部主任不知道怎么办了。

"做事要从最坏处着想,宁肯多花些钱,也要成立一个专家小组。"

贸易部主任虽然有着深刻的"能源部"背景,也开始钦佩起浦耳来了。

"你可以把此建议送给海南生物制品公司,也算他们对你们招待的回报。"浦耳接着说:"另外我告诉你一个普遍真理:如果你投资的部门在招待你时场面过于豪华;如果他们允诺你的好处过于大;如果这个投资的地方离你太远;如果你在这个部门一个熟人也没有,那最好是收好你的行李和钱包回家。"关于贸易部主任一行在海南受到的豪华接待,他是有所耳闻的。

贸易部主任还想说什么,浦耳已经把电话给挂了。

汽车随之进了中美合资的汽车制造公司的大门,正好是约定的时间。

这家公司是真正的中美合资。大陆许多合资企业的外资部分,不是没到位,就是打个晃,又回去了。其中有些不过是通过在外的中资机构,找一个名义把钱打回来办合资。这样做是因为国家对中外合资企业有"五减三免"之类的优惠政策。换言之,国家在歧视本国的企业。他曾多次在各种会议上说这事,但人微言轻,没起什么作用。但他相信,总有一天,国家的优惠政策会像外汇券一样地被取消。

因为是真正的合资,管理特棒,别的不说,那份干净就极少见。

"你说他这楼梯扶手怎么这么亮?"海威公司办公室主任问。

"天天擦。一天也不间断。"浦耳说着就进了蒋副总经理的办公室。

"哪位是浦总？"一个年轻美丽的秘书问。

浦耳点头。

于是办公室主任被客气地留在外面的沙发上了。

蒋副总经理的办公室有一个中等仓库那么大，办公桌像台球案子。

浦耳已经从电脑资料上知道这个蒋总是 Q 大学汽车系的讲师，在第一批出国潮中，就去了美国。后来又被美方作为代表派来，目前掌握着此公司的实际权力。

"你是广告公司的浦经理，这我已经知道了。我虽然在美国生活了多年，对广告还是不太了解，对中国的广告尤其不了解。我相信在广告的预算中，起码有一半钱是被浪费掉了。可惜的是我不知道是哪一半。"蒋总说话操的是带江浙味道的普通话，很好听。"我十五分钟后，要接一个重要的电话，所以请你开宗明义。"

在商场和官场上，盛气凌人的主儿浦耳见过多了，可像蒋总这样的，还是第一次遇到。但他没有生气，你不能要求所有的人都按照你喜欢的模式被制造出来。"听说你们要制作有关越野汽车的广告。"

"通常有关广告的事，是广告经理谈的。你因为有商会马会长的介绍。"蒋总再次看表。"我还有十三分钟。"

"我想问您三个问题。"

蒋总点头。

"你的广告希望达到什么范围？"

"中国的各大城市，另外还有港澳地区。"

"预算是多少？"

"八十万。我这里指的是美金。"

"广告样本出来之后，您有权决定吗？"

"要拿到美国的董事会上过一下。"蒋总有些诧异：他为什么提这个问题？一般的广告客户来这里都是摇头摆尾地讨好他。也正因为此，他开始就虚拟了"十五分钟后的重要电话。"

"那您打电话去吧!"浦耳说完就往出走。

"你为什么走?"蒋总站了起来。

"这笔生意的目标太大,钱太少,婆婆太多。"浦耳说完就出了门。

浦耳在回公司的汽车上,接到了沃野公司徐总的一个电话。"你好。"他的声音平稳,半点听不出他刚吃了个"瘪子"。

徐总聊天似地说:"我回来之后,借几次出差的机会,在各地的商店逛了逛,我相信浦总不常逛商店吧?"

浦耳说:"在不干广告之前,我不是不常逛,而是根本不逛。"

"我也留心了一下各地报纸和电视台上的广告。我有一个发现,你想不想听?"

浦耳此刻已经基本知道徐总的葫芦里卖的是什么药了,但仍说想听。

"我发现大部分商品都是不做广告的。其比例大约在百分之五十以上。"

浦耳说:"可能还不止这个比例。"他相信徐总这不是"逛"出来的,而是调查班子的工作结果。

"既然不做广告,也能卖得好,我们为什么花那么多钱做广告呢?"

浦耳明白徐总的目的是压一压他们的报价,所以笑着说:"确实有相当多的商品不做广告,但他们大都是小商品和无名商品。这些商品是我们广告人的天敌,它们是寄生在名牌商品上的。"

徐总不说话了。

"给您举个例子:一些拍卖行在拍卖字画的时候,总有一些字画,比方唐寅、比方八大、比方石涛,而且怎么也卖不完时我很奇怪:哪里冒出来这么多的唐寅、八大、石涛?后来我发现这些画,拍卖行标的都是天价,根本就不打算往出卖。就算有人想买,也会有一个行中的人来和你竞争,不让你买走。因为没了这些'龙头画',拍卖会的档次上不去,别的画也卖不出好价钱来。"浦耳顿了一下。"我再给您举个例子:有些饭店,总在报纸上广告某些虾蟹之类的好菜,于某日打几折。按饭店价格和市场价格比,他们确实赔了本。难道他们真的是大酬宾吗？不是的,他们用特菜吸引了一批人到饭店,而到了饭店,你绝对不会光吃特菜。"

徐总笑了起来。"你是不是做过教师？"

浦耳告诉他没有。

"那你怎么这么懂教学法？"

"我还知道如何杀人呢！但这不等于我就杀过人。"浦耳以玩笑回之。

"你们的广告制作得很不错,要比我们自己的强多了,"徐总的话里不带笑了。

浦耳知道这是谈钱的前奏,也把身体坐直。

"货是好,但价钱也好、"

"这两样东西总是不可分的。"

"能不能压一下？半年五百万人民币,也确实是个钱。"

"我们报价的基本精神,就是实事求是的。再说中央电视台的价钱是死的。"

"如果再压三十万,我们就能接受。"

"我们全部毛利润也就是五十万,倘若再减去三十万和税收,"浦耳咳嗽了一声。"咱们是朋友,我就直话直说:为这点钱玩牌,还不够买蜡烛的。"

徐总似乎不太高兴:对于自己赚钱自己花的单位,你让他多出钱,他总是不高兴的。

"我经营广告业务多年,最大的体会就是:广告也是成本的一部分。如果有人对您说:玉米涨价了,要加大成本,您肯定能接受。因为它是看得见、摸得着的东西。运输费进成本,您也不会反对。为什么对广告就不能一视同仁呢？"浦耳觉得讲道理时,应该把自己也放进去。"多年前,我去一个名牌衬衫厂参观,发现他们卖一百多的衬衫的成本只有三十多块钱,我就说:这简直是暴利了！他们老总说:把广告费加进去,不光'暴'没了,'利'也不大了。当时我不理解,而现在我明白名牌是广告搭起来的。"

浦耳感觉到徐总已经动摇。"假设您到北京来,可车票只买到保定。这样便宜是便宜,您却没能到了北京。我的建议是:要么不做广告,要么做足。一点、一点地撒胡椒面,意思不大。"

徐总把情绪调整过来,笑着说:"我在政府工作时,我的前任因退休把位置交给我时说:当领导的,第一要事就是不动摇。定下的事就是错了也不能改。因为一则改来改去没个完,二则别人一提意见你就改,那不是他就成了领导了吗?现在我成了办实业的了,不好再遵循他的教诲,只好实事求是一些了。"

浦耳知道自己的目的已经达到。

"我和他们再研究一下,然后电告你。"徐总说。

郁敏上午一去新皇家酒店,就觉得气氛不对:卞京的门关着。而平常即使他不在赵小姐也会在。

她三步并两步走到自己的办公室,刚拿钥匙开门,服务员就过来说:"我和您一起进?"

郁敏诧异地问为什么。

"东鲁广告公司已经把房间给退了。"服务员说。

郁敏立刻就觉得重重挨了一拳。"除我之外,还有别的人在吗?"她已经不抱什么希望地问。

服务员说赵小姐在。

郁敏多少松了一口气。

她在客房部经理的办公室找到赵小姐。

"我只是他雇的人!"赵小姐的嗓门不算小。

"已经跟你讲了好几遍了,京鲁广告公司的租房契约上,是你签的字。谁签字谁负责。这不光是我们酒店的规矩,也是所有酒店的规矩。"客房部经理指指桌子上租房契约上的签字和身份证号。

赵小姐无奈,只好退了出来。

"他交了多少房钱？"郁敏问。

"两千多块。"

"那计算机的钱他付了没有？"郁敏强忍焦急，平静地问。

"你自己想去吧！"赵小姐的气显然也不小，得找一个地方发泄一下。"就剩下你设计的那一大堆东西了。"她说完又刻薄地补充了一句："那会儿你干的还挺认真，可根本就没用：那是他的饵！"

郁敏又问计算机拉走了没有。

赵小姐仍让她自己想去吧。

郁敏自觉已没有思维能力了。这显然是一个大麻烦：不要说卞京找不到，就是找到了也没用，因为京鲁广告公司的法人是一个叫金铭的人。而据这个金铭说：他从来就没有过问过公司的工作，当初他不过是应卞京之求，给他提供了一个身份证罢了。当然，这是在卞京每个月给他一千块钱的前提下。

赵小姐自然也是受害者，嘟嘟囔囔地说吃了三千多块钱的亏。

郁敏不相信她的话，但相信不相信都不影响大局。

她把储华章请来商量这个问题。

储华章听完后，一句话就刨到问题的"根部"："你怎么连卞京的底都不摸，就敢给他干这活？"

郁敏此刻急需安慰，没想到来的是顿训，眼泪立刻就流了下来。

"若干个自称见过世面的北京人，在一个据说是山东人的号召下，建立了一个不稳定的结构。"储华章挥舞着想象中的教鞭。"程序之所以不能违背，就是因为它是经验的总结。第一，你们应该调查卞京的资信情况。第二……"

他连着说了七八条，郁敏却一条没听进去。她此刻想的是胡老板的六万块钱漏洞如何弥补。

储华章在训词的最后强调，这钱是非还不可的，拖欠将招致恶果。

"我还不知道欠债还钱是天经地义！"郁敏板着脸说，"但筹钱需要一个过程。"

"拼上我的老脸,许能拖上几天。长了绝对不行。"储华章毫不犹豫地说。

"你先和他商量一下,拖一天是一天。"

"晚上我电话给你回音。"储华章眼睛看着别处说。

当天晚上,储华章就电话通知郁敏说:"胡老板说:如果到支票到期的那天,他拿不到钱的话,他就要到法院起诉我和你。"他特别强调了一下。"他说我是中介,所以在起诉不起作用的情况下,他将采用非常手段。我,"他咳嗽一声后,改了人称。"没人愿意见到这种局面。"

"那我到你那里去,咱们商量一下。"六神无主的郁敏说。

"有什么可商量的?!"储华章说完就放下了电话。

郁敏没想到他会绝情到这种斩钉截铁的份上。

她镇静了一下后,决定去找小叔子筹措这笔资金。她知道父母处应该有这个数目的钱,但两位风中之烛般的老人,很可能经不住这一打击。浦耳当然也是途径之一,而且她相信他一定会帮忙。但多年前是她主动中断关系的,重新恢复不几天,就来商借偌大笔钱,于情于理都不符。而小叔子毕竟还是亲戚。

电话中,她刚一透口风,小叔子就满口答应,并约定晚九点在他公司的写字楼见。

她提前到那里,为了免除"急匆匆"之印象,平息了好几分钟才上楼。

小叔子的办公室其实就是宾馆的套间。郁敏从来没来过。如果来过的话,她就不会同意在这个地方谈了。她环顾四周,觉得此处像一个陷阱。

小叔子穿着一套颜色暧昧的德国全棉睡衣,笑嘻嘻地递上杯酒来:"嫂子光临寒舍,真使蓬荜生辉。"小叔子虽读书不多,但聪明过人,读一点就能用一点。

"这要是寒舍,我们就没活路了。"

"你喝一口这个酒。"小叔子晃一晃手中的"轩尼诗"酒瓶。"这是XO级的。上次我请咱们在新华社香港分社工作的姐夫喝这东西,他惊讶得不得了:在香港只有我们社长级的人,或包玉刚等大富豪请客才喝这酒。"他说着给自己倒了一大杯。

"XO是什么意思?"她对酒外行,也不感兴趣,但为了营造气氛,只好以此为题材。

"是酒的级别。至于是什么意思?"小叔子摸摸已经微秃的头顶。"我在法国问过轩尼诗家族的人,他们也说不清楚。后来我经过艰苦的、细致的研究,终于搞出些成果来。"

"什么?"郁敏明知不会有好话,但该问就不能省。

"我是从'人头马一开,好事自然来'这句广告词入手的。什么是世界上最好的事呢?"小叔子意味深长地看着郁敏。

郁敏不作任何反馈。

"X代表两个人拥抱,而O则代表接吻。"小叔子得意地宣布自己的研究结果。

"联想真丰富。"郁敏违心地赞叹了一句后,就进入主题。

"你这的确不是借钱的项目。如果你有病,或者想去美国没机票钱,那都可以借给你。而你这是生意。换句话说:如果你们的CD销售情况不好,我这钱不就打水漂了?"

郁敏不知道该如何应对了:她并没有说上了卞京当的事,而是说自己想出一张CD,需要借三万块钱。之所以开出这个数,是因为她自己连存款带股票,共有三万多,再借三万,就能还胡老板的钱。

"再说借、借的,也不是一家人说的话啊?"

郁敏只好顺着往下说:"如果有了利润,我会分一些给你的。"

"钱对我无所谓。"小叔子很浅的一笑,"你换个说法,我就把钱给你。"

"换成什么?"

"换成现货交易!"

"交易内容?"郁敏知道这又是明知故问。但她想看看小叔子到底有多大胆量。

"小的时候,我经常被哥哥打。我如果有什么好东西,他想要的话,立刻就抢过去。老爷子也特别喜欢他,因为他高大、英俊。而我,"小叔子一口把酒喝干,用睡衣的袖子擦擦嘴,"一次他把我辛辛苦苦做的木头手枪给抢走了,我偷了回来。他打我,我就躲到屋顶上,守着梯子口,不让他上。他打人特别狠,哪要命就往哪打,原来想挨到老爷子回来,好免这顿打。可老爷子连解释的机会都不给我,便吩咐警卫员把梯子撤了。我下不来,只好在壁炉烟囱后面待着。要知道那可是三九天啊!猫都趴到灶台上去了。后半夜,炉子的火封了,我那个冷啊!"小叔子颤抖着倒酒。

那敏从未听说过此事,她开始同情起小叔子。

"现在我有了能力,就要抢他的东西。他最喜欢的东西。"小叔子把矮小的身体,拼命撑大。

郁敏知道这钱是没法借了。

"你答应不答应?如果答应,不用说三万块钱,就是三十万块也行。"小叔子显然已经被酒力所控,说话含糊起来。

郁敏看着小叔子那虽经整容,却依稀可辨的"兔唇",明白此刻的当务之急就是赶紧脱身,再晚就很可能走不了了。

261

第二十章

为把荣永霖所托之事办好,浦耳决定亲赴威海考察威海电力物资公司的实力、经营情况。同行的有雷迅和梅小青。

"这其实不用你亲自去。"秦德夫说。此类事依惯例归他管,他已经约林竞芳同行。

"咱们生意人做的就是钱,五百多万不亲自去。什么事情亲自去?"浦耳看着秦德夫说,"我最反感现在传媒上的某些说法:某某事在某领导的亲自过问、批示下,得到了解决。批示、过问是领导人的本分,如同在吃饭、睡觉、大小便前,用不着冠以'亲自'一样。"

秦德夫却认为浦耳的做法另有含义。自从"想法"被辛总"激活"后,他对浦耳的每一句话,都要反复推敲。他大概有所察觉,要从我的手里把权一点、一点地收回去。看样子不进则退,得抓紧干。

上飞机一坐定,浦耳就取出《古玩指南》读起来。

"浦总真是手不释卷啊!"雷迅不无巴结地说,"您看的是什么书?"

浦耳把书递给了他。

雷迅翻了几页后,把书还给了浦耳。"尽是我不认识的繁体字不说,它还竖着排。人的眼睛是横着长的、左右运动方便,上下运动就难受。"

"咱俩确实隔了代。"浦耳把书合上。"前些天,我大儿子帮助收拾旧家的东西,下楼后,我才发现一本'文革'版的有关林彪的书忘带了,就打电话让他给扔下来。因为名字记不确切，我就告诉他书的封面是林彪的像。他连扔数本都不是。气得我重新爬上楼骂道'要不你考不上大学呢？连林彪都不认识。'等我把书找到后，他赶紧凑上来'让我看看，哪个是林彪？'我这才想到委屈了他：一九七七年他出生时，林彪早已折戟沉沙骨已销了。一代人和一代人，真快啊！"

六九年出生的雷迅，关于林彪没什么可说的，就问："您看新出的古玩书多好，那书有图，印的也比这好。"

"现在的书，错实在是太多了。你知道古玩这东西不是别的，错上一个字，可能就会带来大的损失。这书是一九四二年一个教授写的，文章好，见识也高。"

梅小青取过书翻了翻，插入谈话。"您怎么看这书？"

浦耳指着她膝盖上的法国的时装杂志问："那您干吗看这书呢？"

"咱们买不起法国时装，看看也解馋。"梅小青时时刻刻想提高自己的文化层次，想变成一个真的城里人。

"同理可证，"浦耳晃晃书。"再说万一有一件古董碰到咱手里，要是因为不认识给误过去了，那该多冤！"

雷迅赶紧问买到真古玩的可能性大不大。

"几乎等于零。"浦耳说，"反正我是没买到过一件真的、有价值的东西。至于这书上说的'天目碗''宣德炉'真的我连见也没见过。"

"那您每个星期天总到古董市场转个什么劲？"梅小青对浦耳进行过研究，掌握不少的资料。

浦耳本想说：就和你没事要到时装商店转一样。但这类话非上级下级语言，就改为："我主要是为了感染一下那些旧物的气息。有时也买一点赝品，和看着顺眼的非珍品。"

雷迅却认为古物即使真的有"气息"，也不是好闻的气息。买赝品和非珍品，不能保值，就更不合算了。

对于他的第一个说法，浦耳认为是年龄在作怪：人一过四十，总会不由自主地产生一种怀旧感，和"过去"越来越近——林彪为封面的一本书都舍不得扔，就是一个典型例子。对于他的第二个说法,他认为是教育的失败:干吗干什么事首先想到的是它能不能使得你的财富增加呢?但这些他仍然没说。他觉得自己四十就已经"耳顺"了。

这两个人是第一次随他出差,为了使界面友好一些,浦耳讲了两个自己买古董的笑话:"某次我在古董市场上看中一块中间有水胆的玛瑙。现在玛瑙不值钱,加上这块的品质也一般,但难能可贵的是它有个水胆,我花了三百块钱买下了。'奇石共欣赏'是玩家的通病,我自然不能免。一位行家朋友一听就笑了'我用汽车打赌:它绝对是假的。'我立刻就请他去鉴定。在我家门口下车时,我让他和奔驰车道别,说是'别时容易见时难'。谁知他连放大镜都不用,就找到去'水胆'的通道,然后用针一挑,水就放了出来。"

大家都笑了起来。

"上个星期,我又买了枚罕见的'大元通宝'。主席说得好,'错误和挫折教育了我们,使我们比较地聪明起来。'所以在回家之后,炫耀之前,自己先拿放大镜检查,先是发现'元'字呆板恶俗,然后又在后面找到一个小疙瘩。把它抠下来后,'元'字也就掉了下来。再对照书查,发现这枚钱实际上是较常见的'大观通宝'。"

梅小青不由地对浦耳产生敬畏。成就足够大的人,往往不说成就,而改说自己的不是。

雷迅对此不太感兴趣,抽空问浦耳对明年股票市场走向的看法。

浦耳老练地反问他对股票市场是什么看法?

雷迅又把自己因为香港回归、党代会召开等因素,所以估计在一九九七年之前,股票市场肯定一路牛气烘烘的理论说了一番。

浦耳看雷迅神采飞扬的样子,便知他投入不少。所以在他说完后,等了一下才说:"一九九六年也好,一九九七年也好,对于股票市场来说,都是普普通通的年度。"

但雷迅还是坚持股票市场只会升温而不会降的理论。

"二战时,日美开战前,日方召开实力对比会。一个海军军官说某艘新造的战列舰是永远不会沉没的。山本五十六说道:会沉的,凡是浮在水面上的东西终究都是要沉没的。"

雷迅还是不服,正要发言。飞机就开始降落了。

浦耳出差的同一天,秦德夫就派人把京安公司开具的、面额为四十万的"自带信汇"票给了支老板。这个数正好是浦耳房款的差额。

支老板对支票有怀疑。"要是由您的公司开出来,我二话没有就收了。这您是不是'倒送'一下?"

"我们是股份制的大公司,账上虽然有的是钱,可有些钱出着就不方便。让朋友的公司垫支一下的情况是经常发生的。"秦德夫这话是经过精心设计的。"倘若不是你假装不懂这点'猫腻',就是我这张脸不值这几个钱?"

支老板想了一下,便把房子的钥匙从抽屉中拿了出来。

秦德夫一回到公司,就指示办公室的小苏带上几个人给浦耳打扫房子,并让把窗帘、空调机、淋浴器等自配用具配全。对于小苏这笔钱出在何处的请示,他想了一下后回答道:"出在马董事长更新办公用具的费用里。"

马一青当了董事长后,他提出给他更新汽车、通讯工具、办公室家具。马说汽车不必了,原来的司机用惯了。至于通讯工具,他说更没必要。"我原来的移动电话、BB机也是尸位素餐。"唯独对后一项,马表示了一定的兴趣。"换一下别人的气息也好,但不要太浪费了。"

秦德夫当然"听懂"了这话,亲自跑了好几个家具商店,定下了规格、样式。这事他没对浦耳说。此刻他把浦宅的用具费一并加进去,为的就是堵浦的嘴。

他从窗户上看着小苏率领若干人,驾驶着客货车辆离开后,怀着"当家人"特有的自豪,下楼去京安公司。

京安公司是海威公司的老客户,但规模要小得多。故而秦德夫一到,所有的领导层都出来了,寒暄过后,京安郭总就打电话在"佳宁娜"美食城订餐。

265

大大咧咧独自一个人坐在居中大沙发上秦德夫制止道:"你们以为我是工商、税务的官员?专门来这吃饭的?"

"如今又不是一九六二年的困难时期,谁没顿饭吃?您能出席我们公司的饭局,是我们公司的光荣。"郭总的年纪和秦德夫相仿佛,极善言谈。

"如此说来,也只好吃了。"从前几次,秦德夫总是以随员身份出现,而今天他想领受一下主宾的滋味。"但犯不着去'佳宁娜':那儿的白斩鸡七十块钱一碟,家常豆腐也敢开六十。太宰人了!"

"北京吃饭界现在流行一句话:我们开始吃环境。"郭总知道秦德夫这是"虚推",坚持把电话打完。"那儿重新装修过,您去感觉一下。"

经过装修的"佳宁娜"果然不一样。坐在首席上的秦德夫打量一番后说:"西谚云:祖上传下来一把斧子,我爷爷换了斧身,我爸爸换了斧把。"

郭总和他的随员们一起笑了起来。

首席法官、首席记者、首席代表……首席总有首席的好处。真是不坐不知道。秦德夫想道,虽然他们当中起码有一半人不明白我说的西谚的含义,但他们也得跟着笑。

郭总点菜的时候,秦德夫只是原则性地指示:要俭朴一些。但并没有坚持。在这样的场合,就算你真想吃普通食物,也不能说,说了就等同于妄自菲薄,会被人看不起。

在点酒的时候,秦德夫坚持喝干白葡萄酒。因为他必须保持清醒的头脑,好跟郭总谈事。

郭总以公司轶事充谈资:"前些天,某国防研究所的一位高工要跳槽来我们公司,并声称能带来一些技术。他开的价是年薪七万。要是有真才实学的话,这个价也不算高。可我怎么也不能凭借他的几张证书,就隔山买老牛吧。所以就让他说一个大概。他讲了几项,都是有关核反应堆材料方面的技术,卖给伊拉克还差不多,对我们毫无价值。"

秦德夫打断郭总:"我嫂子在清华大学核工程系。当年这个系,无论招生,还是选择留校当教师,从政治到业务,都相当严格的。颇有'一入核门,风光无限'的劲儿。可眼下这个系是清华最穷的系:计算机系可以卖软件、机房设计,就是卖教材,也是笔大收入;建筑系也厉害,一张总体效果图,就是总造价的百分之几地拿。机械、电力、冶金,都各自有各自对口的工业部门。就是中文系,也能办班挣钱。唯独他们搞反应堆的:搞研究吧,国家现在裁减军费,不投入。办班吧,谁没事学反应堆控制、反应堆化工、反应堆物理呢?因此她的收入,还没有她在学校出版社的女儿多。"

郭总附和了两句后,接叙故事:"他有些着急,就把他的看家项目拿了出来。您猜是什么?"

秦德夫摇头。他就是能猜着,也不会说、因为别人问你答,总给他一种小人物的感觉。

"他把一种记忆金属,装配在文胸里。"郭总慢悠悠地说。

大家都笑了。

"乳房并不是随季节、心情变化的函数。记忆金属有什么用?"秦德夫笑得把口中的酒都喷了出来。

"上个月还有一个剧本作家找到我们,让我们投资他写的一个电视剧。"郭总接着讲。

秦德夫又打断:"电视剧闹好了,绝对是好买卖。"他历数某剧赚了多少,某剧又赚了多少。

"如果定位定的准,是能赚钱:《渴望》迎合了人们的怀旧情绪,'文革'虽是灾难,但普希金说得好:那过去了的一切,都会变成美好的回忆。另外,它也能激起人们的友爱之情,现在缺的就是友情。《编辑部的故事》结构就好,它是开放型的,能把社会上一切有意思的事都装进去。《宰相刘罗锅》也是一副好莱坞派,管它历史现实,管你信不信,能让你们笑起来就是好片子。"

"您收到的剧本,这些因素都缺?"秦德夫问。

"正好相反:怀旧有、友谊爱情也有,噱头也不少,结构也不错,情节也紧张。

说句过头的话,有点《真实的谎言》的味道。"

"要是资金问题,我们可以帮助。"秦德夫说。

郭总虽对秦德夫的频频插话颇为不快,但一点也没露在脸上。"不是资金的问题,而是政治问题。它的故事线是这样的:某国际贩毒集团的老大来中国,负责一大批毒品过境。国际刑警中国中心局派一个年轻貌美的女警察监视他。一路走来,两个人竟然好上了。你说这样的主题能通过审查吗?"

大家都认为绝对没戏唱。

"眼下虽然开放,但也没开放成这样。民间还凑合。"郭总说:"前些日子我在东北见到他们划'文革'拳。拳是这样的。"

大家都在专注地看他。

郭总作天安门城楼挥手状,说是毛主席。然后把一只手弯曲在腹部,说是周总理。接着一叉腰,说是江青,"规则是主席管总理,总理管江青,江青管主席。是棒子、虫子和鸡的翻版。"

众人现学现用,包厢中顿时一片喧哗。

独秦德夫的神情黯然。

明察秋毫的郭总悄悄问原因。

"'文革'期间,我爹对他的好友谈及彭真时说:此人的辩才相当了得。在参加苏共十二大时,赫鲁晓夫对他说:'我建议你读读列宁的《论共产主义运动中的'左派幼稚病'》'。他马上反驳道:'我建议你读读列宁的《无产阶级革命和叛徒考茨基》。'这话被断章取义地传出去,老爹几乎被整死。"

这话一出,大家都把拳停住。

秦德夫也不愿意扫大伙的兴。"'文革'时别说发明这拳,就是划这拳,没十年监狱也出不来。"

不管是经历过"文革"的郭总,还是他几个没经历过的手下,都说秦总说得对。

吃完面后,郭总看看秦德夫。秦德夫于是说:"千里搭长棚,没有不散的席。"

众人让秦德夫打头,剩下的鱼贯而出。

在汽车上,秦德夫对郭总说:"上次让你进的那批摄像设备的回扣,我们不要。"

"咱们还是按规矩来吧。"

"你先听我说完。"秦德夫挥挥手;"我不是拿了你们四十万吗?回扣应该是十八万,给你们留两万的利和税。算十六万。然后我再以进不锈钢板的预付款为由,给你们二十七万,这样把账平了如何?"

郭总说:"我把回扣给你们,你们自己去平好了。"

"让你们来平,自然有它的理由。"秦德夫没想到郭总如此之木,"你还要我把话说明了。"

郭总想起那张四十万的汇票是开给一家房地产公司的,也就明白了。想想另外还有三万的利润,所以只是问:"你们要不要增值税税票?"

秦德夫说不要。但将来在某个合适的时候,用什么办法把二十七万给冲销了就是了。

浦耳一下飞机,威海电力物资公司谷总就根据海威总部传真来的相片,准确地把他们给认了出来。他殷勤地替浦耳提着包,将一行人让进大卡迪拉克车。

海威公司的卡迪拉克,雷迅从来没坐过,所以非常认真地观察着内部的装饰,体验着这世界名车的性能。

浦耳则一言不发地端坐在第三排座位上。

"这车真是名不虚传,又快又稳。"雷迅忍不住称赞道。"浦总,咱们海威公司也应该再买几辆这车。"

浦耳笑笑不回答。

"这才叫车。和它相比,别的车都是小爬虫了。"雷迅仍然陶醉在金钱、速度和权力之中。

"这车快是快,就是太费油:百公里三十升油。"谷总是典型的山东大汉,身上的英国粗花呢西装肯定是定做的,否则没那么大,也没那么合身。

雷迅问为什么。

"它自重八吨。"

浦耳不喜欢雷迅少见多怪的样子,于是他加了句,"稳重、稳重,重了就稳。"

雷迅是聪明人,再加上在公司干了这么些日子,学到些察言观色的本事,故不再说话。

威海电力物资公司的本部处于风景优美的海滨,是一幢独立的别墅式小楼。卡迪拉克一到,一个早已等候的小伙子就趋前开门。让出浦耳后,这个领带打得小而结实、皮鞋锃亮的小伙子就迅速打开一把黑伞,以遮住尚在天空中飞舞、并未真正落下的雨花。

梅小青和雷迅,自然也有人招呼。

小楼的走道上,都铺着地毯。楼梯地毯上的黄铜卡子,全部擦得极亮。

谷总的办公室是一间呈长方形、足有四十平方的大房间。从门口到他的写字台要走很长一段路。

雷迅走过去,转了一圈,才坐到小牛皮沙发上。要是有人想到这儿办事,在这段路上,自动就会把自己要说的话筛选、精练。倘若有朝一日,我坐上这样的办公桌,也要把办公桌安排在道路终端。

谷总问喝茶还是酒。

浦耳顿了一下,梅小青替他回答:"浦总办公时从来不喝酒。"

谷总的眼睛一瞟,刚才打伞的小伙子立刻将茶献上。

浦耳一开盖碗的盖子,就知沏的是真正的"旗枪"。他茶叶方面的造诣,来自他的在茶叶公司当总鉴定师的"前小舅子"。他虽然和前妻离婚,但这"姻亲"并没断,时不时地请他去"奇叶共欣赏,疑义相与析"。"前小舅子"很奇怪浦耳的鉴赏能力:"按说像你这样喝酒又抽烟的人,味觉和嗅觉应该极差才对。"浦耳告诉他:"中国流行歌手中嗓子最好的是刘欢。他的嗓子是真好,因为别人的嗓子要养,可他却喝酒又抽烟。但你也不要以为我是什么天才,"他套用鲁迅的语录说,

"我只不过把别人喝咖啡的时间,都用来喝茶和看茶叶书。再说我得天独厚,有你这样一个'前小舅子'。""前小舅子"不高兴地说:"你别老'前小舅子''前小舅子',好像它是一个什么职务似的。虽说姻亲属于不稳定结构,但我总是孩子的舅舅吧?这可是缘亲。""前小舅子"曾经告诉他:真正的名茶,如"毛尖""旗枪"之类的,产量极少,价格极高。看来他们为了招待我,费用和心思都投入不少。

谷总和浦耳就籍贯、学历寒暄着。

雷迅却认为这些意思不大:如今的籍贯,远不如明清时重要。那时各省在北京有自己的会馆,以供举子和来京的官员们居住,这样乡情就容易联络。捎封家信、带些药品、土特产也方便。曾国藩家书中就不乏类似的记载。但现在,到处是"全程服务"的宾馆,一个电话打通全球,特快专递遍布每个角落。地球都成了一个村,村东、村西的地理查找,还有什么意思?至于学历,他们这些"文革"前的中学生、工农兵学员之类的,就和我坐的"奥拓"一样,和卡迪拉克、奔驰比,根本就不叫车了!他听着没劲,也不好插嘴,又知道浦耳很讨厌人在谈话时走来走去,所以只好用目光在屋子里寻找。

最后他终于找到了一个问题,并在浦、谷谈话的空间,提了出来:谷总写字台旁的酒柜为什么朝外?

他一说,梅小青也注意到了:谷总的写字台很大不说,旁边还有两个边台,一个和所有使用这样的桌子的人一样,上面放着台"586"电脑,但另一个却是一个背靠转椅的酒柜。里面放满了各式各样的中外名酒。

谷总支吾了两句,让人不得要领。

浦耳释疑道:"你们把自己放到谷总位置上,答案就出来了。"

谷总会心一笑。但另外两人还不明白。

"真正的大老板,从来不自己倒酒,而是招呼别人给他倒。可别人来倒,要到里面去该有多不方便。"浦再把话说透。

两人这才恍然大悟。

"我明晚有重要的商务宴会,一早就得回北京。我看咱们还是开始工作吧?"

浦耳对谷总说。

谷总问从何处开始？

浦耳说从主要的业务情况介绍开始。

谷总说："人们总说：空口无凭，你们还是看看账吧。"

浦耳说："这当然好。不过咱们第一次打交道，上来就看账，不太好意思吧？"

谷总一副豪爽的山东大汉做派："他们工商、税务看得，自家哥们儿有什么看不得的？"

浦耳又问在什么地方看。

谷总笑着说："就在那张酒柜朝外的桌子上看。"

雷迅不等浦耳发问，就让把账簿拿来。

谷总没回答，把浦耳往椅子上让："我们这里'无纸办公'，电脑都联着网呢。"

浦耳坐上去后，熟练地打开电脑，并根据谷总的指示，在相应的子目录上，读到了标题为"主要业务"不加密的文件。

这文件很长，浦耳决定从去年的看起。

谷总见浦耳读得很专注，告知调其他文件的指令后，说先去打个电话，走了。

雷迅闲着无聊，就看谷总书柜里的书。

而梅小青则站在浦耳后面看账。

这个账是公开的，看头不大。浦耳看完后，又通过电脑，要求看一下银行往来账。

在一楼的会计室里，会计问站在电脑旁的谷总，让不让看。

谷总说可以让看。

会计又问看哪一本？

谷总不耐烦地说："这还用问！当然是'备查'那本。"

等会计把文件发送出后,谷总又说:"其实他是人而不是神,看账也不过是做做样子。没人能记住这么大的一本账。"

看到一笔比较大的人民币业务时,浦耳提出看合同。

当合同与账相符后,他再继续往下看。接着他看到笔二百万美金的木材贸易时,他又接着调合同看。

梅小青也伏身看屏幕的中英两个文本。"浦总,这似乎有些,"她的英文程度不很好,有些拿不准。

浦耳竖起手指,示意她噤声。

浦耳大约看了一个半小时,才看完。

"用不用拷一份?"梅小青附在浦耳耳边说。

浦耳在摇头的同时,闻到了一股淡淡的香味儿。

工作午餐后,谷总陪浦耳一行,到保税仓库考察。

所谓的保税仓库,就是放海关暂不征税的东西的仓库:如果你规规矩矩把这些东西转口卖给了别的国家,或者加工后再返回到境外原产地,海关就不征你税。而如果你这批东西,最终卖到了国内,海关将按照正常的税率收税。

谷总和保税仓库区的人极熟,他们一见他,都挤到车边,要烟抽、喝饮料、聊天。

他也一一应付,周到热情。

浦耳从电脑上看到的属于威海电力物资公司的许多物资,基本上都属于生产资料。

晚饭开在一艘退役的军舰上。

军舰原来布置得比较紧凑,但一经改建,便面目全非。豪华得如高级邮轮。

他们的宴席摆在最大的"舰长厅"。大家进去时,已经有三个装扮成日本艺妓的女子等候在那里。

浦耳一见就皱了下眉。

谷总将此动作收录。等艺妓们献上壶日本清酒后,便把她们打发了。"此乃这儿的固定程序。"他略带些歉意地解释道。

浦耳表示理解。

谷总说日本的艺妓撤退了,日本的清酒也该一起撤。然后他让人上了十年的汾酒。

"我们浦总就喜欢喝这种酒。"雷迅抢着说。

"那就算我蒙着了。"谷总给自己满上,然后把瓶子递给雷迅。"只要感情有,什么都是酒。喝什么、喝多少你们自便。"

浦耳跑了一天,有些累了。想放松一下,也给自己倒了一大杯。

宴会环节间衔接非常紧凑,很快就达到了高潮。浦耳不失时机地给谷总敬酒,感谢他们的招待。

"您别急着散。"谷总向一个随员使了一个眼色。这个随员马上从屋外取来一个方形的纸箱。

这下子把浦耳推向一个尴尬的境地:他并非从不接受礼物,但通常会把回赠物事先准备好。而此次他当纯粹的公务办,没有准备。"您是荣董事长的朋友,咱们别把内政办成外交。"他推了一下。

"胡彪讲话:就是山穷水尽,咱们也得有点见面礼啊!"谷总做了个"请"的手势。

浦耳只好伸手开箱。

箱子里的东西大大出乎浦耳的意料,是把精致的日本武士刀。这把刀的把上缠绕着颜色暗淡的金线,并有一个以菊花为中心的族徽。

"日本和山东一衣带水,所以我们就想送您点土特产。"谷总笑眯眯地说。

浦耳很仔细地观察着武士刀。他边观察边想:他怎么会知道我喜欢这类物件?他为什么送我这么贵重的礼物?此类刀他曾在日本见过,价值大约在两万人民币左右。就是煞煞价,也不会低于一万人民币。

谷总见浦耳看得仔细,就指点着族徽解释:"这是镰仓幕府时期发起来的清和源氏的徽章。"

他一解释,浦耳更知刀之珍贵。"却之不恭,我收下了。"他把刀递给了雷迅。

"好刀应该'杀人不见血'。"雷迅接刀后说,"它能做到吗?"

"那是杨志卖刀时的广告。"梅小青觉出雷迅的话不合时宜。

"杨志既然做这广告,消费者就有试一试的权力。"雷迅最不爱听梅小青的教训。

"谷总不是杨志,我也不是消费者。"浦耳站了起来。

他们的下榻处,紧邻公司办公楼,样式也相仿佛。

浦耳和梅小青被安排在楼上两间相邻的房间里,雷迅被安排在楼下。

这家伙显然误会了我和小梅的关系。浦耳见如此安排,不由暗笑。但这也表现出谷总无微不至的应酬功夫。

陪同人员退去后,梅小青过来坐了一会儿。但浦耳很快就暗示要休息,梅小青也就走了。

涛声到枕,使得浦耳很惬意。他想多听一会儿,就压制住睡意,关灯细听。

大约在午夜一点,他听到有人轻轻地上了楼,然后又听到隔壁的门无声地开了。不用看,浦耳也知道是怎么回事。

人和人的联系,就和大脑内部的思维联系一样,变幻莫测,不可琢磨,无法分析,这大概就是青春,就是生命。他想着想着,就睡去了。

第二十一章

星期一浦耳刚进办公室,马一青电召其去他办公室。

这间办公室原来是荣永霖的。因他不常上班,一般是锁着的。但锁归锁,浦耳还是安排工作人员每天打扫,保证桌子无灰尘,暖瓶有热水。一分投入,就一分产出。只要荣永霖高兴,不干涉他的工作,就是最大的利益。

一进屋,浦耳就发现屋子大变样了。当然,三四天的时间,内部的装修变不到哪里去,可沙发变成意大利小牛皮的,墙上也挂起题有赠马一青款识的名人字画。写字台也成"威海谷总型",附属它的还有一排书柜——并非严格意义上的书柜,以大大超过八开的间隔论,放古董或大型纪念品类更合适。

马一青示意浦耳坐,然后通过新更换的"秘书台"电话,吩咐送两杯茶来。随后,他低头批两份公文。

浦耳粗估一下这套"行头"的费用,判定不会低于五万块钱。这是谁批的?他问自己。肯定是马一青发起的,这也在情理之中。关键是规定三万之上,任何项目都必须我批,大概是秦德夫。他联想起马一青荣升董事长那天,秦德夫的巴结态度。

马一青在认真读文件,并不时地用粗大的红铅笔勾画。

发到海威公司的文件,除去市、区工商、税务外,主要就是能源部的。但部里发给一个"三产"性质的股份制公司的,能有什么重要文件,值得他如此认真?浦耳在读报的同时,用眼睛的余光,扫看马一青。他大概一来好长时间没过"读文件"的瘾了,二来可能是为了煞煞我这个总经理的威风。

在波茨坦会议上,罗斯福第一次就某个问题首先征求斯大林的意见时,丘吉尔就意识到大英帝国的衰落。敏感的浦耳隐隐感到局势的微妙变化。同时他也意识到今后很可能要承担来自上下两个方面的压力。

"听说你去威海是落实老荣交办的事?"马一青终于抬起头。

浦耳认为正确的说法应该是"遗留"的事。但他没纠正,

"结果如何?"

浦耳简洁地叙述了一番结论。中心意思是不能把钱借给威海生力物资公司。

"老荣毕竟在海威公司工作多年。他答应的事,能办的要尽量给办。"马一青转动着手中的铅笔。"否则别人会说人走茶凉。"

浦耳知道这是一个小圈套,所以没接茬。

但马一青并不把这个问题放过。"答应时,他毕竟是董事长嘛。"他用加重的语气特别突出"董事长"三字。"即使否决老荣的动议,也要给个像样的理由。"

这政治语言浦耳当然懂,于是虚与委蛇道:"像样的理由,一时还拿不出来,关键是他们给我的印象不好。"

"尽管目前有许多人贬低毛主席,汽车上也放着毛主席的像、歌舞厅里也放走调的语录歌,很不严肃。但这不妨碍他是一个伟人,他的话,依然有很多、很多的真理。"马一青把铅笔重重地放在桌子上。"他说我们不能光凭主观印象办事,我们要找客观的依据。"

浦耳没想到马一青会虚张声势到如此地步,也就不太客气地说:"我在商界也算老资格了。"他本来想说:"也算大师级的人物",但恐怕太刺激。"基本的阅人、阅事能力还是有的。这是我严格按照商务程序考察得出的结论。"说到这儿,他把语气上降了个格。"在许多时候,主观的印象是客观事实的反映。"

马一青没料到浦耳会这么硬。停了一会儿后说:"公司的事,有些时候看上去是钱,但实际上是政治,而且政治是在经济之上的。"

277

这道理浦耳自然也懂，但他还是反着说："咱们作为一个纯经济机构、一个股份制公司，应该以盈利为第一目的。"

马一青从写字台后面绕出来，坐到浦耳身旁，拍着他的肩膀说："世界上没有什么东西是绝对纯的。纯是相对而言的。咱们是股份制公司这没错，但你原来的荥力公司挂靠在Q大学之下，也就是说它属于Q大学。而我们则属于能源部。二者相加，国有资产占统治地位。所以，党的领导是不容忽视的。我发布的第一号董事长令，就是让公司里的党员交纳党费，定期过组织生活。再者说，老荣在部里有许多老部下，闹不好会引起连锁反应。"

浦耳承认马一青道出了问题的要害：海威公司确实在性质上有许多问题需要澄清，等腾出手来一定干。他也知道避开矛盾，妥协是政治上重要的技术，便说将写一份有说服力的报告呈报董事会。

马一青没追问"有说服力的材料"是什么。浦耳也不怕他追问。在读威海电力物资公司的"电子账"时，他发现有若干笔买卖，内容是"保税"物资。但他在保税仓库看账时，却没发现相关的记录。换言之，就是电力物资公司把保税仓库的东西卖了，可没有上税。再往深里说，如果扣除了这笔应交纳的税款——其数量不会小，否则没必要不在账上显示——它极可能变成一个亏损单位。另外，谷总口头应许借海威一百五十万，三个月后还一百九十万。并说四十万利息，可分解成多少份、打到任何账户上。浦耳的经验告诉他，很少有以三个月为周期，就赚四十万的买卖。至于最后一条，则完全是贿赂。

"一把手"的良好感觉，推动着马一青随心所欲地在房间里来回走动。"我还是相信你的！好好干。我这个位置终究有一天会是你的。"

马一青在副部长位上时，浦耳和他无直接接触。但他相信此语式肯定是他当年用惯的。他等马一青归位坐回写字台后，就找个机会告辞。

马一青看出了浦耳的意思。"另外还有一件事，桑田手上有批机械，也有单位想要，我让他和你联系。"

浦耳不置可否，只说与桑田具体商量。

对此回答,马一青甚感不快:桑田天天诉说被银行的利息压得喘不过气来,要岳父帮着尽快把制砖机出手。他先让桑田自己找浦耳,可不得要领。之后他想通过秦德夫把这事办了。可秦德夫试了一下,遭到强烈反对,最后只好明说他授权有限,必须通过浦耳。综上所述,他才想出这样一个"政治解决"的办法。谁知这也没有收到应有的效果。

秦德夫这些天一直在为钱奔忙。

钱虽从辛总的账上,以"自带信汇"方式,进了秦德夫指定的账户。但这还不是真正的钱,只是些数字。而根据他和辛总签订的合同文本和印鉴,这些钱在法律上是属于海威公司的。要把它们变成真正的钱,还需要把它们分解、消化。

秦德夫的分解方法是这样的:以买卖的方式,把二百万人民币支付给若干个公司。然后给这些过手的公司留下百分之二到五的税金和费用,让他们以现金的方式,存到若干个银行中由他指定的化名私人户头上。最后给他一张发票。这样万一东窗事发,也起码能抵挡一二。

他和每个公司的往来最高也不过一二十万——这是他精明所在:如果钱多了,就会给这家公司留下印象,将来不管哪个环节出点事,牵动效应就会发生。再者说,万一哪家公司见财起意,坑他一鼻子,损失就会很惨重——这并非杞人忧天,有前车之鉴在:去年他从海威公司把五万块钱传递到自己账户的途中,借道一个从小的朋友孙的账户。可这钱进了孙的账后,千呼万唤不出来。后来他好不容易找到孙,质问道:"你说是五万块钱重要,还是四十年的交情重要?"孙说是前者。他愤怒地说:"人生只有不到两个四十年,而会有许许多多的'五万块钱'。"孙目光直视着他说:"对你来说也许是这样,可我四十多年过去了,也没积攒下五万块钱。你如果上法庭告我,那你除去损失四十年的交情外,五万块钱也泡汤了。不如做个人情送给我。"

这样分解下来,要十多个可靠的公司。他手头没有如此之多的资源,只好托了若干个人去找。

这征集来的公司当中就有栓子"东方汽车机械有限责任公司"。

栓子是浦耳的私人朋友。这秦德夫是知道的。可这个环节属于网络的次级，在他的信息系统中无显示。

秦德夫在监督钱之分解的过程中，再度收到浦耳问房款差额来源的电话。

秦德夫心里虽不耐烦，语气还是毕恭毕敬的，再次告诉是一个朋友。

浦耳又问这个朋友是不是海威公司的客户？

秦德夫犹豫都没犹豫，就说不是。

浦耳问利息是多少？

秦德夫本来想说不要利息，但怕引起浦耳怀疑。就说："一点象征性的利息而已。"

浦耳坚持要知道利息的具体数。

秦德夫只好说是月息七厘。

电话里没了声音。

秦德夫心里直跳：他是不是起了疑心？

但浦耳马上笑了起来。"这有点太象征性了，最少也给他一分。"

秦德夫说此人是"铁哥们儿"，意思到了就行了。

浦耳说："生意就是生意嘛！越是'铁'就越不要亏了人家，不要把意思弄成不好意思。反正我也用不了几天。"

秦德夫答应再给加上一些。

浦耳又感谢秦德夫帮助他收拾、布置别墅。

秦德夫作生气状，"咱们是谁和谁！"

浦耳把电话的"录音键"关闭后，吩咐秘书不要打扰。

自从栓子告诉他，海威公司有人"通过他的东方机械"洗钱时，他几乎一下子就想到了秦德夫。于是再三追问。

可栓子没他想象的那样简单，懂得公司政治之复杂。死活不肯说出自己的"上线"。

但浦耳已经凭感觉认定了。他向来相信自己的感觉，虽说感觉不能分析，但他仍然开始分析这感觉。一，秦德夫近来的形迹很可疑。可疑之处在他和马一青的关系：在他和他说话时，眼睛总看着别处，而且说完事就走，不再聊闲天；他不再没日没夜给他去电话、不再约他喝酒……二，栓子明确说，合同上盖的是海威公司的章，而这个章除去他外，理论上只有在他外出时，代行其职能的秦德夫能动——章就是一个单位的象征，就是一个单位的权。"文革"时夺权，夺来夺去就是夺章。再比如说，支票没有章，不过是一张漂亮的纸。

就因为这感觉，他调来从他决定买上帝花园别墅后所有的账目。发现其中没有任何蹊跷。可他为了保险起见，还是给秦德夫打了个电话：他其实在早晨还见到他，之所以打电话，完全是为了录音。

浦耳把录音带从电话中取出来。在上面写了个"QDI 的"字样，然后放进了保险柜。"Q"是"秦德夫"名字的第一个字母，"D"是电话录音的意思。

然后他又把这条目录记在计算机的"备忘录"的文件中。

作为一个管理专家，浦耳有两大特点。其一是原则性极强。任何事情都据原则处理。这样就算三年后，有人就某事来问，他也不会说出和三年前不一样的答案。非如此，一个日理万机的总经理是没法子工作的。其二是他的文档管理的非常好。这方面的榜样是父亲：父亲不管工作笔记还是读书笔记都分类编号，就是每年的台历，他都保存。然后他会作一份总目录，把各个笔记本的摘要记录在案。他常说："如果你知道某个罪犯在中国，那毫无意义。但你如果知道他在北京，是男的，二十岁，有相片，并知道他的亲戚是谁个、朋友是谁个，那几乎就能给他定了位。文件也要做如是观。'只在此山中，云深不知处。'那就和没有一样。"他这套方法，"文革"中虽帮不了大忙，但也使他推卸了不少"罪名"。

但在这之前，他没给任何私人建过档。这次也是受栓子启发。栓子说："您从小在一个富裕、和平的环境中长大，什么东西不用争就会有。所以您习惯于把人想成善的、好的。可我从小不争、不抢，就连饭都吃不饱。后来我又在局子里待了几年，那里更是这样。所以我把人统统想成坏的。您把一人想得好得不得了，而他一旦是坏人，您就惨了。我把人想成坏的，他其实是好人，却一点关系也没有。"

通过分析,浦耳认为秦德夫的钱属"非海威"的。既然不在我管辖的范围里弄钱,就让他弄去吧。我并不是一个古板的人,现在公司的经理人员,尤其是像海威公司这样性质不明确的公司经理人员,几乎个个都有"灰色收入"。几年前,邮电局最有油水的差事就是装电话的"外勤"。他们表面上无批准权,但他们知道那根杆子有空,给你塞进条线去,电话就能用。有此职务优势,他们财源滚滚。他有个亲戚就是外勤,其家中的藏画,比他还多。问原因,他说他的辖区中有中国画院和全国文联的宿舍。电力也是如此,谁家增容,谁家换线,不给几个"黑钱",你就等着去吧!

世风如此,经理人员自不能免。他们的职权范围里,没有电话和变压器,有的只是钱。

但对搞黑钱,浦耳有一条界线:不能弄自己公司内部的钱。换句话说,你不能订货时,故意多付供方钱,然后从中拿回扣。如果你订回来的货,在价格公道的前提下,你仍有办法让对方从他的利润中,分一部分钱给你,那就是你的本事了。在无人告发的情况下,他是不会去追究的。

对于前者,他从海威公司开除出去的已经不止一个,而对于后者,他一个也没动过。虽然他也曾有所耳闻。但愿秦德夫是后者。

一二十万块钱,在浦耳眼中非大事。所以很快就研究起秦—马关系来。

说实在的,一开始浦耳并没意识到荣永霖和马一青有何不同。他甚至认为马一青和他更接近一些。因为马在私下里经常对他说如何建议荣永霖放权、再放权。并且也曾经讲过他的"施政纲领"。故此马一青在让他去集中那张"反对票"时,他虽没动——这一来违背他的道德观:背后搞人,总不是什么好事情。二来他相信没有他的活动,马也会搞到足够的票数。马经营此事,已非一天两天,之所以对他说,目的不过是安定他。三来即使马"做"不掉荣,自己也好有个余地——但心理上还是倾向于马的。

可马一青一上台,公司的态势立刻就变了。这从今天马一青的谈话已经不难看出。

看来他似乎不甘心"高高在上",而要掌握这个公司。浦耳在纸上写了个"M"又在上面加了圈。

当然,马要想一下子把海威公司拿到手,是不可能的。即使是非常能干、经验丰富、驾驭力强、精力充沛的干部,被派到一个新的岗位上后,也要摸索很长一段时间,方能入手。而后最少也要两年时间,才能慢慢地将权掌握。有鉴于此,浦耳认为没必要慌张。关键岗位用的干部,比方梅小青、雷迅等,都是自己用的。重要的客户也都自己亲自联系的——如同蒋介石有中央军、李宗仁有桂系部队、林彪有"四野"一样,公司经理倚仗的就是客户。在此问题上,他从来是不假手于人的。

掌握住干部、客户两条,谁都奈何不了我。浦耳闭着眼睛,在脑海里把海威公司的组织流程图、客户图过了一遍。假设马一青真的越过他直接下道要给谁一笔钱之类的命令,那么,财务人员就会告诉他:账上现在没有钱。他要是不相信,自己去看,就算他看得懂的话,从账上也确实看不到钱:在迷宫般的金钱网络中,藏上笔钱,就是行家也难找。再比方,他命令和某某做笔生意,贸易部门的头脑就会告诉他:这笔生意是如何不合算,钱付出去,收回的百分比是如何小,收到的货是如何的质量不好,是如何难于找到"下家"等等,几下子就能把他打击回位。

另外,浦耳在纸上写下"务虚"两字。我要找个机会和他理论理论:你董事长是代表资产方来管理资产,防止它流失。你并不能参加经营。具体的经营是总经理的事。

浦耳本着"多算胜"的原则,继续往下想。但马一青和秦德夫联合起来,问题就有些严重了。他在上,秦德夫在下,上下一呼应,就能形成气候。也许有一天,马一青会重操故技,把他像荣永霖一样地"做掉",用秦德夫代之。现在的关键是秦德夫,必须先摸清他的底,然后制定相应的对策。

因为从任何方面都得不到帮助,郁敏只好把存款取出来,把股票卖掉。

取未到期的存款,利息自然损失,这是常识。郁敏没想到的是股票市场也随之变得很不景气:这里指的并不是能显示整个股票市场的指数,它依然牛气哄哄。而是单指她在储华章的指导下买的那几种股票。

用储华章的话来说"股票的价格循趋势变化,而趋势会发展下去,直到出现情况,改变这种趋势为止。"

等一等,它们被大盘牵动,肯定会回升的。可她一想起胡老板阴沉沉的面孔和他的"手段",就不敢等,即使"割肉"已割到"骨头",也忍痛卖掉了,

全部钱集合起来,共有三万,离六万的目标,还差三万。求告无门的她,只好向家里借。

以她的年龄和性格,这个口不是好张的。但被逼到这份上,不好张也得张。她仍然以出版 CD 为借口,并说在有了利润之后,还给父母。

"这几乎是我们的全部积蓄。"母亲把存款折子拿出来递给她。"只要用在正经地方,还不还都无所谓。"

接过折子时,她心里一阵难受。

父亲仍然坐在沙发上,大声感叹"人心不古"。"前些日子,我的一个学生鼓动我出版一本《论文集》。我勉强同意了。可谁知出版社竟然提出让我自己推销三千本。我堂堂一个 Q 大学的教授,能推销自己的书吗!? 真正有辱斯文!"

母亲毕竟是母亲,察觉到女儿的不同寻常处。趁在厨房做饭的功夫问她是不是得了病。

郁敏摇头。

"在美国的孩子得了病?"

郁敏还是摇头。

"只要没人得病就不怕。钱是身外之物,生不带来,死不带去的。"母亲根本就没问她的丈夫。在此问题下,女儿从来没说过什么,但她已经明显地感觉到了。

到了一定的岁数或一定的境界,人除病外,什么都不怕了。在出门时,郁敏想道。

她把钱还给胡老板后,向胡老板要收条和原来那张支票。

胡老板笑眯眯地开个收条还了支票。"毛主席说得最好的一句话就是'错误和挫折能教育人'。像你这个岁数的人,不会不知道这话的。"

郁敏知道胡这话是毛主席语录的误引,但无心纠正。可胡老板"像你这个岁数"这句话还是让她感到不舒服。

坏事情总是接连出现的:郁敏刚刚处理完胡老板事件,CD的制作人又来找她麻烦。

制作人口气严厉地提醒地交钱的期限已过。

"我现在实在是没有。"郁敏用凄惨的声调说。

制作人再次强调CD非个人创作,而是环环相扣的工业,缺一环就会招致整个项目报废。他确定这个丈夫在美国的女人有的是钱,说服她拿出来就是了。"工业这东西,开弓没有回头箭,你就是想停也停不下来。"

制作人最后一句话给郁敏以很深的印象:在一九八九年北京动荡期间,丈夫准备去美国时,他们到餐厅订饭宴请朋友。在预计朋友们要来时,丈夫就让上凉菜。可因为学生游行,交通阻断,朋友们左等右等不来,丈夫只好开车去接。他走了之后,热菜也开始往上"上",她赶紧找餐厅领班制止。领班告诉她:"程序一经启动,就停不下来。"她不相信,又找到经理。经理说:"我们这里是流水作业,一开动确实没法停,不信你去看看。"她到厨房一看,果然火焰熊熊,案板咚咚、炒勺滋滋,几十个人在进行流水作业,确实没法子停。只好回到桌边,看着菜一道道地往上上,渐渐地堆成一座小山。

"我想退出来,你看行不行?"她小心翼翼地问。"损失,我多少也承担一些。"

"实话实说:继续干,要三万。如果停,你付两万损失。"制作人明确地说:"你要是硬不干,也不给钱,那只好根据合同,诉诸法律了。"

"你宽限几天,我想想办法吧。"

制作人答应她最迟在月内把钱拿来。

放下电话,郁敏偶然在镜子里看到自己憔悴的面容,再配上胡老板那句"您这个岁数"的话,想到应该去美容了。

她出了门,就要了一辆出租车。该奢侈一回就奢侈一回吧。反正有钱没钱,不在这一点点上。

唐医生用不变的殷勤招呼她,给她精心做了美容。

等各种项目完成后,唐医生说:"美容是需要坚持的。如果中间脱了节,效果就要大打折扣。"

郁敏表示心领。

唐医生让她在卡上签字。

郁敏签的时候,发现在从不填写的"余额"一栏中,画了一个小小的红圈。这是唐医生表示钱已用完的含蓄手法。

"我今天恰巧没带钱。"郁敏做出一副遗憾的样子。

"没关系。没关系。"唐医生说,"您这样的顾客,就是没钱也可以。"

"我下次来的时候,一定带来。"郁敏在说这话的同时,已决定不再来这种高档地方消费了。

"你是不是有什么心事?"唐医生问。

"没有。"郁敏故作坦然地回答。

唐医生扶扶眼镜说:"别瞒我了,我已经从你脸上的肌肉跳动上感觉出来了。人一有心事,身体的对应器官就会有反映。而这反映最集中的地方就是脸。"她关心地说,"要放得开。容貌是自己的,如果损失了,就永远无法恢复。"

郁敏的眼泪都快下来了。

"女人一个人在这个世界上混,要比男人难,但女人也有女人的长处。"在郁敏出门前,唐医生说。

第二十二章

开会前,办公室主任通知浦耳两件事:一是沃野公司董事会通过了他们的广告预算和方案。第二是中美合资汽车公司的蒋总让他回电话。

他先和沃野的徐总通了电话。

徐总客气了几句后说:"当时我们就商定最多给你们这么多钱。再多就不做广告了。"

"我们当时也商定,最少也得向你们要这么多的钱,再少就不干了。"浦耳笑着说。

"如此说来,你我都是好商人啦?"

"起码你是。"浦耳不失时机地恭维了对方一句。

和蒋总的电话也很顺:蒋总让他抽时间去商谈广告问题。

接下来的办公会上,他就两个问题对大家说:"时间永远对卖方不利:沃野卖他们的玉米罐头,而咱们的手里有黄金时间段。这时要紧的是沉住气。对于中美合作汽车公司,那就是另外的事了:和他们这样的公司打交道,关键在于营造气氛。假设你拿着一百块钱的钞票,站在街头大声吆喝:十块钱一张,谁要!那别人不以为你是骗子,最少也以为你是傻子。如果你想和别人做成买卖,最好的办法莫过于营造出'僧多粥少'的局面。"

大家都表示他讲得很有道理。

浦耳接着给大家剖析威海电力物资公司的事:"对待你将与之合作的公司,

就如同对待将与之结婚的对象一样。换言之,在结婚之前,要睁大你的双眼,而结婚之后则要半睁半闭。"

大家都笑了。

"在重大问题上,你的对象故意欺骗你,那就要立刻离开他,哪怕只有一次,哪怕已投入很多。"浦耳顿了顿,把发现威海电力物资公司私卖保税物资的事讲了。"再往深里说,卖出一大批保税的物品,必有海关等各个方面的'配合'。他们显然不会白配合,必有贿赂随之。和这样一个公司,你们说能不能合作?"

大家异口同声地说不行。

得意之余,在电话里把这两件事对周鼎立说了。

"事情办成了,怎么分析怎么有理。"周鼎立不以为然地说。"你就没有失败的时候?"

"我的胜率还是很高的。"

"你知道什么人的酒量最大?"周鼎立问道。

浦耳不知道他卖什么关子,就说不知道。

"就是喝醉了不和别人说的人。你想想:你喝醉了,无论对太太说,还是对你孩子和爹妈说都没用,你必须亲自挨过那段难受的时光。"

"如此说来,我就是那种喝醉了不说的人啦?"

"对。你就是那种失败了不对人说,成功了到处说的人。这样就给别人一种错觉:好像你英明得不得了似的。其实人比人能聪明多少?!"

"'打掉牙和血吞'正是中国人形容好汉的一句俗话。确实人比人聪明不了多少。也用不着比人聪明多少,只要一点就够了。就说我和你吧。"

"没事我就挂了。我和你不一样,你是单位里的一把手,而我只是一个打工仔,现在还得去撞钟。"

浦耳言犹未尽,便说:"我给好朋友下的定义,就是能在任何时间给他打电话的人。看来咱们的交情不够。"

"不够就不够。"

"你先别放电话,"浦耳就INTERNET的资金问题,征询周鼎立,"你能不能帮我个忙,从电子委员会中想想办法?"周鼎立以前替海威取得的只是资格。这当然也很不容易。但资格没有资金支持,也就白费了。

"我已经试探过了。但这里上上下下似乎都不支持你,想必是你的对手木子三郎作了文章。"

"'木子三郎'是指在家排行第三的李寒。因其在电子系统根极深,弄不好,走漏风声,会给周鼎立带来极大的麻烦,故用此代号。但浦耳还是请周鼎立再努努力。

"我从来不做无用功。再说我觉得你所望过奢了。"周鼎立说完就挂了电话。浦耳也不无遗憾地放下了电话,他原来还想就郁敏聊几句。

为拜访孙教授,商谈有关股票交易程序事项,秦德夫特意带着林竞芳到燕莎买礼品。他先给孙教授买了一瓶"人头马XO"、白兰地和一条非常高级的领带。

"孙教授似乎不接受礼物。"林竞芳说。

秦德夫本来想说:不少接受。但出口前,咽了回去。"我自认为是个比较高尚的人,而且也不缺钱花。但别人要是找我办事,送不送东西仍然不一样:只要把东西接下来了,就和官员被任命一样,责任就压到了你的身上。"

林竞芳不肯退让,强调孙教授是一个禁酒主义者。

"那没关系,只要礼品显得高级就行。"秦德夫接着让林竞芳帮他挑一个女式提包,说是送给孙夫人。"完全从美学角度出发,根本不要考虑价格问题。"

林竞芳左选右选,选中了一只五百元的外国牌子但在国内生产的黑色的包。

秦德夫笑着让服务员最好的包装把它包好,继续须着她往前走。到了精品柜台前时,他挑也不挑,指令服务员把一只鲜红色的"戈尔捷"牌包包装起来。

"孙教授并没有女儿。"林竞芳纳闷地说。

秦德夫用公司的信用卡付账后,提包坐到椅上说:"你啊,你!凭这么一点智商,怎么能考上博士。我是送给你的。"

"我有包。"林竞芳把自己的包放在茶几上。

秦德夫三下两下把"戈尔捷"很好的包装撕开和林竞芳原来的包,口对口接在一起,一股脑儿地把包里的东的倒了过去。"按道理该让你回去收拾。但我怕你回去就舍不得用了。只好越俎代庖啦。"他一手拉着林竞芳,另一只手就把她原本的包顺手扔在供人休息的椅子上。

林竞芳走出好几步后,还回过头看。"送礼哪有这么粗鲁的?!"这包是丈夫送给她的生日礼物。

"我确实应该一件、一件地把东西给你放好。但女士的手提袋里总有一些非常私人的东西。比方某人的相片之类的。所以只好粗鲁一些了。"秦德夫把"戈尔捷"的发票递给林竞芳。

"包里根本没任何人的相片,不信你看。"林竞芳笨拙地开"戈尔捷"的扣子。

"不看也知道有。"秦德夫瞟了一眼杯竞芳微微泛红的脸。"本人几乎从会说话起,就开始说谎了。据老娘回忆,在三岁时,我就能编撰有开始、情节、结尾、结构相当完整的谎言。所以恳请林博士听听一位资深谎言大师的忠告:说谎时身体一定要配合好。"

被说中的林竞芳。不再强辩。转说如此昂贵的包,她背不合适。

"跟我在一起,就应该背这样的包。不过到孙教授家里别背。"秦德夫伸出胳膊让林竞芳挽着,"不要背比你上司太太好的包。这是生活小知识,也是人生大智慧。"

林竞芳胆怯地看看四周,才把胳膊穿进去。"你不怕你太太看见?"

"俗话说:大隐隐于市。北京城五千万人,哪么巧就让她碰上了?!"

林竞芳又说让熟人碰上也不好办。

"碰到熟人的几率,虽然要比太太高,但和一千万比,仍然微乎其微。再说,就算遇到了,他或她也不会吃饱了撑的跑去对我太太说。"

林竞芳把身体往秦德夫身上靠了靠。嗅着他身上的烟草、皮革和钢铁的气味。她想,这是一个男子汉指数相当高的人,和他在一起,那才叫生活。

李寒自觉近来有些颓废,过于沉湎酒色,所以不乘电梯,徒步上楼。京都医院 A 楼的楼梯,又宽又大,好爬得很。

A 楼是京都医院真正的高干病房,在这里看病的都是正部级以上的干部。在二楼的东侧,他看到两个年纪不到二十岁的武警战士在无声的打闹。他们一见人上来,就赶紧收敛站好。

李寒知道从他要看的马老住院起,二楼就有武警守卫。他也知道里面住的是位重要人物,可从来没打听过,有些消息知道无任何意义。

他朝两个战士笑笑,快步走了过去。这些武警战士,很可能从出新兵连起,就在这里站岗。过剩的精力无处发泄,只好用这种方式。

马老的病房在四楼,是一个三套间。李寒进门后,恭敬地叫了声:"马伯伯。"

马老不说话,用眼光示意他坐。

马老今年已经八十有余,还患有癌症。但依然精神抖擞,不坐沙发,而在屋子里转悠。因为他在这里居住经年,屋内的物件和布置,完全遵循他的意愿,所以家的味道颇浓。

来看望马老的还有戈方。

李寒问候戈方。戈方的父亲和他父亲一样,解放前就在马老手下工作,"文革"前也是。"文革"后的复出和安排都与马老分不开。因为戈方在宣传理论部门工作,彼此并不熟悉,只是点头之交。

马老转够了圈子后,就坐下来,伸手接过秘书递过来的中药。

马老在李、戈父辈的眼中,是一个神奇人物。他似乎不受到"派别"限制,很早就进入了决策层。不管在哪个领域工作时,都是成绩斐然的。

他另外的特点,就是很少受到批判。李寒曾经听父亲说:一次他问马老原因。马老说,我这个人有自己的看法。但这看法只是在能说,并且说了起作用的时候才说。

马老爱护手下的干部是有口皆碑的。如果手下的干部犯了错误,他不管是口头批评,还是书面通报批评,均相当严厉的。而在作组织处理时,总是很宽松。这样,在他旗下,渐渐地集合起一些人。所以"文革"派的人,虽时时刻刻想收拾他,可总也找不到"内应"。

马老喝完药,又养了会儿气,就开始说话了。他主要面对了戈方,显然在继续刚才的话题:"有的书上写:不想当将军的士兵,不是一个好士兵。这是胡说八道。我相信:没有一个士兵,在入伍的时候,就想当将军的。他那会儿最大的理想,不过是想当排长。等当上排长之后,他就想当连长、营长。然后是团长、师长。到了这时,他才想当将军。比方你爹小戈,从湖北老区起,到陕北延安,再到东北、华北,再一直到湖南剿匪,我眼见他从一个矿工到一九五五年授衔时成了少将。你能说他一入伍时就想当将军吗?"

戈方和李寒都点头说不能。

"做人、做事、做官都是一个道理:理想尽管远大,但具体的目标一定要有限。要'走一步,说一步'。每一步都要走好。要踏踏实实。"说完这样长的一段话,马老似乎累了,闭上了眼睛。

到底年纪和疾病不饶人。李寒想道:他之所以能在一九八七年得了癌症之后,还坚持到今天,和他的顽强精神有很大的关系。父亲曾经说过:你马伯伯最可贵之处就是坚持到底。

李寒和戈方有一句、没一句地开始聊开。

李寒所以坚持每月都来看望马老一次,主要的原因还是功利性的:马老虽然从一九九一年起,就一退到底,连"人大"、"政协"的虚职都没有。但他的家,也包括后来的医院,仍然是个中心,许多他以前的老部下,或像他们这样的老部下的子侄,仍时不时地到这里聚会。

一九九一年底,李寒对马老讲起自己公司的困难。马老先是原则地说,全国形势如此,不是某一个人能改变的。然后就问有没有具体解决的办法。他回答道:如果能进口一些发动机总成,便能度过燃眉之急。汽车的发动机总成属国家严格控制物资:汽车的轮胎、车体、方向盘等,都能作为零部件进口,惟独发动机总成不行。因为有了发动机总成的话,就能自己"攒"起一台车来,从而使得海关对汽车的高额关税形同虚设。

马老想了一下,就提起铅笔,给计委的领导写了几个字。

李寒抱着"试试"的心理去了计委。结果这条子灵得很。他就此事发感慨时,父亲说:区区几台发动机算什么?党管什么?党管干部。你马伯伯在干部问题上也是一言九鼎啊!

从此,他明白了一个重要的道理:就实质上论,权力就是影响力。如果你能影响某事的进程、某个人的现在和将来,那你对这事、这人就有权。权力在大部分时候,是和职务联系在一起的,但在特定的时候,又是分开的。

"你们搞经济工作的同志和搞意识形态的同志,要多多的联系。在中央工作的同志,和在地方上工作的同志,也要多多联系。"马老的精神又重新振作起来。"'文革'前我就讲过中央和地方的关系。当时我引用过一句宋诗:一枝红杏出墙来。也就是上面也好,下面也好的意思。对于意识形态和具体经济工作,我引用的还是宋诗。"马老说到这,突然停了下来。

大家都知道他是一下子想不起这句诗来了。可没人插话,也插不上话。

大约五分钟后,马老仍然没想起来。这时秘书凑上去,试图提醒。

马老不耐烦地挥手,让他走开。

秘书只好闪到一边。

又过了一分钟,马老头脑中的接点终于连接在一起。"我用的是宋诗:杖篱扶我过桥东。意思是互相依靠。你也靠我,我也靠你。"

李寒觉得诗句引申出的意思并不深,但马老摆手命秘书让开,坚持自己想的做法,乃是真正的大人物的本色。

李寒默默地坐在沙发上,看窗外那棵不老松的影子,一点一点地移动过来。他来此,除去听些经验和教训外,还希望能结识一些人。这就和做买卖一样:在开始时,你没有钱,但你仍然应该到大饭店里吃饭,哪怕你的钱只够买一杯'可乐'的。因为大人物、大生意都聚集在这里。

马一青提着一包高级补品进来。

李寒并不认识他,但一见他的年纪,还是把靠马老的沙发让了出来。

"叔叔的气色真不错。"马一青把东西递给秘书。他是马老的本家侄子。

"我是'多病故人疏'啊!"马老亲热地嗔怪道。

李寒和戈方想告退。马老示意两人坐下,把马一青介绍给他们。

李寒听到海威公司董事长的字眼后,顿时来了兴趣。趁马老在他新出版的回忆录上,用毛笔题签时,交谈了好一会儿。

林竞芳本想和秦德夫一起去拜访孙教授,但他没同意。理由是送礼如同性生活,是"一对一",私密性非常高的活动。

林竞芳显然被说服了。"什么话到你的嘴里就变得那么难听。"

"性生活无疑是正确的、美好的,但小孩子不能看。"秦德夫说出来的只是小部分原因。更主要的是他要和孙教授"谈盘子",也就是要定下一个大体的意向。而在这个"意向"中,是很有文章可作的。

当然,让林知道也没什么大不了。他也相信她不会出卖他:就算她想出卖,也没有方法和渠道。关键是他不想破坏单线联系的原则,关系即财富。自己的财富要自己看管。再说任何关于钱的事,知道的人越少越好。欲望是万恶之源,不知道就产生不了欲望。

孙宅在胜茵院,它始建于一九二八年,是 Q 大学最老的住宅之一。曾经也是最好的住宅,住的全是正教授以上的人物。但"文革"时,教授们都被赶到"工人区"去了,工人们则位移于此。等到拨乱反正后,它们已经破败的不像个样子了:地板被磨损,石板瓦被踩碎,松墙也长成了松树。五星级的房子,必须五星级的人来住。所以重新获得地位的教授们不愿意回迁,住进了新的高层建筑中。于是它被分配给新提拔起来的教授,孙教授就在此列。这些人,也不愿意住,其主要原因是这里没有暖气和管道煤气。孙教授独具慧眼,挑了其中一幢最好的。

房子要看谁来住。孙教授作为中国软件最早的开发者,在七十年代末、八十年代初,便和境内外的软件商建立了联系。在任何行业中,对先知先觉者的回报都是丰厚的。他的钱自然相当多,当然,孙教授对外宣布说是他太太的某国外的亲戚提供的资助。而实际上他太太是来自甘肃市的专科生,八辈子连个北京亲戚都没有。但不管怎么说。金钱使房子恢复了元气:全部装修了不说,还安装了小型的韩国自动温度控制的燃油锅炉、砌了院墙,并在平面种上了各种各样的植物。于是,它俨然变成了一座别墅。秦德夫认为,以包含交通、人文因素的综合价值论,要比浦耳的上帝花园别墅高得多。

秦德夫按动铁门上的"可视门铃"。等里面有人提问时,连单位带姓名,一并报了进去。

电动门锁"嗒"的一声开了。

孙教授家的客厅比较俭朴,一切器具都是"大陆货"。

秦德夫和孙家夫妇稍事寒暄后,就把礼品拿出来。然后他对孙教授说:"有些事情想和您商量,能不能借一步说话?"

孙教授把他让进了书房。

书房里显然是另外一个天地:书案是红木的、转椅是美国的。地毯是波斯的、沙发也柔润无比。电壁炉推散出阵阵热量,把个深秋的房子,烘的暖融融。尤其引人注目的是墙壁上一幅很可能是徐悲鸿真迹的"奔马图"。

"我十点要和纽约商谈有关一个世界性会议的情况。"孙教授指指装备着 INTERNET 的 IBM 电脑。

秦德夫知道孙教授是在自抬身价,但求人就要顺人,不能太讲究。于是开门见山地问:"我听说郑州方面要和你们一起开发一个有关股票交易的软件?"

孙教授拿着一个烟斗来回转悠,可并不点燃。"我也听说了个大概。"

"我们海威公司也想加入进来。当然,要由您来牵头。"

"你也搞过一两天计算机,应该知道我们系开发这类软件,无论从人力、财

295

力上说,都是……"

秦德夫不等孙教授说完,就接了过去:"我这不是找您商量来了吗?"他把早已经准备好的信封放在桌子上,慢慢地推了过去。

孙教授稍微往后仰仰,用眼睛的余光,瞄着信封,

秦德夫知道他是在目测钱的数量。与孙教授之间的大宗的"经济往来",此乃第二次了。上一次是在"电厂存煤测量软件"的鉴定会上。当时孙教授是电力部门请来的专家组的组长。开始,孙教授还蛮客气,但越往后越不对劲,尽在技术上挑些毛病:专家挑毛病,如同医生杀人,刀刀是要害。弄得近年来,专在"上三路"活动的浦耳有些不知所措。最后还是秦德夫说:"让我来试试'下三路'吧"——商界管搞"政治关系"、"谈判"等叫"上三路",而管请客送礼等叫"下三路"。

果然,"下三路"一上,"风向"顿转。事后总结时,秦德夫说:"我既佩服又不佩服孙教授。"浦耳问此话怎讲。秦德夫说:"佩服的是他在挑毛病的时候,就已想好给自己转向的时候留条路。而不佩服的是:只用了两万块钱,就把他给'办'了。"他当然不会说,这两万之中,他截流了一万。浦耳却是另外的算法。"他一年之中不知道有多少次这样的会,以一次两万计,顶得上一个中型企业的利润了。"

秦德夫知道孙教授在不知道自己的"价格"的情况下,无法继续谈,就主动地说:"您先点点,这是第一期的费用。合同签订,我们付第二期;工程竣工,我们付最后一期。"

有了台阶,孙教授就顺着下。他撕开信封,只抽出一张。见是百元美钞,就放了回去。"我近来很忙。要不然这样好不好:我把这个活让给你们去干?"

这家伙真会装孙子!秦德夫心说。他从林竞芳处知道郑州方面已经和孙教授接了不止一次头,意向书也已经签了。再说郑州方面的曹总说得好:我要的就是Q大学这块牌子。他明白孙教授是在套他的底价,于是也拿出一支烟,放在鼻子上闻。

过了大约一分钟,秦德夫才说:"我们公司一共支付你们四万。人民币如何?当然,并不含这个。"他指指信封。

"我们教研组有一个设想:给每个教师装INTERNET。这笔不小的费用,原计划是在此项目中列支。"INTERNET要多少钱,秦德夫没底,就请孙教授换算成数字。

孙教授没说话,伸手翻了两番。

秦德夫知道这是"十万块"的意思。这几乎是毛利润的百分之六十。他显然不能接受。

"我们搞科学的人,最讲究的就是实事求是。"孙教授终于把烟斗点燃了。"像此类软件的开发,除去无形的知识成本外,可以说是无本生意。"

秦德夫最恨的就是这样的人:他把原属于公家的活给了你,然后就一厢情愿地计算起利润来。你给够了不说,给不够就想尽办法"敲"你。"我们做生意的更讲实事求是:我们要上税。我们公司的职员要发工资、我们的汽车要跑。我们还要应酬郑州方面的人,"他数了一大堆后说:"我说是毛利的一半,已经是低估了。"

孙教授用拿烟斗的手,把信封往回推了推。但并没推过两人距离的一半。

秦德夫显然懂得这身体语言,为了避免陷入僵局,就笑着说:"用您的话讲,我也当过几天老师,所以多少有些经验,知道给学生讲课时,如果一个说法说不通,就换一个说法。"

孙教授静候他的"说法"出现。"

"以这种方式付给您五万。"秦德夫拿烟指了一下信封。"另外再付给您教研组两万。"

"你们民营公司也不容易。我派林竞芳帮你们干。你适当地付给她一些劳务,教研组给五千就行了。"

秦德夫当然清楚孙教授并不是真的因为可怜他们而降价。他想的是调整分配方案,再加大他的份额。"您的意见可以考虑。但我也有一个小小的要求。"

297

孙教授让他说。

"对我们公司的人,您仍开十万的价。"

孙教授说此乃投桃报李,于情于理都应该。

看风向大顺,秦德夫提出他的最后一项要求:借用计算机系的账户,把属于他的钱洗出来。

以一般人的想象,秦德夫有了辛总的二百万后,应该不在乎区区几万的。但下这个定论的人无疑是忽视了"供给制造需求"这样一个原理。一个人如果不控制住自己的欲望的话,那无论多少钱,也不够用的。

孙教授把烟灰磕了出来。"具体的问题你和林竞芳谈好了。"

第二十三章

接连一个星期的晚上,浦耳都在和银行的人打交道,寻求建INTERNET的资金。

钱对于普通人来说,属于消费的范畴。换言之,你只要本着"有多少,花多少"的原则就行。但对于一个企业家来说,它则代表一种能力。而人对自己能力的追求,是永无止境的:他们先想象出一种东西,然后去实现它。古人所谓的"日行千里,夜行八百。"在当时是幻想,可现在漫说飞机,就是普通的汽车,在普通的公路上也能做到。

这些幻想,首先是科学家在实验室内实现的。然而,最终把它交给大众的,还是企业家。

支持从实验品到产品的过程的,无疑是钱。从理论上说,有足够的金钱和人力,任何想法都能实现。关键问题是让那些"有钱"的人,认同你的想法,从而把"钱"借给你。

正如李寒所想,浦耳在INTERNET这个项目上,已经投入了不少的钱:前期的调查、研究、工程的设计等等。别的不说,光是请专业人士论证这个项目,做可行性研究。就花了十多万。如果后续的钱不能到位,那么前面的钱就打了"水漂"。

当然,像浦耳这样经验丰富的人,是不会把"所有的鸡蛋"都放在李寒这只"篮子"里的。

此刻,他正在"王府"饭店游艺厅请新组建的城市银行的康行长打台球。

通常办这类事的序曲是请客。但浦耳却另有道理:任何人的感觉都有一个"舒适带",过多的宴会、赞美,甚至过多的爱,都会使人不舒服。像康行长这样的人,"吃"早已经成了负担。所以,最佳的选择是投其所好,请他打台球。

浦耳昨天就打电话订下游艺厅中最高级的台球室。可他刚来时,服务员竟然对他说:"有人想出三倍的钱,请您出让。"他问是谁?服务员说是"黄总"。浦耳一听就笑了:进电梯时,他遇到了老黄被一群人簇拥着上来。老黄一副不认识他的样子,而他也觉得没必要去拆别人的"西洋镜"。可出电梯时,偏偏被老黄的追随者中的一个给认了出来。于是他顺口问了句做什么生意?此人答道是棉花。浦耳出于好心,暗示此人:"棉花现在可是紧缺的东西,一般人是搞不到的。"但此人说:"黄总手眼通天,什么搞不到?!"并得意地给他出示了合同的副本。见此人已经不可理喻,他也不再说什么。

傻瓜生产必须形成规模,方能使一个骗子过他想过的生活。浦耳边擦自己的台球杆边想。看样子"黄棉花"的追随者们不光和他签订了合同,恐怕预付或全付了款项。否则老黄也不会猖狂到出三千块钱来抢他的包间。

他正想着,康行长进来了。

康行长看上去才四十岁,实际上已接近五十。西装偕身材笔挺,齿白发黑,给人"高仿非真"之印象,然而它们却是真的。他打开自备球盒时,简单地对迟到致歉。

"老天爷真是不公平。"浦耳摸摸已有白丝的头发,不失时机地恭维了康行长两句。"你看你的皮肤,和'夏奈尔'皮包一样光洁。"

"主要因为我是给公家干的,干好、干坏一个样,不大操心罢了。"康行长把杆子一截一截地接起来。"如果我像浦总一样给自己干,脸上的皮就该像高档的鳄鱼皮了。"

越高级的鳄鱼皮,疙瘩就越多。浦耳认为这是一个上乘的幽默,笑了两声。"咱们赌什么?"

康行长拿眼睛瞄着杆说:"如果你没有更好的主意,咱们就仍按过去方针办。"

浦耳以未雨绸缪计,每两个月和康行长打一次台球。台球和别的体育运动不一样,不带点"血"没意思。开始浦耳提议一局来象征性的一块人民币。但康行长说:"我们银行的账差一分也平不了。一块钱也是钱,传出去不好听。"最后商定谁输谁付账。

"你知道我今天为什么来迟?"经过抽签,轮康行长开局。

浦耳说不知道。

"为了在家找钱。我太太认为现在男人腐败的速度之所以如此之快,就是因为他们身上有钱。所以她就把钱藏起来,而且藏的是如此之好,让我这个银行行长都很难找到。"康行长干净利索地打出一杆。"而在一年前,我和你打球是根本不用带钱的。"

"你和世界上所有的银行家一样,管的都是别人的钱,而自己的钱则由太太来管。不过你太太藏得再好,也没有你的球藏得好。"台球的规矩是先打进一个红球,然后才能打色球。同时又规定第一杆把三角球阵打乱。这很难同时做到。所以老练的选手,把球阵打乱后,总是把白球"藏"起来,让对手也无从下手。浦耳围着台子绕了两圈,来了个"以其人之道,还治其人之身。"的确,在前两年,康行长几乎就没输过,近来因为浦耳的提高,已达三输一赢的程度。但轮到康行长付账的时候,他从来没赖过,而且从来付现金,不记账,不开发票。

康行长也绕了几圈,才出杆。"你近来提高得很快,该不是和我一样,也拜查尔斯王子为师了吧?"

"虽然不是查尔斯,但也和他差不多。"刚认识康行长时,浦耳为了套近乎,和他打了一局后,问他的球艺如此之高,师从何人?康行长一副拒人千里的样子,来了句英文的"查尔斯"。他分辨了好一会儿,才问是哪个查尔斯?康行长又不耐烦地说:"王子查尔斯。"后来他们的关系好起来后,他常拿这开玩笑。

康行长问是哪个公司的。

因为有事求康行长,浦耳随便打了一杆,给了对手一个机会。"干吗非得是公司的?是北京台球队的。"接着,他讲开了自己师傅的故事。

此人原是宾馆台球房的服务员,因工作关系,接触台球早。北京体委一成立队,他第一批就进去了。但台球是小项目,中国在国际上也排不上名次,经费因此有限。为了养家,他每日清晨都扛着杆子,到"野台子"上和人去赌。开始几乎每天都能收入若干张百元钞。但渐渐地就没人敢和他赌。他只好越来越往远处走。往远处走,费用自然就高,所以他就剑走偏锋,到一些大学和大公司,以及别墅区开办训练班。他就是在"香山训练班"上结识他的。

康行长一杆接一杆来回打分值最高的黑球,直到打脱后才说:"这也和做买卖一样,你的公司在北京,但你不能总把眼光定在北京。要开发新的领域、新的项目。"

浦耳看看台子上的球,已经没有"值钱"的了,就表示这局认输。"我总是想起在一九八五、一九八六年那会儿。那时工行的行长也姓康。老康行长连一辆吉普车也没有,整天骑着自行车跑了东家跑西家,去求各家公司、企业贷款,以完成上级下达的贷款任务。这还不算,利率低的让人难以置信,也不要任何抵押。也就是说,可以借了不还。因而所有有胆借大钱的人,几乎都发了大财。"

康行长喝了一口茶后说:"从去年起,银行业就全面亏损。喊得最凶的就是降低存款利息,以解决存款、贷款利息倒挂的问题。中央似乎也同意:银行是中央企业,它的利润是上缴中央的。利率很难调节货币发行:如不解决借钱可以不还的问题,你提高利率也有人借;如不取消贷款的额度控制,你降低利率也借不到钱。既然高利率无法控制货币发行,就不如降低利率来缓解'成本推动'。如果利率长期接近工业的平均利润水平,谁还会对实业投资?长此以往,中国就会变成一个大赌场。再说,中国还想在金融层次上和国际接轨。凡此种种,总要有新政策出台。"

康行长的话,浦耳全听得懂:银行目前的存款利息远远高出贷款利息,所以说谁贷出款来,谁就得了便宜,而且越大就越便宜。更何况,这钱还可以赖着不还。

根据康话中所透露的信息,可能要取消贷款的额度限制:银行的钱,和家庭的钱的概念不同。据说有一个印度富翁,每年年底,都要到银行去,让职员把他的钱都拿到柜台上过目后才放心的离去。殊不知银行根本不会把钱放在库房里。如果这样做,其利润何来?所以说真正的银行,就像饭馆欢迎人来吃饭一样,只要你有偿还能力,它就应该欢迎你来贷款。

可中国的银行比较有特色:银行是国家的,大部分企业也是国家的。而给这个企业担保的另外一个企业,也是国家的。如果有企业破产了,吃最大的"倒账"的,也是国家。

再从另外一个角度说,银行也很难统计出自己真正有多少钱:假设你贷了一百万,并不会一下子把一百万提走,而是转到你的存款户头下。也许在头一次,你只用了十万。这样,在银行的账目上体现出来的又有人存入了九十万。而这九十万,又能往出贷。

综上所述,只要你和银行里的实权人物有交情,总是能贷出款来。所以国家给银行规定了"贷款的规模"。也就是说,把银行的贷款,当成福利一样地看待,规定了一个发放的限度。而这个限度,往往限制住那些有活力的企业。

"你要是有闲钱,可以买些股票。"康行长说。

"我是企业家,企业家是永远没闲钱的,你干吗不买一些呢?"

"银行规定不许官员参与股票交易,怕我们利用内部信息。"

浦耳因为心里有事,球打得随手。这就和得道射箭手,心中无箭、无靶一样,越随手就打得越好。这一局他赢了康行长。

"我上呈于你的关于INTERNET的可行性报告看了吗?"休息时,浦耳问。

康行长点头。

"能批给我些钱吗?"

康行长也给浦耳讲开故事了:"我有个亲戚,在老家开个铜矿。他预算了十万块钱。于是乡亲们纷纷倾其所有,凑够了这数。谁想到,他为了省钱,只做了矿石的品位鉴定,而没有做地质勘测,而偏偏在坑道打了一大半时,遇到了明朝古人开的老坑道。此时他的钱、力已经出尽,再也没有雇人的钱、买炸药的钱。前面的十万也就一风吹了。"

浦耳对这诬蔑的怀疑表示气愤。

"我指的不是你的可行性研究报告,而是你有没有办法取得当地的许可?"

"没钱许可就无从谈起。"

康行长似乎被说动。"咱们打完这局再说。"

在这一局里,浦耳不顾一切地打出了许多险球,所幸的是险中取胜,赢了康行长。

"从感情上说,我真不想贷给你。"康行长在付款时说,"但从道理上说,又应该贷给你。"

"为了你们银行真正的商业化,我愿意接受你的贷款。"浦耳知道自己的目的即将达到。

"二战后,苏联的外交部部长莫洛托夫对美国银行家哈季曼说:'为了防止你们战后的经济衰退,我们愿意接受一笔六百亿美元的贷款。'哈里曼后来在自己的回忆录里写道:'作为银行家,我遇到过许多人对我提出贷款要求,但这确实是旷古未闻的。"

"旷古未闻就旷古未闻呗!"浦耳非常高兴。

康行长在下楼时随便对浦耳说:"作为一个资深的银行家,我建议你投些钱到股票市场上去。利息一低,股票的价格就会上去。说白了,这也就是个钱在银行,还是在股票市场的问题。"

"有人就石油买卖去问欧佩克的总裁亚马尼。亚马尼建议做空头。于是此人卖掉了手里的石油。结果,一个礼拜后,石油的价格上涨了。"

康行长笑了,"你是一个断章取义的专家。真正的事实是这样的,亚马尼先说:'我考虑的是石油价格的长期性。自然我也很谨慎。未来的市场太像赌场了,而我不是一个赌徒。'可这人还坚持问。于是亚马尼在姑妄言之后仍补充道:'你不是在投资,而是在赌博。'"

浦耳很佩服康行长的博学,但仍然强辩道:"你和我看的不是一本书。有多少历史学家,就有多少种版本的历史。"

没有资金困扰的李寒,这一个礼拜也没闲着,为了获得在天津和石家庄安装INTERNET的许可,他专门去了这两个地方。虽然他做的是官方生意,但多年的历练,知道人情要有个落处:办大事是要"大老板"出面。

他这计划的起因,完全是为了打击浦耳。可一旦介入后,立刻发现INTERNET是个极有"油水"的项目,也就真的搞起来了。

接待他的是天津电子信息管理办公室的白主任。此人一副关东大汉的模样,慷慨豪爽得很,拍胸脯满口答应后,就要请他吃饭。

李寒当然知道这豪爽的一半原因,是那些来自上面的电话。而人事变化,难以预料,所以他要求签订一份书面协议。

"我就是协议!"白主任不高兴了。不久前,信息资源的分配权才归属到他手里,此刻还没有过够瘾。

"绝对不是不相信老兄你。"李寒以豪爽对豪爽。"关键是有协议才能向银行贷款。"

白主任马上命令人去写协议,并嘱一定要在协议上写明"买断"的意思。

修改斟酌到正式文本打印出来,大约用了一个钟点。

李寒吩咐办公室主任在上面签字盖章。于是一桩大生意算是板上钉钉。

白主任坚持要请他吃饭。

"按说你帮了这么大的忙,该我请才对。"李寒看一下手表。"可我在北京还有些要紧事。"

"我有一个朋友,整天这事、那事的,忙得不得了。可去年在京石高速路的'魔鬼路段'上,前胎一下子爆了,于是以一百六十公里的速度,冲出栏杆,空翻加侧翻,然后就是一声响。好了,这下子什么事情也没了。"

李寒见白主任把话说到这份上，只好表示"恭敬不如从命"。

白主任显然是个"饭馆油子"，上来就问如何喝法。

李寒本着"既来之，则安之"的精神，倚仗着酒量，随便应道："客随主便。"

"好！中央来的人派就是大。"白主任吩咐上酒。

津菜不成体系，除去海鲜外，没太多的特色。李寒浅尝辄止。

"咱们先来个'潜水艇'。"白主任提议并示范。

李寒见所谓的"潜水艇"，不过是把一杯白酒斟满后倒到一扎啤酒里，然后就一口都喝了。不是什么难事，就随着来了一下。

接着白主任提议再来个"航空母舰"。

李寒认为白主任搞不出什么新花样来，就再次强调了"客随主便"的原则。

但这"航空母舰"的"吨位"显然要比"潜水艇"大：它是在一个茶盘子的中间放上一大杯子白酒，周围再放一圈葡萄酒、白兰地、威士忌，还有一些各式各样的果子酒。

李寒起居饮食都很讲究，心理上就接受不了这种水泊梁山喝法。心上怯了，量就会下来。所以在白主任的"第一特混舰队"开过去后，他就挂出免战牌。

但白主任重申"客随主便"的原则。

李寒只好奉陪。

酒确实很奇妙，它能诱使你一点、一点地越过临界线。一旦过了临界线，就像没闸的重车下坡一样，想停也停不住。

酒乱人性，几瓶下肚，众人平时包裹严密的一些东西都露了出来，白主任手下的一个科长首先和一个长得挺俏的服务员逗起来。

其他的人也跟着起哄。

李寒自然不会做这些没"身份"的事。

白主任也是政府中人，见部下如此失态，就制止道："你们要逗，就到歌厅里去逗那里的女孩。别逗这的。"

李寒本能地问原因。

白主任解释道:"凡是在饭店里干的女孩子,都是好女孩。你想想:饭店里的活又脏又累,最少一天也要干十二个小时;而且工资不过二三百块。可歌厅里的那些女孩,一个钟头赚的钱都比这多。所以她们如果想学坏的话,肯定不会在这里干。"

李寒觉得白主任这话听上去别提多不舒服了,可因为酒多,思想凝聚不起来,无从反驳,就说:"歌厅里的女孩也赚不了那么多吧?"

"你们这些人,高高在上,什么也不了解。"喝酒最能有效缩短人际距离,白主任不再考虑李寒深厚的背景。"地税局的黄局长跟我说,他们在一次到歌厅收缴所得税时,所有的小姐都不交。后来他们采用了强制性的措施,仅一个小姐,就从乳罩里拿出了一千多块。什么都卖的主儿,钱来的自然容易极了。"

虽有此明证,李寒仍不同意白主任"好、坏女孩"的分类法。并就此和他严肃论争。

弄得白主任最后只好说:"您说得对!您说得对!"

众人也都觉得有些莫名其妙。

虽然李寒此刻无法对自己的心理作全面分析,但也知道作祟的是邱丽。

他在真正占有邱丽前,曾经带她去医院做了全面的检查。医学证明,邱丽是纯洁的。到邱丽献身时,经验再次告诉他医生所言不虚。由此,他认为这块"处女地"是值得大规模投入的。

这是相当奇特的结合:李寒肯定是京城上流社会的佼佼者,而邱丽则无疑在底层社会的最底层——顶多是"次底层",如果把"卖身"定为最底层的话——可最正和最负一旦相撞,必定会迸发出强烈的火花。

综上所述,白主任在"诽谤"歌女时,遭到他强烈反击。

梅小青曾多次建议雷迅调出些头寸,买套房子住。雷迅也认为有理,可总是调度不开。近来股票价格一路"飙红",他趁机抽出笔房钱。在北京自己没房而靠租赁的话,负担是很沉重的。

在浦耳买上帝花园别墅时,他曾经和支老板打过交道。所以头一个想起的房地产商就是支老板。

以财力论,别墅自然不在视野之内,他只想买"三环"附近的公寓。

支老板率职员们殷勤地为雷迅服务,拿出各式各样的图片、模型和录像资料,供他参考。

雷迅几乎没怎么思考,就挑中了海淀苏州街小区的一套一大一小房间的公寓。

支老板连声夸他好眼力。

但一看价钱,他就傻了眼:四十平方的房子,以最优惠的价格计,也要三十多万。这钱虽然他也拿得出来,但那就等于把下蛋的鸡给卖了一半了。于是他想了个招。"我分期付款如何?"

"我们通常不接受分期付款的方式,可考虑到您是老客户了,两年付清,利息和银行贷款一样如何?"

数字心算能力很强的雷迅,立刻表示接受。当然,他这可以接受,是建立在股票市场持续牛市的前提下的。

相当职业的支老板,马上拿出全套的法律文书给雷迅。

真轮到签字时,雷迅又犹豫了:他分期付款的抵押品就是房子本身。如果到时拿不出钱来,房子就归了支老板。别的不说,光这一条,梅小青就不会接受:股票中也有她的本钱和利润。

"以您的学历、知识水平,就是赚几十万美元,也是小菜一碟!"支老板认为雷迅需要鼓励。

"我用股票做抵押如何?"雷迅灵机一动,想出个"转移风险"的办法。

"您这不是拿我当傻瓜涮着玩吗?"支老板把钢笔的帽子又戴上。"咱们都是做生意的,谁都知道不能画个圆圈就当烧饼吃。股票市场牛是牛,但说个崩就连声响也没有。"

雷迅也把自己的钢笔收起来,表示要回去和太太商量。

雷迅往他这跑,已不是一天,支老板也收集了一些他的资料,于是他说:"你可以从公司里调点钱,或让你熟悉的公司给垫一下不就行了。"

"你当我们海威公司是卖菜的摊子,谁想拿就拿吗?"雷迅不高兴地说。

支老板诡秘地笑笑。"您也许拿不出来,但有人能行。"

雷迅问是谁个。

支老板自觉话多了,就含糊地说:"您自己琢磨去吧。"

雷迅知道如果不给支老板施加点压力,就什么信息也得不到。"你要是不告诉我,我不买你的房不算,我还会往INTERNET输条信息,让谁也不买你的房。"

支老板不太懂"信息高速公路",但知道那是一个可以不负任何责任,就可以把信息发布到世界任何一个地方之所在。所以只好说:"就是上次买别墅的人。"

雷迅不相信浦耳会干这种事,就要看物证。

"你又不是法院,我凭什么给你看物证?!"

"人不好骗,我这个硕士更不好骗。"雷迅得意地笑着说。

支老板一急就说:"不是他本人,而是秦总来的。"

第二十四章

临下班前,桑田致电浦耳约饭。

浦耳很客气地说另有安排。

桑田说有要事相商。

浦耳则说他在"局"上也有要事,实在是分身乏术。

桑田沉默好久才问能否约个地方谈十分钟。

浦耳请他来办公室的同时,几乎已断定桑田要谈的肯定和制砖机有关。而这是件办不成的事。凡是你要拒绝人的时候,最好的办法是用信件,因为它属单向信息。其次是电话,因为它是主动的。实在不行,也要把人约到你熟悉的地方,因为在你的地盘上,来人说话就"底虚"。

不过片刻工夫,桑田就来了。

浦耳没像接待普通客人那样,隔着写字台交谈。而是把桑田让到沙发上,亲自沏茶后,坐在他的对面。

桑田知道这是浦耳考虑到他的双重身份,故而也谦逊地给浦耳递烟。

浦耳把烟接过来,拿在手中,边转边看表。

"马董事长说他已经跟您讲了制砖机的事?"桑田知道他不开场,浦耳肯定会一直装傻。

浦耳点点头后,把眼光移到别处。

"买还是不买,您得给我一个准话。"桑田的贷款,将到最后期限。如果他届时无力偿还,银行就会把包括他的房子、汽车,所有的办公用品在内的所有抵押品全部"变现"。

"八十年代中期接待客户,吃顿饭就行。因此开饭馆的都发了财。进入九十年代,吃完饭后,大家还要到歌厅里唱唱歌。于是开歌厅的人都发了财。而现在,吃饭、唱歌之后,又衍生出桑拿浴来。它刚出台时,我不止一次地预言它是亏本的项目:有地位、有钱的人物,谁愿意脱得光光的和人谈事?可没承想它蔚然成风。'桑老板'们个个发了大财。你能预见到在桑拿浴之后,还会有什么花样吗?"

桑田有些摸不着头脑。

浦耳耐心地等。

最后桑田只好摇摇头。

"我同样也预见不到,所以注定我非娱乐业人才。"浦耳又在看表。"但我自信对生产资料贸易,对实业还是有研究的。"他起身从书柜里取出个纸夹子,递给桑田。

桑田一看,发现左边是他的报价,而右边是目前国内外制砖机的现价。两者之间的差价,都用红笔批在中间。他的报价,最少的部分也比国内市场价高百分之二十。

"咱们都是吃贸易饭的,"浦耳亲切柔和地说,"你怎么也得给我们海威公司分上一杯羹吧?能不能把价格压一压。"

桑田说他最多能压百分之五。

浦耳笑着摇头。

桑田又加上了百分之二。

浦时还是笑着摇头,

"我是在美元比价高的时候进的货,实在是压不下来了。"桑田陪着艰难地笑着说,"您就给我个面子吧。"

"如果你要摆场面,让我今晚请顿客,那我豁出得罪今晚摆饭局的主儿,也要给您这个面子。可咱们现在说的是买卖啊!"浦耳话锋一转,"再说以贵公司的财力,损失上五六万美金,也应该能承受得住。"

桑田这才想起给自己的公司注册时,报的是八百万美元。当时纯属图个吉利,随便写的。没想到此刻成了个"套子"。他不肯就此罢休,使出最后一着。"浦总您的利益,我已经考虑进去了。"他点点价目表的左面。"给您百分之五如何!"浦耳渐渐地把脸放平。

"得,我豁出去了,百分之八。现金。"桑田从无看人脸色的习惯。

"我年薪十五万,婚结了两次,儿子也有两个。所以我今生已无奢望。无欲则刚啊!"浦耳把身体后仰,闭上了眼睛。但旋即又直立起来。"要不您回去再考虑考虑?我给您交个底:只要税后给海威留下哪怕百分之一的利,这买卖也能成立。再退一步说:完全持平,仍可以考虑。"

桑田知道话说到这份儿上,已是山穷水尽。

自从开公司之日起,桑田就在熟人圈子里做生意,从来就没窝过这么大的火。从浦耳办公室出来时,他手都直哆嗦。上车后,就猛地加油,逆向驶出友谊宾馆的大门。

但他毕竟江湖闯荡多年,在遇到第一个红灯时,就平静下来。车辆放行后,他慢慢停到路边。

干吗和自己过不去呢!他闭上眼睛想。小时候,父亲就老说:生气时踢石头,疼的是自己的脚。关键是拿出办法来。

办法是很简单的。等他睁开眼睛,发现一个警察正快步向违章停放车辆的人走来时,对策已经有了。他赶紧启动开溜。

在这个世界上,人必须有实力。抢过第二个红灯后,他想起前些年,与著名刘公子在深圳的一段往事来。

彼时他还在贸促会工作,从香港办公务回到深圳后,朋友传话说刘公子要请他饭。因为他父亲在刘父的手下干过,两人有一面之交。再说刘公子风流倜傥,是闻名于世的"共和国公子"之一。被他所请,"格"就会高起来。所以他欣然赴宴。

宴会一共四桌，人员庞杂，但刘公子指挥若定，应酬得天衣无缝。结束后，刘公子亲自陪他去深圳最昂贵的"妈妈桑"洗澡。

当时的深圳，就像一个大工地。在一段仅容单行的路上，刘公子挂合资企业黑牌的奔驰车，和对面一挂军牌的奔驰顶到一起。双方各不相让，相持最少有半个小时。

后来他有些沉不住气了，就提议刘公子退一退。

刘公子不以为然地说："我们老爷子是湖南人，平生最佩服曾国藩。他常讲曾文正公的'挺经'。'经文'是这样的：某人担着午宴食品的担子，半上午在田埂上和另外一个担担子的人狭路相逢。两个人互不相让，一直对峙着到太阳西下。最后对方终于让路下了水田。曾公这个故事的含义就是人和人最大的差别就在于看谁能挺。"

刘公子话虽这样说，但"挺"了一会儿后，有些不耐烦，就电令来车到对面接，然后留下司机一个人在路上"挺"。

大约一个小时后，司机慌慌张张地跑来，说是交警把军车放行，而以妨碍交通为名把他们的车给扣了。

刘公子笑答："北京有句俗话，叫'好吃难消化'。不等咱们洗完澡，他们就得给我送车来，听听他们到时候怎么说。"

当时不光那个刚给刘公子开车的司机，就是他也怀疑刘之能力。

可确实没等他们洗完澡，交警就把车给送了回来不说，前来的还有公安局管交通的副局长。

副局长是这样解释的：因为刘公子这辆奔驰是新登记的，车的号码还没有传达到基层。就是他本人，也是刚刚知道的。

风光占尽的刘公子，吩咐手下的人，给"公安上的同志"一人拿一条烟。

等人散去后，刘公子漫不经心地让桑田给他帮忙。

桑田已经被刘公子庞大气势给压住，诚惶诚恐地说自己是个小人物，能力不大，但讲朋友义气，有事尽管吩咐。

313

刘公子说他在新加坡有笔生意,需要那里的岑老板支持配合。

桑田不等刘公子说完,就答应了下来:岑老板是正经的华人,和大陆的关系一向不错,更兼之岑老板的助理就是他本人的亲姑表哥。

刘公子把移动电话递给桑田。桑田当下就把关系给他接通。

刘公子是大手笔,当场兑现给了他三万港币。并说这是一期费用,等买卖成了之后,再给他十倍于此的钱。

因为利益驱动,他极关心这笔买卖的进展。但等买卖成了之后,他没有收到一分钱。屡次打电话给刘公子,都被秘书挡了驾。甚至他亲自去,也被告知刘公子出国了。可他一个在市政府当副主任的朋友说:昨天夜里,还在一家附设赌场的宾馆里见到刘。并说刘甩到赌台上的钱,比他此生所见现金的总和还要多。

桑田于是知道自己被短路了。

从此桑田深刻认识到关系就是资源,如果有人要动用的话,你必须给他设置重重机关。等他把这些关都过完,你的钱自然也赚足了。再往深里说,要想干好任何事情,你就必须自始至终地参与事情的全过程,一刻也不要放弃控制权。

随着汽车的行驶,桑田完成了方案的全部构思。

浦耳确实有个饭局。但这个"局"不是为了生意。他一贯认为,人不能被"形而下"的事物所淹没,要挤出些时间研究些"形而上"的问题。有鉴于此,他建立起一个非生意人的朋友圈,多为大学和研究机关的理论人士。

今天和他共进晚餐的是国家经济研究中心的包刚研究员。

包刚和浦耳的年龄、经历相仿佛。不同的是他有着优良的学历:"文革"后第一批大学生、第一批公派出国的留学生、第一批在美国获得博士学位,然后又是第一批进入国家智囊机构的"年轻人"。

另外不同的是,他的穿着相当的马虎:疏于养护的皮夹克、袖口有些脱线的毛衣。

但正是这些"同"与"不同",使得两个人成为好朋友。

"乍看起来,你身上的'资源配置'好像很不合理。但仔细研究,不经意中透露出精心打扮的良苦用心。"浦耳打量着包刚笔挺、雪白的衬衫领子和柔软光亮的羊皮皮鞋。

"'士为知己者容'嘛!"包刚大口吞咽着精致的食物。

浦耳故作居高临下态,示意他文雅一些。

"关键是在吃什么,而不在如何吃。"包刚吞下惊人的一口菜后说,"没办法,这吃法是我在美国养成的。去美国之前,我以为以我在兵团吃大锅饭的深厚根底,在速度上应该没问题。你要知道,我最大的特点是不怕烫。可谁知美国佬吃的比我还要快。"

"过程被压缩,味道也就无法品了。"浦耳表示异议。与学者打交道如同和大款打交道,必须对金钱表示不屑一顾。经常性地提出异议,才能有收获。

"味道和速度无函数关系:我儿子吃饭的速度快我一倍,也比我香一倍。其原因就是因为他舌头的味蕾多。"

"我最痛恨高级知识分子蔑视普通人智力的做法。"浦耳很放松地往后仰着椅子。"我指的是有着同数量味蕾的人,比方你我的比较,而不是你和你那比你味蕾多一百倍的儿子。别给我来概念偷换的小技巧。"

包刚笑着做出投降的姿势。

"你的脸色为什么如此憔悴?是岳父母来了,还是纵欲过度?"浦耳之所以如此说,是因为包刚在半年前说他那曾经在天津作过洋买办的岳父母要来他这儿住一段时间。并说这是一对非常挑剔的老人,配合起来进行"双打",天下无敌。

"我早已想通了:既然在劫难逃,不如采用以色列九十年代初提出的'土地换和平'的原则,让他们住好了,"包刚摸了一下胡子拉碴的脸。"我等温饱小民,能娶妻看戏,已算不错了。即使有欲也无法纵。能纵者,总经理也。"

浦耳知道这是实话:以包高级研究员的身份,月薪不过千。在海威公司初等文员也有这个数。加上他又喜欢收集各种版本的地方志、地图、古书,自然是入不敷出。他曾数次请他把"无论精神食粮还是物质食粮"的票据拿到海威公司报销,但他太有气节,除一次他"笑纳"了他从香港特地买回的《泰晤士军事历史地图集》外,从未给过任何票据。前些日子,他曾说:"毛泽东批注的殿版《二十四史》不错。"浦耳虽不知道这书的具体价钱,可知道它不便宜。但他仍慷慨地"批准"他买。"有钱人是不是都像你这样自为是?以为别人都是在向你要求什么?"包刚不高兴了。"你说好,我就认为你想要。"浦耳知道这已是强词夺理了。"我还说天安门好、黄山的风景好,但我并没有把它们弄回家去的意思。"包一句话就噎得他没话说了。

包刚不知浦耳所想,自顾自地说他刚搞完一个大型的经济项目的研究。

浦耳问是什么方面的?

包刚说是关于证券市场的。

"如果不涉及国家机密的话,我倒想听听。"浦耳来了兴趣。

"研究项目不是实施计划,无密可保。"包刚从口袋里掏出一高档的圆珠笔,在菜单上点画起来。"市盈率之高我就不说了,均都在几十倍以上。成交量之大,也令人瞠目:五号一天竟然是香港股票市场的三倍。而沪、深两市相加,流通总市值也不过是香港股票市场的十分之一。"他接着又凭借记忆,引用了一大串数字。"如此下去,总有崩溃的一天。"

浦耳请他分析超常暴涨的原因。

"首先是机构大户入市。他们的地位特殊,一掷千金,呼风唤雨,不计风险。其原因不外是他们一旦成功,就是小单位的英雄,而失败了,损失都记在国有资产的账上。其二是派生出来的,就是银行的资金入市。日前报载:工行合肥分行和中信济南分行一次就分别借给'古井酒'和'济柴机'两家一百一十七亿和四十八亿。其三是证券机构违规透支,动辄也是十多个亿。而股票这只气球,是漂浮在资金这股气流上的。如此之大的冲击,必使其价格飙升。"

"新闻舆论的误导也起了推波助澜的作用。"浦耳补充道。

"没错。"包刚喝了一大口酒。"我看不光中国,就是世界上的股评人没有几个够资格的。他们要是真的知道,自己去炒好了,何苦辛辛苦苦赚那几个磨嘴皮子钱?!"

浦耳因为在日本的期货市场上有投资,读各种证券的评论已成功课,故不同意此说法。指出美国的某某、日本的某某和国内的某某还是相当准的。

"这个准是他们的地位造成的:毛主席当年一声'知识青年到农村去。'像咱们这样的千万人'打起背包就出发'了。孰因孰果,现在看来昭然若揭。后来咱们在农村静极思动,又传来毛的指示:先不动,我要用。于是大家又平静下去,一干又是好几年。为了避免你听不懂,我再往白了说:假设知青是股票的话,毛就是当时最伟大的股评人。"

浦耳刚要说,"话语地址"又被包刚"抢注"。"再举个例:你如果能给我找出一个在足够长的一段时间内,比方五年,一直预测准的人来,我就输给你我的全部储蓄。"

"想来你的全部储蓄也没几个钱。"浦耳笑了。

"几千美金总是有的。"

浦耳说不和他赌。

"就算是你真的赢了的话,我的'可调资金'也不过一千人民币。剩下的全都归太太调配。"

"想想一位一言能影响多少个亿万资产流动的人,在家竟然动员不出几百块钱来。也真是够滑稽的。"浦耳这种说法是完全有证据的:包刚以研究现代企业制度闻名,并给国有企业的股份化、国有资产的管理等拟定过详细的实施方案。其中不少都变成了政策。所以经济学界一些羡慕或者嫉妒他的人,管他叫"奏折派"。可某次他去包宅拜访,包刚坚持要请客表一表"穷人的心意"。他拗他不过,就同意了。临出门前,这"奏折派大师"背过太太,向儿子借了五百块钱。他儿子说根据"现代家庭制度"要日息五元。

两个人又闲聊了一会儿后,浦耳不失时机地问:"如果不忌讳的话,我能不能问问你计划的详细内容?"

"还用说吗?"包刚反问。

浦耳手做喇叭状,放在耳边。

"'国际悲歌歌一曲'。"

浦耳立刻明白包刚的意思是含在主席诗词的下一句"狂飙为我从天落"中。他没有再问,再问就明显犯忌了。只是说了句:"看来聪明的股民只好壮士断腕了。"

包刚不置可否。

马一青一进客厅,就看到眼睛哭得红肿的女儿和搂着她肩膀的妻子。他一言不发地把风衣挂到衣架上,然后沏好茶,坐到母女斜对面的沙发上。对于麻烦事,永远不要主动去问。这是他一贯的处事原则。

果不其然,妻子首先沉不住气了:"你说这个桑田是怎么搞的,非要到美国去。"

"到美国不是挺好吗?好多人想去还去不了呢?"马一青在回答前,已经想到肯定是桑田的制砖机买卖在浦耳处受挫。

"关键是他要自己去,不带宝宝。"

"闯天下一般都是男人自己去的。当年我参加革命也是一个人。"

妻子本来想说:"正因为你是一个人参加革命,才把你在老家的媳妇给甩了。"可她知道这是丈夫最忌讳提的事,把他给惹火了,很可能什么事情也不给办了。于是改为:"他说不闯出个人样子来,就不回来见咱们了。你说美国那样一个花花世界,他一个壮年男人能熬得住?!"

"老娘们儿见识!"马一青转向女儿说:"到底是为什么事,弄得这样哭天喊地的?"

女儿止住了哭声,不很连贯地讲了浦耳和桑田之间的谈判。

"区区小事,不值得如此。"马一青笑了,"不就是笔买卖吗?不成就算了。"

"桑田说他已经被这砖头机给套住了。还不了贷款就要把房子什么的,都交给银行。弄不好还要去坐牢。"

"买卖这东西,就是有赔有赚。房子被银行收了去,你们住到我这里来好了。至于坐牢,那是他吓唬你的:你见过一个为还不了银行贷款而坐牢的吗?"马一青在昨天,已经传达给秦德夫一个明确的信息:假设浦耳开路,总经理的第一候选人就是他。并说他个人相信:浦耳在总经理这个位置上多年,总会有一些缺点和错误。稍加发动,就能"轰"起他来。秦德夫也是个小滑头,说为一个位置而把一个熟人往监狱里送,实在不值得。于是逼得他只好解释了一下:"我当领导这么多年,知道什么事情控制在什么范围里解决。考虑到他从葆力公司带来的资金,我会在董事会里给他安排个常务董事或副董事长的。"秦德夫得到这个明确的答复之后,立刻就行动去了。但这些"内幕"没必要对桑田说,以免诱发出别的问题来。

"有赚有赔!?您说的倒好听:您能赔得起我的丈夫吗?"女儿因为最小,被娇纵惯了,说话没大没小。"再说不是您提议,我男人也不会买进整套外国砖头机。"

马一青真有些哭笑不得了:事情才过去几天啊,就已经说不清楚了。

女儿仍然在絮叨,马一青渐渐地把脸沉了下来。

马夫人知道丈夫的脾气,把女儿劝进里屋。"你放心,有话我会跟你爸爸说。再说他怎么会舍得让你们出国呢?"

第二十五章

因为已从康行长处获得贷款总额的一半,而这钱足够启动了。浦耳心情相当愉快。至于后续资金从何处来,目前他尚无明晰的想法。但他相信即使罗纳尔多一级的球员,也不能精确到射门就射左上角或右上角,他们不过是朝着大概的方向射。可因为自身素质,通常能恰到好处。同理,他相信自己要找的钱,最后一定能找到。

心定睡得就香,星期六一大早就起来了。推窗一看,不由脱口而出:"天凉好个秋!"接着就准备衣服。

在节假日,浦耳总喜欢带家人来姐姐别墅搞些园艺活动。秦德夫曾嘲笑道:"你又不是农家子,怎么会爱上农活?""你再往上数几辈,也许就是了。"秦德夫也承认他说的有理:再往上数几辈,谁的祖先也是农民。

其实,他也喜欢工业活动。他的地下室内,有各种样的工具不说,甚至还有一台万能车床。

今天他准备锄草。每逢干活,他总喜欢把早年在电厂工作时发的工作衣穿上。儿子曾问衣服都这么破了,为什么不扔了。他讲解道:"当年最神气的衣服是军衣,你爹家没一个当兵的,所以弄不到。其次就数工人的工作服。它最起码也相当于现在的'金利来'之类的二级名牌。"儿子似懂非懂地走开了。

"老爸。"他正要出门,上小学一年级的小儿子跑了过来。"我想问你一个问题。"

"你随便问。"他太太不喜欢到别墅来,昨天又以理疗为由推了。他明知她有牌局,但没必要揭穿。太太不来,孩子就要由他全权负责。

他估计孩子问的是功课。这孩子功课不好得厉害,太太辅导不了,而他因为忙,也是有一下,没一下的。后来他花大价钱,送他上了全封闭的贵族学校,但收效不大。

儿子用不太清晰的逻辑,给他讲了一大堆事。总起来就是同班的丰台区某领导的公子,没事就欺负他。问该怎么办?

浦耳又问了几个细节后,果断地说:"他要是再来挑衅,你就把我教你的拳击、摔跤等方法,混合在一起,好好地揍他一顿。"

"看你这个当爹的,教的是什么办法啊?"姐姐拖着病躯,走上凉台。"张嘴就是'文革'味道的话,让人听着就害怕。"

"有什么可怕的?男孩子的世界就是这样的。"他嘴上虽这么说,但承认姐姐的话有道理:"文革"是一个泛文化背景,它会延续许多代。儿子很可能这样教孙子,三到五代后方能完全终止。

锄草的时候,他继续往下想:父亲在遇到类似的情况时,总是说:你和他讲道理,实在不行,你就去对老师讲。就是在我插队时,父亲仍然谆谆教导道:你要听大队领导的话。虽然他根本就不知道大队领导是什么东西。但他相信自己的方法是正确的。

这个别墅区,典型的美国风格,属于开放式,房与房之间,距离甚远,也没有围墙。当初,姐姐唯一不满意的就是这一点。她的理论是:有篱笆才有好邻居。并举她家以前的例子来佐证,说她家院子,原本是空荡荡的。可从唐山地震修地震棚起,你一块、我一块地给蚕食掉了。这还不算,总为这吵架的原因就是那些地方是公共的。他笑笑,没有正面回答,只说等以后吵起来再说。

姐姐的思想,代表典型"防备他人"的中国建筑思想。他参观过山西祁县的大宅院。祁县的票号曾经闻名海内外,聚集了当时中国三分之一的财富。所以那里的深宅大院特别地多。但这些建筑,无一例外地都有高且厚的院墙。院门内有大"影壁",再往里还有复杂的地道。其原因,就是防盗。这盗可能是路过的江洋大盗,也可能是邻居——影壁肯定是为了防备邻居的。你看不见,就不容易起盗心。

但在这里不怕,这里住的都是有大钱的人。而有大钱的人,是不会为小钱去犯罪的。当他后来对姐姐讲这理论时,姐姐仍不服:"风水轮流转,没钱人变有钱人不容易,有钱人一下就能变成没钱人。清华教《中国营造史》的老夫子经常讲这样一个典故:某王公受君王赏赐一所大宅院。营造时,一向勤政的他,经常脱岗去监工。某次他嫌房梁的强度不够,让换粗一些的。监工的说:这用一百年绝无问题。王公大不以为然,说要传五代,监工笑着告诉他:我家祖辈干这个,京城中的大宅院修得多了,可没见过一所大宅院能传三代的。王公听后默然。从此再也不去监工。

这个典故浦耳也知道,但他为不扫姐姐的兴,认真地听完后才说:"现在富人和穷人之间,绝少过渡过程。一没钱,立刻就会搬离此处。"姐姐问原因。他给她讲了通有关"抵押""不动产"的事。姐姐听到最后,也顶多是将信将疑。

在他最喜欢的清晨的鸟鸣和植物的气息中,他一点一点地把马路到房子的石子道上,嵌进去的枯草连根挖出来。渐渐地,他身心都被放松,直到突然有人招呼:"嘿,打工的。"

起初,他不认为是叫自己。后来这人跑到他背后来叫了,"什么事?"他站起身来,扶住有些酸困的腰。

"我家的水管子裂了。你会不会修?"

他眯缝起眼睛,重新对好焦距,方才看清这个背对着阳光站着的亭亭玉立的女子,是隔两幢房子的路总经理的新太太,"你为什么不叫你的先生修?"

"我家先生是大老板,又不是修理工!你到底会不会?再待一会儿,我家浴室的水都满了。我多给你一些钱。"这女人说话乱且快。

浦耳无可奈何地苦笑一声,跟在女人后面走了。

浦耳对新光广告公司的路总经理,还是熟悉的。新光在刚成立的时候,客户、媒介两方面都不行。做广告代理,客户是第一要素,若没人找你做广告,什么也是白搭。其次就是要有地方发表广告:比方报纸、比方中央电视台。因有熟悉人居中牵线,浦耳有做不过来的或者嫌利润低、麻烦多的业务,就分给他一些。后来新光做着、做着,也就做大了。

但它大是大,在广告界口碑并不好。据说它主要靠贿赂和比贿赂更不地道的手段发起来的。秦德夫在一次借用新光的模特儿队后说:"那些模特儿,看来从来没正经做过模特儿。功夫都在模特外。"

想到这,浦耳重新打量了一下路太太。估计她的胸围、腰围、臀围,分别是九十公分、六十公分、九十公分的样子,身高大约是一百七十五公分,从而断定了她曾经也是模特儿:模特儿都特别高,因为这就像宽银幕要比窄银幕更容易表现人物、景物的细节一样。她们的习惯也和一般人不一样的。某次他请几位到海威公司制造广告片子的名模吃饭,发现她们只喝些茶、吃些坚果之类的东西。一顿饭下来,桌子上的好东西几乎动也没动。更令人奇怪的是,她们几乎无一例外地都抽烟。问及原因,说是压力太大,用烟来缓解一下。而路太太的嗓音,有着明显的吸烟过度的痕迹。

他到浴室一查,发现是两根管子结合部的法兰盘的垫圈给坏了。它显然是劣质橡胶做的。他边循管道找总截门边想:这些房地产商,不让人传五代,一代怎么也得让人凑合过去吧?!找到总截门后,他将其关闭。接着顺便到车库拿了工具。

然后他赤脚进入没踝深的水里,把漂浮起的众多相当性感的女性内衣,划拉到一边,三下两下,就把管子卸开,然后用胶皮剪了一个垫圈,换了上去。

在这个过程中,路太太帮不上忙,只好做"壁上观"。浦耳把活干完,她就把他往客厅让。

浦耳指指自己的脚,不肯进去。

于是路太太问他要多少钱?

"你看着给吧。"浦耳依习惯,仔细地把工具擦干净放好。

"十块钱够不够？"

"十块钱有点少。"讨价还价对浦耳来说，已成习惯：没有讨价还价，不光没了自由市场，连世界贸易也没有了。"光这个皮垫儿，也最少要这个数。"

路太太又掏出五块，算是工钱。

"除去我干活的技术含量外，还有我的工具折旧费呢！"浦耳不肯接。为了这点小活，他从地下室取了五件工具，其中有两件还是专用的。

路太太虽然根本不明白"技术含量""折旧"的意思，但也知道他是嫌钱少。所以就说："我再给你加些旧衣服。"

浦耳笑着答应了。

路太太取衣服时，把打了一夜牌，正在酣睡的路总给惊醒了。他隔着窗户一看，站在花园走道上的"修理工"竟是浦耳，马上胡乱披了件衣服跑下楼来。

"对不起。对不起。"他连连向浦耳作揖。"我这个傻女人，有眼无珠。"

浦耳表示没关系。

路总坚持让他进客厅。

浦耳说怕脚脏，弄坏了地毯。

路总说："您踩。您踩。好莱坞还专门搜集名人的脚印呢！"他接着训斥路太太："你这个人啊，连修理工和鼎鼎有名的海威公司大老板也分不出来。别的不看，你也不看看浦总的这块表。"他指指浦耳手腕上的雷蒙-V。"修理工修上十辈子，能买上这表！"

路太太虽没文化，但既吃广告界饭，海威公司的大名总是知道的，所以只好尴尬地赔着笑。

浦耳心里认为路总的要求太高了：世界上真正认识雷蒙-V的不多，就是自己的太太也说买这么贵重的表没意思。而后每逢她要买太贵重的东西他不同意时，都要质问他买这表有什么意义。确切意义他也说不清，但上次在泰国的一个小酒店里，他也遇到一个戴雷蒙-V的人。两人几乎同时发现对方的表，可谁也没说话，只是一笑。有这会心一笑，价值也就在其中了。

路总说:"您别和我这傻婆娘生气,上次我在长城饭店遇到一位在国际货币基金组织做官员的同学,刚把他介绍给她,她张口就问人家能不能换到平价美元。"

浦口不接话茬,而是开玩笑说:"如果你当时再多给我十块钱,咱们不就没这些麻烦事了。再说,大老板原来就是修理工。"浦耳接着就给两人讲起自己在电厂截门班干活的历史。

"她刚才不是说坏的是管道吗?"路总中文系毕业,对工业上的事较生疏。

浦耳光着的脚,踏在真正的波斯地毯上,觉得很惬意,谈兴因此也不低。"铁道部的总工程师,一定来自桥梁专业。你想想:桥都会架,一般的路还不会铺?同理可证:截门相当于腿部的膝盖,是管道中最复杂的。会修它,就一切会修。"

"浦总真是多才多艺。"路总恭维道,"不过现在的产品质量实在是太差了。"

浦耳分析了一下差的原因:现在的工程,几乎级级吃回扣。这些"扣"的钱,从什么地方上来呢?除去分解原来的利润外,主要靠压低造价。但造价有一个极限,压到没法子压的时候,大量的劣质产品也就应运而生了。

路总连声说:"分析得深刻。分析得深刻。"

等路太太出去后,浦耳问及原来的路太太,他曾经在一个应酬活动中,见过她一次,第一印象觉得她是一个贤淑的女人。

路总的回答使人不得要领。但最后他说了句实在话:"反正我是上了贼船下不来了。"

浦耳看看表,发觉时间不早,就起身告辞。

路总再次就刚才的事情道歉。"找三十以上的女人,她们都不纯洁了。而找这之下的女人,又过不了金钱关。你说我该怎么办?"

"你这样挺好:找一个二十多岁的,然后带着她一起闯关。"浦耳说完,就拱手告辞。

在一间桑拿浴室的包厢里,桑田把他命名为"灭浦"的计划详细讲解给秦德夫听。

他原以为秦德夫该"心有灵犀一点通",谁知秦的响应并不强烈。

秦德夫一论浦耳在能源部已经成了气候,再论他个人的能力。最后得出此计划之不可行性。

"别老长他人志气,灭自己威风,不可行、不可行的,'世上无难事,只要肯登攀。'"桑田不高兴了。

"可行性研究最重要的就是把不可行都考虑到了后,再论证自己的优势在哪里。"秦德夫此刻已判定桑田是要真心"灭浦"。但他不知道此乃自发,还是马一青整个计划的一部分,所以尽量地语焉不详。

桑田说浦耳在能源部的势力由马一青负责消除。

秦德夫对此表示怀疑。"许多高干子女,总摆出副能做家长主的架势,到动真的时候却是'银样镴枪头'。"

"你看我的行动好了。"桑田认为这个问题不用讨论。"我不否认浦耳的个人能力。但咱们俩再加上我老岳父,也算'三个臭皮匠,顶个诸葛亮'了吧。"

"一百个臭皮匠相加,不过是一堆臭皮匠,根本顶不了诸葛亮。或者说,经过一百个臭皮匠讨论的事情,只会更臭。"

桑田不高兴了。"'二十万军齐解甲,更无一个是男儿。'我认为本计划是万全之策。"

秦德夫知道桑田在用"激将法"。我才不上你的当呢!你和我不是什么哥们儿,勉强能算个一般意义上的朋友就不错了,之所以能联合到一起,不过是利益使然。至于"万全之策",那是诸葛亮才有资格说的话。可既然"灭浦"能使得两个人都获利,那也值得一干。可他不想由他出面组织,那样将使他在京城商界的无形资产受损。

"关键是素材,有了素材,我就能做出最好的文章来。"桑田启发道,"你跟随他这么多年,他难道没有疏漏之处吗?"

秦德夫不说话,做沉思状态。

"你到底是有还是没有？"桑田着急了。

"我和你不一样，打蛇不死，反被蛇咬。蛇咬谁呢？显然是我，因为你可以一走了之。"秦德夫不想轻易把自己的材料拿出来，有些事情可以干，但不可以说。

"别又当婊子又立牌坊了吧。"桑田随口点了秦德夫两件事。"你不弄他，他也会弄你。树欲静而风不止。"

秦德夫知道也不能让桑田一无所获，便说："我找找试试吧。"

"我相信你一定能找到。"桑田一副总司令的架势。

因为干了一天的活，浑身酸痛的浦耳先在浴缸内泡了一小时，然后全身放松地在大沙发上闭眼躺了一小时。

在这两个小时里，一些平常被放过的小事，重新浮现出来。它们渐渐地被分类、廓清，显示出本质。最后，一个完整的计划形成了。"

他紧紧睡衣带子，走到办公桌前，用电话要日本的大泽英雄先生。

大泽英雄没在家。他又要他的办公室。大泽的秘书告诉他说："副总经理在开会。会后让他给您回电话。"

他和大泽是一九七九年在经济学院认识的。当时大泽只有二十出头，而他已是成家立业的中年人了。一次大泽办了个剑道班，他也去参加。剑道太面对面，不合中国人脾胃，大泽的学生也就越来越少。可他却一直坚持下来。两人熟起来后，他经常邀大泽到他的家里用餐。久而久之，就成了好朋友。

天生喜欢孩子的大泽，就把浦耳的儿子浦小群认作义子。

大泽回国后，先做国际贸易，后来又代表一家证券公司，到东京股票交易所当交易员。因为他的业绩卓越，新近晋升为那家证券公司的副总经理。

浦耳之所以给儿子设计一条留学日本的道路，依托点就是大泽。除此之外，大泽还承担了他在日本的证券代理的职务。

大泽给他做代理的业绩同样卓越，使得他的财产在五年之内翻了大约七番。

大泽大约在三个小时后,在电话里出现。"浦桑,早晨好。"他的声音圆润丰富,丝毫听不出经过一天的高强度工作。

浦耳不加寒暄就问:"我的账户上还有多少钱?"

大约一分钟后,大泽从电脑中调出了账户,说除去税收和佣金外,按今天的收盘价计,折人民币是九十二万五千。

"我急等钱用,能不能立刻汇七十万人民币来?"

大泽表示没问题。他给浦耳买的是"股票指数期货"。而明天恰好是交割日。

所谓"股票指数期货",也就是说买的不是具体的股票,而是"股票指数"。以上海股票市场的上证综合指数为例,假设你以一千点买下了某一时刻的股票期货若干手,到约定的时候,如果指数是一千二,那你就赚了,如果是八百,那你就亏了。这是一种新型的期货交易方式,其优点是可以分散风险。

大泽在电话里沉吟了一会儿后问:"你那边是不是出了什么政治问题?"

浦耳说:"非也。我又不是官员,哪里来的政治问题?"

大泽再问是不是经济问题。

浦回答说不是。

"哪你干吗那么着急?"大泽特别喜欢和人拉"京片子"。

"你是我的代理,不是我的财产监护人。"浦耳和他开玩笑。"我什么问题也没有,就是急等钱用。"

大译问有多急。

"越快越好。"

"我可以指令本公司北京办事处,由他们垫支给你。然后再用你的钱抵消。"

"这样更好。时间差的利息我来付。"

"当然要你来付,另外还有千分之一的手续费。"大泽很职业。

"我要现金。"浦耳知道对外资企业,提现金是没有限制的。

"你只要付了利息和手续费,就有权选择付款的方式。"大泽没有异议,"但你要电传一份授权书给我。"

"那当然。余下的钱,你帮我存到银行,留给小群当学费。"

大泽强调日本银行的利息微乎其微,只有百分之零点零八。"这是泡沫经济的结果。可在银行的利息低的时候,股票市场总是很好的。"

"不用你给我上课。"浦耳笑着说。"按我的指示办。"

"我觉得有股不祥的气氛在弥漫、笼罩,你是不是有什么问题?"大泽不放心。"如果是经济问题,我可以帮忙。政治问题可就麻烦了。"

浦耳知道大泽就算是"中国通",仍然和香港人写的有关中国政局的研究书籍一样,隔膜得很。而自己现在患的"政治和经济综合征",一时也解释不清。就推说起草授权文件,把电话挂断。

十分钟后,授权书写好并传送走了。

过五分钟,东京回电,要求确认。

再过五分钟,回电传来:祝君永好。你终身朋友大泽英雄。

自以为历尽沧桑、眼泪已经流干的浦耳,突然觉得一阵酸甜的感觉,从心头升起,不一会儿,眼睛也有些潮湿。

好一会儿,潮方退尽。

人在某一时刻,在一个特别小的事情上,帮助过一个人,也许你会得到千百倍的回报。想到这儿,他突然想起梅小青和雷迅。准备给他们透个消息。看看时间已不早,打电话不合适,就给雷迅的"电子信箱"发了封信。其内容是:一位资深人士分析,今后将是熊市。

第二十六章

如果没有特殊的事，浦耳就把星期天留给自己。他休闲的办法，就是一个人到商场转，去的最多的当数电脑商场。但他从不去"海威电脑大全"。

这家"大全"是从他起家时创建的店演变来的。如同人对初恋情人、作家对处女作一样，他对它的感情还是相当深厚的。但有感情不等于要常去，常去会干扰商店经理的正常工作。他边走边想：我给它寻找到资金，建立了良好的经营环境，并且配备了精明的经理。所有这些都是使一个企业成功的重要条件。但更重要的是，你必须知道自己在什么时候离开——这个离开并非退休，而是去创办更大的企业——离开之后，就再也不要再用自己的思想去干扰它。

他想起周鼎立讲的故事：他的老司长退休之前选接班人。今天这个、明天那个，最后好不容易定下。但他离休不到一年，就逢人便大骂自己是个"睁眼瞎"。因为接班人已不再听他的话，一意孤行了。

老司长显然是大傻瓜：你选中的接班人，即使再善良、再能干、和你再亲——权当是你的儿子——也不会永远地听你的话。

浦耳尽量放松身体走着。国人似乎是这个星球上最喜欢权力的一族。这也许没错。但在喜欢权力的同时，必须知道权力的范围和限度。以人的身体为例，如果每走一步都规定它的方向、路线、大腿动作幅度、脚掌着陆方式，那么走起来必定是歪歪扭扭的。有些事情，本来是天生熟能生巧的，没必要去干扰它的自然进程。

如果你非得一切都管的话——手脚的运动,管管还说得过去——你管得了肝脏的分泌、血管中血液的运行?更何况还有细胞的分裂、脑神经网络中的信息传递。你能决定一件事干或不干、想或不想,这已经足够了。一位香港著名驯马师曾说:"好的骑师,在一般情况下,根本就不会让马感觉到他骑在上面。"

思想中,浦耳已路过"海威电脑大全",拐进了斜对面的一家。

这是美国 ACI 电子公司的电脑专卖店。里面是一副宽敞、明亮的美国做派。顾客不多也不少。

一对看去较"粗"的夫妇正领着大约上初中的孩子在买电脑,看样子他们已挑了好一会儿了,面前摆着从 386 到 586 好几种机型。

因为没有电脑的基本知识,他们拿不定主意买哪种。一个劲地问硬盘、内存、平台、视窗软件这些基本词的含义。

接待他们的普通的售货员说不清,便请来了美国经理。

美国经理不会中文,就把年轻的女翻译请来。

但这个翻译不懂计算机技术,越说顾客越糊涂。

浦耳看这对夫妇的购买热情几乎被耗尽,就过去说:"我给你们一个不准确但比较形象的比喻:计算机好比一个大饭店,硬盘就是它的仓库,有什么货就可以存放在里面,存的多少,就取决于它的大小。而内存则相当于案板,需要处理什么,就从仓库里拿什么,不需要的就放回去。至于平台,"他想了一下:"就相当于接受你们点菜的那个人:不管用什么语言来形容你们要的菜,他都能翻译成管理仓库和'红案''白案'上师傅们能听懂的语言。"

这对夫妇有些懂了。

"那什么又叫视窗软件呢?"孩子问。

"软件就是处理原材料的方法:像什么粤菜啊、淮扬菜系啊。"他低头对孩子说:"至于视窗,就是一个窗户。相当于你在做功课的时候,从这个窗户向外看看都有谁在踢球,从那个窗户看看客厅里在演什么电视。"

"我家就一间房,不用窗户就能看见演什么电视。"孩子天真地说。

浦耳的心里一动。人总是以自己为标准：自己不冷，天下就都不冷了。自己有房了，天下的人就都有房子了。

浦耳问这对夫妇买计算机何用。

"给孩子学习用。"回答简单、干脆。

浦耳知道再问下去，也问不出什么来了，就转身准备走了。

"我们经理准备和您谈谈。"在门口翻译截住他。

浦耳听话地和翻译进了美国经理的办公室。

美国经理说了一大通英语。

浦耳也听懂了一些：他的英文程度，大概在凭借字典能读一般的技术书籍和能听懂一些日常用语上。

"经理问您干什么工作？收入多少？能不能到我们公司来干？"

"我是一个中等专业学校的教师，收入相当一般。可因为某些特殊情况，目前还不能到你们公司来干。"浦耳不愿意暴露身份，因为那会给人以"刺探"之感。

美国经理又是一通英语。

"经理非常欣赏你能把计算机的高深知识变成浅薄的能力。他仍然希望你在可能的情况下，来我们 ACI 公司干。"

浦耳微微一笑：假设让我翻译的话，一定把这话译成"在计算机方面深入浅出的能力。"而不使用"浅薄"这样的贬义词。

"经理还说，这是永远有效的正式邀请。"

"我非常感谢他的厚爱，在适当的时候，我会和他合作的。"浦耳说完就告辞了。

翻译一直送到门口，然后疑惑地看着他。她不相信他是一个中专的教师，无论从衣服还是谈吐都不像：高装低和低装高，都不是一件容易事。

以星期五收盘价计算，梅小青在股票市场上所赚已超过十万。当然，这是她个人账户上的数。当初雷迅曾百般动员她把资金放到他的账户上,并信誓旦旦地保证一定让她赚。她却说钱是婆婆管,做不了主,只投了一小部分"私房钱"。

但雷迅积累钱的速度,诱使梅小青入了市,并一步一步地把规模扩大。她认为管钱最好的办法就是自己来管,所以一点口风也没露。可雷迅如果心细一些的话,也能发现:别的蛛丝马迹不说,光凭在他谈及股票时,她那炯炯的目光,便能说明一切。

半年赚十万,她认为有理由犒劳犒劳自己。但在犒劳的方式上,她颇费踌躇:她心里最向往的,就是一条真的珍珠项链或一个一克拉以上的白金钻戒。可这些东西买来之后,没机会戴:上班时如果珠光宝气,肯定会引来同事的嫉妒——在乡村生活多年,她很明白嫉妒的力量——另外,还会引起上司的警惕:钱是不是来自公司?如果在家戴,她又无法忍受婆婆的目光:那目光似锯,边撕咬边问,是哪个野男人送你的。所以她最后决定还是吃一顿。穿戴为别人,吃食为本人。

在什么地方吃,她也是有选择的:一般饭店环境太差,食品的味道也不敢恭维。好饭店倒是有,可那不是朋友聚会,就是一家人共享。她孤零零一人,吃也吃不好。每次排比下来,她总选自助餐。

她叫了辆车,直接到了香格里拉。这儿的自助餐被她评估为"最佳"。

她吃自助餐,并不像一般人那样,上来就拣大虾、小牛肉吃。而是自带一杯新沏的香茶,然后盛一盘带酸味的卷心菜。喝上一气茶,吃上一盘菜,等胃口洞开后,她再去盛一大盘虾来。等把虾吃完,她再吃小牛肉。她认得很准,夹上来的虽不多,但片片里脊。在夹菜"稳、准、狠"方面,她有"童子功"。等把这些吃完后,她周而复始,再吃酸菜、喝茶。

这样做下来,总量是普通人的一倍多不说,还不引人注意。

林竞芳既非机械中的传动部件,亦非电子计算中的抽象符号。她是活生生的人,经济人、社会人。而且她也不像秦德夫和孙教授想象的那么单纯。眼见毕业在即,不管是去美国继续读"博士后",还是在北京安家——她已决定不回南方去——都需要钱来支撑,而钱得有个来处。

一次和秦德夫缠绵后,她曾问他的钱是从什么地方来的。秦是她见过的花钱最随便的人,他含糊地回答:"大部分是公司的招待费,也有我自己的工资。"她不相信:光在"好"上的几个月中,在可视范围内就见他花掉了数万块钱。没一个公司能承担如此之大的费用。于是她继续追问。秦德夫只好说:"从来处来呗。"

因为她总在他的外围,所以一直搞不清楚"来处"是何方?但前天秦德夫说要见曹总,并说要从她系里的账上转一笔钱时,她先分析再综合,便品出味道来。

林竞芳习惯用计算机语言思维,一旦知道了途径,任何文件都能调出来。再说,Q大学计算机系创始人有一句名言:好学生举一反三是不够的,应该举一反十。她当下就要通了曹总的电话。并问他能不能赏光和她一起到昆仑饭店吃晚饭?

受宠若惊的曹总,立刻答应了:在这之前,他曾几次约林竞芳出来吃饭,而她不是借故拒绝,就是携带同伴一起来赴宴,效果很不理想。

她在约定时间前一小时就到了昆仑饭店。和打仗一样,她需要观察、熟悉"地形",因为以前她并没有来过。

准备好后,她拣一个能看见大门进出、而来人不易发现的位置坐下。开始就刚才"读"进脑的价格,进行心算。一分钟后,"脑屏幕"出现"1000—1100"的字样。

他大概不会让我出钱:在中国,但凡男女单独相对,不管谁主动,也没有让女士出钱的道理。就算让我出,我也出得起。林竞芳拿出"长城"卡,用手指轻轻地弹了一下,想象着卡所能消费的那堆钱的体积。此卡是秦德夫信用卡的副卡,上个星期刚送给她。

她就正副区别问秦德夫,他笑着说:"正卡是往卡上存钱的,而副卡是花钱的。"她再问:"一张正卡能带多少张副卡?"秦德夫说大约是一张。"那你太太就没有了?"秦德夫说:"我限制她花钱还来不及,怎么会给她呢?"她问卡上有多少钱,秦德夫回答,"在为你自己的前提下,尽你的能力花就是了。"

她想到这,见曹总进了大厅,环顾一番后,坐到沙发上。她从柱子后绕出去,做出刚到的样子,仪态万方地走过去。

曹总四十岁左右,身材微胖,双耳宽阔,再加上一套略大的西装,一副典型的"福相",他一见林竞芳,赶紧站了起来。

略事寒暄后,两个人一起到了餐厅。

林竞芳拿"秦腔"问服务员:"Q大学林女士订的桌子在哪?"

见惯人情世态的服务员,微笑着把这个刚才亲自来订的女人,带到了位子上。

"你很有眼光。"曹总把餐巾铺在腿上。"我每次也都选这张能看见花园的桌子。"

"你也常来?"

曹总点头,"不像你们那么经常,但也来过几次。"

官员们——不管是政府官员,还是企业的官员、学术官员——确实自成国度。这是一个特权国,其中的秘密、局外的人是根本无法了解到的。他们可以尽情地享受职务、权力带给他们的一切:汽车、信用卡、住房、医疗、教育……她想自己坐公共汽车、地铁、从Q大学来一趟"昆仑"用了一个半小时,而有车的人,半个小时就能到。北京城好像是专门为那些有汽车的人设计的。她接着想起自己在南方那个仍用马桶的家,想起至今还在为儿子上重点中学所交纳的八千块钱而在上班之后,再去给人当"钟点工"的姐姐……

我必须尽快进入这个国度,她发誓道。

曹总不解地看着若有所思的林竞芳,把菜谱推了过去。

林竞芳毫不犹豫地点了菜,再请曹总修订。

曹总除去"五粮液"外,什么也没加。

林竞芳知道这瓶酒一上,预算必然被突破。所以她决定使用信用卡。既花就花出个样子。于是她说:"来瓶法国酒好了,您别考虑钱。"

"我喝不惯法国酒的味道。不管是 XO,还是路易十三,什么都没五粮液过瘾。"曹总松松领带。"至于钱,在我早已不成问题:自从一九八五年担任郑州市财委的计划处长起,我只要在河南一带活动,身上就分文不带了。"

林竞芳表示听不懂。

"家里的采购,当然要花钱。但那归我太太管,不用我操作。这里指的是我个人消费。不是有这样一个顺口溜吗?'工资基本不动,抽烟基本靠送'。"曹总顿了一下后停住。

林竞芳虽在学府深处、常春藤下,但也知道后一句乃是:老婆基本不用。

"我个人以为,公有制最大的特点就是:如果你要在相当的位置,那么你就拥有相应的一切。如果你丧失了这个位置,那么你就丧失一切。

林竞芳给他倒酒,启发他继续说。

"所以我一切工作的重点,都是围绕着'位置'这个中心。"曹总举起酒杯,凭空示意了一下后,就一口喝干。然后挥手叫服务员过来,"如果你不介意的话,我想加一个菜。"

林竞芳当然不介意。

曹总于是吩咐来只龙虾。

林竞芳知道这顿饭钱是不用她出了。

"中央花钱靠税收,如果税收的钱不足,就靠赤字来弥补。而地方政府则是靠收费,一个省一年收费数十个亿不在话下,俨然是第二财政。"

林竞芳不愿意显得什么都不懂,就竭力调动在政治经济学课程中学的一鳞半爪,插入说道:"中央和地方不是把税给分了吗?"

"博士就是博学之士!"曹总伸出拇指。"两家是把税给分了,但好征的税,比方增值税、营业税,中央都拿走了。把不好征收的税,比方所得税、印花税都给地方上留下了。你想想:中国有几个人有挣了钱去上税的概念?"

林竞芳接曹总的话,讲起了 Q 大学的外籍教师,每月工资到手,立刻自动去税务局交税。"这绝对是观念问题：著名的WINDOWS95上市后，只是在光盘说明书后面附了个密码。"她估计曹总对计算机上的事知道的不多，就解释道："你只要把这个密码输入你的机器，就可以把WINDOWS95拷到你的机器上。"

曹总问："那你们Q大学买一张光盘不就够了吗？"

林竞芳告诉她一张也没买过，因为一张就要一千多！"

曹总又问："那个软件公司不就亏坏了吗？"

"微软公司的这张软件，主要是靠西方国家和各大计算机公司购买。"林竞芳给自己倒茶。"要想让中国人不随便拷软件，那必须先教会中国人不随地吐痰。"

听到她这个生动的比喻，曹总笑了。"美国人玩法律、计算机已经许多年了，可他们总是指望中国人在一朝一夕就学会，实在不现实。不过叫着叫着，意识多少也加强了一些。你看我们不也找你们买软件来了吗？"

"中国的软件，基本上都得靠买。"林竞芳说。

曹总问原因。

"中国的软件，加密已经到了无以复加的地步：开头有，中间有，结尾也有。有的软件你要拷的话，就会给你的计算机带来病毒，把你机器里的数据都给毁了。"

曹总捋捋头发。"我前些时候到广州看一个朋友，他在一幢高层建筑里住，因为接我时匆忙、忘记带钥匙，所以在进大门时，用对讲电话和大楼的警卫联系好一会儿，才听电动门锁一声响。等到四楼他家，他费了好大力，才想起了他家保险门的号，请我进了门。坐下之后，他说正在为刚写的文章没好题目而发愁。我说你不用发愁，就仿照诸葛亮的《隆中对》，叫《笼中对》好了。"

林竞芳觉得曹总还是挺文雅的。

"刚才我说了政府来钱的办法。那我们企业靠什么呢？主要靠摊成本。别的地方不说，光是我们证券公司，就给每个职工分配了一套顶少也是三居室的住房，内部装修、凉台封闭。厨房设备，一应俱全。这些钱最后都要摊到成本里去。

所以说成本推动是第一推动。"

林竞芳想:还有你们吃喝的钱,胡乱花的钱,也都到成本里去了。而这些归根结底是要我们老百姓来负担的。不过既然没法从成本中把这些"乱报销"剔除出去,就不如也进入这个"能报销"的行列。

"我们的头说了:曹总您给我们这么大的活,我们也要给您意思意思。"林竞芳小心翼翼地步入了正题。

曹总笑问是否给回扣。

林竞芳点头:孙教授确实表达了这样的意思。

"刚才我说了:凡危害我位置的事,我是一件也不干的。你想想:钱从我公司的账上出去,到了你们的账上,然后再把它给'洗'出来,变成现金,这中间要经过多少环节?其中任何一个环节出了错,我都要'吃不了,兜着走'。"

"但孙教授非要给。"林竞芳这已是假传"圣旨"了。孙教授本来的意思是:如果曹总提出来要,可以给他一些。

曹总大方地表示,如果孙非要给的话,就放在你的劳务费里好了。

为了落实,林竞芳强调了一下这笔钱的数目是一万块。

"多少钱无所谓,但你把数告诉我,将来孙教授或别人问起来,我好有个应答。"曹总是何等人物,当然明白林竞芳请客的目的。"但我不能出具任何文字的东西。"

"一万五千块钱,您能接受吗?"林竞芳的脸红了。

"你想出些名堂来,我在总数上再多给你们一些也可以。你就说是我要你们返回的,然后你再把它提走就行了。"

林竞芳的心"怦怦"直跳,可她实在不好意思问这"一些"是多少?最后她只好举起杯:"我敬您一杯。"

曹总把领带完全放松,一口就喝干了。然后问林竞芳有没有兴趣去舞厅跳会儿舞?

林竞芳痛快地答应了。虽然她很希望尽量减少这桩"买卖"的成本。

在饭店的底层舞厅,曹总拉着她一曲接着一曲地跳个没完不说,并且越搂越紧,湿漉漉的手不停地作各种试探。

交谊舞曲结束了,激烈而强劲的迪斯科快速击打着人们的耳膜,她不禁有种解放的感觉。

第二十七章

郁敏和浦耳几次见面,谈话都停留在表层。地点不是在小饭店,就是在街上。当然,以浦耳的经济能力,可在任何级别的饭店吃饭、在任何娱乐场所聊天。但一来他不愿意给郁敏一个居高临下的感觉,二来毕竟多年未见,距离要逐渐缩短。

路过股票市场时,浦耳随便问她近来的股票如何。

郁敏认真地回答:"以前根据储华章建议买的股票,几乎箭箭中的。后来我就非常听他的意见。但这段时间,虽然大市上扬,我的个股却都不行。"她稍微透露些信息。

"中国的股票市场相当不规范。"浦耳指指股票市场外地上的书。"从这些出版物上就可以看出,谁都想一夜致富。所以技巧性越强的书,越是受大家欢迎。投机心理越强,股票市场离经济实际就越远。这样的股票市场是无法预测的。"他没提储的名字,只是放出了试探性气球。

"可他以前总是对的。"郁敏并没有马上反馈。

"咱们以掷钱币比赛为例。"浦耳寻找到一个展现理论才华的机会,站住侃侃而谈。"始终能得到正面的人为胜。比赛开始时有一千人。其中五百获得正面的人进入第二轮比赛。依照概率,其中的二百五十人又得到正面。按照机遇法则,第三轮有二百五十个,第四轮有六十三个……第七轮有八个。这样下去,最后就能找到那个一直得正面的人。于是他就被册封专家、人才。而实际上他不过是一个平均数的产物而已。"

"我要早遇到你就好了。"郁敏用手遮住阳光。

"前些时候,秦德夫一直建议公司投些钱到股票市场。我先是以没有业绩好的股票为由推辞,后来他又建议投到某些基金里,让别人来给我们操作。我又拒绝了。他不高兴地说:'你老说有个现代经济头脑,而现代经济最讲究的就是别把鸡蛋都放在一个篮子里!'我看他已经不可理喻,就开一个玩笑:只要是我的篮子,要打也得我自己来打。"

"咱们吃饭去吧!"郁敏不愿意在这个能使得她情感、经济"双投入,双亏损"的地方待得太久。"计算机事件"后,储华章虽自行"隐退",但她仍然打电话去,宣布将其"开除"出自己的生活。

浦耳将饭定在北京饭店的"谭家菜"。

郁敏虽也是名门闺秀、大户人家的儿媳,可来此富贵地吃饭,尚属首次。但她的风度好,没露出半点破绽。

浦耳寡言豪饮,时间过半,酒已快见底了。

"再喝就多了。"这类关心施加于男人,在郁敏仅丈夫一人。因为他不听,以后就再没劝过。

"多乎哉?不多也。"浦耳从善如流,将杯中喝完后,就"封瓶"了。

他默默地看着郁敏,好长时间没说话。

"我的生活单调枯燥,想听你说些有趣的。"郁敏向以心高气傲、"绷得住"著称,但此时却忍不住了。

浦耳还是没说话。

"你使我想起两句日本歌词:家兄酷似老父亲,一对沉默寡言人。"郁敏重新开瓶。"我陪你喝两杯。"对喝酒,她多少有些天赋,不到紧要处不喝罢了。

九十九度加一度,水就会沸腾。两杯下去,浦耳的话海终于决堤了:"有好些话,以前咱们好的时候,我都没说过。"

郁敏感兴趣地竖起了耳朵。

"我从小就喜欢你。那会儿你在家里弹琴,我经常在窗户外面听。"浦耳没说其实是边听边想象,连她拂去额前头发,翻阅琴谱都能看见。"一次下大雪,我一直站在那里,最后成了一个雪人。"

郁敏觉得暖洋洋的。

"小学六年级时,听说你没买到《成语词典》,我星期天骑车几乎跑遍了北京城,可还是没买到。最后我精心地用橡皮把我那本的名字擦了,又用细砂纸把书的切口处给磨干净,送给了你。你还记得这事吗?那天刮着从内蒙来的大黄风,不到五点,天已经黑得看不清了。我在学校门口把书一递给你就跑了。"

"我怎么会忘?"像重要人物无法记忆缺乏个性的礼物一样,她已经想不起这事了:当时以她的容貌和学校大队委的身份,献殷勤的男孩子不少。

"知道我是怎么到咱们的村里插队的吗?"浦耳问。

郁敏在他们初恋时就知道这个典故,但此时故意不回答。

"主要是因为你。"酒多的浦耳,被纳入了"重复"的老套。"在我还是男孩子的时候,就看中了你。"

郁敏拢了拢头发。"当时如果不是我妈妈那么势利眼……"她欲言又止。

"普天之下的母亲没一个不是势利眼的。"浦耳说。在他们的恋爱几乎进入实质性阶段时,郁母亲自出面干预,不说明任何原因,用迅速、有力的手段中断了一切,最终将她许配给现在的丈夫。"母亲以旁观者的身份,客观、实际,无疑是对的。她是靠科学分析来解决问题的。"

郁敏当然听出了浦耳埋怨的意思,低声说道:"我现在实在是太后悔了。"母亲花一个星期的时间,来说服她。其核心内容的确是"科学分析"的结果:你作为一个知识分子的女儿,已经够惨的了,再嫁给一个资本家的儿子,无疑是雪上加霜。更何况是个已经没有经济实力的资本家。

没有什么话比过去的情人自动说"后悔"更让人动心的了。这是无上的情感和荣誉的结合体。浦耳深情地看着郁敏。

郁敏慢慢地把手在桌面上推过去。近些年来,她多次就自己的婚姻现状,不指明地埋怨母亲。母亲一遇此话题就哑。半年前,父亲对此结论道:"任何人都是时代的产物,世上有几人的目光能穿越历史?再说你妈当时不过是参谋意见。"这末尾一句,就和邓小平接受意大利记者法拉奇采访时说"毛主席的错误,我也有份"一样,封住了所有人的嘴。

浦耳确定了郁敏手之方向后,不失时机地握住了它。

尽管浦耳沉浸在情感中,但仍然没有忘记把包刚所提供的资讯告诉郁敏。

虽然她一只股票都没有了,但仍不动声色地表示感谢。

得知老毕的妻子回了老家去,梅小青一下班,就避开众人耳目——主要是雷迅——转了好几个圈,去了老毕歌厅的办公室。而在这之前,他们只能偷偷地在外面"开房间"。

老毕所谓的"办公室",不过是歌厅中一个四个平方不到的隔断而已。但她还是和他在里面待了三个小时。

开大卡车出身的老毕,"阅人"不少,但他从未见过欲望如梅小青般旺盛的女人。"我觉得你好像没有丈夫似的?"两番战罢,老毕气喘吁吁地说。

"丈夫是有,但不如你。"梅小青仍缠住老毕不放。她从来没有对公司里的任何一个人说过她家的事。

"我配你太老啦!"老毕点燃一支烟。他觉得这个女人身上有一种奇特的力量被压抑着,总有一天会爆发出来。这力量甚至有些让人害怕。但害怕归害怕,因为她实在有用,所以也必须拉住:他想再开一个歌厅,并且已经相中了地方。可资金有限,而只要让她高兴,钱应该是不用愁的。

"还说老呢!"梅小青把衣服稍微整了整:"我看你和那个邱丽总是眉来眼去的。"

"女人就是女人。"老毕不高兴地说,"你见过有哪个老板和手下的人鬼混?!要是混上了,还怎么管理企业?"他始终认为他经营的是一个企业。

"那也有例外。"梅小青头靠在老毕宽阔的肩膀上。老毕不同于丈夫和雷迅,多少能给她些"依靠"感。"秦德夫就老打我的主意。"她用撒娇的语气说。记事以来,能使用这种语气的机会,也是屈指可数的。

"一个地方,老板只有一个,其余的都是马崽。不过是有大马崽和小马崽之分罢了。你什么时候见过那个秦副总真的为公司的事卖命?"

"那倒也是。"梅小青本来想把秦德夫在钱上做手脚的事情告诉他,但想想没说,你让别人了解得越少,就越容易拴住他。

老毕觉得今天的气氛不错,就和盘端出了自己的计划。

梅小青问要多少钱才够?

老毕说道十万。

梅小青说可以。这绝非一时冲动,是经过仔细的调查:歌厅类的娱乐业,回报实在是太丰厚了。以老毕的歌厅为例,十个月就回了本。政府的干预自然要考虑,但她从戏剧和小说中看到,几乎从有政府那天起,政府就在和与人类一样古老的卖淫业做斗争,可从没真正赢过。而自己的钱,应该像海威公司一样,投放一部分在"实业"中。

老毕高兴地商量其他的细节。

一切讨论完毕后,梅小青提出附加条款:"不过你还得把姓邱的女孩给我打发了。"

老毕笑着说:"我的小娘子,她早就被人包走了。"

梅小青不相信。

"她就是不被人包走,您开金口,我也一定打发她上路:三条腿的蛤蟆不好找,那叫金蟾。两条腿的人可有的是。"老毕说的并不全部是实话:邱丽被李寒领走时,他确实有些舍不得。这倒不是因为梅小青所说的"眉来眼去",而是因为她身上有些独特的气质,有好些"回头客"就是冲着她来的。但李寒开价一万,让他无话可说。

梅小青还是不相信,寻找他话中的漏洞。"你怎么会相信那人会把钱送来?"

老毕说邱丽的身份证被他扣押着,让拿钱来赎。

梅小情说区区一个身份证，花三百块钱就能搞一个来。这确是经验之谈，她的身份证就是这么来的。

"你这外行了不是。"老毕终于找到了她的一个漏洞。"那个姓孔的老板，当然，这不一定是真名，从派头上看，就不是一般人物。而高层人士，对于下三路的事不是不知道，就是知道了也没渠道。"

"高层人士?!"梅小青嘴角一撇。"你见过几个高层人士！再说高层人士有上你这地方找小姐的？"

老毕不服。"皇上还微服私访妓女呢。游龙戏凤嘛！"

梅小青哑了。

"我不认识高层人，我还不认识西装、手表和提包？"

被"挤"的梅小青脸变得不好看起来。

司机出身的老毕"看脸"还是会的，赶紧躲开这个话题，聊起别的来。

梅小青这才慢慢地松开脸部的肌肉。这就是权力！她心想，只要你手里有别人想要的东西，就不用愁没人看你的脸。

服务员敲门叫老板接电话。老毕接罢回来说："真是'说曹操，曹操就到'。他说十五分钟后来赎邱丽的身份证。'"

李寒本不想亲自来，常在河边走，难免不湿鞋。可邱丽说她怕死了毕老板，非要他一起来。他只好就来了。

见了老毕，李寒一言不发地把个信封递过去。

老毕数完钱后问邱丽。

"她回老家了。"李寒伸手道，"身份证。"

"邱丽和我订的合同，是经过劳动部门的。"老毕知道遇到了"财神"。见"冤大头"不宰有罪。

"合同有个屁用！"李寒颐指气使地命令道，"快把东西拿来。"

"我这大小也是个单位，将来她爹妈来找我要人，我该怎么办？要不这样，"老毕一副替李寒着想的样子。"您老把您的住址和姓名、身份证号留下？她爹妈找来了,也好有个交代。"

这"下三路"的阴招把李寒拿住了:他怎么也不会把自己的姓名、身份公开。于是只好祭起屡试不爽的法宝。"你还要多少钱?"

老毕开了三千。再多开,他怕李寒置身份证于不顾,一走了之。

李寒点出了三千块钱,接过了身份证与合同原本,头也不回地走了。

等李寒走了后,一直在窥视的梅小青只说了一句话:"这人不姓孔。"

老毕随便地问了一句:"那他姓什么?"

梅小青答非所问地说:"你就没必要知道了。"

马一青要通能源部分管第三产业的韩副部长家的电话,可没能通过"保姆关"。他只好留下姓名,请韩副部长回来复电。

妈的! 放下电话后,马一青在心里咒骂道。韩副部长的习惯他很清楚:只要在北京,除非出席中央级的会议,否则星期六晚上不出家门一步。在我当干部局长时,他只是个水电站的副总工程师。在干部"知识化、年轻化"的浪潮中,他直接从电站调到部里的技术司当副司长。这属于越级提拔:电站的副总工程师,属副处级。考虑人选时,已有两个资历差不多的人。之所以选上他,主要功绩当属我:选拔干部,尤其是大单位成批地选拔干部,干部部门负责人的意见是很重要的:对于基层的副职,部长们认识不了几个,全凭干部部门的负责人介绍。颇有点"隔山买牛"的味道。

到了会上,干部部负责人,要把自己心中的人选推上去,着实需要一些技术。比方有 ABC 三个人选,你想让 C 上,正确的说法不是一味地说 C 是如何如何的好。而是要先说 A 的一系列优点,然后在某关键处,说 A 一条重要的缺点:假设选管理干部,你强调 A 很懂技术,喜欢学习,但缺少"帅才"。如果要选技术干部,你就强调 A 马列主义的理论水平高,思路灵活,视野开阔,然后说他不很专门。这样主持会议的人,通常会指示讨论下一个。等轮到 B,依旧如法炮制。等到最后,只剩下 C。这样只要 C 能说得过去,他就会被选中。

这个姓韩的就是这样被我推上去的。再后来,我当分管干部的副部长时,又推他当了司长。在他进部党组、当副部长的问题上,我也是出了力的。没承想,他倒和我摆起架子来了。马一青看了一下手表,已经是九点。

他在愤愤不平之时,并没想过他为何不遗余力地往上推韩:韩在当电站副总时,曾与他一起去了趟美国。在国内,他是个人物,尤其走来走去,不离能源系统。管官的官来了,到什么地方也是上宾。当了副部长之后,仪仗就更加显赫。可一旦到了异国他乡,他是耳不能听,嘴不能说,整个傻瓜一个。而韩作为清华水利系的学生,英文相当好之外,在美国还有几个亲戚。所以韩给他提供了极大的便利:回国时,整个代表团里,仅他一人买齐了冰箱、彩电和录像机。在一九八〇年,这不是一件简单事。当然,钱他还是付了,回国后,按牌价还了人民币。

有韩这些潜移默化的铺垫,才有后来的结果。

九点十分,韩副部长的秘书来电话了。大意是韩副部长刚开完计委一个重要会议,一到家,就让给您打电话。

马一青说他有要事要马上见韩。

秘书问要不要派车。

马一青说自己有车,二十分钟后到。

韩副部长在客厅门口迎接马一青。"老首长有什么事,打个电话我去就是了。何必劳您跑呢!"他说着让座倒茶。

韩副部长虽然衣着整齐,但马一青从面色上就判定他已经洗过澡了。也就是说根本没开会。至于秘书的电话,那肯定是他电令秘书从家打来的。这些小伎俩,谁不会玩儿!但心中的怨气,并没升到脸上来:为官多年,官场游戏规则还是懂的。

韩副部长细心周到地问询了老首长的身体状况后,就勒住了话头。

马一青只好自己提要求:请部里派一个调查组到海威公司审查一下浦耳的问题。

"在我的印象中,小浦还是不错的嘛。"韩副部长伸出五指,一个一个往回曲。"他加盟海威后,使得你们公司对部里的贡献,年年递增。另外,他安排了不少部里的待业子女,给部里减缓了就业压力。他和老同志的团结也搞得挺好。"

马一青的经验告诉他,掌权者说一个人好时,并不一定真的认为这个人好。所以他耐心地等到韩不数时才说:"有确凿证据证明浦耳有挪用公款行为。"

"人才难得。挪用一些钱还回来就是了。"韩副部长今年五十六岁,牙齿坚挺、眼睛清澈,稀疏的头发,梳理得有条不紊。

马一青这下确实气了:他明明知道我的意思,还跟我打官腔。但他练起内功,把气压下去,详细讲起浦耳所有的错误。其中心是浦耳不但挪用公款,而且数额巨大。

韩副部长逻辑性很强,当即分析出浦耳之错误,主要是和马一青不和。故而他仍强调对干部要爱护、教育,不要来不来就派调查组或诉诸法律。

"倘若在咱们能源部内部解决不了问题,就会闹到监察部门去。"马一青见韩还在绕圈子,就拿出了看家的一手。

作为官场中人,韩副部长不会不知道马一青的途径和路数:他有中央的马老做背景,并因此和执掌监察部门大权的金耀林过从甚密,而金耀林则是有名的铁脸,查起案子来,没完没了。他沉吟了一会儿后就同意派个调查组上海威公司。

"仅仅是部里的人恐怕力度不够,最好组织工商、税务等部门的人联合检查。"马一青补充道。

真是"老骥伏枥"啊!韩副部长在心中感叹道。前些日子,他要求给海威公司董事会换届时,我就暗示他要以身体为重。他不听,非要荣下他上。我勉强同意了。可没过几天,他就又来要求换总经理。好像还有几十年的江山可坐似地。其实不光他,就是我也指日可待了。不过送人情就送到底。反正没事就查不出来,有事浦也没得怪。所以他原则上同意组成联合调查组。

"我办事的脾气你是知道的,从来不拖。"马一青不知不觉地就倚老卖老开了。"你可别让我这个老首长失望。"

韩副部长边点头边站起身。

经营打字行的打字员小鲁正准备关卷闸门打烊,穿高级毛料子大衣、戴茶色眼镜的秦德夫就挤了进来。

小鲁问他有何贵干。

秦德夫说要打份文稿。

"已经关门了。"小鲁不想再接活。雇佣劳动力永远滋生雇佣思想,能少干一点就少干一点。

"我多给你钱。并且超出部分不用开发票。"秦德夫瞟了一眼墙上价目表,开出了五倍的价钱:"一共一千字,我给三百块钱。条件是马上打出来。"

"我先要看看文稿的清晰度。"钱把小鲁的手拉出去。

没用一分钟,她就把文稿读完了。边读边渗冷汗。

这是一份告状信,被告的人是海威公司的总经理浦耳。案情涉及近百万块钱。而她在检察院反贪局的姐夫曾说:每贪污两千块钱,就是一年徒刑。这该多少年?

她本能地感觉这封信是假的:如果是真的,来人就会自己写

就算怕字迹被人识别,也可以让妻子或朋友写,看样子这信"假"到他自己都拿不出手的程度。

"你这字也太乱了。今天打不出来。"等想好后,她的眼睛才离开稿纸。"要不你到别的地方去问问。"她明明知道附近所有的打字行,现在已经关门了。

"你到底要多少钱?"秦德夫进屋后,仍没有摘眼镜。

小鲁说要六百。

秦德夫扔过六张一百元的钞票。

大约一个小时后,一封完整的信出来。"您用不用拷贝一百份?"小鲁问。

秦德夫不答话,坐到计算机前,把文件拷到自己带来的磁盘上后,又把硬盘上的文件连同备份统统删去。然后就隐入浓重的夜雾里去了。

雷迅和同学整整聚会了两天,回来后睡到半夜,才打开电脑,收到浦耳的电子信件。

他呆呆地看了好一阵,仍然拿不定主意,只好呼了一下梅小青。

梅小青立刻做出了决定,让雷迅马上把手中的股票全部脱手。

"深更半夜的,我上哪脱去啊?"雷迅虽然同意浦耳的分析,也从语气上感觉到浦肯定从某些地方得到了信息。可他就是不愿意放下架子。"我要是别人说什么就听什么,也混不到今天。"

"浦总无戏言!"梅小青示意老毕关闭电视的声后,尽量压低声音强调。

股票价格是千百万人欲望的凝结物,就算他浦总是大人物,溯及力也达不到此。"梅小青在一个月前,曾经无意中把他和浦耳进行了比较,说他身上总有些"小男人"气。此刻,这个结论从潜意识中冒了出来。

梅小青以女人的细心,早总结出雷迅的思维模式和基础。所以她因势利导道:"大男人的特征就是当断则断!"

"明天我就卖掉一半,起码保住咱们基本的胜利成果。虽然我对浦总的话只是半信半疑。"说完就放下电话。

老毕充满狐疑地问梅小青给谁打电话。

梅小青懂得在没必要说谎的时候就不说谎这样一个基本道理,就说是雷迅。

"那个南方小白脸啊!"老毕不屑的评判道。

梅小青看着他的样子,想道:人们常说男人的心胸大,这绝对是胡说八道。

第二天,雷迅果然抛出了手中的股票,不是一半,而是百分之七十五。

第二十八章

　　海威公司这段时间诸事顺利,INTERNET 的前期设计已拿出并通过了论证,和郑州股票交易所的合作也愉快。

　　但秦德夫个人却不太顺。其原因是在上个星期六,青松小区发生了一件入室抢劫杀人案。举报人称,见一辆白色的桑塔纳轿车,停在案件发生地。它的车号第一位是"1"最末一位数是"4"。这些特征都和他的相同。于是区刑警先来调查,接着是市刑警大队的人来调查。可秦德夫那天整夜都和林竞芳在一起,像这样"不在场"的证据,实在不能往出拿。

　　"我当初就说,花上几百块钱,买上个'6''8'之类的吉祥号,可你偏偏不。"秦德夫埋怨浦耳,"'14''14'就是要死的意思。"

　　浦耳也笑了。"我相信你是绝对不会为了钱去杀人的。说是情杀还差不多。"

　　"为了情我就更不会了。"秦德夫自己给自己倒了杯茶,"他们见我虽然拿不出证据来,但正气凛然,只好在'知道不知道有别的人动过我的车'的问题上大做文章,后来我也来了气,就说,别人动过没有我哪能知道?!"

　　"问题来了不是!"浦耳一下子就抓住了要害,"别人要是动过你的车,从油箱的存油能看出来,就是点火、发动时的感觉都不一样。假设你动过我的床,我一下子就能知道。"他意味深长地看了秦德夫一眼。

　　秦德夫避开浦耳的眼光。他太太这些日子肯定从他身上莫名其妙的香味、拿起来不说话的电话、性生活方式的改变等等蛛丝马迹上,感觉出什么来,一直在和他闹别扭。他怕和林竞芳幽会时,太太突然闯进来,有时就让服务员打开浦耳办公室的门。"我哪有你这么机灵?"

"那你也别逗刑警。你这样就等于说'你们来找我吧!我就喜欢和你们谈话'。"

正说着,秦德夫的移动电话响了:市局刑警队技术科让他去一趟,要对他的车进行技术鉴定。

"再这样下去,我可受不了了。"秦德夫放下电话后说。

"我来给你解决吧。"浦耳从秦德夫手中拿过电话。"你个人出钱摆桌饭,我把我的好朋友、公安局的治安处长叫来,疏通一下。"

"我可从来没有听说过你有这样一个好朋友。"

"你没听说过的事多着呢!"浦耳摆手示意秦德夫出去。

CD制作人,已经开始向郁敏频频发出最后通牒。

浦耳和市局治安处长一说,"桑塔纳事件"立刻就平息。事后在答谢宴会上,处长不无讽刺地对浦耳说:"咱们以后应该多走动、走动才是。"浦耳赶紧赔不是,连敬了三杯酒。

"你们这些生意人,眼皮薄得很。总以为钱是最重要的,以为只有那些管工程、管计划的人的手里才有权力。殊不知,除去人事权外,最大的就是司法权了。比方你手上那个姓秦的这事,就是把他拘起来,审查几天,也说得过去。"

这话浦耳听上去极不顺,但面上一点不露,一个劲儿地敬酒。处长在自己人面前,很放得开,半斤酒下肚后,送给浦再一句:"以后你想收拾谁,给我来个电话就行。"

浦耳实在不能同意他这话:"人家要没事,你怎么能收拾?"

处长喝得虽不少,但逻辑还很清楚:"你们生意场上的人,有几个是真正清白的?就算他不诈骗,还不嫖不赌?任何一桩,也能弄他个人仰马翻。"

浦耳想想也是，就不再和处长争论。

秦德夫和孙教授、曹总之间有关钱的往来的事，进行得很流畅：孙教授只要拿到自己的那份，别的钱愿意转到哪去，就转到哪去，只求不出事。而曹总显然把他当成了林竞芳的监护人了，答应得更痛快。

于是他向公司报了十万块"劳务费"。在他开支票时，梅小青问了句："怎么这么多？"他居高临下地回答："浦总和我都在上面签了字，你拿钱就行了，出了问题自然有人负责。"梅小青低头不语，给他开了支票。但她坚持把钱汇到Q大学计算机系的账上，而不肯汇到计算机系的小公司账上。理由就是计算机系的小公司，不是独立法人，而是委托法人。秦德夫的会计学知识有限，也只好接受了。

管它开到哪儿呢？反正钱一出公司，就由我支配了。秦德夫看着支票上的大写数目字，打电话让林竞芳来。林竞芳说正好有个有关交互网"堵车"问题的研讨会，秦德夫说："什么会也没有咱们的幽会重要！"接着他又强调了一下，"另外，咱们还要商量有关的财务问题。"林竞芳勉强答应了。

林竞芳吃完晚饭才来，她来的时候，秦德夫已经洗了澡，穿着睡衣，斜在床上看电视。

他一把搂过林竞芳。"让我好等，不管听见什么响，我都'疑是玉人来'。"

"我确实有重要的会议要开。"林竞芳徒劳地想挣脱秦德夫的怀抱。"你说的财务问题是什么？"

秦德夫品着味道儿不对，就放开林竞芳，不高兴地说："看来真是'手中没有米，就叫不来鸡'。"

林竞芳被击中要害，只得自动凑上去。

稍事温存后，秦德夫把支票拿出来。讲了讲分配方案："给你们教研组留五千，再给你们系财务的人分上两千，剩下的都提成现金。"

林竞芳往秦德夫的身边靠了靠，眼睛看着别处，小心翼翼地提到现金的分配问题。

秦德夫又把她给搂了过来。"还能少了你花的？再说,我的成功是赚到很多的钱,而你的成功是找到了我。"

林竞芳面露不悦之色:这话对你太太说,还差不多。对我这样萍水相逢的人——她觉得这个成语实在是再贴切不过了——却绝非如此。

秦德夫多少也观察到一些外在的迹象,"到时候我一定会让你满意的。"

林竞芳还是想知道具体的数字:只有傻瓜才会把自己的利益寄托在别人的理智上。

"你什么时候也学得这样利欲熏心了？"

"'近朱者赤'嘛！"林竞芳也觉得自己有些"过"了,而过犹不及,所以就掩盖了一下。"不是我要。"

秦德夫疑惑地看着她。

多年的学术生涯,锻炼得林竞芳什么事都有准备。"你应该知道,编撰一个大型的程序,我一个人干不了。就算我给你尽义务,也得给他们发工资啊。"

秦德夫想想也是,就让她开了价。

林竞芳毕竟不是生意中人,开口说钱,总是不太自然就把"皮球"踢了回去。

"给你们五千块钱如何？"

林竞芳问包不包括她？

"要是包括你的话,就给八千。但你们要给我开收据。"

这钱林竞芳完全是给自己要的,但她估的价是两万。"你们这些商人,对科学技术的认识实在是太差了:我们学了二十年,才学会编撰程序。"她撅起嘴巴。这件"武器"显然起了作用:"从你们角度说也对。"秦德夫点燃烟。"别看你们用不了一会儿就能把活干了,但也确实值些钱。这里的道理就和耕地、拉车的马和种马一样:耕地、拉车的马,每天干活,而种马很多天干一次,但它享受的待遇要比那些马高得多得多。"

"恶心！"林竞芳在继续施展她的女性魅力,似嗔非嗔地说。

"西谚说:情妇暗示,妻子硬要。谁知道世道什么时候变了!好,再给你加四千,一共一万二。"

硬要都不给,别说暗示了。林竞芳边想边问这是不是最后的决定?

秦德夫说是最后的决定。

林竞芳从交互网上看到许多省市都建立股票市场,而这些股票市场最终都要电子化。所以她看在价格方面已经没什么余地,就提出了版权的问题。"那这套软件的版权得归我们。咱们就一单说一单,以后有人来买,还要再付钱。"

对这一点,秦德夫早有准备。因为他已经通过海威系统,向各个省大证券交易所发出了信息,看他们要不要这套软件。"我早就考虑到版权问题,不过我总认为不该你而该孙教授提出来才对。"

林竞芳被说中,脸微微泛红,但仍强调她是受命提出的。

"受命也罢,不受命也罢。反正这些日子以来,你身上发生了深刻的变化。"秦德夫直视着林竞芳,试图审查出什么来。爱情这东西太激烈,所以没道理太持久,但她的变化太大了。

林竞芳若无其事地承受了他的目光。"我不是代表我个人,而是代表一个团体和你谈的,你不要神经过敏好不好?"

秦德夫笑着改变目光的频率。"咱们之间的交流已经到了最高级的程度,什么不好说?"对于"版权"问题,他早已有打算:等成品出来,拷贝一份就是了。将来想卖给谁就卖给谁。

"咱们两个确实什么都好说,可还有别人啊。"林竞芳巧妙地转了一个弯。"所以最好拟一个合同。"

秦德夫认为这是多此一举。"如果我要想骗你,那什么合同也不顶事。"

林竞芳坚持自己的意见,"我奶奶说:千年的文字会说话。"

"你奶奶该不是太平天国的女进士吧?还挺有文化的。"秦德夫不高兴地说,"你起草个东西,我来签。然后我送你回去。"

送完林竞芳回来的路上,秦德夫收到了马一青的电话,让他马上去他家。

浦耳把约会地选在废园。这是个精心设计的选择：他们第一次正式约会、第一次接吻就是在这个废园。

"那时候这园子荒烟弥漫、野草丛生。"浦耳坐在长椅上，很随便地一指："另外还有几只羊、几头牛和几座坟。根本没有这些人工添加的东西。"

"是的。"郁敏很想靠过去。此时她的心情成分，怀旧只是一丝，更多是希望能倚靠在一个坚实的肩膀上。

浦耳也偎住郁敏的削肩。有了那句"实在太后悔"的话，已把他和她的物理、时间上的距离感，消灭殆尽。

"在这个世界上，只有你能让我动心。"浦耳的声调充满了梦幻。这在他这个岁数是很不寻常的。

"我不相信。"她将自己的身体拼命地缩小。

"上次有人邀我参加一个时装表演会。我去晚了，组织者领我从后台过去。我没想到会穿越模特的更衣室。后来有人问我看见了什么，我告诉他们：一片白色而已。"

"谁信啊！"郁敏似嗔非嗔地说。

浦耳吻了郁敏。

上一个吻和这个吻之间整整过去了二十年。

股票抛出后的三个星期，雷迅显得六神无主。他看着继续攀升的股票指数，如同一个官迷看到对面办公桌的朋友连续升官一样地难受。

"如果它继续升高一个星期，我无论如何也要再入市。"他话是这么说，可又没胆不听浦耳的话。

"你的男子汉气都到哪里去了！"如果老毕说这话，梅小青就会用"好像谁骗了你的蛋"这样的粗话来反驳。"一天到晚唠唠叨叨，和个老太太似的。"

"伟大的作家王朔说：男子汉是什么，不过是老娘们给咱们下的套儿！"他在不足十平方的房间里转了十多圈，然后把身体举起，高高地摔到床上，目光的焦点聚在电视后面大约一米的地方。

雷迅看电视,除去球赛外,从不认真。这些日子尤其如此。可当电视中出现"股票"字眼时,他还是立刻把精力凝聚起来。

播音员一脸严肃的播送着本台特约评论员文章《重新评估当前的股票市场》。

他都来不及招呼梅小青,一股脑儿地往下听。

此文除去一些防止股票市场崩溃的具体措施外,基本核心内容,浦耳都对他讲过。

听着、听着,他冷、热汗掺和着顺脊梁往下流:以电视传媒之力量,此文一播发,股票市场肯定要"熊"到底。幸亏听了浦总的话。墨菲定律说得好:该出错的就一定出错。

梅小青也放下杂志,坐到电视机前。

评论员文章,播送的只是摘要。但引起的震荡却是剧烈的。

"如果不是浦总告诫,不是我坚持,你的存款和汽车都没了。用'秦琼卖马'里的词儿来形容,那真是'一朝马死黄金尽'。"梅小青的人文知识,大半来自戏剧,小半来自流行出版物。

"应该说是'床头黄金尽,壮士无颜色。'"雷迅搂住梅小青的肩膀。

"听上去好像你是公子,我是妓女似的。"梅小青做出不高兴状。

雷迅也承认引用的不恰当。

"咱们该用什么来回报一下浦总。"庆幸之余,雷迅主动地说。

两个人商量来、商量去,仍然选不定方式。

"书生甲对书生乙说《昭明文选》中有错,要和作者理论一下。书生乙说昭明太子已死。书生甲说:既死就算了。书生乙说:不死你也奈何他不得。甲问原因。乙说:他读的书多。"雷迅点燃一支烟。"给有钱人送东西就是不好送,咱们能想起来的,他们都有了。"

梅小青提议送古董,可又怕买上假的。

"他送我一条信息,我也回馈他一条信息吧。在信息社会,最有价值的通货就是信息。"

梅小青不相信他能有什么有价值的信息。

"各有各的渠道,因之各有各的信息。"雷迅随之给她讲起秦德夫的事。

"你说他这是什么意思?"梅小青立刻意识到此信息的价值,但还是装作不懂的样子问。

"狼子野心,昭然若揭了。你怎么还不懂?!"雷迅居高临下地说,"他想让咱们浦总上路,自己来当总经理。"

"那你给浦总打个电话吧。"

"过两天再打。"雷迅摆起男子汉的架子。

梅小青觉得放放也好,可以继续搜集一些秦德夫的材料,一举把他干倒。他倒了,对自己肯定是好事。而好事要多磨。

马一青之所以深夜召秦德夫来,一是为了把韩副部长讲话的内容传达给他;二是想试验一下他的命令灵不灵。

当然,他不会像一般人那样,把所有的细节和盘托出,而是似说非说,并给韩的意见戴上"部党组意见"的大帽子。

"把佛请来,我的任务就算完成了。"马一青大体说完后,仰到沙发上。"而你的任务则刚开始。"

"我的任务?"秦德夫有些摸不着头脑。

马一青重重地点头。"你的任务是把佛从精神到物质方面都招待好。"

"还望进一步指示。"

马一青明知秦德夫带有装傻的意思,但还是说:"所谓物质,就是让他们吃好、住好、玩好。因为这毕竟不是一天两天的事。至于精神方面,你自己琢磨去吧。"

事到临头,秦德夫竟有些犹豫起来。他问马一青调查会有什么后果。

"调查的结果,取决于调查的过程。事物发展有着自己的规律。"

"会不会移送到司法机关处理。"

马一青表示不无这种可能。

"他虽有罪,但罪不当诛啊!"

马一青把脸一沉,恢复正襟危坐的姿势。"要反对自由主义,不能因为是老同学、老朋友,就放任不管,而使党和人民的事业蒙受损失。"

马一青的样子、说话的语气和堂皇的内容,使得秦德夫振奋起来。他问具体的实施计划。

"以这只杯子为例,你说他是满的也行。"马一青指指茶杯的下半部,"说他是空的也行。"他又指指上半部。"关键是谁来说和说给谁听。"

秦德夫点头。

"调查组要把一个人的问题搞清楚,关键在于材料。而提供材料的人,首先要让材料丰富。"马一青两眼望天。"所谓丰富就是多。但多的同时,要考虑质的问题。也就是说,全篇材料中,必须有两至三条确凿、过硬的材料,这样才能支撑起全局,把其他的纳入其中。"

秦德夫心想:这老头老是老,可思维不老,有速度,有内容。

"材料不会凭空产生,关键在于搜集。"马一青本想用"罗织",但觉得这词虽然恰当,但一用就会使谈话降了"格"。他是个凡事讲究"格"的人,认为京剧比评剧"格"高,布衬衫比"的确良""格"高。

"我大概能搜集到足够的材料。"秦德夫不无讨好地说。

"材料搜集到了之后,再将其分解给大家:从不同的嘴巴里说出去,力量就会大许多倍。众人拾柴火焰高嘛!"

秦德夫表示心领神会,一定借助自己的系统推行。

"有方针、有路线、有干部,事情就没有办不成的。民心可用,民意可用。"马一青大发议论,讲起自己在"三反"、"五反"、"四清"中的功绩。"我一生参加过的调查组无数,当过组员、副组长、组长,所以我非常清楚调查组的人都希望知道些什么、如何能影响他们。"

秦德夫恰到好处地点头。

马一青好久没有机会给人讲这些了,所以很觉过瘾。

秦德夫等他把瘾过足后,小心地问:"部党组对咱们海威公司总经理的人选有没有考虑?"

"海威公司总经理不属于部管干部。"马一青一摆手,就把自己的"格"抬起来。"关键是董事会的意见。董事会推荐后,再报到部干部部门批一下就行了。"

秦德夫想问这个人选是不是自己,但实在张不开口。

马一青当然看出他的心思。沉了好一会儿才说:"我的心中有数。你是人选之一。"他把球扔出去,又收回来。"但你要知道,人的事情是很复杂的。要经得住考验。"

"您放心好了。"缺乏仕途经验的秦德夫几乎要拍胸脯了。

"看一个人不光要看他怎么说,更要看他怎么做。"马一青给他加压。"办事不论对与错,办起来就要办到底。"

领会了精神的秦德夫,确实拿出了"办事办到底"的精神。次日第一件事,就是把已经打印好的材料复制若干份寄了出去。在往邮筒里塞的一刹那,他多少有些犹豫。他知道,这手一松,他与浦耳过去的一切就都不存在了。无毒不丈夫!他鼓起勇气,将检举信投放出去。

接下来,他通过各种渠道,把消息放了出去,并分解了材料,安排给心腹之人。他在海威公司已经营多年,有一些"自己人"。但这些"自己人"中,有分量的不多。他想来想去,把雷迅也算了进来。本来他把梅小青也打上了数,但考虑到她的背景,就放弃了。对雷迅他不是没顾虑,但现在是用人的时候,只能"枯木朽株齐努力"了。

第二十九章

泰极否来是一切事物的规律。"否"到来的第一信号是浦耳在回家的路上收到的。传达者是Q大学第三产业管理办公室的许主任。

"你好。"也许是因为阴天、也许是因为信道太堵,浦耳的移动电话效果极差,但他仍然听出是许。为了"淘汰"一些不必要的关系无穷无尽的追踪,他平均每半年换回手机号码。换号之后,重要关系他会亲自通知,次要的就开列一张表给办公室,说这些人士,如有重要事就打电话给他。而许主任则身在"表外"。他从什么地方打听到新号的?

许主任说有重要事情要商量。

"和贵校的联系,向由我们秦德夫副总经理负责。"浦耳认为许之身份就确定了他不会有什么重要的事。

许主任强调这事极其重要。

浦耳认为他是在虚张声势。许是一个很贪婪的人。鉴于葆力公司和Q大学之间"挂靠"的渊源,虽然后来并入了海威公司,每到中秋、春节,仍仿照给银行、税务、工商之分量,给Q大学的有关人士,送一些酒水烟草和干鲜果品。这原是人情,可许主任却把它当待遇。所以一度他离开"三产办",到房产科当科长,海威停止了"节敬":本来这些东西给的是"岗位",而不是"人"的。可谁知当他杀了个回马枪后,再给东西,他却不要了。而对海威竭尽刁难之能事。浦耳认为由他去好了,反正他就是浑身是铁,也打不了几根钉。秦德夫不同意,认为"小鬼跌金刚"的事屡见不鲜,应该敷衍一下。这一敷衍不要紧,把个许的胃口,敷衍的越来越大,每个月最少也要拿近千元钱的"条子"来海威报销。秦德夫也频出怨言。

"出了大事,你可不要埋怨我。"许主任一副要放电话的架势。

浦耳本能地觉得许手里可能真的有点什么,只好同意到许定的长城饭店一晤。

等浦耳到了长城饭店,许主任早已经把菜点好。但他仍虚情假意地让浦耳审查,接着又命令小王另外找地方吃。

浦耳将满腹温怒化为一笑。

"浦总近来在做什么大生意?"一切都就绪后,许主任仍然"环顾左右而言他"。

浦耳只得捡一件告诉他。"我们在和广东谈建立工厂的事。"

"那您的饭局一定不少吧?"许主任自斟自饮。

"广东的商人早已经过了吃饭的阶段。他们总是就事论事,在商务上斤斤计较,一谈完就开路。"浦耳转动着杯子,一点菜也没吃。

"但广东的官员们也还是要吃的:商人们过了吃饭的阶段,可官儿们仍然要凭借那一点点菲薄的俸禄过日子。"许主任已年过五十,胃口出奇地好。

浦耳知道自己不开口,许就会一直在兜圈子。他敬酒后,就切入了正题。"不知您找我有什么重要事?"

许主任的眼睛在厚厚的眼镜片后面眨了很久才说:"你们是不是在清河买进了一家工厂?"

浦耳点头。那原来是一家濒临倒闭的小五金厂,他花了二百万买下来,准备改建成一个电器元件厂,说白了,不过是要那块地。

"改建还要投入多少钱?"许主任还不肯"开宝"。

"购买和改建,一共投进三百多万了,估计还要这个数。"浦耳据实相告。

"上个星期国有资产管理局的人来找过我们,批评我们放任国有资产的流失。"许主任点燃香烟。

浦耳一副无所谓的样子,在静听他的下文。

"你大概没认识到问题的严重性。"

"我们是请专业的评估单位来评估的,并且经过了法律事务所、公证处。凡是产权转移的一切手续,我们一应具备。剩余的劳动力,我们也正在和区劳动局协商解决。"

"不是清河工厂的问题,而是海威的问题。"

"海威能有什么问题?"浦耳自信地反问。

"我问你,海威公司是属于什么性质的企业?"许主任在Q大学的附属技校当过两天钳工教师,学问不知深浅,但声音还是满洪亮的。

"股份制企业。"浦耳很不习惯被人质问。

"这就对了!"许主任清清嗓子。"这其中的一部分股份是属于我们Q大学的第三产业的。"

"对不起。对不起。"浦耳认为自己冒犯了许主任的权威。

"这绝对不是对不对的起的问题。而是一个原则问题。"许主任正色道。

"你言重了。"浦耳隐约感到会有意想不到的问题发生。

"从荣力公司到海威公司,从无到有,从小到大。在这个过程中,你们的资产增加了多少倍?你们现在到底有多少资产?"许主任咄咄逼人地发问。

"如果连我们的牌子的无形资产都算进去的话,大约有两千万的样子。"浦耳意识到问题的核心。"也许还不到。"他故意往少里说。

"这些资产至少有百分之三十是属于Q大学的。"许主任肯定地说。

"从理论上说,是这样的。"浦耳承认:前几年,他就打算和Q大学完全脱离,但秦德夫等人认为还是挂靠着好。"公司法"颁布后,他拍板决定要把公司股份化,把产权搞清晰。

但清晰产权,不是容易事。经济效益不好的企业,经核算后卖了,产权就清晰了。但像海威这样经济效益好的企业,问题就复杂了。我国现行的是"谁投资、谁所有、谁受益"的产权界定原则。这其中的"谁投资",按传统观念,指的是货币和实物资产,对海威这样有高科技成分的人才投资、人脑智慧投资,却无法计算。再有,历年来滚存的奖励基金和福利基金结余,特别是其投入再生产过程后形成的资产应该属于谁？该如何界定？这些问题四通解决不了,联想也解决不了。浦耳也只好先放一放再说。

这一放就是两年,原来他已列入今年的计划,但因筹备 INTERNET 等工作,也因为 Q 大学方面没生出枝节,所以就放松了。

"不光理论上属于 Q 大学,法律上也属于 Q 大学。是国有资产。"

"起码部分属于。"浦耳点头承认。挂靠的方式,是由温州的民营企业家创始的。说穿了,也就是戴顶"红帽子"。但这和文章一样,"帽子"戴上了,底下也不应该离题太远。

"这部分是多少？"许主任词锋犀利地反问。

这一问问到根本上。浦耳无言以对。

"既然属于 Q 大学,那就应该我们来管理。"

"我们董事会里还有刘校长的席位。"浦耳虽知道自己的武器很无力,但无奈之下,也得抬出来用。

"你这是自欺欺人了不是。"许主任严肃地说,"刘退休已多年了,根本谈不上代表国有资产方来管理不说,就是他想管,区区一个董事能管什么？"

浦耳只好再次表示认同。

"市、区两级国有资产管理局,联合下文,责令我们对海威清产核资。"许主任拿出文件的复印件。

浦耳极认真地读文件。文件的口气虽然严厉,但并没有具体的措施。

许主任也在观察浦耳,他很希望浦耳能被自己击倒。

"公司的事,您和我一样地清楚。"浦耳将文件平放在面前。"我是明人不说暗话,还望您给指条路。"

许主任见浦耳并没惊慌失措,多少也有些失望。

浦耳也明白许主任的心理:他真要公事公办的话,不会主动打电话给我。而会在某一天,突然带上国有资产管理局、工商局的人,封公司的账号、账簿、图章等,使海威终止一切经济活动。他之所以主动来找,其待价而沽的用心是很明显的。不管他开的价是多少,我也接受。产权是根本。

"多年来,我一直看着你们的企业发展、壮大,我怎么会忍心把你们毁了?"许主任伸手拿烟,可里面没有了。

浦耳招呼服务员拿一条最好的来。

"这样干你看如何?"许主任思考了一会儿后,把自己的"价"开出来。"你们把资产数给我报上来,然后给Q大学的领导安排一个比较重要的职务。这样也许能交代过去。"

"可以。"浦耳赶紧答应。"副董事长和副总经理两个职位,您看哪个合适?"他当然知道许主任指的"Q大学的领导"就是他本人。他也明白"经要和尚来念",只要许不从中作梗,事情就会被消弭于无形。

许主任问了一下两者在待遇方面的差别后说:"具体的经营我就不要参与了。还是当副董事长吧。"

因为副董事长纯粹是个概念上的职务,所以浦耳知道许主任是相中副董事长那一年一万五千元的董事费了。"我争取在下个星期就安排。"浦耳知道马一青这一关不会好过,但现在也只有硬着头皮承担下来。他给许主任倒杯酒后说。"从此咱们就是一家人了,您如果有什么费用,或者要用个车之类的,尽管给公司办公室打电话。"

许主任当仁不让地承受着。

浦耳头脑还停留在"产权"上,因为走神,酒都倒溢了。

许主任"人逢喜事精神爽",豪饮起来。

浦耳认为这事绝不会是空穴来风,就趁许主任神聊之际,问道:"您知道这事的根在什么地方吗?"

"国资局的冯局长说是来自比市局更高的地方。具体的他也说不太清楚。我也觉得这事蹊跷:挂靠的事遍布全国,只要没国有资产注入,谁也不管。像你们这样,Q大学并没有拿出成规模的资金注入,只要交纳管理费用,就该完事大吉才对。您是不是得罪了什么人?"此刻许主任完全把自己当成"副董事长"看待,改称总经理浦耳为您。

浦耳说自己下海多年,根本无法计算得罪了多少人。

韩副部长办事讲究循规蹈矩。他星期一下午,把审计司的司长叫到办公室,让他召集第三产业管理办公室、部监察司的负责人明天开会,研究海威公司的审查问题。

到星期二开会时,他有另外一个活动。于是会议改到星期四。

秦德夫的检举信,恰逢其时地在星期三到了能源部的主管和监察部门。

在星期四会议上讨论是否派调查组的问题时,这封信起了相当大的作用。

会上定了派调查组后,韩副部长又让审计部门的人去征求一下法律事务司的意见,因为海威是股份制的公司,要看看有没有法律方面的障碍。

韩副部长最懂机关的办事效率,他曾私下说过:"假设能源部是头骡子的话,你照它的屁股踢一脚,一年后才能传到它的大脑。"说一年有些夸张,他估计意见反馈回来,最少还要两个星期。

韩副部长这样做,除去诸如"按程序办"之类的客观原因外,他确实认为浦耳是个有能力的人,不要轻易把他给毁了。拖一拖,放出些风去,或许会传到他那去。好让他有所准备。

在机关工作,放风是一种必须掌握的技巧:下级官员放风,为的是显得自己无所不知。领导放风,一是为试探反应,二是为了"打招呼",邓小平在一九七六年初,就曾经把各个省的主要负责人都召集到北京,说明自己当时的政治处境,让大家好自为之。

透过浦耳经营多年,相当完善的信息网,一个星期以来,信息纷沓而至。把这些零零星星的信息综合起来,发现它们都指向一个方向:天津、石家庄的INTERNET工程出现了问题。

浦耳没有对公司内外的任何人讲:遇事能沉住气,是他最大的优点。当信息汇集到一定量的时候,他给天津方面打了个电话。

寒暄过后,他就直接问 INTERNET 的许可问题。

授话人是天津市规划办的陈主任。他回答说:"是出了问题。"

浦耳接着问阻力是来自上还是下?一个大工程,往往就有很多人在争。有的人是通过上层关系,直接下命令。有的则是活动通具体承办的人后,再往上捅。形成很复杂的工程政治。

陈主任简洁地回答说是上下都有。他是浦耳一位同学的哥哥,前年从国家建设部下到基层挂职锻炼。因为官场经验丰富,在天津是左右逢源,是浦耳关系网中一个重要的节点。

浦耳想起插队时,一次拉肚子,任怎么吃药、打针也不顶用。后来找一位县里颇有名气的老中医看,老中医"望、闻、问、切"后说:"你是上焦有火,下焦有寒,寒火交加,不好办了。"他听了之后,差一点背过气去。"是不是一点希望也没有了?"说这话时,他已估计出损失:前期调查、设计、派员出去学习、交际费用等加在一起,大约有三四十万的样子。再加上国有资产管理局在审查期间,冻结有关清河电子元件厂的资金三百多万,大约四百万资金成了滞纳。

"任何时候都不要说'完全没有希望'的话。"陈主任的回答依然很原则。

浦耳并没有生气:官场上的人,说话的习惯和老百姓是不一样的。"您能说说问题的关键吗?"

"市里把决定权交给了新成立的电子信息管理办公室。"

浦耳知道这下子问题大了:天津是去年年底决定上覆盖全市并与国内外信息网互联的高速、大容量的信息传送网的。其中包括信息传送平台、数据交互网、金卡和商业增值网等。当时这工作归规划办负责。根据这信息和与陈主任的关系,他才下决心上这个项目。这个项目不单纯是个项目,上了 INTERNET,就占领了市场,有资格参与别的工程项目。以现在人人都使用的、按照"QWERT"安排的打字键盘为例,当初设计这个键盘,是供机械打字机用的,而机械打字机如果打得太快，就会卡住。换言之，如此设计是为了打字打得慢一些。而现在的电子打字，根本就不存在这个问题，越快越好。可你的师傅学的就是"QWERT"，教给你的也就是"QWERT"，这样一代一代往下传。必须有很大的投入，很长的时间，才能改。所以关键就是抢占市场。他忧心忡忡地问规划办目前的地位。"现在的规划办，已经从司令部变成了参谋部。"

话到这份上，已再明白不过。人事变动和权力转移，是承包大型项目最怕的事：浦耳的一位朋友，是北京计算机界的资深人士，去年承包下S省高速公路的计算机计费系统。等他把上百台486计算机、电缆等备齐后，突然S省高速公路管理局的主要领导易人。新上来的局长执意要把工程包给另外的人，连他的面都不肯见。没办法，他只好把积存在手里的货卖出去。原计划赔上百分之十，但没想到正好碰上美国的微软公司展开环球攻势，推广它的"视窗95"，国人很快就接受了它。而此软件非586不能支持。软件拉着硬件走，导致486计算机的价格猛降，最后盘下来，损失在百分之五十以上。他的公司也从此一蹶不振。

"汪副市长能不能帮上忙？"浦耳问。

陈主任沉默了一会儿后说："你如果非得想试试，我也不反对。"浦耳知道这是"此路不通"的委婉说法，于是问了一下新负责人的情况。

陈主任告诉他，负责人姓白。

浦耳又问和白主任有没有关系？

陈主任的回答是否定的。

"如果我通过有关方面给他施加一些影响，你看会有作用吗？"

"此人在市里的根不深，但有北京的背景。"

浦耳懂陈主任的话的意思是：你在天津的关系，都无法影响他。

陈主任也觉得给浦耳的打击太残酷了一点，于是破例给提供了一条信息：据说白把原来切给你的那一块，给了电子部的一家公司。

"是不是中国电子投资公司？"

陈主任虽然明明知道就是中国电子投资公司，但还是含糊地说："好像是这个名字。我给你落实一下吧!"

浦耳还没有放下电话,就明白了怎么一回事了。他马上叫来了工程部长、物资供应部长等,下令停止天津方面有关INTERNET的一切工作。

不用问,大家也知道出了问题。

"现在停下来,损失未免太大了吧?"工程部长说。"您不能再争取一下?"

"该损失的时候就得损失。经营企业,必须以结果为导向。"浦耳简短地回答后,就宣布散会。

梅小青单独留了下来,就资金问题征询浦耳。星期一一上班,浦耳就指示把五十万块钱拨到Q大学"三产办"的账上,以应付国资局的检查。这样再加上几笔必须付的钱,账上基本已经空了。

浦耳知道过不了几天,那笔钱就会由许主任负责还回来,就告诉她不必担心。

梅小青又问是哪个单位把"活"给抢走了。

浦耳笼统地回答了一下。

"那个公司的总经理是不是李寒?"

浦耳诧异她怎么会知道?

梅小青说是在一次应酬活动上认识的,然后她想了想,把在老毕那里见到和搜集到的情况简略地说了一下。

浦耳有些不相信。"像他那样身份的人,还会干这种事?"他本来想说:他即使想干,也不用到歌厅之类的"下九流"地方去。但考虑到梅小青是女人,就没说。

"身份是什么?身份不就是一张任命书、一些钱?!"梅小青突然激动起来,但旋即控制住,语调平和地说:"人往往有您看不到的一面。"

"是这样的。是这样的。"浦耳连声答应。梅小青刚才一刹那的表情,他觉得很可怕,就像是透过裂缝,看到阴毒的地狱之光一样。

第三十章

浦耳认为石家庄可能李寒鞭长莫及,所以次日就奔赴石市。

经过两天艰苦细致的工作,浦耳终于使得石家庄 INTERNET 工程,摆脱了"胶着"状态,部分地保住了。

为了赶快回到北京,一出石家庄,浦耳就命令小王加速开。然后身心交瘁的他,打算睡一会儿。

他刚进入朦胧状态,就觉得车慢了下来,他瞟了一眼速度表,问小王是什么原因。

小王支吾了几句后,还是坦白了。"前面就是有名的'魔鬼地带'。老司机们都说车速上了一百,就会出事。"

浦耳让他停车,自己换到驾驶位上去,起步后,一踏油门,就让奔驰车上了一百三,然后又提到一百六。

当他看见一座高耸的龙门架后,再提速到一百六十五。在驶过"前面五百米是事故高发区"提示牌时,速度已经接近一百七。

这段将近一千米的路,几乎从京石高速路通车以后,就事故频发。而且都是车毁人亡的大事故。因此衍生出许多传说:什么这原来是一大片坟墓,修路惊了魂,鬼魂们跑出来找替死鬼啊;什么这里原来是龙脉啊,龙王使得车所有的仪表都失灵啊……不一而足。弄得司机们到这里个个胆战心惊。

凡事喜欢问个究竟的浦耳,曾与一位公路专家讨论过这个问题,明白其中的原委:铺这段路时,因为沥青和砂石的配比不太合适,使得它渗水、油等液体的能力小于指标值。这样一旦下雨,来往车辆渗漏下的油,漂在水面上,形成"荷叶托珠"现象。致使摩擦系数大大的降低,一有情况,收拾不住。再加上弯曲度不小,路面又高出地平面一大截,所以事故一出就小不了,据说最小的一起事故中,最轻的一人,也就是靠墙勉强能站立。

但今天晴空万里,加之奔驰车稳重的车体,性能良好的操纵机构、制动机构,是绝对不会有问题的。故此浦耳方才敢放开开。

要说放开,也不完全,心理作用还是有一些。但这些忌惮,随着速度的提高,而渐渐消失。

过了"魔鬼地带"好长一段时间,小王方胆怯地要求道:"浦总,我来开吧。"浦耳意犹未尽地把方向盘交给小王。

人之命运、公司之命运,都和开车差不多:总要经过变幻莫测的危险地带。遇到这些情况,首先是弄清楚,其次是不要怕,拿出办法往前闯。坐到后座上后,浦耳想道。

近些日子以来,李寒就像一个运筹帷幄的"帅",每天都要致电各个方面,询问细节,调节力量,排除偶然因素,加大对海威公司的打击力度。他不无欣喜地看到绳子越拉越紧,在等着浦耳就范的一天。

因为这些心理作怪,他日前去远郊的一个无名古寺游玩,遇到一个道士,邱丽算完命后,他也让道士给他来一卦。道士问他算什么?他说算对手命运。道士问罢对手的单位和姓名后,摆卦摇签一阵,说:"十日之内,海威公司必然拜倒在阁下面前。"他问原因。道士说:"海威、海威,危险海了去了。"他再问。道士就说:"天机不可泄漏。"不再作答了。他高兴之余,给了道士一百元钱。

他叫海威也完蛋,叫海润也完蛋。李寒自言自语道。浦耳在闲聊时,曾说有人建议他的公司叫海润,意思就是大海一样的利润。他嫌这个名字太功利,没采用。

当然,李寒并不真信这些玄学。这个计划是像诺曼底登陆计划、阿波罗登月计划一样,精密制定的。没人能逃脱我的计划。向以计划专家自誉的李寒想道:因为我了解权力结构的流程、了解各级官员的性格,还因为我是中央部委的一部分。这样我居高声自远,能控制天津、石家庄,甚至于更远的地方。

天津方面,浦耳是彻底没戏唱了。这一下他最少损失五六十万。国有资产方面已经冻住他二三百万,再一清产核资,他还要出大血。当然,真正的清产核资不一定做得到,因为Q大学毕竟是他的老窝。但目前这些加上石家庄让他损失的一块,然后再算上我从他的广告客户和媒体两个方面下的刀,他是必死无疑:号称两千万的公司,本身不一定有两千万不说,就是有,也大部分是固定资产。而工业上的固定资产,不像汽车、饭店,变现能力是很差的。所以只要吸干他的流动资金,就像抓住了他的生殖器,不服就能疼死他。

李寒的手相当辣,"联动"时期他的红卫兵"战友"都称其为"黑手李"。一次他出差成都,住在军区的小招待所里。在一个下着小雨的晚上,他和一个朋友喝酒回来,一进屋,他就发现有人来过了。稍一检查,就发现一个日本的"随身听"没了。在八八年,这东西相当珍贵。李寒出去一看,地上有排脚印,于是循迹就到了围墙外面。他爬墙头一看,就见地上放着他的"凤凰"经理箱。他低声吩咐朋友去找保卫人员,自己在这里伏着。朋友告诫他蜀人剽悍,天下闻名,还是两个人对付为好,或者干脆把包拿回就算了。李寒不耐烦地命令朋友赶紧去。等朋友回来,那小偷已经倒在地上,周围还有应声而来的几个人。后来据军区保卫部的人说,小偷断了三根手指,两根肋骨。很久之后,一次李寒酒至半酣时,提起此事,笑着说:"天下没有什么东西比手指头更好撅的了,"他比划着,"关键是不要让它前后运动,而要迫使它往旁边走。往旁边它是一点强度也没有的,一撅就断。至于肋骨,就数紧靠腋窝的那两根最软。可这两根平常不容易打着,只有打击对象的头,这样他会用双手护脑袋,于是那最薄弱处就露了出来,一脚就办事。"所有听到这话的人,没有不起鸡皮疙瘩的。

他从若干渠道,了解到浦耳也在做工作。是盲无目的地挣扎。你不能向哪个方向运动,我就让你朝哪个方向运动。他凭空望去,好像看见了浦耳变形的脸。你先是挣扎,然后就会自我保护,一保护,软肋就露出来了。他笑了一声,这是多么有趣的一幅图画啊!

浦耳刚进办公室,电视台广告部董主任电话就打来了,催交本月的广告费,并声称如再拖欠的话,就停播广告。

浦耳调往Q大学验资的钱、投入INTERNET的钱,以及部门流动资金,都要在客户预付的广告费中列支。

广告生意的钱相对比较"软",也就是你和电视台签订了合同,客户的广告播出后,和电视台的关系如果好的话,广告费晚给几天,也不要紧。而广告费是很大的一笔钱。如果依次后延的话,手头总有近千万可作流转。

"老兄也不至于如此无情吧!"浦耳和董主任的关系一向不错。董主任在广告的"时间段"上给他优惠,每年订计划时,总以海威是去年的大户为由,让他先挑。他也在适当的范围内给董主任好处,比方他给客户供应的音像设备的三分之一,是从董主任弟弟开的公司进货。两人互通有无,已经多年。

"如果是兄弟能做主的事,是绝不会逼你的,台长有批示。再说你也知道,广告部主任的位置总是千钧一发,稍不留神,饭碗就砸了。我一不会采访,二不会编辑,没了这个位置,你让我干什么去?!"

浦耳知道董主任说的是实情:广告部主任是电视台部门领导中最"肥"的一个,仅广告费部门提成留用一项,其总额就很可观。更何况这钱属于"预算外",花起来余地很大,谁都想把它控制在自己手里。当然,董说"千钧一发"有些夸大其词,说"朝不虑夕"还是恰当的。因此他对症下药道:"假设有一天,你不坐这个位置了,可以到我这里来当广告部主任。"

"这话我明知是假的,但听上去仍很高兴。"董知道浦耳是个厚道人,广告部主任也许说大了,但起码会给个董事的虚衔,每年送笔董事费。所以他承诺道:"我挪别人的广告费,给你顶一顶,再宽限你一个星期。"

谢过董主任后,浦耳放下了电话。他当然知道"压力源"来自何方。看样子,必须对李寒来狠的了。

管它呢！浦耳狠狠地咒骂了一句，死一回也是死，死两回也是死。我已看出这步来了。他起身刚要走，电话又响了。他本不想接，但通过电话视窗一看，是上海长途。

授话人是海威公司上海分公司的岑经理。他开门见山地说："看来'雪白'的广告有跑的迹象。"

这下浦耳觉得脊背都有些凉了：雪白牙膏的广告费大约有两千万的样子，和孔泉酒并为海威广告业的两大支柱，二去其一，广告这一块非塌不可。他忙问原因。

岑经理说是某人成立了一个广告公司，跑到雪白牙膏厂去争夺这业务。

浦耳略松了一口气：这个"某人"，是广告界的一个"混混"，口碑十分不好，能力也有限。媒介这一环不说，启动资金、策划人才他都没有。

电话另一端的岑经理完全洞察浦耳的心理。"他只是个幌子，某某是背景。"

"他哪里来的启动资金？"浦耳再度感到寒冷：某某是某要人的弟弟，政治分量足够，不知经济分量如何。

岑经理说某某只入干股，资金由北京的一家电子投资公司出。

"请您加大力度活动。"海威的上海分公司和海威只是松散的结构，在利润方面分成，故浦耳说话相当客气，"一切费用算我的账。"

岑经理答应了。

浦耳说声"拜托"后，放下电话。岑是个极其精明的上海人，不会把自己的人力资源全部投进来不说，现在也许已经和某人及某某挂上了。但这会儿也只好"死马当活马医"了。

浦耳全无思想，呆坐了一个多小时，直到夜幕完全降临，才打电话召秦德夫来办公室。

电话是打到秦德夫手机上的。秦德夫虽就在隔壁，但还是磨蹭了一阵，等来林竞芳后，才赴约。

秦德夫从未见过号称"今日事今日毕"的浦耳下班之后还滞留办公室,也没见过他的脸色如此凝重。心情不由紧张起来,相对坐了好一会儿,平静下来后才问出了什么事。

浦耳给他讲了有关 INTERNET 的问题。

秦德夫原来以为是自己干的事败露了,听了这话,才松了一口气。"李寒和这事有什么关系吗?"

"就像萨达姆和中东和平。"

李寒的能量,秦德夫是知道的。"不就是区区百八十万块钱吗?这对咱们这么大的公司来说,不过是九牛一毛。再说以前咱们投入的那些东西,总有一天会活起来。"

浦耳又把其余问题一点一点地摊开。"如果是资产的话,一百万、两百万,就是五百万、一千万我也丢得起。但现在他挤咱们的流动资金又挖咱们的老根:流动一没,公司就不再运转。北京人形容一个人不行了,就说他玩不转了。不转一切就都完了。老根一断,再也生不出芽来。"他走过去打开电视。

秦德夫拿不出主意,也不想拿主意,只是个看电视。

电视里正播放一场中国队和 A 俱乐部队的足球比赛,地点是在工人体育场。两个人都是"发烧级"的足球迷,所以暂时将精神投入进去。

一直到了中间休息时,浦耳才闭着眼睛,慢悠悠地说:"'多米诺'的第一块牌如果一倒,其他的也就会跟着倒。现在就已经没现金了。"

秦德夫也意识到问题的严重性了。难怪向梅小青要现金的时候,她那么不痛快呢。他想,缺乏利润就导致缺乏现金,而一个企业要是没现金了,它就快完蛋了。

浦耳眼看着重新开始的球赛,心却不在上面。公司的情况只有他一人掌握的最全面,所以他知道打击到底来自多少方面。INTERNET 仅仅是冰山浮现在水面的一角。康行长打电话来询问项目的进行情况,最后委婉地说:如果预后不良,再贷就很困难了。另外,除去"雪白"外,两个中等的客户,近来也有脱离的迹

375

象。所有这些,绝对是有组织的进攻。

"这孙子!"秦德夫恶狠狠地骂一个著名的中国球员。"他明明看到老范的机会那么好,就是不把球传过去。不过不要紧,"他自己安慰自己。"咱们中国队对外国队,从来都是'工体不败'。"

他所谓的"工体不败",是盛传于球迷中的一个神话:中国队在工人体育馆从来就不输。

比分是二比二,场上气氛变得紧张起来。无论中外球员,球踢得都平淡而粗野,犯规的动作极多。短短的五分钟内,双方就各吃两张"红牌"。

但越往后踢,中国队体力不足的弱点就越明显。所以球一直在中国队的门前转。像这种情况,早晚是要进球的。浦耳的注意力被吸引过去。

因为中国队呈现明显的弱势,加之对方求胜心切,所以除三个后卫外,几乎全都压了上来。这时,中国队的门将,接住一个险球后,一个大脚,开到前场,刚刚被秦德夫咒骂过的那个球员,独自带球切入。对方的两个后卫夹过来。其中一个奋力一铲,在禁区边上,把球铲了出去。

从电视屏幕看去很明显,球在禁区外面,主观动机也是善意的。要罚球,也不过是个直接任意球。但中国籍的主裁判,执意要罚点球。英国籍的副裁判争他不过,勉强同意了。

罚点球的队员不负众望,一脚中的。再塑了"工体不败"的神话。

两人就球论球地聊起来。

"凡是身体接触的球,比方足球、篮球、冰球,更不要提橄榄球了,中国都不行。其原因就是因为体力不行。换言之,这种球就不是中国人玩的东西。而凡是动智慧的球,比方乒乓球、羽毛球,国人都是好样的。"

浦耳不完全同意秦德夫的观点。"体力不行仅是一方面,以某某为例。"浦耳点了秦咒骂的那个球员的名。"我亲眼见他在一个宴会上,喝下一瓶'二锅头',而次日还有赛事。这回他的体能测试就不过关。体能过关,对运动员来说,就和商人做生意必须有启动资金一样,是没二话可讲的。可他们偏偏不珍惜自己短暂的运动生命,吃喝玩乐,世界杯预赛前,还不同意集训,偏要散训。"

闲聊了一阵儿后,浦耳重开对付李寒的讨论。

秦德夫建议通过关系疏通。"你别不好意思:软过关口硬过河。到了关口,城门禁闭,硬闯是闯不过去的。得说好话。如果你不好意思,我来和他说。实在不行,就拿钱办。我看有个十万八万,顶多二十万,就能把他吃了。"

浦耳摇头说道:"你对李寒认识不深,不了解他的为人。"

秦德夫一脸不以为然,"只要是人,总会有弱点。"

浦耳颔首。"你说的也有些道理。记得梅小青就说起过在歌厅见过李寒的事。"他仿佛不经意地聊起这桩事。

这话勾起了秦德夫的记忆,描述了一番自己亲眼目击的情景,"当时我真的不敢相信。"

"虽说光凭裁判是进不了'世界杯'的,可起码能让咱们高兴一下。"浦耳好像是在"就球论球"。

秦德夫拍了一下腿,大声说:"对。踢不着球咱们就踢人。让他球过人不过!"接着,他把自己的想法和盘端了出来。"如果你不愿意出面的话,我来联系治安处长,让他在合适的地点、合适的时间,把李寒当场拿获。给他来个'突然死亡'。然后到'监所'去和他谈判,怎么样?"

"这个计划未免太缺德。"浦耳好像拿不准。

"缺德?缺的哪门子德!?起码也净化了社会风气。谁叫他嫖娼来着?再说和君子打交道,要像个君子,和小人打交道,就必须像个小人。否则你永远也闹不过他去。"

理论上虽然通过了,但浦耳仍要论证细节。"第一,你必须有办法认定那个歌女是妓女;第二,你必须知道他在哪个现场;第三,就算把他抓获了,他不是一般人,找个人一说情,也就放了。"

"从办公桌前看世界,是永远看不准确的。"秦德夫拍着浦耳的桌子说:"第一,公安局自有办法让那歌女承认是妓女;第二,像这种不光彩的事情,姓李的肯定不会找人来说情。就算他想找,咱们给他来个全封闭,让他找也没法找。至于到什么地方去抓他之类的技术细节,就不用你来操心了。"秦德夫不想透露他和林竞芳曾经跟踪过李寒。

浦耳不再说什么。

秦德夫等了一会儿后,终于明白过来。"这又不是公司的业务,用不着你同意。"他起身拉开门。"我要回去睡觉了。"

浦耳没有挽留他。

假设有一局外人,在一旁分析的话,就会发现两人奇特的心态:浦耳基本上清楚秦德夫有"动迁"他的企图,之所以仍然用他,有事和他商量,是要看看这事和他有没有牵连。如果有牵连,那就要用另外的方法来处理;秦德夫虽很想得到浦耳这个位置,但他绝不希望接收一个一无所有的摊子,更甭提债台高筑的摊子。另外他一向看李寒不顺眼:他曾多次和浦耳一起在各种场合与李相遇,但李总是记不住他的名字,一会儿张副总,一会儿王副总的,让人尴尬得很。综上所述,他要帮浦耳——更准确地说是帮自己度过这个关口。

秦德夫回到自己办公室时,林竞芳已经卸了妆,穿着睡衣,在摆弄电脑。

"你又在乱花纳税人的钱。"秦德夫认为她是通过 INTERNET 看时装信息。

而她却是在海威公司的网络上工作。

这个网是一年前建立的。虽然用途不很大,但浦耳认为起码有"形象效应":一个搞国际交互网的公司,自己内部的信息传递,仍要靠电话和秘书,是怎么也说不过去的。

"你怎么知道我们的'密匙'?"秦德夫看她从计划部的电脑中,调出了本年度的计划,不胜惊讶。

"你怎么忘记了我是干什么的?你们的破'密匙',对一个著名大学的计算机专业的博士来说,算得了什么?"

秦德夫拍拍自己的脑袋后说:"某次我和我儿子看球回家,发现忘带钥匙了。儿子要到姥姥家找他妈。我说不用,找根别针弯个钩,先捅开防盗门,然后再开内门。弄得我儿子钦佩地说:您要是当小偷,一定是个好小偷。"他绕到林竞芳的背后,"我说那当然。你看看,现在街道上哪还有个好小偷?偷着、偷着,就被人发现,然后只好亮刀子,太不职业了。嘿,你试试能不能把财务的资料调出来?"林竞芳抬头问:"公司自己的财务,你这个副总还不知道?"

"财务是企业最大的机密。从来都是老总自己掌握的。就是财务部长,也不一定知道全部。"

林竞芳很顺利地就把财务资料调了出来。

秦德夫看了一阵,没什么太大的发现,正准备走开时,继续搜寻的林竞芳说:"这个文件的题目有点文学色彩,或许有点意思。"她点点在"私人文件"的总标题下的"山村"。

"你打开看看,是什么货色?"秦德夫来了兴趣。

打开这个文件,大约用了一个小时。

秦德夫看着、看着,脊背上的汗都下来了。梅小青在文件"秦"一科目下,几乎记载了他全部的"洗钱"活动,并且桩桩件件的来龙去脉都清清楚楚,历历在目。

他指令林竞芳把文件全部打印下来。

林竞芳是看不懂这文件的。

就是我自己记录的话,也不过如此!看文件时,秦德夫的脸上虽然没有什么表情,但手抖的毛病又犯了。如果梅小青把这份文件拿给浦耳看的话,那自己在海威就没法待了。他感到一阵冷战,寒意如锥子一样刺入他的骨髓。

幸亏"金风未动蝉先觉",让我发现,好有时间制定应急对策。

第三十一章

根据秦德夫提供的资料,治安处长亲自率队,准确地在李寒的金屋藏娇的"别墅",把他和邱丽抓了个正着。为了拥有足够的震慑力,他专门出动了一个小分队,个个拿着以色列微型冲锋枪,戴着钢盔,穿着防弹衣。

方案论证时,受命谈判的秦德夫将其电传给浦耳,浦耳认为不用如此"铺张"。因为规模和"费用"成正比。

处长却不这样认为。"古代进行军事谈判时,总要武士们排成'刀斧阵',让敌方使节从中穿过。现代战争也是如此:伊拉克在海湾战争战败求和时,美军在谈判地点就布置了四十辆坦克和布莱德雷战车,八十架阿伯契直升飞机,机上的三十毫米的机关炮与地狱反坦克导弹,全部发着恶狠狠的凶光。伊拉克的谈判代表看了胆战心惊。"他显然是个武器热爱者,说起来如数家珍。

秦德夫仍说他的"大老板"认为此乃"杀鸡用牛刀"。

处长觉得浦、秦等人都入世太浅。"像李寒这样出身于高官显宦人家,自己又有一定位置的,身上'霸气'十足。你一下子打它不下,反过来会弄得你下不来台。"

这番话确实把秦与浦说服了。

李寒一见这阵势,就明白这不是例行的检查,而是得罪了什么人。

一拿获李寒、邱丽,处长立刻命令分头突击审问,另外派人到老毕的歌厅取证。

处长知道这种事是最经不住查对的了。前些日子,一辆出租轿车,在京石高速公路上,撞死了一个警察。此警察是高速公路的交通警,对来往的车辆进行例行检查。可开这车的人,不是在逃犯,就是携带毒品、武器等严重违禁的要犯。他一听警察让开后备厢,加油就走。警察抓住他的车门,死不松手。于是罪犯想在公路的护栏上把警察给刮下去。没想到,这一刮就刮死了。警察和警察同命相连,自然同仇敌忾。几乎自发地在沿途城镇进行搜查。处长是负责"路"的,据悉,罪犯约四十岁,和一个二十岁的女子同车。于是,这种组合就成了重点。一个星期下来,处长领导的组,大约截查了一百多对"四十至二十"的男女。其中在二十三点后,截查的三十多对中,有十多对是嫖客和妓女。其中称对方为"王先生""张小姐"的约占一半。一让拿身份证,立刻就露了馅。大家都惊讶于这些人创造力之贫乏,后来才分析出原因:当你突然被人问及姓名,可又不想亮真名时,最容易想起来的非王即张。

邱丽当下就承认了:这种事她已经经历了一回,知道没什么大不了的,顶多是罚款若干驱逐回原籍了事。更重要的是梅小青通过老毕指示她要讲出实情,否则将不再退还给她入在歌厅里的两万块钱股份。她不是像李寒想象的那么简单,就是她的处女身份,也是经过医学处理的。

李寒却连自己的身份都不承认,因为这事对他的影响实在是太大了:去营业性歌厅,已属违纪。嫖娼则更是毁灭性的。唯一的办法就是赖。赖到天亮,好托人想办法。在政法系统,他还是有熟人的。

处长懂得"宜将剩勇追穷寇"的道理,首先缴获了李寒的通讯工具,根本不给他以机会,等把邱丽的自供状和老毕的证词都搞好后,他一并扔到李寒的面前。"你好好读一读,也许会帮助你恢复记忆能力。"在李寒的别墅搜查时,他见到他的衣柜里,一排四五套高档的名牌西装,旋转鞋柜里的鞋群,气就不打一处来:其中任何一件,都起码等于他两个月的工资。而且这还仅仅是在"借别人的房子,暂时住住的别墅"!

李寒读着、读着,防线就开始崩溃。

"你承认也好,不承认也好。于结果都没多大关系。"见到一个高身份的人,在自己面前,像雪人在阳光下,一点、一点地消融,处长觉得相当地惬意。

李寒面对着所有的证据,觉得头变得特别重。

处长是沿着刑事侦查员、派出所所长这样的途径,一步一步地走上这个岗位的。见人、见事,实在是太多了,完全能洞悉李寒此刻的心理活动。为了给他以最后的一击,他命令手下的人,通知电子部保卫局来认一认人。

此令一出,李寒一下子就垮了。

处长不等他平静,就开始审讯。

等李寒在笔录上签字、画押后,处长起身要走。

李寒赶紧央求他等一等。

处长停在门口,并不返回。

李寒说要用用电话。他知道对方一定会对他实行"全封闭",但还想试一试。

"你还想用'信息高速公路'呢!"这个词汇是处长从浦耳处听来的,他挺喜欢用。

"您认识方军吗?"李寒自有记忆以来,还是第一次使用如此谦恭的语气。

处长认识方军,方军却不认识他。此人乃政治部主任,如果处长的级别再高一些的话,就该归他管了。所以他冷淡地说:"听说过。"方军这一级领导,对处长的威慑力不大。某次一位交警,指责一个一辆违章停放的奥迪车的司机,让他赶紧开走。司机傲慢地指指特殊号码的车牌后,升起车窗户,再不予理睬。交警气了,电令清障车前来拖。司机原来以为是吓唬他,但见车真的来了后,还是解释道:"首长在里面与人谈话,马上出来就走。"因这些"特号"车,经常违章行驶,给交通管制增加不少工作量,交警们怨声载道。但不知道"首长们"在不在车里,不好来硬的。好不容易逮住一个机会,焉能放过,执意将车拖走了。可这次首长真的是在执行公务,于是"把此人清除出公安交警队伍"的怪罪通过组织层层传达下来,但到了分局,此命令就变通为"将此交警调入治安处",成了处长的手下。谁都知道,交警风吹日晒吸废气,是警察中最辛苦的警种,治安就要好多了。而坐六缸奥迪车的领导实在太大,大到无暇追究的地步。这类事情,换句文话说,这就叫"命令在执行过程中无限偏离原型"。

李寒又报出若干个人名,但都属方军一类,所以处长仍是副不卑不亢的样子。他没辙了,只好央告道:"您怎么也得给我指条活路啊!"

处长鄙视地看着李寒,"大丈夫应该敢作敢当才是。"

李寒知道处长只要一出这个门,他签的材料就会扩散,那就一切全都完了。所以他奴颜婢膝地说了有生以来最多的好话。

处长见火候已到,就随便地问他认识不认识浦耳。

这话与刚才处长说的"信息高速公路"结合在一起,李寒立刻明白是怎么一回事。他脸上不敢露出来,连声应道:"认识!太认识了。"

"那好。"处长看看手表。"你先回去反省反省,明天带着检查和三千罚款来我这。"

出了公安局,李寒去了"桑拿浴室"。一进去,老板就问他要不要异性按摩?

"要是你妈来给我按我就按。"他没好气地抢白老板一句。

老板是生意人,不会和个浑身散发着异味、一脸晦气的人一般见识的,给他安排好了后,就退了出去。

李寒洗澡、洗衣,一直泡到早晨才直奔友谊宾馆。

一见他进来,浦耳立刻站起来迎接,并指令秘书,把所有的安排都往后推。

"我替你拿到了在天津、石家庄两地的 INThRNET 的建网许可。资料马上就传到你这里来。"李寒并没说有关"治安"的事。

"真是太谢谢你了。我虽然筹措到钱,可怎么也拿不到许可。"浦耳当然知道全部的内情。

说话间,秘书把从电子投资总公司发来的电传拿了进来。

浦耳用了大约十分钟的时间,详细地把资料看完。"真是太谢谢李总了。要不我们海威公司就死定了。"

如果不怕我活不过来的话,你们死上十回才好呢!李寒心里恨恨地咒骂,说出来的却全是客气话。

浦耳又问如何分成？

"你看着给吧。"李寒哑着嗓子说。

"给你税后百分之五如何？"

李寒知道在一般的生意中，这是一个公道的价钱。但今天他没心考虑这些，草草地说："回头我派我那的张总来和你们谈细节。我原则上同意这个意见。"

"我请你吃午饭？"浦耳看着李寒红彤彤的眼睛。

"谢了。"

浦耳没有再挽留，一个人口是心非总要有个限度。但他一直把他送到电梯口。

临别时，李寒终于忍不住了。"我有个故事你听不听？"

浦耳点头。

"黄金荣刚出山的时候，在上海滩的势力并不大。后来他想出了一个办法：让两帮流氓在一个戏院里打架，并吩咐除去他亲自到场制止，其余谁的话也不要听。果然，戏院老板请来张啸林等势力都比黄金荣大的人，可谁也喝不住。最后他听了'托儿'的话，让黄金荣来一喝就喝住了。从此，黄金荣的名声大振。"

浦耳什么也不说，微笑地目送李寒进电梯。

金钱的注入，使得林竞芳生活大为改观：首先是服饰、首饰，然后是精神和做派。

其变化之巨，连孙教授都看出来了，在林竞芳把郑州股票交易程序鉴定书和使用说明书拿来签字时，他说："你越来越漂亮了。"

"您过奖了。"林竞芳嫣然一笑。

但与她同在孙教授门下读博士、同住一宿舍的小顾就不这样看——女人不分国别、年龄，都是永恒的比较美学专家——她制造出许多理论，什么博士傍大款啊，什么只有身体有重大缺陷的人才需要用首饰来弥补之类的，数不胜数。并在她圈子里的信息路上,以光速传播。

但林竞芳除去自己在校外租了间房外,任何别的表示也没有。人有了钱,总会宽宏大量起来。

另外她很明白这一切都是差异造成的。为了让小顾更不痛快,当秦德夫托人从美国把她从INTERNET上选中的钻石戒指捎回来的当天,她就戴上了。

钻石不是别的珠宝,阳光一照,众多的棱面就闪闪发光,使人不得不注目。小顾实在忍不住,就要求看看。

林竞芳大方地把戒指摘下来给她。

小顾戴在手上,远近看好久,才还给她:"是真的吧?"

"我哪里买得起真的?"林竞芳边戴边说,"是人造的。"

小顾对珠宝的理论知识极丰富,知道她说的是假话,只好把气郁积起来,轻轻地关上门走了。

实际上这是一枚价值一千美元的投资钻石。所谓投资钻石,是指上品级的钻石,数量仅占年产的百分之十。其色泽、清澈度、切割方式和重量都很上档,并附有一张证书。

林竞芳看着手上的戒指,得意地打开计算机,准备传输一份文件时,发现局域网上出现"堵车"现象。目前大多数局域网,都是若干用户共享同一传输渠道。也就是说,在同一时刻,只允许一个文件在网上发送。如果两个人同时用,就遵守"谁抢先,谁优先"的原则。

一两分钟后,林竞芳的文件传出去了。

她把自己的文件传完后,有心无心地察看了一下刚才是谁在用?结果是一份来自美国伯克利的电子函件,收件人是小顾。

由于窥测他人奥秘的阴暗心理作祟,林竞芳打开了小顾的"信箱"。其"密码"早已被她侦破。

这是一份伯克利大学同意给小顾两千美元奖学金的先期通知书。并云正式通知一个星期后发出。

冲她给我造的那些谣,我真应该给伯克利发一份她拒绝奖学金的电子函件。林竞芳想。这从理论上是很容易做到的:书信靠的是签字和笔记,电话靠的是口音,电子函件靠的是密码。可只有收读函件才要密码,发送根本不要。

林竞芳戴钻戒的手指,像出征前的马一样,跃跃欲试地敲击着键盘。我给她来这一下,等她明白过来,已是事过境迁,什么都凉了。

不过这么干也太缺德了。林竞芳好不容易才说服自己,打消了这个念头。

平静下来后,她把"股票市场交易软件"的最后工作完成,在里面放置一种她自己研制出的"复合病毒"。通俗地说,就是凡有人未经授权拷贝此软件,它就会使这位非法用户的整个系统瘫痪。

她不知道这是进入犯罪领域:你怕家里的财物失窃,装一百道防盗门也属正常,但你如果给你的防盗门通上高压电,那就是非法。

有关秦德夫窥视他位置的事,浦耳曾从各渠道获取一些蛛丝马迹。而雷迅现在拿出来的却是过硬的材料。

打个比喻,浦耳把方方面面搜集来的点点滴滴信息,如拼图一般,一块块地镶嵌进"秦德夫抢班夺权图"中。图形已基本完成,而雷迅贡献的这一块,堪称画龙点睛。

说实在的,浦耳很在乎海威公司总经理位置。这一是作为一个资本所有者,他几乎无保留地把自己率领众人在葆力公司时期积累的公司财产全部投放到海威公司里,对于没上市的股份制公司,人的股份是很难收回的,如果你非得想收回,必然要遭受巨大的损失。二是作为一个企业家,没有位置就没舞台。没舞台就什么戏也唱不成。

权力不是数字,也不是蛋糕,不能齐整地划分。在许多模糊处,马一青、秦德夫等各级干部多有越界处,他都能容忍。就是实在不像话,他也只是婉转地指出而已。"冲天一怒为红颜"的做法,不是政治家、企业家的做法。

但这次不行,因为马、秦一伙在动摇他的命根子——能源部的有关人士,已经传达了调查组即将进驻海威公司的消息——并且试图连根拔起。

想到这,浦耳猛地把手中的铅笔折断。这是他决心下定的外在表征。

决心下定后,浦耳就依照已经制定的计划进行。

首先,他用从日本调回来的钱,到支老板处,把秦德夫从京安公司开到科原房地产公司的四十万块钱顶了出来。自然,这个"顶"不是一般的"顶",而是他让支老板把他的钱入账,并签署了收条。支老板是何等人物,能不明白其中的奥妙,问日期要不要往前填填?浦耳冷峻地回答:"我这个人最大的特点就是实事求是。"支老板见话不投机,赶紧弥补:"我马上把钱给退到京安公司。他们开来的四十万元的进账单,我也给您。"浦耳说:"四十万的进账单我不要,你要好好保存。"另外他嘱咐支老板:"你把当时的情况捋一捋,搞清楚。别等来人查时,丢三落四的。"支老板连连点头。浦耳为了保险起见,许了一个愿:"我们海威公司想给职工买些房子。到时候我会首先考虑你们公司的。"支老板收到信息后,慷慨地表示:"您就是不买我们的房,我也会按良心办事。否则我也混不到今天。"良心?出来后浦耳坐到汽车方向盘前时,这两个字还在他耳边回响。这世界上还有良心吗?"天下熙熙,皆为利来。天下攘攘,皆为利往。"争权夺利原本是人之常情。可谁害我都行,唯独你秦德夫不该这么做。起码不应该这么黑!

好一会儿,他才使自己平静下来,开车走了。

其次,他通过电脑,调阅了海威公司自他接手以来所有的账目。

在这一点上,他自信没有问题:第一,海威公司所有的应交税收,无论是增值税,还是所得税,他都一文不少地指令财务上交纳。一次荣永霖都嫌交得太多,说是不是可以少一些。他当时就说:"逃税是最得不偿失的事。"秦德夫当时也帮荣永霖腔道:"逃税是不对的,但该避的税也应该避一避。"他立刻把秦打击回去:"海威公司总经理认为,税务问题,应该由他本人来决定。"如此做是基于这样一个想法:海威公司是正规的企业,应该按照牌理出牌,人人瞎出,牌就没法玩了。再者说,公司的成绩、利益是大家的,错误却总是总经理一人的。不能轻易授人把柄。

第二，作为一个在社会上活动的经济实体，海威公司不可避免地有一些开销。而这些开销通常是不能上账的。比方送给主管部门、行政管理部门的礼金，高额超标的接待费，他全都在"总经理活动基金"内报销。报销不完的，他都让信得过的客户，从"回扣"的额度中报销——这从严格的意义上说，起码是违规的。所以他只是批准，从来不亲自经手：如果你批准，你经手，就如同会计和出纳是一个人一样，说也说不清楚了。

有这些我自信谁也不用怕。查一查也好。浦耳坦然地想道。

第三十二章

经营公司和下围棋一样,有时"死棋肚子里一个仙着",就满盘皆活了。

天津的 INTERNET 一上,另外几个城市自动找上门来。而生意这事你找人和人找你不大一样:你找人时,别人压低价钱不说,还要你垫资进行。而别人来找你时,往往是资金充足,利润也高。

有鉴于此,浦耳重组了公司的业务流程,并准备增加一个副总经理。梅小青是第一人选。

他没料到的是,此动议一上会,几乎遭到所有副总的反对,虽然谁也拿不出像样的理由。浦耳认定,这不过是例行的嫉妒。蛋糕就这么大,多一个人分,每个人就少分一份。所以他准备强行通过后,提交董事会讨论。

"我看咱们还是慎重一些好。"秦德夫知道梅小青记他的"小账"后,就视其为心腹大患。再说浦耳极可能在近期就离开总经理的位置,所以就像不能允许港英政府在最后一任上超额花钱一样,不能让他再分配现有的利益。但他也知道,作为副手,不能否决上级的动议,因此就采取了"拖"的办法。

浦耳却不想拖,"谁能增加公司的利润,我就提拔谁。"

秦德夫知道再说也没用,就准备当此事到达董事会,让马一青出面"否"掉。这时他想起辛总所说的"一把手"的权力特征,首推"召集开会权"的正确性。等我当了"一把手",一定要把这个权抓得紧紧的。

但不知谁把会议情况透露给梅小青,并说反对她的主力是秦德夫。当天下午她就来到浦耳的办公室。她什么也没说,只把一页手写的账目,递给浦耳。

浦耳不动声色地把账单看完后,放进了夹子。

梅小青还在静候。浦耳什么也没问,只是一言不发地看着窗外挂满残叶的树。

过了好一会儿,他才缓缓地说:"你还有什么事吗?"

梅小青也被这阵势给镇住了,赶紧退出了办公室。

等她走后,浦耳破天荒地拿出一支烟,刚想吸,又改变了主意,只是放在鼻子下面闻着。

管理一个公司、一个省份、一个国家的道理,都是一样的。方法不外两种:事必躬亲和委任责成。在公司初创时,事必躬亲是不难做到的。浦耳想起"婴儿期"的葆力公司,我一个人内外都管不说,还兼任会计。但当公司大到一定程度,则必须假手于人。也就是说,你不再管事,只管人了。但公司再发展,你连人也管不过来了:一个人充其量能管七八个人,再多管也管不好。于是只好委任责成:你只管七八个人,让这七八个人再去管七八个。以此类推,形成一个宝塔。

在这个宝塔形的流程中,毫无疑问,有人要谋取个人利益,但这在限度之内的必须容忍:如果查实一个开除一个,那真成了"水至清则无鱼"了。他曾不止一次和姐姐讨论这个问题:您为什么用不住保姆呢?就是因为你太认真:保姆买来菜后,你一定要到菜市场去核对一下价钱。与其如此,不如不雇保姆。换句话说,保姆"贪污"一些菜钱,也是应当的。要把这些钱视为她们收入的组成部分。

虽然姐姐没有被说服,但他自己是这样子的。在老毕还给他当司机时,某次在加油站加油,老毕突然肚子疼上厕所去了。他就坐到驾驶员的位置上,边一辆一辆地往前蹭,边用移动电话和广州通话。这会儿一个"油贩子"凑过来问:"师傅卖油票吗?"他没理他,只是把他这一侧的电动窗户升了上去。谁知"油贩子"不死心,又跑到另外一侧问。正好他电话打完,就逗乐道:"你什么时候看见过耍'大哥大'的人卖油票?!"那个"油贩子"受到奚落,不高兴了,看也不看车牌就说:"807798,我又不是第一次买你的,别添台手机就牛哄哄的。有什么了不起?!"这事他一直到老毕离开,也没提起过。

对秦德夫更是如此:他起码知道三次秦德夫从有往来的客户那里得好处,或收取现金,或让对方报销私人物品。但因为数额都不大,更因感情因素,他都没吭一声。

但这次不同。这次他是在动账上的钱、用公司做"钱罐"弄钱。在客户处收取好处,虽然不道德,但世风如此,还是可以原谅的。再说这些钱是客户利润的一部分,饼大不过锅去,多也多不到哪里去。但动账上的钱。把公司当"大罐子"盛钱,则是不折不扣的盗窃。这样做是没有"上限"的。

有这事,我就可以公开处理他——浦耳认为马、秦联合拿掉他总经理职位一事,虽然能基本确定,但并没有像样的证据。没证据也就师出无名。而这事一出,便可以名正言顺地让秦德夫开路了。秦德夫一走,对于马一青来说,无异于釜底抽薪。

当然,我不会开除秦德夫。穷寇勿追嘛!可除此之外,还有什么好办法吗?他想了很久,也没想出来。

当天下午,能源部派出的调查组进驻海威公司。浦耳非常有风度地接待了他们。

调查组一共是七个人,能源部方面的两个,税务和工商各一个。剩下三位则是从各处聘来的退休会计师。据说这是马一青的得意之笔:如果请在职的会计师,难免浦耳会通过什么人打通关系,使得查无结果。而离退人员,金盆洗手多年,一时联系不上。等联系上了,账也查完了。

浦耳沉静地在办公室里听完调查组鲁组长宣读调查命令。

鲁组长是能源部审计司副司长。浦耳隐约觉得和他有一面之交,也就是在某宴会上见过一面之类的。

"用不用我交出指挥权?"浦耳让秘书给大家沏茶。

"我们暂时要把账给封一下。至于公司的内部事务,我们不干涉。"鲁组长从事审计工作多年,门槛很熟。

浦耳知道马、秦之类，肯定要借用这股他们自立营造的"风"。但既然目前他还是总经理，就有责任解决调查组的食宿问题。他不卑不亢地问了一句。

调查组的张副组长打断他的话头，说不用他操心。

浦耳对此人履历还是有所了解的：张原是部干部司的一个处长，其提拔和马一青不无关系。马离开工作岗位后，他仕途受阻。为了上副厅级，先是调到部工会，然后调到纪委，当了专职委员。

正在冷场时，办公室的秘书小苏进来对大家说："马董事长已经给大家在本饭店十号楼订了房间。希望大家能过得愉快。"

因他说这话时，眼睛根本不看浦耳。浦耳这才想起他是马带到公司的人。

"请您通知办公室，准备四只皮箱。"张副组长说。

浦耳知道这是要带走账。他拿起电话的同时，下意识地说："我们的账目通过电脑看更方便。"

张副组长立刻给浦耳来了一句："电脑上的账还不是说改就改。我们要真的账本。"

浦耳见此人不可理喻，就苦笑一下，让办公室买四只箱子来。

小苏本来想说箱子已经准备好，但迫于浦耳平素的威严，没敢张嘴。

"各位若无其他指示，就请开始工作吧？"浦耳从沙发上站起来。

"好的。"鲁组长也站起来。"咱们各就各位。"

整个过程中，马一青和秦德夫都没有出面。

调查组刚一走，程总会计师的电话就来了。"听说来了调查组？"

浦耳知道他这是明知故问。就"哼"了一声。他肯定放了哨，否则不会调查组一出门，电话就来。

"您看有没有什么需要回避的？"程总会计师小心翼翼地问。

"您和我共事多少年了？"浦耳问。

程答曰三年。

"三年来我可干过需要瞒人的事？"程是荣永霖的一个朋友介绍来的。初见面时,浦耳不喜欢他。因为此人瘦高、瘦高的,且鹰鼻鹞眼,属凶相。可他没违反"不以貌取人"的原则,把他安排在财务部。接触一段时间后,他发现程确属财务专家,虽然他只有中专学历。后来就慢慢地提拔,在决定是不是让他当总会计师时,秦德夫坚决反对,说此岗非"自己人"莫属。浦耳把他给顶了回去:"路线对了,不是自己人,也会变成自己人。路线不对,是自己人也会变成非自己人。再说咱们是个现代化的公司,不能像私人作坊,管钱的不是自己老婆,就是七大姑八大姨的。"实践证明,他的这个决定是对的:程很好的平衡了国家利益和海威公司利益。

"没有。"

"既没有,何必问?"浦耳非常讨厌别人像安慰一个患了绝症的病人一样地安慰他。

"我是出于'防患于未然'考虑的。"程总会计师多少有些愧疚:马、秦的行动,他不止有耳闻。可因再有一年就要退休了,所以只想保持中立。"'18889'上没问题吧?"因为"18889"是个敏感的地方,所以即使作为总会计师,他也很少过问。

浦耳笑了。"你可以到梅部长那里调出账,看看'18889'上,有没有我亲自经手的钱,哪怕就是一分钱也算。当初我之所以没有取消这个账户,主要是考虑到某些重要买卖的前期费用,从保密的角度说,放在这个账户中不无好处。至于在这个账户中,发生的税务问题,我曾给董事长写过两份备忘录。这是有案可查的。其中一份是因为以前孙晓义总经理遗留下来的问题而作。另外一份是指示我到任后的方针的。而且在我的记忆中,税都上了。前年十一月一次,今年七月一次。"

"看来我倒是杞人忧天了?"程总会计师想起两次清理"18889"补税的事。他当时还不以为然,认为这种没人知道的账户上活动着的钱,不交税也没什么。看来浦总到底是浦总。

"忧总比乐好。"浦耳表示了他的感激之情。

梅小青也前来慰问。浦耳很和蔼地应付走她后决定：今后断不可重用此人——他完全相信自己能度过这一关。

秦德夫到底底虚，所以当马一青让他到董事长办公室开会时，他提议下班后另找地方开。

"你怕人说'策划于密室，点火于基层'吧？"马一青嘲讽道。

秦德夫支吾着，说不出所以然。

"我就是要'计划于董事长办公室，发动于基层'。"马一青摆足架子说："你怕人知道，而我是要人知道。只有大家知道浦耳要开路，才能尽情地揭发。也只有尽情地揭发，方能形成确凿的材料。"

"不知道能不能形成规模？"

"在中国干别的不行，搞群众运动还是有基础的。问题的关键是看能否把共同利益者联合成统一战线。"马一青本来想说：许多在"文革"中受迫害的人，对外都说是林彪、"四人帮"迫害的，其实林、江等人认识他们是谁。迫害他们的人，全在他们同事中：有些人是因为自己的利益得不到满足，有些人是因为打倒了"当权派"，在利益重新分配中，能获得一杯羹。虽说现在时代变了，但只要有机会，有人带头，整人的基础依然存在。当然，这些话只可意会，不可言传。

秦德夫考虑的是浦耳平素恩威并施，手中有人。怕"偷鸡不着"，所以就推说和一个重要的客户约好了时间。

"目前你最重要的客户就是部里的调查组，最值钱的货就是总经理的位置。"马一青觉得该给秦德夫加些压。"你要是不来，我将提请董事会重新考虑总经理的人选。"他加重语气说："另外，让你代理主持工作的董事长令也将不签发。"

这一拉一压，秦德夫重新被激发。"人生能有几次搏？！我也豁出去了。"

就在这天，马一青发布了由秦德夫代理总经理的"董事长令"。这是海威公司的第一号"董事长令"。

长篇小说 | 权力的界面

浦耳用书面的形式向董事会请了个假,与将赴日本留学的大儿子待了一整天。

大儿子讥笑他道:"您到我临走了,才给我来父子情深。"

"酒席宴上有句推酒的俗话:只要感情有,什么都是酒。我和你父子情深是一贯的,只是平常没有表现而已。"儿子去日本的"读书工程"虽早已实施,但决定性进展是在本星期。可这个星期,却是不折不扣的"多事之秋",令他无心可分。

"昨天我去日本使馆签证,轮到我时,正好轮到大泽叔的哥们儿给我提供的情报中标明的那个特别难说话的签证官。我故意把手中的东西丢到地上,然后弯腰去捡,好错过那人。可排在后面的那位女士,显然是签证油子,任凭我捡,就是不上前。没办法我只好硬着头皮上去,把早稻田大学的录取通知书等材料递给签证官。那位签证官看了好一会儿材料后,张嘴就用日文和我说话。我一点磕巴都不打,用流水似的日语回答。他又问了几句后就笑着给我签了。签证到手,就和向您买货的人把钱给了您一样,气顿时就粗了起来,问他道:您是我第一个接触到的真正日本人,我真希望您多问几句。您知道他怎么回答?"

浦耳摇头。

"签证官笑着用流利的北京话说:梅兰芳的京剧你会唱一出,就等于会唱全部。不用多问。"

浦耳笑了:没有任何事物能比得上看到自己的孩子长大成人更高兴了。

"老爸您的脸色好像不太好。"儿子用余光随便一瞟后说。

浦耳下意识地摸摸自己的脸。"我从来不相信别人说你胖瘦之类的判断:人不是计算机,很难记录下你若干时间之前的胖瘦。"

"但我确实知道。"儿子靠过来。"因为我和您的心是相通的。您是不是遇到什么为难的事?"

"什么事情能难倒你老爸?"用问题来回答问题是浦耳在遇到难题时的惯用手法。

儿子不相信他的立论,也不想反驳。伸手摸了下浦耳胡子。"您好多天不刮胡子了吧?"

浦耳闭上眼睛,承受着亲情的流通。

儿子不再追问。即使他追问,浦耳也不会说。之所以他抓紧办儿子的留学事宜,是因为他怕万一有个三长两短,儿子没了着落。以海威公司之规模,难免会有疏漏之处。他并没有在公司的经营活动中谋私,这一点他有把握。可"欲加之罪,何患无辞"的马、秦之类,不难找到别的失误或借口,把他从总经理位置上挤走。而一旦离开这个位置,问题就将复杂起来。

太阳一点一点地落下去。等它到了窗台下面后,浦耳猛然站起来。"咱们也和周恩来一样,来他个'大江歌罢掉头东'。"

儿子立刻响应。

但两个人想来想去,没有一个共同会唱的歌曲。最后还是儿子提议唱日本歌曲《北国之春》。

父子俩唱了一遍又一遍。

秦德夫除去到十号楼调查组的驻地进行了两次礼节性的拜访外,就不再多出面。消息的传达和反馈的任务都安排小苏去完成,以防将来出事时好有条退路。这就和公司事务一样,如果你自己批、自己干,有了错误连个推脱借口都没有。所以要么自己干,让别人来批。要么自己批,让别人来干。这样你不是说方针错了,就是说执行不力,能左右逢源。

但他的心理压力还是不小的,尤其无奈的是没个排解、宣泄处。他倒是给这事的"始作俑者"辛总打了好几回电话,他先是不在,然后去德国了。和马一青谈吧,他只会一味地催促他在"代行总经理"期间,和桑田签订制砖机合同。而他则不想签。

他之所以不想签,桑田的货价格高得离谱尚在其次,更重要的是他怕签完合同,就算浦耳开路,马一青也没准给他来个"兔死狗烹",不再让他当总经理。

但压力必须排解。他推说要去海威公司所属的一个体育器械厂考察,自己驾车去了射击场。在那一顿枪炮乱开后,仍觉得没出够汗,不过瘾。就又开车去了"名人俱乐部"的剑道馆。

一进剑道馆,他就招呼领班给他配一个好的陪练员。

领班问他谁好。

秦德夫知道领班这是要小费的意思,但心里有事,不想给不说,还干了他一句:"那是你的事。"

领班对常来的人心中有账,知道秦德夫是海威公司的副总,也知道他的剑道水平顶多是初段,就给他安排了一个五段高手:剑道的五段初段差,大约相当于大学教授和中学生的知识水平差。把你小子打死才好!他边走边想。

秦德夫进了更衣室,打开专用柜,一件一件往上穿。

剑道与中国武术不同,不是灯笼裤、紧身衣,而是全身布满繁复的防具。

他把全身都装备好,光剩头盔未戴时,被人拍了一下肩膀。扭头一看,发现是浦耳。

浦耳也是为了排解压力而来的。他是一个忙惯的人,没有工作做,尤其是没人来请示汇报,他总觉得心里空荡荡的。饭局他倒不少,尤其当生意圈中的朋友听说他"出事"后,邀请更是不断。可和他们吃饭太麻烦,光事情的来龙去脉,能说的就够讲上半小时。

更何况话生活,不知会衍生出什么。故此他都婉拒了,待在家里读书。今天静极思动,驱车来到剑道馆。谁知鬼使神差遇到了秦德夫。

"有幸碰到你,我就能把陪练员的钱给省了。"浦耳问:"用什么剑?"

"用藤的吧。"剑道的剑分竹和藤两种。藤的虽然强度差,但舞起来虎虎生风。

浦耳同意了。他的网球技术比秦德夫不如,可剑道却差不多。

接下来在馆内的垫子上进行繁复的仪式:跪拜、默念。

浦耳平素也练这套仪式,但都是走形式,貌合神离。可今天却一下子领会了它的奥妙,精神内敛,身心放松后,又重新组合动员起来。

秦德夫的精神却怎么也聚不起焦来:真是不想遇到谁,偏遇到谁。

比赛正式开始。

浦耳是很遵守剑道的,凡是出击,必喊"头""手""腰"。而秦德夫则不然,他击就是击,从不指明目标。当然,这不是自今日始,而是一贯如此。

今天的情况和平日大不一样,浦耳上来就受到秦德夫准确的几击。

看来他以前是把自己的本领给隐藏起来了。浦耳并不改变自己的方法,依然大喊着进攻。他认为气自丹田而贯于顶,可助力道。

秦德夫仍以静默抗之。几次打到犯规的部位,也不按照剑道的规矩致歉了。

面对秦德夫不顾防守,毫不顾忌的进攻,浦耳没有乱套。他相信不按照牌理出牌的人,最后总是不行。

快到结束时,秦德夫一剑击到浦耳的脚踝骨上。浦耳立刻就感到一阵钻心的疼,但他仍双手持剑,直指秦德夫的面门,完全以气势逼人,一步一步向前走去。

秦德夫从来没见过这海潮般全面压迫过来的阵势,不禁一步一步向后退,最后终于退出了场地。

他知道这就是著名的"剑道之气":不战而屈人之兵,曰之为上上,是极高的境界。他什么时候修炼来的? 秦德夫问自己。

卸装后,管理人员把账单递过来。

秦德夫刚要伸手,却被浦耳捷足先登。"平常总是你买单,你大概也买腻了。今天我来一次。"

"哪能叫浦总买单。"秦德夫要抢,却被浦耳用肘给挡开了。

他看到浦耳是用个人信用卡结的账。"你的公司金卡呢?"话刚一出口,就后悔了:自从调查组进入的第二天起,浦的签字权、调度财物权都被停止了。

"你这就是明知故问了。"浦耳淡淡一笑。

在向停车场走的一路上,两个人都没有说话。

"车里面聊聊？"浦耳提议道。他听司机小王说,前天秦德夫出门,专门调奔驰车坐,坐完之后说感觉真好。小王当下就说："您又不是第一次坐！"秦德夫无意中泄露天机："单独一个坐是第一次。"

秦德夫不知道怎么就同意了。坐进车里他很后悔:我大概是被指挥惯了。

浦耳打开手包,取出香烟,递给秦德夫一枝,并给他点燃。然后开门见山地问："你要什么,完全可以和我直接说。犯不着动这么大的心力。"

秦德夫觉得此刻再否认,已经毫无意义,便痛快地说："力量小了,也搬你不动。"

"作为曾经的朋友,我只想知道原因,而不想知道过程。"浦耳把椅子往后放到底,开始玩弄着移动电话。

秦德夫大口吸烟,许多吸进去就没吐出来。

"林彪事件出来时,我家老爷子还没资格看文件,就让我去街道上听传达讨论,而平常这事,都是我家保姆去的。"

秦德夫仍然很紧张,不明白浦在这"闲坐说玄宗"是什么含义。

"一个名字叫周奶奶、据称是五代贫农的老太太是头。我总觉得,五代就是二百多年,而一个家族从清朝开始,直到中华人民共和国都没有发达的机会,恐怕这个家族在遗传基因方面有问题。可就是这个周奶奶,用一句话就把这群家属的发言总结起来了,她说：林彪你篡党夺权不要紧,犯不着害毛主席他老人家啊！"

秦德夫沉默不语。

"要是我自己干了坏事,你出于正义感来揭发的话,那也情有可原。可你干吗设了套让我往里面钻？"

秦德夫认为已经没必要躲闪。"你要非问我,我就告诉你个实话:可以说我是设了个套,也可以说不是,你毕竟指示过我去为房子搞钱,把缺口补上。"

他刚说到这,浦耳就插入道："在让你筹款垫支时,我曾经明确指示不要在公司的范围内进行,并几次指示你提高借款的利息。你说有没有这事？"

"就算有吧。"这事是秦德夫的"软肋",他尽力想避开。

"'就算有'是什么意思?有还是没有?"

"有是有,但它只是个枝节问题。"秦德夫尽量把脊椎骨拉直。"去掉你的关键原因,是因为你高高在上、唯我独尊、目空一切、颐指气使。你根本不把我们放在眼里,你大权独揽、"他一口气用了五个成语。"就是现在,你不还是'指示''指示'的?!"

"作为一把手,必须高高在上,因为局部工作根本看不全;唯我独尊、目空一切是指有自己的主意,不动摇。一把手不能你们说什么就干什么,那你们不就成了一把手了吗?倘若我不颐指气使,我想你们根本不知道自己该干什么;不错,我是大权独揽,可小权分散也做得不错啊?"

秦德夫又对不上话了。

"我要不把小权分给你,你如何能从辛总那里搞出钱来?"

秦德夫几乎站了起来。

"你不想否认这事吧?"浦耳自问自答,"你也许会认为这只是猜测、道听途说,上法庭也不能成立,因为法庭要的不是线索,而是具体事实。可如果我能提供给法庭钱的具体数目、途径,洗钱的方式、方法,那是不是自当别论呢?"

秦德夫好一会儿才缓过气来。"你是从什么渠道来的情报?"他认为辛总是绝不会说的。

"你可能还不知道辛总已经拿到了美国护照,成了外国人了吧?"浦耳以栓子的公司为起点,通过银行的关系,倒溯几下,就查到了辛总。

秦德夫确实不知道。

"你可能又在想:他就是成了月亮上的人,也没必要说出你来吧?"

秦德夫的心事又被猜中。

"这其实很简单:漫说我和他签上一单大合同,就是我表示出这样的意向,他就能把你卖给我。小人结党,没有一个有好结果的。"

秦德夫心想:我怎么就没看出辛总是这样一个人呢?

"怎么样?还想不想当一把手了?识人之明,用人之道,哪条你也不具备!我本来也想以'革命的两手,对付反革命的两手'。可我四十就知天命,姑且放你一马。"浦耳把闭锁的车门打开。"下去吧。"

秦德夫乖乖地服从了命令。

第三十三章

调查组的工作,历时十五天,终于结束了。作为上级主管部门的代表,鲁组长首先宣布:海威公司的主要负责人,在个人品质方面,未发现重大问题。经营方面没有重大失误。税务部门的代表认为:海威公司完税情况良好。工商部门的代表则说:海威公司在经营方面没有违法、违规行为。最后,鲁组长宣布浦耳解除审查。

会后,鲁组长和张副组长把浦耳叫到房间里。

"你是不是对结论不太满意?"鲁组长和蔼地问。

浦耳表示绝对没有。我的工作一定会有这样或那样的失误,领导上对我审查也是应该的。"他明白在现今的情况下,能在这样短的时间里,有这样的结论,已经很不错了。

"不要有'账外账'。你的'18889'怎么说也是一个问题。"张副组长正襟危坐,一脸严肃。

浦耳点头。"18889"首先是前任遗留下来的问题。其次,他专门就此请示过董事会,董事会没有提出不同意见——没不同意见,就证明同意。这有会议记录可以证明。再其次,现在经营中,总有一些"灰色地带"存在。没有个地方缓冲也不行。但这些话根本没必要说。

"作为国家审计部门的工作人员,我审计过相当多的部门。在第三产业公司里,"鲁组长马上就修正道,"在股份制公司里,不夸张地说,海威公司是我见到的最好的一个。"鲁组长把毛衣的扣子解开。"以至于它克服了我一个固有的观念:账目太好的公司,往往是有问题的公司。"

听到这样的结论,浦耳心里暖洋洋的。

聊了一会儿后,浦耳突然产生了一个念头,克制了好半天,终于问了出来:"告状信有没有签名?"

鲁组长看了一下张副组长后说:"匿名信是从来引不起重视的。"

浦耳知道再往下问就犯忌了,狠狠心,把"到底有多少人参与"的疑问埋葬掉。

"要注意和上下左右的关系。"鲁组长说。

浦耳不客气地请他们转告部党组——他当然知道,像这样的"小事情"根本是到不了部党组那里的。但既然调查组是以部党组的名义来的,这样说也合逻辑——"应该明确一下我和马一青董事长之间的位置。"

鲁组长答应。

"我给老马当了多年的部下。对他这个人还是了解的。"张副组长好像是在对鲁组长说。"他是一个说了算的人。一辈子都说了算。"

鲁组长说:"按说像他这样已经离休,又掌过大权的人,不应该如此斤斤计较。"

"我刚才已经说过,他是一个说了算的人。哪怕只剩下明天一天,他也要说了算。真正搞政治的人都是这样的:今天权在手,今天就要把令来行。"

鲁组长表示不很理解。

张副组长显然认为鲁组长是一个业务干部,对权力斗争是外行。他点点浦耳:"有人这样评价毛主席:能治天下而不能治左右。对左右的人,你以后也要多加小心才是。"

浦耳知道他指的是秦德夫。

调查结论一出,用不着马一青的"董事长令",权力自动就回到了浦耳的手里。

403

之后的一个月,秦德夫仍然若无其事地来海威公司上班。公司开会的时候,他也踊跃发言、插话。

雷迅对此气得不得了,私下里对浦耳说:"干脆把他的电话给停了,汽车的钥匙也给他收了。"

"我们是一个现代化企业,又不是小孩子玩过家家。"浦耳拍拍雷迅的肩膀。在此事件之前,他是从来不做这样的动作的。"再说他想另外找个地方,也需要有个过渡过程。"

"他什么时候给过您过渡过程?"

"如果你一下,我一下地干下去,那真成了'冤冤相报何时了'了。"

浦耳话虽然这样说,但已决定要把秦德夫给"开了"。只是希望他自己走,这样大家都有面子。

又过了一个月,秦德夫依然没有一点走的意思。浦耳只好在星期五大家都下班后,把秦德夫叫到办公室。

浦耳坐在办公桌后面,指指沙发。

秦德夫知道浦耳找他来的意思,他这些天也确实一直在活动,但都没有结果:不是位置不理想,就是公司的规模不行。前天他找到韩国"四星集团"的中国分公司,对方倒说能给他提供一个副经理的位置。但得他同意贡献出一些业务关系。他屈指算来,发现自己根本没什么重要的客户能掌握,所有的重要客户,自始至终浦耳都没松过手。为此,他越发恨浦耳。故而决定在海威公司赖下去,在找到新工作之前,能赖多长时间,就赖多长时间。除去赌气外,这样做的另外一个好处是:从副总这块板上往下跳,总比平地往上跳容易。

"咱们实话实说:你如果需要海威公司出鉴定、介绍,尽管直说。只要不太言过其实就行。"

"我为什么要走呢?"秦德夫加足于膝。"你平素总说海威公司是现代企业,是股份制企业,一遇到问题,你就把它当成你私人的产业了?再说,我也没有什么对不起海威公司的地方。"

浦耳笑着说:"你真的这么认为?"

秦德夫肯定地点头。

"那么请你回去听听这个。"浦耳把一盘装在信封里的录音带推了过去。"它的质量虽然不高,但很可能启发你想起些什么来。"那天在剑道馆外的汽车里和秦德夫谈话时,他用移动电话要通了自己办公室的录音电话,把谈话都录了音。

"就这些?"秦德夫站起来。

浦耳心说:就这些难道还不够吗?

事物的发展都有自己的规律。用唐诗来比喻就是:如果第一句是"白日依山尽",那么下一句一定是"黄河入海流"。

在这个划时代的吻后,浦耳似乎不经心地邀请道:"到我的家里坐坐如何?"

郁敏很自然地同意了。

在车上,郁敏看上去相当随便地说:"我作曲,由别人演唱,准备出盘CD,资金遇到了一些困难,你们公司能不能支援一下?明天将是付款的最后期限。"

"什么内容?"浦耳问。

"除去表现咱们这一代人的外,还有一些年轻人喜欢的东西。"郁敏认为自己说的也算是实话:因为CD里确实有一首表现老插回忆当年的歌曲。制作人当时不同意上,但她借制作人引用的保罗的话说:"你删什么都行,就是不能删这首从我的心里流出来的歌。"

浦耳问出品单位。

"我们单位的音像出版社。"这也是制作人教给她的:如果你说是非正式渠道,许多人就不敢给你钱。再说咱们给任何一个出版社些钱,他们都会同意咱们用他们的名义的。

"出版手续都全吗?"浦耳没有抢红灯,把车停下来。音像制品和书刊报纸一样,既是商品,又不是商品。商品顶多出质量问题,而这些东西,质量问题往往就是政治问题。他有个在码洋过亿的出版社当总编的朋友,把一个书号卖给一个"二渠道"的书商出纪念二战胜利五十周年画册。变相买卖书号,占他出版社利润来源不小的份额。谁知画册中的"中国战场"部分,大多数是照搬台湾的,图片底下的说明都没改,统称"八路军""新四军"为"共军"。这下不要紧,国家新闻出版署差一点就吊销了他们的营业执照。他曾经质问这老总为什么不审查。老总哭笑不得地说:"我一年出五百本书,看得过来吗?"他指着画册问:"你内容看不过来,看看名字还不行?"这老总看了半天,也没看出名堂来。"《纪念二战五十周年》,谁会来纪念战争?!应该是《纪念二战胜利五十周年》'以其昏昏'想'使人昭昭'永远是不行的。"他教训道。

"都全。你还问得挺细。"郁敏用微嗔的语气说。

"生意就得符合生意的规则。"浦耳再次起步。"对你应该相信,但商业习惯使然。"他似乎有些不好意思。"多大数目?"

"三万。"

"原则上没多大问题。"浦耳超过了一辆车。

浦耳趁郁敏去洗澡时,换上了睡衣。

他斜躺在沙发上,觉得一股欲望从身体内部升腾而起——已经很长时间没有这种情况了——这欲望像在原野里的雾一样开始弥散,渐渐地把一切都笼罩在里面了。

不知过了多久,他在欲望的迷雾中,突然看见电话机的红灯在闪烁——这是一部一机四用的电话机,也就是说,四个不同的电话号,可以使用同一部机器,不同的电话有不同的灯闪来表示。

现在闪动的是三号线。

三号线是卧室和浴室的电话,知道这个号码都是些重要人物。他下意识地拿起电话。

这个电话不是外来的,而是由内部打出去的。授话人是郁敏。

按道理他应该放下电话,但他还是继续听了下去。

"我已经落实了钱,但对方要正式的票据。"郁敏声音很低地说。

"我可以办到,但要多出百分之十的手续费。"制作人不怕人听,声音很大,背景也很乱,像是在一个饭店或歌厅。

"行。这三千我给你现款。"郁敏决定动用自己最后的钱。

"最迟后天把钱开出,否则就会被罚违约款。"

"知道了。"郁敏说完就放下了电话。

不一会儿,郁敏就从浴室里出来了。

浦耳不动声色地给她泡茶后问:"听听音乐?"

郁敏用大毛巾擦着头发表示同意。

"听什么?"浦耳走向放激光唱盘的柜子。

"萧斯塔科夫的第一小提琴协奏曲。"郁敏不是故意炫耀,而是随口说的。

"谁指挥的?"浦耳专心看着目录。

"普列文。"郁敏想了一下。

"指挥的谁?"

"皇家爱乐乐团。"郁敏想的时间更长了。

"哪一年指挥的?"他还再问。

"你一定要把一个专业的音乐工作人员问得没话说了才算?"

浦耳笑一笑,把选出来的碟放在机器里。

整个屋子立刻就沉浸在优美、虚幻的音乐潮中。

夜里,郁敏被安排在客房里。

第二天早晨,他给了郁敏一张个人支票,除去金额一栏他填写了"叁万叁千元"外,别的什么也没填。

他刚在办公室坐定,程总会计师就拿来一份关于是否避税的请示报告给他看。

他否决了这个报告。"世界上最确定的事情就是死亡和税收。因为它们对于任何一个人都一样。"

"其实也不一定一样：如果有人得了病，特医特护是一个样，没地方看病又是一个样。"程总会计师婉转地解释："逃税不道德，但在适当的时候避一下税，还是可以的。这批产品如果放进环保的项目里，税就免了一半。剩下的一半，再放进因特网项目里，走高科技渠道，又能免百分之二十。当然，您没必要知道细节，只要原则同意，具体的我会去办。"

"财务和爱情一样，并不是什么专门的学问。"浦耳力透纸背地签上"否"字。"原则和细节我都清楚。"他摆手示意程总走。

秦德夫在收到录音带的第三天，给公司的董事会递交了一份辞呈。

辞呈在五天后被批准。称病在家的马一青在电话里对浦耳说："秦德夫这个人的政治品质确实有问题。"浦耳真想说：他的政治技巧也不低，否则不会让你这个老手入套。但考虑到其它因素，还是敷衍了几句。

浦耳和郁敏再也没见面。

在许多个月后的一个傍晚，浦耳再度去废园。园子里夏色正浓，他熟悉的那张长椅已被人占领了。他只好随便找一块大石头坐下，看着阴红色的太阳慢慢地往墨绿色的西山背后降落。

一群知了在"知了、知了"单调地叫着。浦耳顽固地相信，这只是知了全部歌唱中一个声部而已。如果我有更好的听力，那么就会听到更美妙的音响。

《公司衍生物》《收获》　一九九六年第五期
《权利的界面》《中国作家》　一九九七年第六期
《中篇小说选刊》　一九九八年第二期
北岳文艺出版社　一九九八年八月
海天出版社　一九九八年十二月
《商战，这样展开》《深圳商报》连载　一九九八年十二月

《商场报告》 湖南文艺出版社 一九九九年四月
《公司衍生物》 百花文艺出版社 一九九九年十一月
《金领系列》 文化艺术出版社 二〇〇〇年一月
《中国当代商战小说精选》 漓江出版社 二〇〇〇年四月
　　　　　　　　　　　　长江文艺出版社 二〇〇一年一月
《赚钱的故事》 湖南文艺出版社 二〇〇一年五月
《大院关系》 中国公安大学出版社 二〇一〇年一月